BERND STELTER

Der Killer kommt auf leisen Klompen

AF203648

Weitere Titel des Autors:

Wer abnimmt, hat mehr Platz im Leben
Der Tod hat eine Anhängerkupplung
Nie wieder Ferienhaus
Mieses Spiel um schwarze Muscheln

Titel auch als Hörbuch erhältlich

Über den Autor:

Bernd Stelter, Jahrgang 1961, ist einer der bekanntesten deutschen Kabarettisten. Zehn Jahre lang war er Teil der *7 Köpfe* auf RTL, ebenso lang moderierte er die beliebte WDR-Spielshow *NRW-Duell*. Außerdem tourt er mit seinen Kabarettprogrammen durch Deutschland und moderiert verschiedene Fernsehsendungen. Für Bastei Lübbe schrieb er mehrere Sachbücher und Romane, u. a. seinen ersten Camping-Krimi *Der Tod hat eine Anhängerkupplung*. Bernd Stelter lebt mit seiner Frau und seinen beiden Kindern in der Nähe von Köln, ist aber so oft wie möglich in Holland und liebt Camping.

BERND STELTER

DER KILLER KOMMT AUF LEISEN KLOMPEN

Camping-Krimi

Lübbe

Dieser Titel ist auch als E-Book erschienen.

Vollständige Taschenbuchausgabe
der bei Lübbe Hardcover erschienenen Hardcoverausgabe

Copyright © 2017 by Bastei Lübbe AG,
Schanzenstraße 6 – 20, 51063 Köln, Deutschland
Bei Fragen zur Produktsicherheit wenden Sie sich bitte
an: produktsicherheit@bastei-luebbe.de

Copyright © 2019 by Bastei Lübbe AG, Köln
Umschlaggestaltung: Nele Schütz Design, München
Unter Verwendung von Motiven von
© shutterstock/Vitaly Korovin | studiovin
Umschlagfotografie: © Manfred Esser, Bergisch Gladbach
Satz: hanseatenSatz-bremen, Bremen
Gesetzt aus der ITC Giovanni Std
Druck und Verarbeitung: GGP Media GmbH, Pößneck
Printed in Germany
ISBN 978-3-404-17791-2

6 7

Sie finden uns im Internet unter: luebbe.de
Bitte beachten Sie auch: lesejury.de

Freitag

1

Die Nordsee lag im Koma. Noch vor zwei Tagen konnte man hier Kitesurfer beobachten. Junge Menschen, die sich ein Kunststoffboard unter die Füße geschnallt hatten und in den Händen die Steuerungsbügel eines riesigen Lenkdrachens hielten. So rasten sie über die Wellen, vollführten aberwitzige Sprünge, Schrauben und Salti.

Aber Piet freute sich am meisten, wenn sie die nächste Welle nicht schafften. Gut, er war Niederländer, er gehörte diesem tapferen Volk an, dessen Heimat zu einem Viertel unter dem Meeresspiegel liegt. Und warum liegt das Land unter dem Meeresspiegel? Weil der Niederländer dieses Land dem Meer abgetrotzt hat. Er hat es eingepoldert. Er hat es bezwungen.

Piet bewunderte natürlich diese jungen Körper, die mit ihren Boards und mit ihren Lenkdrachen ganz niederländisch gegen den großen Ozean ankämpften, mit den Wogen spielten und auf der Brandung tanzten, aber klammheimlich freute er sich doch, wenn das Meer gewann. Wenn einer dieser neoprenverpackten, durchtrainierten Leiber den Weg in das kalte Salzwasser antrat, war es mehr als nur ein Anflug von Schadenfreude, den er verspürte.

Wenn der Wind einfach nur nachließ und der vermaledeite Kitesurfer nur rücklings auf die Wasseroberfläche klatschte, das zählte nicht. Der Lenkdrachen musste von einer plötzlichen Böe angehoben werden, und der Surfer musste nach vorne fallen, wie ein Wasserskiläufer, der völlig überraschend feststellte, dass das ihn ziehende Motorboot doch über einige PS verfügte. »Die Ente machen« nannte man das, wenn jemand so lustig vornüber in die Wellen klatschte. Und nur »die Ente« zählte. Wenn er von seinem Aussichtspunkt im »Zeerover« zehn Enten zählen konnte, dann war es ein guter Tag.

Heute konnte er überhaupt keine Ente zählen, weil überhaupt keine Kitesurfer unterwegs waren. Das Lüftchen, das fast unhörbar durch das Dünengras wehte, das war kein Wind, die kleinen Hügel, die auf dem Meer gemächlich Richtung Strand wogten, das waren keine Wellen. Die Nordsee lag im Koma. Nein, es war kein guter Tag.

Piet saß auf einem der Rattanstühle im »Zeerover«, und vor ihm auf dem Tisch stand ein kaltes Grimbergen, und das war sein Problem. Das Grimbergen war zu kalt. Er setzte das Glas immer ganz weit links am Mund an, weil er hoffte, die kalte belgische Flüssigkeit würde dann auch nur links durch seinen Mundraum fließen. Sie tat es nicht. Und jeder Tropfen dieses edlen Trappistenbiers, der die rechte Seite seines Unterkiefers traktierte, quälte ihn. Wenn irgendetwas Kaltes oder Heißes seine Zahnhälse in diesem Bereich auch nur berührte, so verursachte das einen Schmerz, den er seinem schlimmsten Feind nicht wünschte.

Piet war am letzten Mittwoch bei Rutger Ritsma gewesen. Rutger, seines Zeichens Zahnarzt und damals das Lateingenie in seiner Klasse, hatte ihm gesagt, dass der »Vier-Sechs« wohl das Zeitliche gesegnet hätte, den müsste man exen, das ginge möglicherweise nicht am Stück, aber man könnte ihn zerschneiden, und in vier Einzelteilen wäre er dann mühelos zu extrahieren. Danach könnte man »Vier-Fünf« und »Vier-Sieben« parallelisieren und eine Brücke konstruieren, weil man auf Lücken bekanntlich nicht gut kauen kann, und falls bei »Vier-Fünf« oder »Vier-Sieben« später mal eine Wurzelbehandlung nötig wäre, könnte Rutger dort die Kronenoberfläche durchbohren.

Piet hatte Rutger daraufhin aus seinem Kontakte-Ordner gelöscht. Er würde einfach abwarten, bis dieser Zahn, den Rutger »Vier-Sechs« nannte, ausfiel oder wegfaulte, und er würde keinen Zahnarzt aufsuchen, vor allem nie wieder diesen Zahnarzt aufsuchen.

Robert war seit Anbeginn der Zeit Kellner im »Zeerover«. Die salzige Nordseeluft, das raue zeeländische Wetter hatten sich in Roberts Gesicht gegerbt. Er trug die Haare etwas länger als normal, man könnte sagen, er hatte seine Frisur seit den Achtzigerjahren nicht mehr verändert, warum auch. Er hatte so viel aufgeben müssen, die eine oder andere Frau, und er rauchte auch nicht mehr. Die Jahre waren, abgesehen von seiner Frisur, nicht spurlos an ihm vorbeigegangen, auch auf die Schmerzen im Kniegelenk hätte er gern verzichtet, aber war er froh, dass er nicht diese Schmerzen seines Freundes Piet hatte.

Robert trat an seinen Tisch. »Glaubst du tatsächlich, dass Grimbergen gegen Zahnschmerzen hilft?«

»Nein, das glaube ich nicht, man hat mir gesagt, dass ein Cognac helfen kann.«

»Und warum trinkst du dann keinen Cognac?!«

»Ich mag keinen Cognac, ein oude Genever ist ja fast das Gleiche!«

»Und warum trinkst du keinen oude Genever?«

»Bist du verrückt? Es ist zehn nach neun, da kann man doch keinen Genever trinken!«

»Um zehn nach neun kann man auch kein Grimbergen trinken.«

Piet dachte kurz darüber nach, ob er Robert aus seinem Kontakte-Ordner löschen sollte. Aber Robert ließ ihn sitzen, im wahrsten Sinne des Wortes, mit seinem Grimbergen und mit dem vergeblichen Versuch, eine entzündete Zahnwurzel zu betäuben.

Piets Blick fiel auf das Staatsieportret. Königin Beatrix mit Prinz Claus. Das Besondere am »Zeerover« war schon immer dieses altmodische Ambiente, er liebte den Piratenschatz aus Glas, grünem Samt und goldenen Spielzeugmünzen, der da kitschig auf ein Wandregal drapiert war, er liebte die Statue der Piratenbraut, die ihr Dekolleté so offenherzig zur Schau trug, wie es zu Piratenzeiten sicher nicht schicklich war, aber er liebte sie, manchmal träumte er sogar von ihr, und da war sie bei Weitem lebendiger als die lebensgroße Statue im »Zeerover«.

Aber ein Staatsieportret ist ein Staatsieportret. In seiner Wache war das Bild von Beatrix schon längst gegen ein neues Porträt von Willem-Alexander und Maxima ausgetauscht worden, im goldenen Rahmen und mit dem kleinen Krönchen auf dem Passepartout. Ohne kleines Krönchen auf dem Passepartout ist es nämlich nur ein gerahmtes Foto vom König und kein Staatsieportret. Im »Zeerover« hing jedoch immer noch das Staatsieportret von Beatrix und Claus, mindestens fünfzehn Jahre alt.

Piets Handy vibrierte. Schon wieder. Beim letzten Mal hatte er es noch einfach ignoriert, aber jetzt wollte er es wirklich aus der Tasche ziehen, doch diese dünne Kachel, die ein Telefon darstellen sollte, hatte sich in der Brusttasche seiner zwanzig Jahre alten Levis-Cordjacke verkantet, er bekam sie nicht zu fassen, gut, er hätte sie natürlich, fingerfertig, wie er war, noch aus ihrem Gefängnis befreien können, aber da hatte das Vibrieren schon aufgehört, also beließ er es dabei.

Wenn er im Dienst irgendetwas dringend benötigte, das seine Fahndungseffektivität signifikant verbessern könnte, wie zum Beispiel einen neuen Bürostuhl oder einen Ersatz für diesen Ficus benjamini, der eine beeindruckende Ähnlichkeit mit einem Weihnachtsbaum im August aufwies, dann wurde das von der Buchhaltung stets abgelehnt, aber sein Nokia 6110, dieses Traumhandy in dezentem Metallicblau mit dem dekorativen Sprung im Display, das ihm gefühlte zwanzig Jahre lang treu gedient hatte, dessen Akku auch gerne mal eine ganze Woche hielt, das wurde nicht nur ersetzt, er durfte es nicht mehr benutzen, es sei veraltet. Die Kachel verfüge über viertausend Vorteile, wurde ihm mitgeteilt. Sie sei auch gleichzeitig ein Computer und ein Navigationsgerät. Piets Computer hieß Annemieke, und es gab keinen Fietspad auf Walcheren, den Piet nicht auswendig kannte. Dieses Telefon konnte das Wetter für die nächsten sieben Tage anzeigen, aber Piet wusste seit achtundfünfzig Jahren, dass jeder, der behauptet, das Wetter auf Walcheren voraussagen zu können, ein Scharlatan ist, wie dieser Zahnarzt Rutger Irgendwas.

Er hatte den Nachnamen schon vergessen, ja, so schnell geht das, wenn ein Piet van Houvenkamp Menschen aus seinem Kontakte-Ordner gelöscht hat, die früher mal seine Freunde waren, ha!

Mit dieser Kachel, und das sei der größte und unschlag

bare Vorteil, könne die Dienststelle ihn im Notfall orten. Genau das wollte Piet auf keinen Fall!

Seine Brusttasche vibrierte schon wieder. Dieses Mal versuchte er es mit zwei spitzen Fingern, und er hielt die Kachel genau in dem Moment in der Hand, als das Vibrieren erneut erstarb. Piet hielt das Display so weit von den Augen entfernt, dass er erkennen konnte, wer der Anrufer war. Natürlich hatte er eine Brille, aber natürlich hatte er die Brille gerade nicht dabei. Er konnte den Namen des Anrufers auch so entziffern, das war einer der viertausend Vorteile dieser Hightech-Kachel. Man konnte die Schriftgröße verändern. »Man« ist übertrieben. Annemieke konnte die Schriftgröße verändern. Und nur deshalb konnte er entziffern, wer der Anrufer war: »Annemieke« stand da, ihr Bild lächelte ihn vom Display an, Brigadier Annemieke Breukink, seine Assistentin. Er steckte das Gerät wieder in die Tasche, er war noch nicht im Dienst, okay, es war nach neun, aber er hatte ein Grimbergen vor sich stehen, und im Dienst trinkt man keinen Alkohol, also war es noch vor acht!

2

In diesem Jahr hatten wir fest damit gerechnet, dass die Kinder etwas Besseres vorhätten, als die alten Eltern nach Noordkapelle zu begleiten. Klar, der Campingurlaub war eine klasse Idee gewesen. Wir konnten Tristan und Edda fünfzehn Jahre lang einen Urlaub in Hotelbunkern in Spanien oder in Urlaubsclubs in Belek ersparen, aber jetzt waren die beiden in einem Alter, in dem man unbedingt in einen hippen Bunker in Spanien oder so einen coolen Club in Belek musste. Auf jeden Fall fuhr man doch nicht mehr mit den Eltern an die Nordsee.

Tristan war neunzehn und verbrachte seine Freizeit bevorzugt an der Westfalia-Tankstelle in unserem Heimatort, wo er mit gleichaltrigen Heiopeis Fragen diskutierte, wie die, ob es sinnvoll sei, eine blaue LED-Beleuchtung unter den Opel Corsa zu montieren, damit er, zumindest optisch, wie ein UFO über die B 9 schwebte, und welche Endstufen man in den Kofferraum installieren könnte, damit dem Subwoofer unter dem Fahrersitz die Geräuschkulisse eines startenden Jumbos zu entlocken wäre.

Edda war seit zehn Monaten nicht mehr ansprechbar, denn Alex war in ihr Leben getreten, sehr zum Leidwesen von Eddas Vater, also mir, der an dem jungen Mann einiges auszusetzen hatte. Er war zu alt, er könnte ihr Vater sein, er war schon zweiundzwanzig, er hatte Ringe in den Ohren, und ich meine Ringe »in« den Ohren, nicht solche, die ganz normal unten dranhingen. Die Ringe waren ins Ohr gesetzt, sodass ein regelrechtes Loch im Ohrläppchen entstand, ein Loch, das Alex »Tunnel« nannte, ich fand es total scheiße, Edda fand es total sexy. Aber es gab noch ein viel größeres Problem: Er war einfach ein netter Kerl. Fürchterlich! Und dann gab es noch eine kleine Nebensächlichkeit: Sie liebte ihn. Herrgott, was soll man da als Vater noch sagen. Am besten: nichts!

Es heißt ja immer, wenn die Kinder klein sind, gib ihnen Wurzeln, wenn sie groß sind, gib ihnen Flügel. Irgendwann muss man loslassen können, und ich war bereit. Ich war bereit, Tristan samt Opel Corsa in die freie Welt zu entlassen, und ich war auch schon dabei, mich mit Alex abzufinden, aber ich hatte mir dafür eine Belohnung einfallen lassen. Ich würde ab jetzt meine Urlaube mit Anne allein verleben. Wir hatten eine Zeit lang diskutiert, ob wir den Wohnwagen verkaufen und wie alle anderen auch in kleinen oder großen Hotels Urlaub machen sollten, aber dann waren da diese Bilder: Anne und ich hinter dem Windschutz mit einer Flasche richtig gutem Rotwein, Tristan in der stinkenden Gracht kackstolz mit dem geangelten Mini-Karpfen, Edda mit den Freundinnen im nagelneuen Hello-Kitty-Bikini und Anne und ich in den Dünen, ganz allein, wenn der Tag übergeht in die Nacht, in der die Sterne um so vieles heller sind als in Köln oder in Bonn oder irgendwo sonst auf dieser Welt.

Okay, es musste ein neuer Wohnwagen her. Unser alter Dethleffs verfügte über ein Kinderzimmer, die Lampen und die Gardinen in diesem Bereich waren mit kleinen Krokodilen verziert. Ich weiß noch sehr genau, dass ein Elefant mit einer blauen Latzhose bei Tristan ein größerer Erfolg gewesen wäre, eine kleine rosafarbene Prinzessin hätte sicher bei Edda reüssiert, aber es waren halt kleine grüne Krokodile. Und die passten nun wirklich nicht mehr zu siebzehn- und neunzehnjährigen jungen Erwachsenen.

So tagte also der Familienrat, und ich präsentierte die Prospekte von Zwei-Personen-Caravans. Die Hersteller Fendt und Tabbert hatten sich da einiges einfallen lassen.

Im Bug ein französisches Bett, um das man herumgehen konnte, nicht wie in unserer Möhre, bei der Anne von der Fußseite her ins Bett krabbelte und ich hinterher mit einem Köpper über sie springen musste, was Geräusche hervorrief, die unseren Nachbarn Lothar vielleicht vor Neid erblassen ließen, die allerdings eher durch die wenig durchdachte Architektur unseres Wohnwagens als durch unser ausschweifendes innercaravaniges Liebesleben hervorgerufen wurden.

An der Heckseite dieses moderneren Wohnwagens war eine Rundsitzgruppe untergebracht, die den Vergleich mit der Sitzgelegenheit auf der Jacht des russischen Ölmagnaten Abramowitsch sicher nicht zu scheuen brauchte.

Alles gut, alles schön, der Möbelbau genügte den Anforderungen von dem Herrn Glööckler aus den unsäglichen Fernsehsendungen, die Anne nachts durchaus in Ekstase zu versetzen in der Lage waren.

Ein feines Gefährt, aber für Edda und Tristan war der Fall klar: »Und wo wohnen wir da?« Völlig überraschend brandete mir eine Welle der Entrüstung entgegen.

Die Antwort war eindeutig: »Nirgends, ihr wohnt ganz normal in einem Hotel am Plattensee oder am Ballermann wie eure ganzen Klassenkameraden auch!«

Was war ich froh, als ich die Antwort erfuhr.

»Kein Stück! Wir fahren mit euch in dem Wohnwagen«, sagte Tristan, »und wenn ich den Wohnwagen alleine brauche, dann rufe ich euch an, dann übernachtet ihr im ›Zeerover‹!«

»Mein Sohn!«

Wir behielten unseren guten alten Dethleffs 560 TK. Die Kinder hatten die Flügel in den Kleiderschrank gestellt, und so waren wir wieder unterwegs in Richtung Holland.

Edda simste permanent mit Alex: »Wir sind jetzt schon in Köln, ich vermisse dich sehr! In Kerpen melde ich mich wieder.« Dann schaute sie kurz nach, ob bei Facebook irgendwelche Neuigkeiten auftauchten.

Ich hatte ihr verboten zu twittern, dass wir gerade auf dem Weg in den Urlaub sind. Meine Wohnung ausräumen kann ich auch alleine.

So saß ich da, in meinem A6 Avant, auf dem Beifahrersitz des A6 Avant, und schaute zu, wie mein Sohn den Boliden in Richtung Antwerpen steuerte. Ja, es hatte sich etwas verändert.

3

Hilft alles nix, Nordsee hilft nicht, Robert hilft nicht, und das Grimbergen hilft auch nicht. Die Zahnschmerzen blieben einfach da, wo sie waren, und das Handy vibrierte auch schon wieder.

Piet las resigniert »Annemieke«, und er drückte auf die verhängnisvolle Stelle mit dem grünen Telefon.

»Hoi, Piet, wo steckst du denn?«

»Im ›Zeerover‹!«

»Der ›Zeerover‹ hat um diese Uhrzeit noch gar nicht auf.«

»Wenn er nicht aufhätte, wäre ich ja nicht da, stell mir eine Frage!«

»Welche Farbe hat das Bikinioberteil von der Piratenbraut?«

»Rot!«

»Okay, ich bin in zwanzig Minuten da und hole dich ab. Sonst kommst du wieder mit dem Fahrrad!«

»Worum geht's denn?«

»Wir haben eine Frauenleiche, auf einem Hausboot, also rühr dich nicht vom Fleck!«

Eine Leiche, so kurz vor dem Rentenalter, sieben Jahre vor der Pension, das brauchte niemand. Er ließ einen weiteren Schluck Grimbergen an der entzündeten Zahnwurzel vorbeilaufen. Und dann noch auf einem Hausboot. Damals, als er jung und ehrgeizig war, hatte er sich manchmal ausgemalt, wie es wäre, wenn eine Leiche auf einem Hausboot gefunden würde. Alle Zeugen noch an Bord, und er wäre Hercule Poirot, der durch die Kabine schlenderte, der einen Verdächtigen nach dem anderen auf die Planken nageln würde, bis einer von ihnen sich verraten würde …

Vielleicht war Piet der größte noch lebende Agatha-Christie-Fan weltweit. Er hatte ganz sicher zu viele ihrer Romane gelesen, und heute wusste er es besser. Er hatte in fast vierzig Dienstjahren eines erfahren: Für das wahre Leben hat Agatha Christie das Drehbuch nicht verfasst. Das normale Leben ist nicht spannend, es ist kein Spiegel gesellschaftlicher Verwerfungen, das Leben ist langweilig, und es ist lang. Du musst es rumkriegen, und du musst dir Leben leisten können. Der Detektiv ist kein Held, der Detektiv ist ein Mann, der sich langweilt, und der Detektiv hat die Rente noch nicht durch. Und wo eine Leiche gefunden wird, ist egal, eine Leiche ist scheiße, egal, wo sie liegt.

Aber auf einem Hausboot soll erst recht keine liegen. Ein Hausboot, das ist Piets Traum. Der Kanaal door Walcheren hat eine direkte Verbindung zum Meer. So ein Hausboot ist ein Platz zum Leben, zum Altwerden, mit dem Wasser unter dem Bug. Ein Boot, auch wenn es nicht fährt, ist heilig, da darf keine Leiche gefunden werden.

Sechs Hausboote lagen am Londensekaai, vielleicht einhundertfünfzig Meter entfernt von seinem Haus am Turfkaai, von seinem »Grijse Dolfijn«, von dem grauen Haus, das an das Zentrum von Middelburg und an den Binnenhaven grenzt, einhundertfünfzig Meter von diesem wunderbaren Zuhause, wo er seine Wohnung bei Mevrouw Joosses seit Jahren für eine Spottmiete bewohnte.

Vielleicht war Juliana seine beste Freundin, sie war schön, sie war klug, sie konnte wunderbar zuhören, und sie war nicht seine Geliebte. Das war wichtig. Männer können einfach Freunde sein, Frauen können einfach Freundinnen sein. Aber wenn ein Mann und eine Frau Freunde sind, dann musst du nur ein einziges Mal ganz freundschaftlich miteinander ins Bett gehen, und am nächsten Morgen ist nichts mehr so, wie es war. Das muss nicht so sein, das kann aber so sein. Piet hatte es schon einige Male erlebt. Juliana war nicht seine Geliebte, Juliana war jugendliche dreiundneunzig Jahre alt.

Annemieke stand plötzlich in der Tür. Sie war so gekleidet, wie nur Annemieke morgens um 9:14 Uhr im »Zeerover« gekleidet war. Sie trug einen leichten Pullover, der ein Muster aus beigebraunen und hellblauen Rauten aufwies, eine helle Jeans und Penny-Loafer. Ihre Kleidung war immer ein bisschen sportlich, ein bisschen edel, ein bisschen teuer, aber nie aufgesetzt, es war halt die Kleidung, die man trägt, wenn man Annemieke Breukink ist.

Sie stand vor Piet, sie sagte nichts, nichts zu seinem Frühstück im »Zeerover«, nichts zu dem Grimbergen, das vor ihm stand, um 9:14 Uhr. Sie setzte sich auf den Korbstuhl auf der Terrasse ihm gegenüber, zog ihre Notizkladde aus der Tasche und las, ohne ihn anzusehen: »Der Anruf kam heute Morgen um 7:17 Uhr in der Zentrale an, anonym. Auf der ›Lieveling‹ hätte es einen Unfall gegeben.«

»Die ›Lieveling‹ liegt am Londensekaai, oder?«

»Ja, ich habe die Agenten Munniks und Jonker zum Tatort geschickt. Die Jungs sind sofort los, und sie haben erst gar nichts Verdächtiges gesehen. Jannis wollte zurück auf die Wache, aber Remco hat ein Fenster gesehen, das nach außen gekippt war. Er zog es auf, schob die Vorhänge zur Seite, und er sah eine schlafende Frau.«

»Und er ist wieder gegangen!«

»Nein, er hat sie angesprochen, er hat gerufen! Sie hat nicht reagiert.«

»Und …?«

»Er ist durch das Fenster geklettert. Sie hat nicht geschlafen. Sie war tot!«

4

Wir leben im einundzwanzigsten Jahrhundert, in dem die Stadt Köln nicht mehr in der Lage ist, eine U-Bahn zu bauen, in dem in der schönen Hansestadt Hamburg der Bau der Elbphilharmonie den Kostenvoranschlag mal eben um über tausend Prozent übersteigt und in dem es in Berlin heißt: »Niemand hat die Absicht, einen Flughafen zu errichten.« Auf WDR 2 wird regelmäßig über rückwärtsfahrende Lkw auf der Leverkusener Autobahnbrücke berichtet, weil der rumänische Dave Dudley am Steuer erst mitten in der Baustelle gemerkt hat, dass die Passage seinen Chef möglicherweise einige Tausend Euro kostet, weil diese marode Rhein-Querung für Lkw über 3,5 Tonnen gesperrt ist.

Wie schön, wenn man in diesen Zeiten erkennt, dass es auch in anderen Ländern ganz besondere Spezialisten für die Planung von Autobahntrassen gibt. Ich weiß noch, in grauer Vorzeit, als ich mit meinen Eltern nach Paris gefahren bin, um meinen Austauschschüler zu besuchen, da war ich begeistert von den belgischen Autobahnen. Alles komplett beleuchtet, alles in einem wunderbaren Zustand. Diese Auffassung relativiert sich gewaltig, wenn man heute mal in der Ferienzeit versucht, Antwerpen zu passieren. Dazu kommen diese ganzen Belgier auf der Autobahn. Ich weiß, ich bin ein bisschen niederlandophil, aber man muss wirklich mal mit diesem Klischee aufräumen, dass der Niederländer nicht Auto fahren kann. Der Niederländer bewegt sich in seinem gelb beschilderten Vehikel, gern auch mit Anhänger, so locker und gelassen, dass man sich vorstellen möchte, er wäre kurz vor Fahrtantritt erfolgreich aus einem Coffee-Shop getreten. Den Belgier mit dem rotweißen Nummernschild erkennt man dagegen schon vor dem Einstieg in sein Gefährt an dem cremeweißen feinporigen Schaum, der ihm bedrohlich aus den Mundwinkeln sickert. Er fährt grundsätzlich rechts, dort überholt er die gelassenen Deutschen und Holländer, die grundsätzlich links fahren und sich dabei fast an die Geschwindigkeitsbegrenzung halten. Der Belgier verlässt die schöne freie rechte Fahrspur nur, wenn diese unverschämterweise von vor sich hin schleichenden LKW blockiert wird. Dann zieht der belgische Hasardeur kurzzeitig fünfunddreißig Zentimeter vor dem auszubremsenden PKW auf die linke Fahrspur, dabei muss er den linken Zeigefinger nicht an die Schläfe führen, weil der da bereits festgetackert ist. In Belgien herrscht ein Tempolimit von 120, das der Belgier bereits auf der Beschleunigungsspur erreicht, um dann den 3er BMW direkt auf die ortsüblichen zweihundertachtzig zu beschleunigen. Abgesehen von der Kurzsichtigkeit in Bezug auf Verkehrsschilder mit Tempobegrenzungen geht der Belgier auch davon aus, dass der 3er BMW in den Kofferraum eines Audi passt, sonst würde er doch niemals so dicht auffahren.

Mit der Raserei ist aber zu meinem großen Glück spätestens zwanzig Kilometer vor Antwerpen Schluss, weil der belgische Autobahnplaner ab zwanzig Kilometer vor dem Antwerpener Ring, auf dem Antwerpener Ring und bis zwanzig Kilometer nach dem Antwerpener Ring einen Autobahnbaustellenfeldversuch durchführt, der in der Lage ist, an langen Wochenenden oder zu Ferienzeiten den Verkehr vollkommen zum Erliegen zu bringen. Dieser Autobahnbaustellenfeldversuch existiert seit zwanzig Jahren, größere Baufortschritte sind seitdem nicht zu erkennen. Zwar sieht man hier und da einige belgische Straßenbauarbeiter, aber die Frage »Wie viele arbeiten denn hier?« kann man getrost mit »Maximal zehn Prozent!« beantworten. Die überwiegende Mehrheit stimmt sich gelassen auf den Feierabend ein, an dem sie endlich die ganze Gelassenheit wieder ablegen kann, um mit dem 3er BMW mit zweihundertachtzig nach Hause zu brettern.

Wer in den Sommerferien pünktlich in Zeeland sein will, sollte am Ende der Osterferien losfahren.

5

Piet war immer ein Mann, jetzt nicht so ein muskelbepacktes Wesen, das von Illustrierten-Covern auf Tankstellenbesucher herabschaut, aber ein Mann. Kein Marathonläufer, kein Fitnessstudio-Eisenbieger, aber immerhin war er im Jahre 1985 die Elfstedentocht gelaufen, die Elfstädtetour auf Schlittschuhen durch Friesland. Er war auf gut geschliffenen Kufen über zugefrorene Kanäle, Flüsse und Seen von Sneek nach Leeuwarden gerannt, und er ließ damals hundertfünfzig andere durchaus ambitionierte Sportler hinter sich und erreichte das Ziel auf Platz 16.233.

Seither hielt sich sein sportlicher Ehrgeiz in Grenzen, aber er achtete stets darauf, dass die Gürtelschnalle im dritten Loch blieb. In neunundfünfzig Jahren hatte er gelernt, männlich zu riechen, ohne vorher von der Fischbude in Noordkapelle durch den Wald bis nach Domburg und zurück gesprintet zu sein.

Ein Mann. Kein Pirat, kein Cowboy, kein Indianer, aber Schmerz war ihm peinlich. Normalerweise besorgte sich Piet seine Medikamente bei seinem Freund, bei Rutger, dem Zahnarzt. Rutger hatte, wie viele niederländische Ärzte, seine Apotheke in der Praxis. Aber plötzlich wusste Piet gar nicht mehr, wo dieser Rutger wohnte, und wenn er es sich genau überlegte, wusste er nicht einmal mehr, wie Rutger hieß.

Annemieke parkte den Dienstpeugeot am Bahnhof in Middelburg. Piet musste sie nicht darauf hinweisen, sie wusste aus einigen Jahren der Erfahrung, dass er gerne ein paar Meter zu Fuß zum Tatort ging. Er brauchte diese Schritte, um die Witterung aufzunehmen. Sie war ja schon froh, dass er nicht mit dem Fahrrad gekommen war.

Sie gingen zu Fuß über die Stationsstraat und die Koningsbrug zum Binnenhaven. Links konnte er den »Grijse Dolfijn« sehen, rechter Hand lagen die Hausboote entlang des Londensekaais sicher an der Mole vertäut, wie immer, wie eine Kette aus sechs Perlen, wie immer, und doch war etwas nicht wie immer, in einem dieser Boote, die für Piet den Traum vom Leben darstellten, einem Leben in Einklang. Das Meer, der Kanal, die Stadt, das Leben. In eines dieser Lebensboote war der Tod eingezogen.

Sie gingen noch hundert Meter die Straße hinauf in Richtung Buitenhaven, und da sahen sie schon die verräterischen Blitzlichter im Innern eines der Boote. Gestalten in weißen Overalls waren hinter orangerotfarbenen Vorhängen nur zu erahnen.

Sie betraten mit einem einzigen größeren Schritt die mit silberweiß schimmerndem Stabdeck ausgelegte Terrasse.

Neben der Eingangstür stand Remco, der versuchte, eine verräterische Zigarette unauffällig über Bord zu schnippen. Es gelang ihm nicht.

»Hoi, Remco!«

»Hallo, Annemieke, hoi, Piet! Ich habe den Bürgersteig nicht sperren lassen, sonst hätten wir hier erst recht den Menschenauflauf. Es ist immer ein Agent an Deck. Ist das okay so?«

»Ja, ist wohl 'ne gute Idee. Wie viele seid ihr?«

»Jannis und ich und zwei Kollegen vom Diebstahl.«

»Das müsste reichen. Und wie sieht's drinnen aus?«

Remco schüttelte den Kopf. »Kann ich nicht erklären, guckt euch das mal selber an. Ich hab so etwas noch nicht gesehen.«

Piet duckte sich instinktiv ein wenig, als er durch die Eingangstür aus dunkelgrauem Rauchglas trat. Es wäre nicht nötig gewesen. Das war kein Hausboot, wie Piet es kannte. Es sah von außen so aus, aber wenn man die Glastür passiert hatte, betrat man kein Hausboot. Es gab keine kleine Kombüse, keinen Wohnraum, kein Schlafzimmer. Es wirkte eher wie ein Loft, helles Grau und shirazrote Akzente dominierten den großen Raum, der trotz der zugezogenen Vorhänge wegen zwei riesiger Dachfenster licht und hell wirkte.

Thijs Joziasse, der Polizeifotograf, hatte seine Nikon D3 und seinen Fotokoffer auf einem Schreibtisch aus grauem Lack abgestellt, neben einer schwarzen Schreibtisch-Leuchte von Artemide.

Hinter dem Schreibtisch hing das großformatige Porträt einer älteren Dame, die tiefen, vertikalen Gesichtsfalten erinnerten ihn an etwas, er ging näher an die Fotografie heran und murmelte: »Jagger.«

Annemieke drehte sich zu ihm um. »Wie, Jagger?«

»Dort auf dem Foto, die alte Dame ist Mick Jagger!«

Der Fotograf stöhnte. »Corbijn, Anton Corbijn. Das Motiv ist Jagger, aber der Fotograf ist Anton Corbijn. Kostet ein Schweinegeld. Die Dame muss ganz schön was an den hübschen Füßen gehabt haben, wenn sie sich so was leisten kann.«

Der nackte Körper lag auf einem Seidentuch, welches

das große, fast quadratische Bett bedeckte. Sie war keine alte Dame, sie war eine wunderschöne Frau. Die Augen waren nicht schreckvoll aufgerissen, wie Piet es schon öfter in seiner Laufbahn gesehen hatte. Sie waren sanft geschlossen. Die Szene hatte nichts Bedrohliches, nichts Tödliches, nichts Endgültiges. Der Körper war makellos, die Haut war ebenmäßig, seidig schimmernd, bronzefarben, unter den Brauntönen wäre es eine edle Blässe. Um den Hals hatte sie eine Perlenkette getragen, die nun zerrissen war, zwei Perlen lagen verloren auf der roten Seide.

Annemieke betrachtete die Perlen, ohne sie aufzunehmen. »Ich bin kein Juwelier, aber wenn du mich fragst, sind das Naturperlen, rund bis semirund, schöner seidiger Lüster, kaum Spots, eine fantastische Kette.«

Der schöne Kopf mit den tizianroten Haaren war das Gegenteil von Mick Jagger, keine einzige Falte durchzog das Gesicht. Er lag auf ihrem rechten Oberarm. Sie schien völlig entspannt. Das linke Bein war über dem rechten angewinkelt. Die Szene wirkte so, als würde sie gleich blinzeln, sich strecken und aufstehen, um sich einen Tee zu kochen. Sie war nackt. Es schien fast, als lächelte sie. Sie war beinahe perfekt, sie hatte nur einen Fehler, sie war tot.

Piet ging zu dem Bett. Er musste nicht wirklich versuchen, den Puls zu finden, er wusste es, sie war tot, er konnte es nur nicht sehen. Er konnte seinen Augen nicht trauen. Er umfasste mit Daumen und Mittelfinger das Handgelenk, und ja, natürlich, er spürte diese Kälte sofort. Sie war tot, sie war die schönste Tote, die er gesehen hatte.

»Kanntest du sie?«

»Kennen ist übertrieben, ich habe sie ein paar Mal gesehen.«

Schließlich wohnte sie nur hundertfünfzig Meter von ihm entfernt. Ja, er hatte diese Frau ein paar Mal gesehen, wenn sie am Binnenhaven entlangging. Ihm fiel ein, dass er sich einmal gefragt hatte, ob diese hochhackigen Pumps und das Kopfsteinpflaster in Middelburg nicht ein unüberbrückbarer Gegensatz waren. Warum kannte er sie nicht, warum kennt man die Menschen nicht mehr, die zwei Häuserblocks weiter wohnen? Sie ging nicht in seine Kneipen, sie kaufte nicht in seinen Läden, auch in seinem Middelburg lebten Menschen nebeneinanderher. Sie hatte ihn nie angesprochen, er hatte sie nie angesprochen, er hätte sich nicht getraut.

Remco unterbrach seine Gedanken: »Dann hat dieser Dr. Ten Dracht seinen Job ja pünktlich angetreten!«

Dr. Henk ten Dracht hatte erst am letzten Montag seinen Einstand gegeben, mit einer kleinen, feinen After-Work-Party im »Sint John« am Vismarkt, nicht in dem alten roten Klinkerhaus, in dem die Pathologie untergebracht war. Aber es gab doch eine kleine Führung durch die »neue« Pathologie. Henk ten Dracht hatte ganze Arbeit geleistet. Piet war nah daran gewesen, das Haus noch einmal zu verlassen, um die Hausnummer zu kontrollieren, aber es war die Vlissingsestraat No. 14, da gab es gar keinen Zweifel, wenn auch die Einrichtung, die Wandfarbe, das gesamte Interieur mit keinem einzigen Detail an die Zeit erinnerte, als noch Arie Tromp der Patholoog Anatoom war.

Über Monate war die Stelle in Middelburg unbesetzt gewesen, über Jahre wäre das niemandem aufgefallen. Und Piet sah sich bestätigt. Er hatte immer gesagt, eine Stadt wie Middelburg, so nah am Meer, so nah am Himmel, braucht einfach keine »Afdeling Bloed, Zweet en Tranen!«. Dreimal kam ein Spezialist aus Bergen op Zoom zu einer Begutachtung vorbei, das war es auch schon. Piet war kein Freund von staatlichen Sparprogrammen, aber die Planstelle des Pathologen in Middelburg hätte man bequem abschaffen können.

Nun, es wäre das erste Mal gewesen, dass in Justiz- und Polizeikreisen von Middelburg irgendetwas so angeordnet worden wäre, wie Piet es gewollt hatte. Dr. Henk ten Dracht kam aus Nijmegen, wo er als Hochschullehrer an der Radboud-Universität Molekulare Lebenswissenschaften gelehrt hatte. Warum er einen solchen Beruf gegen die Pathologie in Middelburg eintauschte, verstand wohl niemand. Außer Piet, der sofort erkannte, im Vergleich zu Nijmegen ist in Middelburg jeder Job besser.

»Wo ist die Kleidung?«

»Welche Kleidung?« Remco sah ihn verdutzt an. »Ach ja, die Kleidung, also hier im Raum ist nichts. Das Schlafzimmer ist unten.«

Die schlafende Frau war tot. Das Bett war oben und das Schlafzimmer unten. Es war nicht nur keine Kleidung da, kein Pullover, keine Jeans, kein Kleid, keine Schuhe, es war gar nichts da. Nichts. Alles war perfekt, nur die Kette war zerrissen. Neben einem Bett musste ein Buch liegen, aber da lag kein Buch auf einem Nachttischchen, da standen keine Gläser, keine Kaffeetasse, keine Flasche Wein.

Piet fuhr sich durch das Haar. Er zwinkerte. Das machte er manchmal, wenn ihn seine Sehkraft im Stich ließ, zwei Mal zwinkern, dann maß sein Autofokus die Bildbereiche neu aus, lokalisierte das Motiv und stellte wieder scharf, meistens. Jetzt half es nicht. Er hatte Nebel im Kopf, dichten grauen Nebel, die Schwaden waberten durch sein Hirn.

Er sah ein Bild, die Farben waren brillant, die Tiefenschärfe war perfekt, die Kontraste hätten klarer nicht sein können, doch es war keine Fotografie, es war eine Fotomontage. Nebel im Kopf. Er konnte, er durfte seinen Augen nicht trauen.

Neben der Eingangstür verdeckte ein dunkelroter seidener Paravent eine Wendeltreppe.

»Was ist da unten?«

»Ein Büro, ein Bad und zwei Schlafzimmer.«

Es gab ein Untergeschoss, ein »Unterwassergeschoss«. Kleine rechteckige Oberlichter erhellten die Räume nur unzureichend, kein Vergleich zu dem hellen, lichtdurchfluteten Loft ein Stockwerk höher.

Annemieke und er betraten das Bad, es war penibel gepflegt. Da war eine gerundete Glaskabine an der Dusche. Piet kannte den pH-Wert des Leitungswassers in Middelburg, doch er sah keine weißen Kalkablagerungen. Das Bad war sauber, aber es lebte. Ein Morgenmantel hing an einem Haken neben der Tür, die Wand mit dem Waschbecken war komplett verspiegelt, die Zahnpastatube war benutzt worden. In den Borsten der Haarbürste auf dem Bord unter dem Spiegel hatten sich zwei tizianrote Haare verfangen. Kein Vergleich zu dem Arrangement im Loft.

»Darum wird sich die SpuSi kümmern«, sagte Annemieke.

»Die sollen …«

»Ja, die nehmen die Haare aus der Bürste ganz sicher mit!«

Der letzte Raum war wieder ein Schlafzimmer. Und wieder ein Jagger. Mick Jagger war auf der großformatigen Fotografie dieses Mal im Profil abgebildet. Er trug eine Jacke oder ein Hemd im Leopardenmuster und eine venezianische Augenmaske, das Haar wirr. Beinahe hätte Piet ihn nicht erkannt. Aber Jagger streckte auf dem Bild seine Zunge heraus, und auch wenn Piet eher auf der Beatles-Hemisphäre heimisch war, diese Zunge konnte nur einem gehören.

»Thijs?!«

Die Antwort kam aus dem Bad: »Ich komme!«

»Thijs, ist das wieder ein Corbijn?«

»Allerdings!«

»Corbijn, das ist ein Niederländer ...«

»Ja, kommt ursprünglich aus Strijen, wohnt aber jetzt in London. Er hat alles fotografiert, was bildende Kunst oder Rockmusik macht. Jeff Koons wie Depeche Mode, Gerhard Richter wie Johnny Cash, ist einer der bedeutendsten Fotografen weltweit und ... schweineteuer!«

Das Bett hatte keine Seidendecke. Die Kissen waren sorgfältig aufgeschlagen, es gab keine Tagesdecke. Auf dem schwarzen Tischchen neben dem Bett stand eine Flasche Spa blauw, daneben lag eine Brille, und da war auch das Buch, das ihm oben gefehlt hatte. Maarten 't Hart: »Der Schneeflockenbaum«.

Piet kannte das Buch, schöne Geschichte, böse, aber schön. Er mochte Maarten 't Hart, guter Autor, natürlich nicht so gut wie Agatha Christie, aber doch, er mochte ihn.

»Piet, was ist los?« Annemieke betrachtete fragend ihren Chef, sie musste ihn schon einige Zeit so angesehen haben.

Jetzt drehte er sich zu ihr um. »Nichts! Nur diese Zahnschmerzen!«

»Soll ich Rutger anrufen, der kann dich ganz bestimmt dazwischennehmen, in so einem Notfall!«

»Ich bin kein Notfall, ich habe Zahnschmerzen, aber ich sterbe nicht!«

»Wie du meinst!«

Jannis stand plötzlich im Türrahmen. »Chef, ich habe die Unterlagen vom Einwohnermeldeamt. Gemeldet als Mieterin an dieser Adresse ist Mevrouw Romy van Zwamen, geboren in Goes am 14. Februar 1979, dann wäre sie siebenunddreißig Jahre alt. Wir haben hier noch keine Ausweise, keine Papiere mit Lichtbild gefunden, aber vom Alter und Geschlecht ... das könnte sie sein. Inhaber des Hausbootes ist eine Firma: ›secure.lab ltd.‹, eingetragen im Handelsregister von Middelburg seit 2008, die Adresse ist Park Veldzigt 69, hier in Middelburg, Geschäftsführer ist ein Fabio Contento. Das Mietverhältnis besteht seit 2012.«

»Contento«, entfuhr es Annemieke. »Moment, das sagt mir was. Ist das nicht der Mann von der Sicherheitsfirma, die im neuen Haus von Ten Dracht die Diebstahlsicherung installiert hat? Dieser Contento war doch bei der Feier im ›Sint John‹. Kannst du dich erinnern?«

»Natürlich, ja!«

Piet hatte kein Problem mit seinem Alter, kein Problem mit der zunehmenden Graufärbung seines Haupthaars, nicht einmal mit dem zunehmenden Bauchfett um die Körpermitte herum, aber dass sein Namensgedächtnis nachließ, das ärgerte ihn maßlos. Der Name Contento sagte ihm rein gar nichts. Und so ein Name, italienisch oder so, der müsste ihm doch präsent sein. Wenn dieser Contento ihm seine Telefonnummer gegeben hätte, die könnte er bestimmt noch auswendig, vielleicht würde ihm auch sein Gesicht bekannt vorkommen, aber der Name? Irgendwann ist im Leben eines jeden Detektivs die Rente durchaus eine Option.

»Ja, natürlich, ich kann mich erinnern, dieser Sicherheitsmensch!«

Piet spürte wieder diesen stechenden Schmerz. Wenn der einfach bleiben würde, vorhanden wäre, dann könnte er sich daran gewöhnen, aber dieser miese Schmerz verabschiedete sich zwischenzeitlich, und zwar so, dass man es gar nicht spürte. Wenn etwas nicht wehtut, dann spürt man es ja nicht. Man ist da nicht erleichtert. Aber wenn er wiederkommt, plötzlich und stechend, das spürst du!

Es half nichts, er musste etwas unternehmen. Er sah auf die Uhr und beendete die Tatortbesichtigung. »Ich gehe eben in die Apotheke, wir treffen uns um zwölf im Präsidium.«

6

Rianne! Rianne war die Lösung, Rianne war Apothekerin, selbstständige Apothekerin, sie hatte ihr Geschäft in der Stadhuisstraat, und jetzt, da sein Entschluss gefasst war, musste er sich nur noch eine Ausrede überlegen, warum er sich in den letzten zwanzig Jahren nie gemeldet hatte. Gut, er hatte sie getroffen, wie man in der Stadhuisstraat eben Menschen trifft, sie hatten sich gegrüßt. Aber man hätte einer alten Schulkameradin theoretisch auch mal etwas gönnen können, Aufmerksamkeit zum Beispiel.

Aber Rianne war immer eine Frau gewesen. In der Abschlussklasse an der Latijnse School Middelburg, kurz vor dem VWO-Eindexamen, man kann auch Abi sagen, da waren alle Mädchen Mädchen, nur Rianne war eine Frau. Alle trugen Wrangler-Jeans, weil der Popo erst in einer Wrangler-Jeans zum perfekten Mädchenhintern wurde, nur Rianne trug geblümte Sommerkleider. Alle steckten barfuß in Chucks, nur Rianne trug weißbesockt schwarze Riemchensandaletten. Er wusste nicht mehr, warum, aber Rianne hatte ihm immer Angst gemacht. In den Pausen oder auf den Partys hatte er sie angeschaut, so wie man ein schönes Bild anschaut, aber schöne Frauen auf Bildern oder Illustrierten konnte man nun einmal nicht anfassen. Und Rianne war für ihn immer unerreichbar.

Piet ging über die Herenstraat, entlang der Fußgängerzone Lange Delft und über den Markt zum Stadhuis. Das Stadhuis an der Kopfseite des Marktplatzes ist ein spätgotisches Bauwerk mit den typischen Rundbögen, aber auch mit verspielten Ornamenten, mit Turm und Türmchen, mit den typischen zeeländischen rot-weißen Holzblenden. Und es ist, zusammen mit dem Lange Jan, dem fünfundachtzig Meter hohen Turm der Koorkerk, das Wahrzeichen Middelburgs. Die Leser der Zeitung »Trouw« hatten das alte Rathaus 2007 zum zweitschönsten Gebäude der Niederlande gewählt.

Piet las den »pzc«, den »Provinciale Zeeuwse Courant«, und ab und zu mal »De Telegraaf«, wenn im »Sint John« mal einer liegen geblieben war. »Trouw« las er nicht, aber eines musste man den Lesern dieser Zeitung lassen: Geschmack hatten sie.

Hinter dem alten Rathaus verläuft die Stadhuistraat. Piet verlangsamte seinen Schritt. Die Zeeuwse Apotheek hatte kein Schaufenster im eigentlichen Sinne, warum auch? Warum sollte man Medikamente konsumfördernd zur Schau stellen? Man kauft das Zeug, wenn man krank ist, und wenn man gesund ist, macht man um Apotheken einen großen Bogen. Es kam Piet sehr zupass, dass die großen Glasflächen des Geschäfts nicht mit überflüssiger Dekoration zugestellt waren. Er bezog Stellung auf der anderen Straßenseite und beobachtete den Verkaufsraum, ganz der routinierte Detektiv.

Eine ältere Kundin hatte anscheinend größeren Bedarf an diversen Tabletten, Tropfen und Dragees. Die Verkäuferin im weißen Kittel und mit blonder Kurzhaarfrisur überragte die Oma mindestens um anderthalb Haupteslängen, und es war eindeutig nicht Rianne. Piet wartete ab, bis die alte

Dame medikamentös wohlgerüstet den Verkaufsraum verließ, und wollte gerade die Straße überqueren, als ein junger Mann im grauen Bankangestelltenzwirn durch die Eingangstür huschte. Piet verharrte auf seinem Beobachtungsposten.

Er musste schmunzeln. Er erinnerte sich an das letzte Mal, als er eine Viertelstunde lang vor einer Apotheke herumgelungert hatte, bis er sich hineintraute, das war irgendwann in den 1980er-Jahren. Aids war zum Thema geworden, und die Aufklärungskampagne »Kondome schützen« hatte auch Piet überzeugt. In der Apotheke stand eine sehr hübsche, sehr junge Verkäuferin, und Piet hatte so lange gewartet, bis sie Mittagspause machte und ein Apotheker in seinen Sechzigern hinter dem Tresen ihren Platz einnahm. Piet hatte die Chance sofort ergriffen, war an den Tresen gestürmt und hatte Präservative verlangt.

»Welche Packungsgröße?«, hatte der Herr hinter dem Tresen völlig unaufgeregt gefragt.

Piet dachte einen Moment lang nach. »Na, so eine Familienpackung, denke ich!«

Der Herr im weißen Kittel und mit Fliege lächelte Piet an und sprach: »Ich denke, genau das wollen wir doch verhindern, junger Mann!«

Piet wäre damals gern im Erdboden versunken, und nun stand er wieder vor einer Apotheke und wartete einen günstigen Moment hab. Der graue Banker gab ihm die Klinke in die Hand.

Die blonde Riesin, sie war sicher auch zehn Zentimeter größer als er, fragte freundlich: »Guten Tag, was kann ich für Sie tun?«

»Ich bräuchte Schmerztabletten, Zahnschmerztabletten, sehr starke Zahnschmerztabletten.«

»Haben Sie ein Rezept?«

Wie denn, wenn man seinen Zahnarzt aus dem Kontakte-Ordner gelöscht hatte? Das würde er der Apotheken-Amazone lieber nicht erzählen. Er würde überhaupt nichts erklären, also sagte er nur: »Nein!«

Sie überlegte kurz und sagte: »Ich bin mir nicht sicher, welches der stärkste nicht verschreibungspflichtige Schmerzstiller ist, Herr Inspecteur. Moment, ich frage die Chefin.«

Mist, sie hatte ihn also erkannt, von irgendeinem Foto in der Zeitung, oder woher auch immer, und jetzt wollte sie dem »Herrn Inspecteur« auch noch den besten Service angedeihen lassen, anstatt ihm einfach irgendeine Hammertablette zu geben, um ihn damit seinem Schicksal zu überlassen.

Natürlich verschwand sie durch die Glastür in die hinteren Räume, natürlich rief sie »Rianne!«, natürlich schaute ihn Rianne eine halbe Minute später über den Tresen hinweg mit ihren großen braunen Rehaugen an, und natürlich fragte sie: »Piet, du?«

»Ääh, ja, hallo, Rianne! Du, ich habe starke Zahnschmerzen.«

»Du hast Schmerzen? Das hätte ich nicht für möglich gehalten. Seit wann?«

»Ääh, seit ... drei oder vier Tagen?« Es war nur ein kleines bisschen untertrieben.

»Und warum gehst du da nicht zu Rutger Ritsma?«

Natürlich, ja sicher, das hätte er sich ja denken können.

»Ich kenne keinen Rutger Ritsma!«

»Sicher kennst du Rutger Ritsma, er war bei uns in der Klasse, und er ist jetzt ein sehr guter Zahnarzt. Moment, das weißt du doch alles!«

»Ich kenne keinen Rutger Ritsma, ich habe ihn aus meinem Kontakte-Ordner gelöscht.«

»Soso, na gut, es geht mich ja auch nichts an. Hier, das ist eine Ibu-Dent 400.«

»Ich hatte eher an eine Ibu-Dent 4000 gedacht!«

»Die 400er wirken bei leichten bis mäßigen Zahnschmerzen sehr gut, nimm bitte erst mal eine. Und weil du das natürlich nicht tust: Wenn du zwei nimmst, fahr bitte kein Auto. Und vielleicht hast du ja noch irgendwo eine Sicherheitskopie von deinem Kontakte-Ordner!«

»Okay, tot ziens!«

Piet verließ die Apotheke. Pah, Ibu-Dent 400, leichte bis mäßige Schmerzen. Er überlegte, ob er Rianne aus seinem Kontakte-Ordner löschen sollte, aber das ging nicht. Sie stand nicht drin.

7

Die Saté-Sauce ist die pure Verführung, eine sündhaft leckere Erdnusssauce, die urspünglich aus Indonesien oder Thailand stammt, wo sie zum Grillgericht Satay gehörte. Einwohner der ehemaligen Kolonie Niederländisch-Indien haben sie dann nach Europa gebracht, wo sie die Esskultur der Niederlande revolutionierte. Zusammen mit gegrillten Geflügelspießen und der niederländischen Knollenspezialität Frietjes bildet sie ein diätetisches Abendessen, das ich eigentlich gegen fünf Uhr nachmittags im »Zeerover« einzuwerfen gedachte.

Der Antwerpener Ring machte dieses Ansinnen natürlich zunichte, aber ich hatte vom Auto aus Robert, die gute Seele des »Zeerover«, angerufen, der uns beruhigte, es seien noch ein paar Gäste da und er werde auf jeden Fall auf uns warten, damit wir nicht unterhopft und unfrittiert den Wohnwagen betreten mussten.

Den Helligkeitsgrad noch als Dämmerung zu bezeichnen, wäre untertrieben gewesen, es war schon ziemlich dunkel, als wir endlich den kleinen Fußweg durch das Naturschutzgebiet »De Manteling« entlang Richtung Abendessen stapften.

Die zeeländische Polderlandschaft im Herbst ist herrlich, wenn sich der Nebel behutsam auf die Wiesen setzt. Mir fehlen dann nur zwei, drei Grimbergen, und schon sehe ich den Reiter, der mit wehendem Mantel auf seinem Schimmel den Deich entlangreitet. Okay, der ritt gewöhnlich weiter nördlich, aber in Holland gibt's auch viele Pferde, und trinken Sie mal zwei, drei Grimbergen. Dann sehen Sie auch wilde Geschichten.

Anne, die Kinder und ich betraten den »Zeerover«. Robert begrüßte uns fröhlich lächelnd. Es war nicht nur die routinierte Gastfreundschaft des niederländischen Gastronomen. Er freute sich wirklich, uns wiederzusehen – und ich erst.

Wir mussten keine Bestellung aufgeben. Robert kannte die Menüauswahl auch so. Zweimal Saté mit Frietjes, einmal mit Mayo. Einmal Frikandel speciaal mit Frietjes speciaal, und einmal die Riesenportion Spareribs für Tristan.

»Anne, auch ein Grimbergen?«, fragte Robert, und meine Frau strahlte: »Allerdings, denn wenn Kinder die Pubertät hinter sich lassen, hat es für die Mutter einen entscheidenden Vorteil. Sie fahren das ›Mama-Taxi‹ selber.«

Wir fanden unseren Lieblingsplatz direkt am Fenster um diese Uhrzeit verwaist vor. Ich stellte das orangefarbene Tablett mit zwei Bier und zwei Cola auf den Tisch, und ich schaute auf das abendliche Meer. Die Sonne war schon untergegangen, aber der Horizont war noch erkennbar. Irgendwo da hinten war England, irgendwo hier drinnen saß ich, zufrieden, mit meiner Familie, mit einem Glas Bier in der Hand, und dieses wunderbare Gefühl breitete sich in meinem Brustkorb aus, dieses Gefühl, das man nur mit einem einzigen Wort beschreiben kann: Urlaub!

»Mein Bruder«, dröhnte ein mir bekannter Bass-Bariton an mein Ohr. »Da seid ihr ja endlich!« Lothar stand neben uns, sein schiefes Grinsen kannte ich genau.

Lothar hatte das getan, was ich noch vorhatte. Er hatte sich zwei, drei Grimbergen gegönnt, vielleicht auch vier, fünf.

»Mensch, Lothar, schön, dich zu sehen!« Anne sprang auf, um den Freund zu umarmen und ganz niederländisch mit drei Küsschen auf der Wange zu begrüßen.

Ich schaute mich in der gastlichen Stube um. »Wo ist Gaby?«

Lothar setzte sich zu uns und kraulte sich nachdenklich den grauen Vollbart. »Tja, das weiß ich auch nicht, wo die ist. Immer irgendwo. Und wenn die immer irgendwo ist und irgendwas macht, dann kann ich auch irgendwo sein und irgendwas machen. Und jetzt bin ich hier und trinke Bier!«

Oh, Krise! Krise bei Lothar und Gaby, das konnte man sich eigentlich nicht vorstellen. Lothar und Gaby waren nämlich vor über vierzig Jahren schon im Sandkasten vom lieben Gott höchstpersönlich handverlesen worden, um viele Jahre später die berühmte glückliche Ehe zu führen. Sie waren zwei Menschen, die gleich waren, die gleichen Interessen, der gleiche Musikgeschmack, der gleiche Sinn für italienische Küche, Lothar und Gaby waren zwei Menschen, die ganz langsam eins wurden. Hatte ich zumindest immer gedacht. Aber jetzt saß dieser kraftstrotzende Klotz von einem Mann vor mir und kraulte sich seinen Bart. Sie war irgendwo und machte irgendwas.

8

Am Ende eines sonnigen Julitages kann es am Binnenhaven aussehen, als sei Walcheren gar kein Hotspot für Touristen aus Nordrhein-Westfalen. Von all den Menschen aus Krefeld, Aachen und Köln, die im Sommer jeden Montag durch Domburg walzen, weil da ja Markt ist, am Dienstag durch Zoutelande, weil da ja Markt ist, und am Mittwoch durch Vrouwenpolder, weil da ja auch Markt ist, und die, wenn überhaupt, dann erst am letzten Urlaubstag mit Schrecken erkennen, dass die Marktstände in jedem Ort auf ganz Walcheren von denselben Händlern beschickt werden, von diesen fröhlichen Menschen ist abends um zehn am Binnenhaven in Middelburg wenig zu sehen.

Ein paar Hundert Meter weiter, am Pottenmarkt, herrscht noch buntes Treiben. Die Terrassen von »De Vriendschap«, »De Herberg« und im »Die Lange« sind noch gut besucht, auch wenn die Gastronomen am späten Abend Heizstrahler und Decken einsetzen, um ihre Gäste mit kuscheliger Halb-acht-Außentemperatur zu verwöhnen. Die Gäste wiederum tun ihr Übriges, um diese Atmosphäre mit Genever, witte wijn und belgischem Trappistenbier auch von innen zu gewährleisten.

Piet hatte seine Gazelle vor dem »Grijse Dolfijn« abgestellt und ging noch einmal die hundertfünfzig Meter zum

Londensekaai, wo die Hausboote so friedlich vor sich hin dümpelten.

»Lieveling«!

Ein Hausboot, das war immer eine Option für Piet, ein Hausboot, ein Teil der Stadt, seiner Stadt, und ein Teil des Meeres, seiner Nordsee, wahrscheinlich würde es für immer ein Traum bleiben. Andererseits ... Hieß es nicht: »Ihr seht und sagt: Warum? Aber ich träume und sage: Warum nicht?« Wer war das noch mal, wer hatte das gesagt? George Bernard Shaw vielleicht, aber er war sich nicht sicher. Schlauer Mann, dieser Shaw, oder war es Kierkegaard oder Lou van Burg? Egal, »warum nicht?«, darauf kam es an.

Wenn Piet irgendwann ein Hausboot haben würde, dann würde er es »Optie« nennen, weil es eben eine Option war, oder »Witte Dolfijn« oder auch »Grimbergen«, aber niemals »Lieveling«. Liebling, so nennt man einen Pitbull, aber doch kein Hausboot.

Ihm fiel das Lied von Bløf ein: »Lieve Lieveling, ga door, waar je was gebleven. Ga niet weg, maar blijf nog even!« –»Lieber Liebling, geh ruhig, wo wärst du jemals geblieben. Nein, geh nicht weg. Bleib noch ein bisschen.« Diese Romy hatte so ausgesehen, als wäre sie nicht weggegangen, so, als wäre sie einfach noch ein bisschen geblieben. Allerdings hatte diese Romy überhaupt nicht ausgesehen wie ein »Liebling«.

Was er gesehen hatte, war eine Collage, mehr noch, es war eine Täuschung. Er hatte es mit einem intelligenten Gegner zu tun.

Ein Profi? Nein! Ein Profi hinterlässt keine Spuren, und er erzählt keine Geschichte. Er ist kalt, macht seinen Job und ist weg. »Ga niet weg, maar blijf nog even!« Dieser Killer kam auf verdammt leisen Sohlen, aber er war geblieben, er war noch da. Warum er da so sicher war? Er war nicht sicher!

Die Sonne war vor einer Viertelstunde untergegangen, es war eine fast sternenklare Nacht, es war dunkel geworden, aber die Straßenlaternen beleuchteten den Turfkaai sehr ordentlich. Er kam zum »Grijse Dolfijn« und freute sich, weil er in Julianas Fenster noch das bläuliche Licht sah. Sie schaute Fernsehen.

Piet sah gerade vor seinem geistigen Auge die grüne Bügelflasche, kleine glasklare Wassertropfen zeugten von der Kühle des wertvollen Getränks, er spürte beinahe körperlich, wie das kühle Grolsch seine Speiseröhre hinunterrann, als er plötzlich, völlig unmotiviert, zwölf Messerstiche spürte. Die zwölf Messerstiche, die den Amerikaner Samuel Edward Ratchett in »Mord im Orient-Express« meuchelten, spürte Piet gerade in dem Moment in seinem Unterkiefer, als er sich unbändig auf ein Bier bei Juliana freute. Jetzt ging das schon wieder los, aber er könnte die Flasche ja möglichst weit links ansetzen und so das Grolsch an diesem vermaledeiten Zahn vorbeifließen lassen.

Er klopfte wie immer, sehr laut, einmal lang, zweimal kurz, dreimal lang, dann öffnete er mit seinem Zweitschlüssel Julianas Wohnungstür und steuerte direkt auf den Kühlschrank zu. Normalerweise nahm er sich immer zwei Bier aus der Flaschenhalterung in der Tür, heute nur eins. Er war sich nicht mehr so sicher, ob das mit dem Linksansetzen klappen würde.

»Das ist aber schön, dass du noch einmal bei deiner steinalten Freundin vorbeischaust.«

»Ja, ich habe mich auch gefreut, als ich bei dir noch Licht

gesehen habe. Es ist ja schon sehr spät. Ich hatte befürchtet, du schläfst schon.«

»Schlafen? Das kann ich noch lange genug. Sag mal, Junge, du siehst ja fürchterlich aus, was war denn heute los?«

Juliane Joosses, gute dreiundneunzig Jahre alt, gesegnet mit der Sehkraft eines altersschwachen Maulwurfs in der Mittagssonne, aber wenn er mal mitgenommen aussah, das sah sie sofort. Und sofort machte sie sich Sorgen, und wenn sie sich Sorgen machte, nannte sie ihn immer »Junge«.

»Wir haben eine Leiche, auf dem Hausboot ›Lieveling‹ am Londensekaai.«

»Ja, das hatte ich mir schon gedacht, dieses viele Blaulicht und die ganze Aufregung auf der Straße. Mord?«

»Ich weiß es nicht. Doch, ich weiß es! Ja, Mord. Die Frau heißt wohl Romy van Zwamen, siebenunddreißig Jahre alt.«

»Und wieso weißt du nicht, oder du weißt es doch, dass es ein Mord war?«

»Ich hab noch keinen Bericht vom Pathologen, sie lag da auf ihrem Bett, und sie war tot, aber sie lag da, als ob sie schlief.«

»Siebenunddreißigjährige Frauen sterben nicht im Schlaf. Das kriegen ja manche Dreiundneunzigjährige nicht hin. Also nicht erstochen oder erwürgt, oder so was? Einen Schuss hätte ich ja gehört.«

Ganz sicher, Juliana Joosses hätte einen Schuss selbst mit Schalldämpfer hinter dem geschlossenen Fenster im Schlaf gehört. Ihre Hörleistung verhielt sich reziprok proportional zu ihrer Sehkraft. Juliana hörte alles!

»Nein, überhaupt keine Anzeichen für äußere Gewalt.

Aber irgendetwas stimmt da nicht, ich habe schon einige Tote gesehen. Ein toter Mensch hat, wie soll ich das sagen, er hat eine spitze Nase, das Gesicht ist leer, ein toter Mensch ...!«

Viele ältere Menschen sprechen sehr laut, weil sie nicht gut hören, aber Juliana hörte ja wunderbar, und deshalb sprach sie oft leise, und nun sprach sie besonders leise, als sie sagte: »Ich glaube, ich weiß, was du meinst, Piet. Du weißt, ich bin nicht sehr religiös, aber ein toter Mensch sieht aus, als wäre die Seele schon weg. Bei ihr war sie noch da?«

Piet schaute ungläubig in das liebe faltige Gesicht seiner Freundin. »Ja, genau so war es. Die Seele war noch da!« Er spülte die sechste Ibu-Dent 400 mit dem ersten Schluck Grolsch runter und bereute es sofort.

Juliana nippte an ihrem Rheinwein, halbtrocken. Er würde ihr heute alles Mögliche erzählen, aber seine Zahnschmerzen behielt er lieber für sich.

»Wie habt ihr sie gefunden?«

»Anonymer Anruf, Unfall auf dem Hausboot, die Kollegen sind hin, und da lag sie auf dem Bett ...«

»Nackt?«

»Wieso interessiert dich das?«

»Ach, nur so?«

»Ja, nackt, und da waren keine Kleider, sie lag da so, als ob sie schlief, aber sie war tot, und die Seele war noch da, sie war ... schön!«

»Also hat dir jemand ein Bild gemalt!«

»Ja, so in der Art stelle ich mir das vor. Aber vielleicht war es wirklich ein natürlicher Tod oder ein Unfall ...«

»Ja genau, sie ist auf dem Fußboden ausgerutscht, und

sie hat sich im Sturz auf das Bett das Genick gebrochen, um danach friedlich schlafend auszusehen. Nein, du hast schon recht, das war Mord!«

Der zweite und der dritte Schluck waren noch teuflisch, aber dann ging es. Das Ibu-Dent wirkte, oder das Grolsch. Trotzdem würde er es heute bei der einen Flasche belassen.

Er stand auf, küsste sie auf die Wange und sagte: »Ich gehe jetzt schlafen, ich habe morgen verdammt viel zu tun.«

»Ich glaube, ich habe noch einen Tipp, der dich voranbringen könnte.«

»Und der wäre?«

»Geh mal zum Zahnarzt, Junge!«

9

Anne ist eine wunderbare Frau. Okay, dass sie wunderbar ist, habe ich schon ein paar Mal erwähnt, aber sie ist vor allem eine Frau, und Frauen und Männer sind sehr unterschiedlich, das habe ich im Laufe unserer langen Ehe bemerkt.

Kleines Beispiel. Als ich neulich ein bisschen früher als sonst nach Hause kam, fand ich unsere Einfahrt verwaist vor. Ich konnte unter dieser seltsamen Kombination aus zusammengewachsenem Nuss- und Ahornbaum direkt auf die Haustür sehen. Die mit grobem Grauwacke-Kopfsteinpflaster verlegte Zufahrt bis hin zu den Rhododendren und den beiden Vogelhäusern verwöhnte meinen Blick, ohne dass irgendein bunt lackiertes Altblech mit vier Rädern die Aussicht trübte, ein äußerst seltener Anblick. Mir wurde schlagartig klar: niemand zu Hause!

Wenig später stand ich in der Küche, und ich dachte so bei mir: »Dann koch ich uns was Feines, einen Kamillentee!«

Und dann habe ich die ganze Küche abgesucht: Hochschrank, Hängeschrank, Apothekerschrank, Kühlschrank, kein Kamillentee!

Dann kam meine Frau nach Hause, und ich sagte: »Schön, dass du da bist, sag mal, wo haben wir eigentlich den Kamillentee?«

Anne lächelte mich an, und Anne hat eine besondere Gabe. Sie kann lächeln mit Subtext. Das heißt, sie lächelt, und in dem Lächeln ist schon Text mit drin. Sie lächelte mich also an, und der Subtext war: »Dass du aber auch so lebensuntüchtig bist, wenn ich nicht da bin!« Das musste sie nicht mehr sagen, das war im Lächeln schon mit drin. Stattdessen sagte sie: »Aber Schatz, der Kamillentee steht natürlich im Bücherregal in dem Nutella-Glas mit der Aufschrift ›Salz‹.«

Hätte ich drauf kommen können.

Mir passieren solche »Fünfundfünfzig-Jahre-Männer-Dinge«. Ich stehe vor dem Kühlschrank und habe gerade vergessen, warum eigentlich. Okay, die Kühlschranktür steht offen, ich stehe im eisigen Hauch, irgendeinen Grund dafür muss es ja geben. Aber was wollte ich hier? Wollte ich einen Orangensaft oder Aufschnitt? Steht mir der Sinn nach einer Tomate oder nach Fleischsalat? Mein Hirn fühlt sich in solchen Momenten durchaus ein bisschen wie Fleischsalat an, aber dann ruft Anne aus dem Bad: »Oben links!« Richtig, die Butter fehlte noch auf dem Frühstückstisch.

Frauen haben eine Intuition, die für Männer nicht nachvollziehbar ist. Und Anne weiß Dinge von mir, auf die ich niemals gekommen wäre.

Ich stand im Vorzelt, um zu reflektieren, was als Nächstes ein- oder auszupacken wäre. Ich hatte die Reißverschlüsse an den Jalousien gelöst, ich hatte sie aufgerollt und oben mit den Dufflecoat-Verschlüssen arretiert. Ich hatte die Fahrräder in dem dafür vorgesehenen Fahrradständer aufgebockt, und ich hatte die Sitzgruppe vor dem Vorzelt postiert. (Auf den Sonnenschirm hatte ich verzichtet, weil die Sonne vor exakt einer Stunde und dreiundzwanzig Minuten über dem Meer vor dem »Zeerover« untergegangen war.)

So stand ich also unmotiviert vor dem Schiebetür-bewährten Eingang unseres Vorzeltes, und Anne musste sich einige Mühe geben, meinen Blick zu erhaschen, der ins Nirgendwo Richtung Gracht entschwunden war. Sie schaffte es natürlich, schaute mich ein wenig belustigt an und sagte: »Dann geh halt hin!«

Das ist eben Anne. Ich hätte gar nicht sagen können, wo ich hingehen wollte. Aber sie sagte: »Geh halt hin!« Und ich ging halt hin.

Lothar saß vor seinem Vorzelt in dem weißen Klappliegegestuhl, der vor zwei Jahren schon einmal vor meinem Gewicht kapituliert hatte. Seit diesem denkwürdigen Tag steht die Rückenlehne ein bisschen schräg, aber der Stuhl ist immer noch brauchbar.

»Setz dich, Bruder«, sagte Lothar, deutete auf den unversehrten Stuhl ihm gegenüber.

Vor ihm stand eine halbleere Flasche Spätburgunder von der Winzergenossenschaft Mayschoß, und Lothar krabbelte nicht sehr behände aus seinem Campingstuhl, um ein zweites Weinglas hervorzuzaubern. Er erzeugte dabei Geräusche, die nicht unbedingt auf uneingeschränkte Beweglichkeit deuteten, aber er kam unfallfrei samt Weinglas aus dem Vorzelt zurück und setzte sich schnaufend.

»Diese Scheiß-Animateurin!«

»Moment, Lothar, du musst weiter vorne anfangen! Was für eine Animateurin? Seit wann gibt es hier so was, und was macht sie so falsch, dass du hier hackenbreit vor dem Wohnwagen sitzt?«

»Diese Scheiß-Animateurin!«

»Ja, das sagtest du bereits!«

»Diese Scheiß-Animateurin hat hier ein Programm ausgehängt, und Gaby macht da alles mit! Sie vergöttert die!«

»Ja nun, im Urlaub ein bisschen Action ist ja auch ganz vernünftig. Wo ist denn das Problem?«

»Das Problem beginnt um sechs Uhr!«

»Um sechs Uhr kann ich gar kein Problem haben, da schlafe ich noch!«

Eine mir bekannte Stimme hinter meinem Rücken sagte: »Ich würde auch gerne um sechs Uhr schlafen, aber da pellt sich Uschi aus dem Schlafanzug, schwingt ihren Hintern in den Jogginganzug und verschwindet zum Pool, an dessen Liegewiese dann der ›Morgengruß‹ stattfindet.«

»Nabend Gerd, dann hast du das gleiche Problem?«

Gerd Balkenhol, Anästhesist und Schmerztherapeut aus Duisburg und Bewohner des Stellplatzes ganz vorne rechts auf unserem Feld, meinte: »Warte ab, wenn erst mal Anne zum Morgengruß aufbricht.«

Ich verstand überhaupt nicht, worum es ging. »Was um Himmels willen ist das für ein Morgengruß?«

Lothar antwortete: »Im Moment sind es an die zwanzig Frauen, die eine Mischung aus Yoga, Tai-Chi und Stretching zelebrieren, und es werden täglich mehr.«

»Und die Gaby geht da tatsächlich hin?«

»Sie geht nicht nur da hin, sie geht auch noch um elf zur Step-Aerobic und um sechzehn Uhr zu Bauch, Beine, Po!«

»Und was sagst du dazu?«

»Ich hab gesagt, Bauch, Beine, Po hast du doch alles, mach doch mal Titten!«

»Lothar, das war kein guter Spruch!«

»Glaub ich mittlerweile auch! Aber ich kann es ihr ja nicht sagen, wir reden ja kaum noch miteinander!«

»Aber warum denn nicht?«

»Weil sie nie da ist. Sie hängt immer nur mit dieser Animateurin rum.«

Gerd mahnte: »Und jetzt geh ins Bett, Lothar, du weißt, wir müssen ganz früh raus.«

Ich fragte nach: »Warum, wo wollt ihr denn hin?«

Gerd erklärte es mir: »Der Plan sieht so aus. Lothar und ich folgen morgen unauffällig den Damen zum Pool, damit wir erst mal sehen, was die da überhaupt treiben. Mit dem Vorwissen können wir dann ein klärendes Wort sprechen. Wir haben doch hier schließlich Urlaub, und den will man doch zusammen verbringen. Also, was ist? Kommst du mit?«

Ich nahm mein Rotweinglas und schüttelte den Kopf. »Tut mir leid, Kollegen, aber morgen früh um sechs liege ich neben meiner Frau im Bett und schlafe in Ruhe aus. Urlaub! Herrlich!«

Ich leerte mein Glas und überließ die beiden ihren bedeutenden Gesprächen. Dabei dachte ich: »Die Gaby, wie kann sie sich nur auf so eine Animateurin einlassen. Sie muss doch einfach einsehen, dass ein Familienurlaub nur dann ein Familienurlaub ist, wenn alle Urlaub haben. Wenn einer ausschert, dann geht doch der ganze Urlaub in die Wicken.«

Ich öffnete die Schiebetür unseres Vorzelts. Kerzenlicht erhellte unsere Wohnstatt, von dem vor einer Stunde noch vorherrschenden Chaos war nichts mehr übrig geblieben. Ich sah Anne in ihrem Sessel, das Strickzeug in der Hand.

Sie sah auf und fragte: »Na, Schatz, wie sieht's aus?«

Der Subtext war: »Ein Glas Wein weniger hätte es auch getan!«

Sie stand auf, gab mir einen Kuss und sagte: »Lass uns ins Bett gehen! Ich habe gerade das Tagesprogramm für morgen gelesen. Früh um sechs ist hier Morgengruß, eine Mischung aus Yoga, Tai-Chi und Stretching, da möchte ich gerne hin!«

Samstag

10

Die Internetseite »Weer op Walcheren« lieferte uns seit einigen Jahren Wettervorhersagen, die so präzise waren, wie es auf Walcheren nun mal möglich war, das heißt, sie hatte eine Trefferwahrscheinlichkeit von über fünfzig Prozent, womit sie im Vergleich zu allen anderen Wetter-Apps verdammt weit vorne lag. Eine prognostizierte Regenwahrscheinlichkeit von neunundneunzig Prozent, die mit einer Niederschlagsmenge von 8,7 Millimetern einherging, konnte auf Walcheren durchaus einen perfekten Strandtag bedeuten. Vorhergesagte zwölf Sonnenstunden inklusive Höchsttemperatur von sechsundzwanzig Grad endeten nicht selten darin, dass wir in Gummistiefeln rund um den Grill standen.

Unser bevorzugtes Gebräu Grimbergen ist bekanntermaßen von oben gesegnet, weil es eben ein Abteibier ist. Wenn sich der Segen von oben allerdings in flüssiger Form ins Bier mischt, konnte es geschehen, dass sich der Alkoholgehalt des prächtigen Getränks langsam, aber sicher in Richtung einer Fassbrause entwickelte, was dem Geschmack nicht gerade zuträglich war. Aber wie sagte Anne immer so schön? »Trink mal ein Wasser zwischendurch!« Das war in diesem Falle nicht mehr nötig, Wasser war schon drin.

Das Wetter auf Walcheren kann also niemand vorhersagen, aber www.weeropwalcheren.nl sagte nicht nur das

Wetter voraus, sondern auch den Sonnenaufgang, und damit lagen sie immer richtig. Wenn für den 30. Juli der Sonnenaufgang für 6:07 Uhr vorhergesagt war, dann ging die Sonne auf Walcheren um 6:07 Uhr auf, ob es der Sonne nun passte oder nicht. Das ist völlig normal, das ist jedes Jahr so, 30. Juli, Sonnenaufgang 6:07 Uhr. Da irrt sich nicht einmal der Wetterdienst.

Aber am Morgen dieses 30. Juli geschah etwas Ungewöhnliches, *und* es geschah etwas sehr Ungewöhnliches.

Ungewöhnlich war, dass man im diffusen Licht des Morgengrauens drei Frauen in Schmusehosen und Schlabber-T-Shirts Richtung Liegewiese am Schwimmbad schlurfen sah, die in den letzten Jahren am 30. Juli um diese frühe Tageszeit wohl noch wohlig in den Kissen gewühlt hatten. Wenn man nicht unter akuter Blasenschwäche leidet oder Abreisetag ist und man nicht im Stau stehen will, gibt es überhaupt keinen Grund, um diese Uhrzeit das Bettchen zu verlassen. Dachte ich bis gestern.

Sehr ungewöhnlich war, dass zwei verschlafene und restalkoholisierte Recken den Damen außerhalb von deren Sichtweite hinterherschlichen. Ein dritter war ihnen dicht auf den Fersen.

Meine Füße glitschten über das taufeuchte Gras. Das Wetter lag zu dieser unchristlichen Zeit wohl auch noch im Bett. Es war schlichtweg kein Wetter da.

Ich zischte: »Hey, wartet auf mich!«

Lothar grinste und meinte: »Der verlorene Bruder!«

Gerd fühlte sich bestätigt: »Ich habe es dir gestern schon gesagt: ›Warte ab, bis Anne auch beim Morgengruß erscheint!‹«

Lothar grummelte: »Morgengruß, das ist so ein Blödsinn, habt ihr mal auf die Uhr geguckt? Es ist mitten in der Nacht.«

Gerd insistierte: »Wir müssen wissen, was die da machen. Wir brauchen eine Diskussionsgrundlage. Wie willst du denn mitreden, wenn du überhaupt nicht weißt, worum's da geht!«

»Dafür musst du nicht so früh aufstehen, Diskussionen kannst du dir jeden Sonntag bei ›Anne Will‹ angucken.«

»Seid leise! Hier rum, wenn wir links um das Schwimmbad gehen, kann uns hinter der Hecke keiner sehen!«

Wir konnten allerdings alles sehen. Achtzehn Camperinnen, unfrisiert und fern des Schlafgemachs, hatten ein Badetuch vor sich ausgerollt. Sie fixierten die Frau, die mit Abstand am wenigsten anhatte, das jedoch in Neonfarben.

Es verschlug mir zugegeben ein bisschen den Atem. »Und die da vorne mit der Hammerfigur, das ist dann wohl diese Fleur?«

Gerd antwortete: »Keine Ahnung, sie hat sich mir noch nicht vorgestellt.«

Ob sie nun Fleur war oder nicht, sie ergriff das Wort. Dabei stand sie auf ihrem Badetuch, ließ ihre Arme im weiten Bogen um den Körper nach oben kreisen und sprach: »Die Sonne geht auf!«

»Das hätte ich ihr auch sagen können: 6:07 Uhr, Sonnenaufgang! Kostet das eigentlich Geld?«

Lothar war informiert: »Das Zehntagesprogramm neunundneunzig Euro! Da können wir zweimal den ›Zeerover‹ streichen!«

»Wir schauen zu unseren Fingerspitzen und atmen tief ein und aus, ein und aus!«

»Ja, durchaus! Das mit dem Atmen hätte ich ihr auch für weniger Penunzen erklären können.«

»Mensch, jetzt halt doch mal die Fresse!« Gerd wurde langsam ungeduldig.

»Ich öffne das Fenster!«

»So, na bitte, siehst du hier ein Fenster, du stehst auf der Liegewiese am Schwimmbad, Mädchen, ein Wohnwagen hat Fenster, und da müssten wir normalerweise …«

»Und ich schaue mich um …«

»Ja, jetzt guckt bloß nicht hier rüber zur Hecke!«

»Nun legen wir uns ab, die Stirn berührt den Boden.«

»Ein Brett berührt gleich meine Stirn – so was Beklopptes …«

»Wir drücken uns hoch in die Kobra!«

Lothar spottete: »Mädchen, das sind keine Kobras, das sieht aus wie eine Kolonie Seehunde am Beckenrand.«

»Nun kommen wir zum herabschauenden Hund.«

Achtzehn Damen streckten ihr Gesäß in die Höhe.

Plötzlich hatte ich Gerds massigen Hintern vor der Nase.

»Was machst du da?«

»Den herabschauenden Hund!«

»Bist du bekloppt, jetzt machst du auch schon mit!«

»Konzentriert euch auf eure innere Mitte. Und wir strecken uns gen Himmel.«

»Gerd, wenn du dich jetzt streckst, sehen alle deine innere Mitte und die Plauze davor!«

»Ich kehre zurück zu mir!«

»Jetzt nichts wie weg!«

Rückwärts robbend wie John J. Rambo, der Sergeant der Green Barrets, schoben wir uns hinter die schwarze Holzwand des Hallenbades. Wir standen einen Moment still da, um nicht bemerkt zu werden, um einige Gedanken zu ordnen und um abzuwarten, wer sich als Erster etwas zu sagen traut.

Die anderen wussten wohl, dass ich nicht lange schweigen kann.

»Also, das wird verdammt schwierig!«, sagte ich skeptisch.

»Warum? Die hat doch 'n Schuss!«, meinte Lothar.

Gerd ergänzte: »Oder sie hat ihn nicht gehört!«

»Aber habt ihr euch mal die Gesichter der Mädels angeschaut?«

»Nee, ich habe eher auf diese Fleur geachtet, und auch nicht unbedingt auf das Gesicht!«

»Also, ich bin jetzt fünfundzwanzig Jahre verheiratet, und ich kenne diesen Gesichtsausdruck von Anne sehr genau. Ich bin mir sicher, wir haben das Grönemeyer-Problem! Wenn Annes Augen so strahlen, dann brauchst du gar nicht mehr zu versuchen, Argumente zu finden. Ich kann mich nämlich noch sehr genau an Annes blödste Idee erinnern.«

Lothar wusste sofort, wovon ich redete: »Die Kaninchen-Hazienda!«

»Richtig! Sie hatte hier auf ›De Grevelinge‹ den Streichelzoo gesehen, und dann hatte sie sich in den Kopf gesetzt, dass Kinder nur dann behütet aufwachsen, wenn sie Haustiere haben!«

Bis dahin hatte Gerd an diesem Gedanken wohl noch nichts auszusetzen. »Ja, aber da ist doch viel Wahres dran! Lena hatte damals auch ein Zwergkaninchen!«

»Ja, aber Anne hat eine Tierhaar-Allergie. Und wer hat sich um die Viecher gekümmert, als sie für Edda und Tristan nicht mehr modern waren? Anne! Mit rot unterlaufenen Augen und Heuschnupfen. Und ich hatte das alles vorher geahnt.«

»Aber du hast sie nicht gewarnt.«

Genau damit lag Gerd falsch.

»Doch, ich habe es ihr erklärt, aber sie hat auch nicht ein einziges Argument gelten lassen. Ich habe ihr gesagt, die Viecher graben uns Gänge unter das halbe Grundstück!«

»Haben sie nicht gemacht!«

»Haben sie wohl! Wir hatten ein Gehege von fünfzehn Quadratmetern, wegen der artgerechten Haltung, und wenn du da reingegangen bist, zum Füttern oder um neues Streu in die Ställe zu legen, dann hast du dir sämtliche Füße gebrochen, weil die Hazienda mittlerweile sechsfach unterkellert war! Ich habe ihr gesagt, das bleibt alles an dir hängen. Ich habe ihr gesagt, du hast eine Tierhaar-Allergie, aber sie hat genauso geguckt wie gerade eben auf dem Badetuch. Das Grönemeyer-Problem eben.«

Lothar verstand nichts mehr. »Was zum Teufel hat das mit Grönemeyer zu tun?«

Ich antwortete sehr ruhig: »›Musik nur, wenn sie laut ist‹, erste Strophe, Zeile vier: ›Sie ist beseelt, lächelt vergnügt!‹ Und genau so hat sie eben auch geguckt: ›beseelt, lächelt vergnügt!‹ Der gleiche Blick wie bei der Kaninchen-Hazienda-Entscheidung.«

Lothar kraulte sich den Bart, ein untrügliches Zeichen. Es war zwar noch sehr früh, aber in diesem Moment griffen in seinem Kleinhirn die Zahnräder ineinander. »Du meinst, die hängen am Haken?!«

Der Anästhesist schloss sich der Bildsprache des Anglers an: »... und sie lassen sich fröhlich zappelnd ins Boot ziehen! So sieht's aus! Wenn wir nicht gegensteuern. Nächstes konspiratives taktisches Brainstorming um sechzehn Uhr!«

»Warum um sechzehn Uhr?«

»Dann ist laut ›De-Grevelinge-Animationsplan‹ Bauch, Beine, Po, und ich bin ziemlich sicher, wir werden bei den taktischen Besprechungen nicht durch anwesende Ehefrauen gestört!«

Lothar fragte mich: »Was machst du jetzt?«

Ich schaute auf die Armbanduhr. »Also, wir haben jetzt Viertel vor sieben. Ich gehe zu Johnny, der Supermarkt macht um sieben Uhr auf, da bringe ich Anne ein paar Brötchen mit, sozusagen als Morgengruß!«

11

In diesen amerikanischen Krimis sieht man immer Glas-Trennwände, auf denen die Fotos vom Tatort zu einer Mindmap geordnet werden und Fälle durch gezieltes Verbinden der Fotos mit Baumwollfäden oder mittlerweile mit aufprojizierten unterschiedlich farbigen Linien gelöst werden. In Annemiekes Büro in Middelburg gab es Glas nur in den Fenstern, keinerlei Fäden und stattdessen die gute alte Pinnwand auf Rollen. Die nahm dafür aber so viel Platz ein, dass sich Annemiekes Büro für Piet anfühlte, als sei es das Studio von »Herzblatt«. Sie hatte schon drei Fotos zur Auswahl an die Wand gepinnt: Mick Jagger als Frau, Romys Passbild, Mick Jagger mit Augenmaske.

Piet blinzelte und drehte die Fotos von Mick Jagger mit dem Gesicht zur Wand. Eine Pinnwand hatte auch Vorteile. Blieb das Bild von Romy.

Ein Blick in die Datenbank hatte ihre Identität bestätigt. Romy van Zwamen, siebenunddreißig Jahre alt, tot.

»Haben wir über diesen anonymen Anrufer irgendetwas herausgefunden?«

»Nein! Anonym halt, eine heisere Stimme …«

»Na, das schränkt die Suche ja gewaltig ein!«

»Kein besonderer Akzent, es wurde von einem Unfall gesprochen, die Adresse genannt und aufgelegt.«

Wenige Spuren sind wenig, aber keine sind nix.

»Wann können wir mit dem Bericht von diesem Ten Dracht rechnen?« Piet fragte Annemieke, die er hinter der Wand vermutete – aber es kam keine Antwort.

Er rückte die Wand zurück, als gerade Jannis in das Büro trat: »Chef – ich wollte nur kurz den Bericht auf den Schreibtisch legen. Ähm, ich wollte eigentlich los. Ich meine, es ist Samstag, und der Wind hat aufgefrischt, richtig gutes Wetter zum Kitesurfen!«

Piet spürte, wie sich ein leichter Groll in seinem Hals breitmachte, dieser Groll, gepaart mit der Qual in seinem rechten Unterkiefer, konnte zu einer latenten Gefahr für Mitarbeiter werden. »Moment. Nehmen Sie sich mal die paar Minuten, und erzählen Sie mir, was da gestern passiert ist, beginnend mit diesem Anruf.«

Piet setzte sich wie immer auf den Schreibtisch, weil er den Bürostühlen im Politiebureau Middelburg nun mal nicht traute. Er deutete auf Annemiekes Bürostuhl und hielt sich einen Moment die schmerzende Wange, bis er erkannte, dass jegliche Art von Schwäche im Angesicht von Untergebenen gerade in diesem Moment unangebracht war. Stattdessen versuchte er nun, einen Ausdruck in seinen Blick zu legen, der Verständnis für sportliche junge Polizisten wie auch Missbilligung für faule Schmarotzer vereinte, und er wartete. Und wartete.

Jannis brauchte einen Moment, bis er verstand, dass ein direkter Abflug vom Chef jetzt sicher nicht akzeptiert würde. »Also, ich habe den Anruf ja nicht entgegengenommen. Remco und ich wurden angefordert, es sollte einen Unfall gegeben haben. Da sind wir natürlich hin. Und dann haben wir aus der Richtung der Hausboote Krach gehört und Schreie, von einer Frau.«

»Krach?«

»Ja, wie Glas, das kaputtgeht.«

»Was für Schreie? Zornig, wütend, ängstlich?«

»Keine Ahnung. So quietschig, wie eine Frau halt.«

»Du bist nicht gerade ein Frauenversteher, oder?«

»Als wir bei den Booten ankamen, war wieder alles ruhig. Und nur auf einem Boot brannte Licht. Und da haben wir die Frau auf dem Bett gesehen.«

»Und keine Scherben?«

»Nöö!«

»Du hast dich nicht gewundert, dass da gar keine Scherben zu finden waren?«

Jannis kratzte sich am Kopf. »Nöö!«

»Jannis …!«

»Ja, Chef?«

»Geh surfen.«

Jannis lächelte unsicher und murmelte »Tot ziens, Chef!« und verschwand aus dem Büro.

Piet dachte so bei sich, dass es Menschen gibt, bei denen die Schaukel einfach zu nahe an der Hauswand stand. Wenn man Jannis' Ausführungen Glauben schenken wollte, dann gab es also nur zwei Möglichkeiten.

Variante 1: Der Krach kam nicht vom Hausboot mit der Leiche.

Variante 2: Der Täter hatte aufgeräumt und die Scherben beseitigt. Der Killer war mit Handfeger und Dreckschüppe gekommen.

Annemieke betrat wieder das Büro. Sie hatte ein Tablett mit zwei Kaffeetassen dabei.

»Wo ist Remco? Ich glaube, mit dem sollte ich auch noch mal reden.«

»Der befragt noch die Nachbarn. Auch einen Kaffee?«
Die Frage war natürlich rein rhetorisch, und Annemieke
stellte die dampfende Tasse auch schon vor ihn auf den
Schreibtisch.

»Ja, den nehme ich gerne. Danke, ääh, wann kommt der
Bericht von diesem Ten Dracht?«

»Wir sollen ihn heute Abend in Wilhelminadorp treffen.«

»Warum in Wilhelminadorp und warum um alles in der
Welt am Abend?«

»Henk ten Dracht hat da in einem Restaurant einen
Tisch bestellt, und weil er dort noch nie war, möchte er ihn
nicht absagen. Also treffen wir den Patholoog Anathoom
im Restaurant ›Katseveer‹ in Wilhelminadorp. Falls du am
Nachmittag bei Herrn Contento vorbeifahren willst, er ist
bis siebzehn Uhr im Büro, hat er mir gesagt.«

»Kommst du nicht mit?«

»Nein, mein Vater kommt in die Stadt, er hat heute
Abend in Domburg ein Treffen mit einem alten Geschäftsfreund, und da hat er den ganzen Nachmittag für mich frei-
gehalten. Ich kann ihn unmöglich versetzen.«

Annemiekes Vater, Geert Breukink, ist ein sehr vermö-
gender Kaufmann, der es nie gern gesehen hatte, dass seine
einzige Tochter unbedingt die Polizeilaufbahn einschlagen
musste. Aber sie hatte nun mal den gleichen Dickkopf wie
ihr Vater, deshalb führten Vater-Tochter-Diskussionen zum
Thema »Berufswahl« zunächst immer zu lautstarken Aus-
einandersetzungen, mit den Jahren betrachtete man sie im
Hause Breukink als tabu.

»Du kannst ja Jannis mitnehmen!«

»Geht nicht, der ist zum Kitesurfen.«

»Wir haben einen Mordfall, und Jannis ist beim Kitesurfen?«

»Dienstliche Anordnung! Wo ist das Büro von dieser Sicherheitsfirma?«

»Die Firma heißt ›secure.lab‹, Fabio Contento ist der Geschäftsführer, und die Adresse ist Park Veldzigt 69, das ist …«

»Ich weiß, die neuen Bürogebäude hinter der Schroebrug!«

»Soll ich dich anmelden?«

»Ja, das kann nicht schaden.«

12

Lothar raunte: »Es ist so schön ruhig hier, wenn alle Frauen bei Bauch, Beine, Po sind.«

Wie um die Ruhe nicht zu zerstören, sagte niemand etwas. Quälend lange Sekunden vergingen.

Ich gab auf: »Ihr habt recht, es ist nicht auszuhalten. Diese Fleur ist unmöglich. Heißt wie eine zarte kleine Tulpe aus dem Keukenhof und hat eine Bauchmuskulatur wie Schwarzenegger in ›Terminator II‹.«

»Und die kann mit den Arschbacken Nüsse knacken, das sag ich dir!«

Die folgende Minute verbrachten wir wieder schweigend, intensiv mit Bildern beschäftigt, die unsere ganze Vorstellungskraft erforderten. Anne beim Nüsseknacken, Gaby beim Nüsseknacken …

»Und was machen wir jetzt?«

»Grillen!« Lothar hatte plötzlich eine gewisse Euphorie in der Stimme.

Ich musste ihm den Wind direkt wieder aus den Segeln nehmen: »Prima, aber die Geschäfte haben zu. Holzkohle hätte ich wohl noch, aber kein Fleisch, und ich habe keine private Handynummer von dieser großen, blonden Verkäuferin in der Slagerij Heersma, die sicher gern bereit wäre, uns noch ein paar schöne marinierte Steaks vorbeizubringen.«

»Keine Bange, Bruder! Ich habe in meiner mit zwölf Volt betriebenen Kühltasche ein paar Monstersteaks aus der Fleischerei Wieland in Mayschoß mitgebracht, da klinken sich dir die Ohrläppchen nach hinten. Der Wieland, der fährt regelmäßig bei seinen Bauern vorbei und streichelt die Kühe zum Höhepunkt, und zum Dank liefern sie ihm Steaks von einer Qualität, dass sich Hoss Cartwright von ›Bonanza‹ eigenmächtig aus dem Grab buddeln würde, um auch nur eine Messerspitze davon zu ergattern. Dazu hat Gaby zu Hause noch eine Kräuterbutter gebastelt, die weltweit ihresgleichen sucht.«

Gerd schaute uns verwundert an. »Ihr wollt mit Holzkohle grillen? Seid ihr bescheuert? Auf ›De Grevelinge‹ sind Holzkohlegrills seit dem 1. April verboten!«

»Du bist bescheuert!« Lothar war aufgesprungen. Seine Gesichtsfarbe wechselte in den Ton der Fleischlappen eines balzenden Truthahns. Er wurde puterrot. »Wieso darf man denn hier nicht mehr grillen?«

»Grillen schon, aber nur mit Gas oder elektrisch. Ihr kommt ja auch nie zur Campingplatzsitzung zu Beginn der Saison, da hat Wim Verheijden das erklärt. Das ist wegen der ganzen neuen Mobilhomes! Das sind diese blöden Pavillons, die hier überall aufgebaut werden. Habt ihr das mal gesehen? Da kommt ein Tieflader mit 'nem ganzen Haus obendrauf. Und unten an dem Haus sind zwei Räder. Wenn dann der große Kran das Häuschen auf unseren Campingplatz gestellt hat, dann steigt der Fahrer des Tiefladers aus seinem Führerhäuschen und schraubt als Erstes die Räder ab.«

»Warum das denn?«

»Ein Haus mit Rädern ist in den Niederlanden ein Caravan, und Caravans sind steuerbegünstigt!«

»Und was haben die Dinger jetzt mit einem Holzkohlegrill zu tun?«

»Na, die sind aus Holz und Kunststoff, die haben 'ne Holzterrasse davor, die brennen doch wie Zunder, und wegen des Funkenflugs sind offenes Feuer und Holzkohlegrillen jetzt verboten.«

Lothar hatte Grimbergen aus dem Kühlschrank geholt. »Eine hyperaktive Animateurin und ein Grillverbot. Der Super-Gau! Also, ich sehe nur noch einen Ausweg: ›Prost Männer!‹«

Wir gossen das köstliche Getränk in die bauchigen Gläser, ich nahm einen tiefen Schluck und verfolgte dann schweigend, konzentriert und mit geschlossenen Augen den Weg des Trappistenbiers auf der Strecke Mund-Magen. Die Alkoholmoleküle verwoben sich mit den Rezeptoren im Gehirn. Der Neurotransmitter Dopamin wurde freigesetzt. Ich blickte in den wolkenlosen Himmel über Walcheren und sah endlich wieder das Wesentliche: »Urlaub!«

»Habt ihr noch ein Bier für mich?« Auch für Adi hatte der Urlaub begonnen. Er war erst am Nachmittag auf Camping »De Grevelinge« angekommen.

»Immer rein in die gute Stube«, meinte Lothar, »na, auch Strohwitwer?«

»Nee, ich bin mit Babette und Sabrina hier. Sabrina ist mit Edda am Strand. Und mit Babette, das ist ganz komisch. Stellt euch vor, die macht gerade Sport!«

Wir drei Alteingesessenen prosteten uns zu und meinten: »Willkommen im Club!«

»In welchem Club?« Adi war verwirrt.

»Oh, das wirst du noch leidvoll erfahren!«

Gerd erklärte es ihm: »Wir haben hier eine neue Animateurin, und die sorgt ab jetzt dafür, dass deine Frau drei Mal am Tag Sport macht, das erste Mal übrigens um sechs Uhr morgens.«

»Das ist nicht euer Ernst!«

»Oh doch! Ach übrigens, diese Fleur, die ist Veganerin!«

Lothar legte die Stirn in zweifelnde Falten: »Eine hyperaktive Animateurin, die Veganerin ist, und ein Grill-Verbot, der Super-Super-Gau!«

Adi zweifelte ein wenig: »Ja, das soll aber gesund sein!«

Lothar hatte das Gegenargument sofort parat: »Ja, aber dieser Moment, wenn der Döner-Mann das Fleisch abschneidet. Weißt du, wenn dir schon so das Wasser im Mund zusammenläuft. Ist das bei Veganern beim Rasenmähen genauso?«

Ich lachte laut.

Gerd war in diesem Moment jedoch nicht zu Scherzen aufgelegt: »Freunde, Uschi hat erzählt, diese Fitness-Ische hätte ein ganzheitliches Beauty-Konzept, das von Hollywood-Stars inspiriert ist. Das sind doch alles diese Mangeldiäten. Die ernähren sich da nur von rohem Fisch und Gemüsesticks. Also, da müssen wir verdammt vorsichtig sein.«

Ich setzte mein Grimbergen-Glas an die Lippen, trank es aus. Ich hoffte noch einmal auf die Alkoholmoleküle, auf Neurotransmitter und Urlaub, aber stattdessen entstand in diesem Moment die Idee: »Freunde, wir gründen die Anti-Fleur-Liga, die AFL!«

13

Piet trat in die Pedale der alten Gazelle wie Joop Zoetemelk in seinen besten Zeiten, denn das rote Signallicht an der Schroebrug hatte gerade zum ersten Mal aufgeleuchtet, und das bedeutete, die schwere Zugbrücke würde in zwei Minuten senkrecht stehen, und dann würden sich erst einmal zwanzig Segelmasten durch sein Gesichtsfeld schieben, bevor er die letzten paar Meter zum Park Veldzigt weiterradeln konnte.

Als er die Gazelle vor dem modernen Bürogebäude abstellte, lag sein Puls immer noch bei gefühlten zweihundertzwanzig. Als sein Chef, Meinert Waatering, im April Geburtstag hatte, hatten sie im Präsidium gesammelt, weil er sich ein Pedelec kaufen wollte. Alle hatten einen Obolus gegeben, Piet hatte ihm eine Flasche Korenwijn gekauft, weil so ein schöner Schnaps gesund ist und weil er es ablehnte, dass Meinert, der immerhin fünf Jahre jünger war als er, beim Fietsen durch einen Krückenmotor unterstützt wurde. So ein Pedelec kann man mit sechzig ins Auge fassen, oder wenn die Rente ruft, aber doch nicht jetzt.

Meinert hatte ihm später erzählt, sein neues E-Bike sei der Hammer, er sitze seitdem wieder viel öfter im Sattel und habe schon gut zwei Kilo abgenommen. Nun stand Piet neben seiner alten Gazelle, versuchte seinen Puls aktiv unter zweihundert zu denken und in den nächsten zwanzig Minuten niegelnagelneue E-Bikes aus seinen Gedanken zu verbannen.

Piet drückte die Klingel oben rechts. Er stellte sich vor die Videokamera, den Dienstausweis im Anschlag.

Eine angenehme Frauenstimme bat ihn heraufzukommen: »Herr Contento erwartet Sie!«

Vier mal zwei Metallschilder mit wohl- und solventklingenden Firmennamen prangten im Eingangsbereich. »secure.lab« hatte seine Büros im dritten Stock. Piet nahm den Aufzug.

»Herr Inspecteur! Bitte kommen Sie doch mit! Mögen Sie einen Espresso? Ich könnte einen vertragen. Claire, bringen Sie uns bitte zwei Espressi!«

Piet begrüßte den außergewöhnlich hell gekleideten Contento und folgte ihm in dessen Büro. Der Leinenanzug war hellbeige oder eierschalfarben, so etwas trug in Büros niemand. In Werbespots, wo auf karibischen Inseln Kokospralinés verschlungen wurden, da konnte man einen solchen Anzug tragen zu diesem hellblauen Hemd, vielleicht mit weißem Panama-Hut, aber in Middelburg, Halbinsel Walcheren, nördliche Hemisphäre?

»Herr Inspecteur, wir sind uns ja schon vorgestellt worden …«

»Ja, ich erinnere mich, das war bei der Einweihungsparty von Henk ten Dracht. Sie haben die Alarmanlage installiert.«

Contento lächelte ein bisschen gewinnend, aber auch ein bisschen süffisant, zu süffisant, bei Piet hatte er schon verloren.

»Alarmanlage ist da schon das falsche Wort. Es handelt sich um ein Sicherheitsmanagement-System, das dank intelligenter Soft- und Hardware nach allen Statistiken die perfekte Abschreckung für drei Viertel aller Täter ist. Und wer sich nicht abschrecken lässt, der wird das wegen Videoüberwachung und Funkalarm bald bereuen. Wir haben hier in Middelburg Bürohäuser, Arztpraxen, Galerien, aber auch viele Privathäuser ausgerüstet. Wir haben die besten Referenzen. Aber Sie sind ja nicht hier, weil Sie Ihr Haus effizienter schützen wollen.«

»Nein, ich bin hier, weil eines Ihrer Objekte anscheinend nicht effizient gesichert war!«

»Ja, Frau Van Zwamen. Eine Tragödie. Wissen Sie schon irgendetwas Genaueres?«

»Nein, die Berichte liegen noch nicht vor, aber ich bin sehr sicher, dass wir schon sehr bald klarer sehen werden. Sie sind Inhaber des Hausbootes?«

»Nein, nicht ich, ›secure.lab‹ ist Besitzer der Mobilie. Ich bin lediglich der Geschäftsführer.«

Claire betrat geräuschlos das Büro. Die Sekretärin oder Chefsekretärin oder Assistentin der Geschäftsleitung war eine Frau um die dreißig, der hochgeschnittene dunkelblaue Rock war an der Seite geschlitzt und betonte die zu schlanke Silhouette. Die Haare waren streng zurückgekämmt, der blonde Pferdeschwanz wurde von einer Schleife im gleichen Dunkelblau wie der Rock gehalten.

Sie stellte zwei kupferfarbene Espressobecher vor ihnen ab, zwei Gläser Wasser, einen Zuckerbehälter. Piet trank selten Zucker im Kaffee oder Espresso. Hier würde er garantiert keinen nehmen. Der Duft war atemberaubend. Piet führte den Becher an die Lippen, nahm einen ersten Schluck und bereute es sofort. Der Schmerz fuhr ihm bis in die Schulter.

»Ist der Kaffee nicht gut? Das ist mir nämlich sehr wichtig. Ich bin zwar in Rotterdam geboren, aber mein Vater stammt aus Bologna.«

»Oh, er ist sicher fantastisch …! Nein, ich habe im Moment ein bisschen Zahnschmerzen.« Piet stellte den Becher schweren Herzens wieder auf dem Tablett ab. »Wie gut kannten Sie Romy van Zwamen?«

»So gut, wie man seine Mieter halt kennt. Zu Beginn des Mietverhältnisses haben wir uns öfter getroffen, die Verträge mussten ausgearbeitet werden, sie hatte noch einige Wünsche bezüglich der Ausstattung, aber in letzter Zeit haben wir uns nicht mehr so oft gesehen.«

»Außer als Vermieter hatten Sie keine Beziehung zu Frau Van Zwamen?«

»Wie darf ich das verstehen?«

Piet wurde ungeduldig. »Genau so, wie ich es gesagt habe! Hatten Sie eine über das Mietverhältnis hinausgehende Beziehung zu Frau Van Zwamen?!«

»Nein, ich denke, die hatte ich nicht!«

»Seit wann wohnte sie in dem Hausboot?«

Contento fuhr sich durch das zurückgegelte Haar, das ihm hinten bis zum Kragen reichte. »Seit April 2012.«

»Was machte Frau Van Zwamen beruflich?«

»Woher soll ich das wissen?«

Vielleicht war dieser Moment am Samstagnachmittag der erste Moment des Tages, an dem Piet sich ziemlich wohl fühlte. In diesem Moment tat der Zahn gerade nicht weh. Dessen war Piet sich bewusst, und in diesem Moment hatte er einen Ansatz gefunden. In dieser Collage, die man ihm vorlegte, war ein Stück Papier nicht richtig verklebt, da stand etwas hoch, da war ein Eselsohr. Da war etwas, das man zwischen Daumen und Zeigefinger nehmen konnte.

Contento sagte nicht die Wahrheit. Piet wusste nicht, warum er das nicht tat, er wusste überhaupt nicht sehr viel, aber er hatte sein Eselsohr.

»Woher Sie das wissen sollten, nun, der Beruf steht im Mietvertrag, oder etwa nicht?«

»Doch, natürlich, wir prüfen ja die Zahlungsfähigkeit. Sekunde, ich glaube, sie war Guest Relation Manager oder so.«

»Ja, bestimmt! Ich möchte Sie nicht weiter stören am Samstagnachmittag. Und danke, dass Sie mir Ihre Zeit geopfert haben.«

»Gerne, Herr Inspecteur, gerne, wenn Sie mich brauchen, zögern Sie nicht.«

»Bestimmt nicht!«

Claire tat nichts. Sie telefonierte nicht, sie schrieb nichts, las nichts, feilte sich nicht die Fingernägel, sie saß. Piet ging an ihr vorbei, murmelte eine Verabschiedung und verließ das Büro. Er nahm die Treppe.

14

Gerd hatte an der Kopfseite des Tisches Platz genommen. Er ergriff das Wort: »Es ist 16:32 Uhr, ich eröffne die erste Sitzung der AFL, der ›Anti-Fleur-Lobby‹. Ich stelle fest, dass die vier Gründungsmitglieder anwesend sind, plus Herr Detlef Schulenkämper, soeben eingetroffen und ebenfalls betroffen, weil auch seine Frau Jutta mit den bereits infizierten Ehefrauen zum Besuch des Workouts Bauch, Beine, Po entschwunden ist. Detlef, ich möchte dich bitten, etwaige Fragen zum Prozedere zurückzustellen. Vieles wird sich von selbst erklären. Du wirst eh wenig Zeit für Zwischenfragen haben, denn du bist von den vier Gründungsmitgliedern zum Schriftführer gewählt worden. Hier ist dein Block. Du schreibst das Protokoll!«

Manchmal ist es nicht leicht, einen Akademiker zum Camping-Nachbarn zu haben, aber eine gewisse Ordnung kann ja nicht schaden.

»Tagesordnungspunkt 1: Feststellung der Beschlussfähigkeit ist somit erledigt. Alle da, beschlussfähig! Tagesordnungspunkt 2: Aussprache! Wer möchte das Wort ergreifen?«

Stille! Niemand wollte das Wort ergreifen, sei es, weil man noch einige Verwunderung über Gerds Worte spürte, oder halt, weil niemand wusste, was man überhaupt sagen könnte. Nun, wenn das Gespräch nicht in Gang kommen will, braucht man Hilfsmittel.

»Lothar, kredenze das Abteibier!«

Lothar ging in sein Vorzelt, entnahm dem Kühlschrank fünf kühle Flaschen Grimbergen und holte aus dem Hängeschrank im Wohnwagen fünf der tapfer zusammengesoffenen Grimbergen-Gläser.

In unserem Lieblingsstrandpaviljoen »Zeerover« gab es die berühmte Stempelkaart. Für jedes konsumierte Abteibier gab es einen Stempel, und für sechzehn Stempel gab es ein Original-Grimbergen-Glas. Alle anwesenden Mitglieder der AFL nannten mindestens sechs Original-Grimbergen-Gläser ihr Eigen, dazu verfügte jeder über diverse vollgestempelte Stempelkarten, falls es irgendwann mal T-Shirts oder Basecaps geben sollte.

Die AFL-Mitglieder genossen schweigend ihr Bier. Es blieb still! Bis Lothar rülpste. Vielleicht ein Startsignal, denn nun entspann sich folgende Diskussion.

»Wir müssen etwas unternehmen!«

»Sehe ich auch so!«

»Genau!«

»Jawohl!«

Das »Jawohl« von Detlef beruhte nicht unbedingt auf Erfahrungswerten. Er wusste ja noch überhaupt nicht, worum es ging, aber er war schon mal solidarisch, und das kann man nicht hoch genug bewerten!

»Also, Urlaub ist ja nur dann Urlaub, wenn man ihn zusammen verlebt, wenn man bis mindestens neun Uhr schlafen kann und wenn das Budget nicht für hirnrissige Workouts am Pool verschwendet wird. Es gilt, diese Fleur auszuschalten!« Lothar hatte die Situation treffend zusammengefasst.

»Also, ich bin mir sicher, dass Anne im Moment in den

›Beratungsresistenz-Modus‹ geschaltet hat, ich bin im Moment ein wenig ratlos! Gerd?«

»Uschi arbeitet in meiner Praxis als Sprechstundenhilfe. Sie müsste eigentlich in der Lage sein, dieses Spiel zu durchschauen. Sicher bin ich mir allerdings nicht!«

»Ich werde das der Gaby gleich erklären, und dann ist das Problem gelöst!«

»Ich werde auch gleich mit Jutta reden, aber ich weiß nicht, warum!«

Gerd war wieder ganz der Sitzungsleiter. »Jungs, jeder von uns wird noch heute das Gespräch mit seiner Ehefrau suchen. Wir werden erklären, dass Urlaub nur dann Urlaub ist, wenn man ihn zusammen verlebt, und dann werden wir unsere Ferien genießen. Und nun lasst mich noch eins sagen: Lieber Detlef, ich bitte, das ins Protokoll zu übernehmen! Also: Prost!«

15

»Und warum kann der Herr Henk ten Dracht seinen Tisch nicht abbestellen?«

Wenn Piet jemals in seinem Leben einen Tisch bestellen würde, dann stünde er in der Werkstatt eines Schreiners, oder besser eines Tischlers.

»Das Restaurant heißt ›Katseveer‹ und ist am Samstagabend aber mal so was von ausgebucht. Wenn du da einen reservierten Tisch kurzfristig stornierst, dann weiß man nie, ob man jemals wieder einen Tisch bekommt. Und genau das will Ten Dracht nicht riskieren, denn das ›Katseveer‹ hat sechzehn Gault-Millau-Punkte!«

Piet war noch nie ein Fan von feinem Essen gewesen, aber natürlich wusste er, dass »Gault&Millau« so was Ähnliches wie »Michelin« war, dass es Köche gab, die für einen Stern ihre Seele verkauften. Piet wusste das, nur, er konnte es nicht verstehen. Wenn so ein Hering, der die Geschlechtsreife noch nicht erreicht hatte, dem ambitionierten Fischer Ende Mai, Anfang Juni ins Netz ging, wenn der Petrijünger dann die Filets in Salzlake reifen ließ, dann konnte man ein, zwei Wochen später an jedem Fischstand auf Walcheren einen so frischen Matjes genießen, da würde Herrn und Frau Gault&Millau aber das Salzwasser im Mund zusammenlaufen, und zwar ganz ohne Kochmützen und Sterne.

Das »Katseveer« war das einzige Haus weit und breit,

ein weißes Flachdachgebäude mit breiter Fensterfront zum Wasser hin, das sich auf den Deich zu ducken schien. Von hier aus ging früher die Fähre nach Kats in Noord-Beveland, damals, als man noch Fähren brauchte, also bevor der Niederländer seine Leidenschaft fürs Poldern, fürs Dämme- und Brückenbauen, entdeckte.

Annemieke und Piet gingen eine Treppe hoch bis zu dem auf dem Deich gelegenen Restaurant.

Ein junger Mann in Jeans, Hemd und Hosenträgern empfing sie und sagte: »Meneer Ten Dracht ist schon da!«

Und Meneer Ten Dracht hatte sie auch schon gesehen. »Hoi, Annemieke! Goedenavond, Inspecteur!« Der Gerichtsmediziner tupfte sich mit der Serviette den Mund, faltete sie, legte sie sorgfältig auf den Tisch und kam mit offenen Armen auf sie zu … auf Annemieke zu.

Ten Dracht hatte einen Tisch am Fenster, und selbst Piet musste sich eingestehen, der Blick über die Oosterschelde war großartig.

Uralte Poller, die dereinst zu hohe Wellen in die Schranken weisen sollten, verwitterte Planken und rundgewaschene Kieselsteine führten die Landschaft auch im Inneren des Restaurants fort.

Als Henk ten Dracht für Annemieke den Stuhl zurückzog, beäugte Piet argwöhnisch dessen Körpermitte. Angesichts solcher Restaurantbesuche hätte sich dort auch gern ein wenig mehr Bauchfett ansiedeln dürfen, aber Henk war schlank oder drahtig bis trainiert. Genaueres war unter dem dunkelblauen Jackett nicht auszumachen. Er trug keine Krawatte, ein gestreiftes Hemd und Jeans, eine runde Hornbrille sollte wohl den Akademiker betonen. Diese Beschreibung war natürlich unfair, aber Piet war nun mal gern unfair. Und Ten Dracht war auch erst dreiundvierzig. In dem Alter hatte auch der Inspecteur noch jede Frietjes speciaal mühelos kompensieren können.

»Als Vorspeise kann ich den auf der Haut gebratenen Kabeljau mit Artischocke und Lamsooren an Chicoréeschaum empfehlen, großartig! Und dann vielleicht den zeeländischen Lammrücken mit Aubergine, Aprikose, Kümmel und Brennnessel!«

Es widerstrebte Piet natürlich, einer Empfehlung von Ten Dracht zuzustimmen, aber er liebte Kabeljau, und er war seit jeher der größte lebende Lamsooren-Fan weltweit. Lamsooren, die Strandaster, einfach ein wunderbares Gemüse, man muss nicht mehr groß salzen, das hat die Nordsee schon erledigt, weil die Lamsooren halt am Meer wachsen, und das schmeckt man auch. Und wenn man schon mal Lamsooren aß, durfte der passende Rücken nicht fehlen. Er bestellte den Kabeljau und den Lammrücken, dankte dem Gerichtsmediziner für die Empfehlung, dem Geldautomaten dafür, dass er ihm heute Morgen im Weg stand, und dem Kellner für die Bereitschaft, ihm zur Vorspeise ein Bier zu servieren.

»Können wir dann mal über den Fall sprechen?« Piet gefiel das Restaurant wider Erwarten, der Kellner war angenehm, das Essen drohte ihm zu schmecken, aber nun war ihm daran gelegen, die Atmosphäre nicht zu sehr ins Private abrutschen zu lassen.

»Nein.«

Also, das musste man ihm lassen. Ten Dracht redete nicht drumrum.

»Henk will bestimmt erst einmal das Essen genießen, nicht wahr?« Annemieke hätte es mit ihren diplomatischen

Fähigkeiten sicher auch im Außenministerium weit gebracht.

Ten Dracht war kein Diplomat. »Nein. Piet, Sie sind doch nicht auch einer dieser Ermittler, die vom Pathologen detaillierte Ergebnisse erwarten, bevor diesem auch nur die allerersten Untersuchungen vorliegen. Sie kennen meine Historie. Ich bin Wissenschaftler, ich habe jahrelang an der Universität gearbeitet, bevor ich mich für die Polizeiarbeit entschieden habe. Und als Wissenschaftler widerstrebt es mir zutiefst, im Kaffeesatz zu lesen.«

»Warum haben Sie dann dieses Treffen vorgeschlagen?«

Ten Dracht lehnte sich ein bisschen zu genüsslich zurück. »Zunächst einmal habe nicht ich dieses Treffen vorgeschlagen, Annemieke bat um ein Gespräch. Des Weiteren ist das Restaurant erstklassig, man setzt hier sehr auf regionale Produkte, und die Küchenmannschaft verfügt sowohl über Kreativität als auch über hervorragende handwerkliche Fähigkeiten. Ja, und ich dachte, es wäre für unsere zukünftige Arbeit zielführend, wenn wir uns ein bisschen besser kennenlernten.«

Annemieke hatte den von Ten Dracht angebotenen Rotwein abgelehnt, sie blieb beim Wasser. Der Hosenträgerkellner servierte es und brachte auch Piets Bier, was diesen milder stimmte und auch ablenkte, weil er sich augenblicklich wieder auf das Zusammentreffen von entzündetem Zahn und kaltem Getränk konzentrierte.

Annemieke nutzte die entstandene Pause: »Da sind wohl alle Pathologen gleich?«

»Nein, bei uns ist es wie in jedem anderen Berufsstand auch. Es gibt Fachleute, und es gibt Schwätzer. Ich wollte nie ein Schwätzer sein.«

Oh nein! Piet bemerkte in Annemiekes Augen mehr als nur Respekt. Er hätte auch noch Bewunderung der fachlichen Fähigkeiten akzeptiert, aber nein! Der Idiot gefiel ihr.

Piet hatte einen halben Schluck Heineken einigermaßen schmerzfrei Richtung Speiseröhre balanciert.

»Gut, dann mal ganz ohne Kaffeesatz. In den letzten dreißig Jahren habe ich schon einige Leichen gesehen. In diesem Fall war alles anders. Können Sie mir zustimmen, oder besser, wollen Sie mir zustimmen?«

Ten Dracht rückte seinen Stuhl am Fenster zurecht, um Piet besser ansehen zu können. »Natürlich kann ich das. Sehen Sie, im Österreichischen, speziell im Wienerischen, da spricht man von einer ›Schönen Leich‹. Gemeint ist damit eigentlich ein pompöses Begräbnis, ein teurer Leichenschmaus, ein Mausoleum auf dem Zentralfriedhof. Der Wiener wollte auch im Tod noch glänzen, aber es gibt dort auch das schöne Sprichwort: ›Was nützt dir a schöne Leich, wenn man selber der Tote ist!‹«

Annemieke bemerkte: »Nun, hier haben wir es sowieso mit einer schönen Leiche zu tun. Auf Mausoleum und Leichenschmaus können wir wohl verzichten. Das meinst du auch, Piet, oder?«

Drei kleine Teller wurden gebracht. Piet brauchte nur einen Moment, um zu erkennen, dass es sich um das Amuse-Gueule handelte.

Hosenträgermann erklärte kurz die Zusammensetzung: »Ein kleiner Gruß aus der Küche. Hier haben wir pochiertes Wachtelei auf Zeekraal und Spinat!«

Jawoll, regionale Produkte, Eier von den vielen frei laufenden Wachteln, die in den zeeländischen Dünen ihr Unwesen trieben. Doch schon der erste Bissen vertrieb sämtliche spöttischen Gedanken. War – das – gut! Viel mehr als ein Bissen war es auch nicht, die Portion war zu klein, aber so ist das nun mal, wenn die Küche grüßt.

Ten Dracht kam auf Piets Frage zurück: »Mein erster Gedanke beim Anblick der Toten war natürlich: ›Hier stimmt was nicht!‹ Aber das ist ja der Grund, warum ich nicht mehr sagen will, ohne dass sämtliche Tests durchlaufen sind. Ich werde mich morgen wohl den ganzen Tag mit Frau Van Zwamen beschäftigen, und am Montagmorgen um sieben Uhr kann ich eine fundierte Analyse liefern, sehr wahrscheinlich kann ich Ihnen dann sagen, was da nicht stimmte, aber jetzt kann ich das noch nicht.«

Piet beschäftigte sich wieder mit der Fließrichtung von kühlem Heineken. Es machte eh keinen Sinn, an dieser Stelle würden sie hier nicht weiterkommen.

Annemieke lenkte das Gespräch in neutralere Gefilde: »Sie sind ein anerkannter Spezialist für Humanbiologie, eine der Koryphäen Ihres Fachs. Warum haben Sie die Hochschule in Nijmegen verlassen?«

Oh. Piet spürte sofort, dass Ten Dracht sich nun unwohl fühlte.

Er sah auf seine Armbanduhr, eine relativ kleine goldene Uhr, obwohl er sicher genau wusste, wie spät es war. Er schaute einen Moment aus dem Fenster, dann sagte er: »Langeweile?« Er ließ einige Sekunden vergehen. »Ich hatte alles gesehen. Ich bin jetzt über vierzig. Wenn man nichts Neues mehr lernt, wird man alt.«

Keine ehrliche Antwort. Vielleicht war da was Wahres dran, aber Piet wusste, das war nicht die ganze Wahrheit.

»Wissenschaft darf nie den Kontakt zur Realität verlieren, jedes Modell ist nur so gut wie die Problemlösung, die es ermöglicht.«

Ach ja, richtig, er wollte nie ein Schwätzer sein.

Hosenträgermann und zwei Kolleginnen in dunkelblauen Kleidern brachten die Vorspeise. Es duftete verführerisch. Die Portionen waren übersichtlich.

Der Kellner erklärte: »Zweimal der Kabeljau auf Lamsooren mit Artischocke an Chicoréeschaum, und für Sie, Herr Ten Dracht, der Hirschrücken, siebzig Stunden gegart, mit Rhabarber und Kartoffelsoufflé.«

»Sie empfehlen uns den Kabeljau und nehmen selber den Hirsch?«

»Ja, die Küche ist berühmt für ihren Kabeljau, aber ich mag keinen Fisch!«

Immer, wenn Piet nah dran war, sich Mühe zu geben zu versuchen, ihn ein bisschen zu mögen, passierte so etwas. Kein Fisch! Annemieke lächelte, als hätte Henk ein wunderbares Bonmot von sich gegeben. Piet überlegte, wie man eigentlich einen Menschen nennt, der großmäulig ein Gericht empfiehlt, ohne es jemals probiert zu haben. Ach ja, Schwätzer. Nun denn, einer mehr, der diesen Genuss niemals erleben würde.

Annemieke nahm ihr Handy aus der Hosentasche. Es musste vibriert haben, ein Klingelton war nicht zu vernehmen. Sie schaute auf das Display, drehte sich zur Seite und sagte leise: »Papa, ich kann jetzt nicht!« Anscheinend war Geert Breukink aber nicht gewillt, das Gespräch so schnell zu beenden. »Moment, Papa, ich bin im Restaurant, ich gehe eben vor die Tür!«

Das hatte Piet noch gefehlt. Die Mitarbeiterin war verschwunden, die Vorspeise hatte er bis zum letzten Lamsoor zu sich genommen, und so spontan fiel ihm auch nicht der Krümel eines Themas ein, das er jetzt mit Ten Dracht besprechen konnte oder wollte. Sein Gegenüber hielt gerade intensiven Blickkontakt mit seinem Rotweinglas, vielleicht weil er die Farbnuancen mit früher genossenen Kreszenzen vergleichen wollte oder weil auch er nicht wusste, worüber er mit diesem bärbeißigen Bullen Konversation treiben konnte. Dieses »Stillleben von zwei Kriminalisten vor Oosterschelde« dauerte zum Glück nicht sehr lange, Annemieke stand schon wenige Minuten später wieder an ihrem Tisch und sagte resolut: »Wir müssen los! Herr Ober? Die Rechnung bitte!«

»Und das schöne Lamm?«

»Das hat dann noch mal Schwein gehabt!«, meinte Piet.

»Die Rechnung übernehme ich gerne!« Henk ten Dracht schien nichts dagegen zu haben, den Rest seines Menüs ohne die Gegenwart des Inspecteurs genießen zu müssen.

»Das ist sehr nett von Ihnen, aber das nächste Mal bin ich dran!« Annemieke lächelte schon wieder und verabschiedete sich: »Es war schön, dass wir uns hier besser kennenlernen konnten. Piet?«

Piet musste jetzt auch etwas sagen, er sagte: »Ja, bestimmt!«, und folgte Annemieke zum Ausgang.

Auf der Treppe verschwand das Lächeln aus ihren braunen Augen. »Sag mal, wie ungehobelt bist du eigentlich? Es war nett, Sie kennenzulernen. – ›Ja, bestimmt!‹«

»Ja, bestimmt war das so! Ich meine, ich turne jetzt hier nicht auf Knien vorm Herrn Professor rum. Der bildet sich doch wer-weiß-was auf seine ›Wissenschaft‹ ein. Es gibt Fachleute und Schwätzer! Weißt du, was der für mich ist?«

»Weißt du, was du für mich bist? Du bist unausstehlich, wenn du Zahnschmerzen hast, das bist du!«

Piet hastete hinter ihr her zum Peugeot. Er musste jetzt schnell sein. Wenn er die Wagentür nach ihr erreichte, würde sie ohne ihn fahren.

»Wo müssen wir denn jetzt noch hin. Was hatte dein Vater so Besonderes?«

»Mein Vater hatte in Domburg ein Essen mit einem Geschäftsfreund, und der kennt Marlène.«

Jetzt verstand Piet gar nichts mehr. »Das ist schön für den Geschäftsfreund deines Vaters, aber ich kenne keine Marlène.«

»Marlène hat tizianrotes Haar, ist so um die fünfunddreißig, wohnt auf einem Hausboot!«

Annemieke trat gewaltig auf das Gaspedal und lenkte den Wagen auf die Schnellstraße Richtung Autobahn A 58, Auffahrt Goes.

Piet war sich nicht sicher, ob es richtig war, jetzt ihre Route zu kommentieren, aber er sprach wieder einmal schneller, als er dachte: »Wäre es nicht besser, über Noord-Beveland zu fahren?«

»Nicht, wenn man auf der Autobahn so schnell fährt, wie ich vorhabe, es zu tun!«

Schweigen! Schweigen ist manchmal auch eine Option.

16

Piet hatte geschwiegen. Er hatte geschwiegen, als sie mit hundertsechzig über die Autobahn gebrettert war. Er hatte nicht gefragt, warum sie so schnell fuhr, wenn sie mit ihrem Vater verabredet war. Er hatte geschwiegen, bis sie auf dem Parkplatz an der Jan Tooropstraat den Wagen abstellte, aber jetzt musste er die beiden Fragen loswerden.

»Ich habe da zwei Fragen.«

Jetzt wurde sie vorsichtig. »Ja?«

»Hast du mit deinem Vater über den Fall gesprochen?«

»Natürlich nicht!«

Natürlich nicht. Deshalb hatte er sie auch angerufen, und deshalb standen sie jetzt auf einem Parkplatz am Strand in Domburg, um ihn zu treffen.

»Tizianrot?«

»Ja gut, ich habe ihm erzählt, dass wir eine Leiche haben, eine Frau auf einem Hausboot in Middelburg …«

»Und dass sie tizianrotes Haar hat und dass sie nackt war …!«

»Nein, dass sie nackt war, habe ich nicht gesagt. Ach, jetzt hör doch auf. Das kann er morgen früh doch alles in der Zeitung lesen.«

Advantage Piet! Nun galt es, diesen kleinen Argumentationsvorteil zu zementieren. Ja, er hatte sich vielleicht blöd benommen. Das kann man auch einsehen, aber man muss es ja nicht zugeben. Ja, sein Auftritt hatte die zukünftige Zusammenarbeit mit Ten Dracht vielleicht nicht erleichtert, aber sie hatte auch völlig deplaciert gelächelt. Eigentlich sah er ein, dass er in den letzten anderthalb Stunden einfach nur ein klootzak gewesen war, aber jetzt hatte er gerade wieder ziemlich gute Karten.

»Dass die Polizei mehr weiß, als Montagmorgen in der Zeitung steht, das kann ein ganz entscheidender Vorteil sein. Das muss ich dir jetzt nicht erzählen, oder?«

»Wenn bei diesem Gespräch ein Bruchteil dessen herausspringt, was ich mir davon erhoffe, dann haben wir Montagmorgen einen Vorteil! Was ist deine zweite Frage?«

Deuce! Advantage Annemieke! Manchmal wünschte sich Piet eine dümmere Assistentin. Nur manchmal!

»Die zweite Frage lautet: ›Treffen wir deinen Vater im ›Badpaviljoen‹?‹«

»Ja!«

»Zwei Spezialitätenrestaurants an einem Tag. Ich bin ein armer, alter, bemitleidenswerter Inspecteur! Los, hab Mitleid!«

So, sie lächelte wieder, und jetzt galt ihr Lächeln ihm. »Es gibt ja Leute, die behaupten, es gebe Schlimmeres, als im ›Badpaviljoen‹ zu sitzen.«

Sie erklommen den mit Klinker gepflasterten Weg, gute Restaurants liegen anscheinend immer auf der Deichkrone. Das Meer lag wieder ruhig, die Sonne hatte ihre Schuldigkeit getan. Sie gingen die paar Meter bis zur Terrasse des »Badpaviljoen«, die durch einen Windschutz aus weißem Holz und viel Glas von der Strandpromenade abgeschirmt war.

Geert Breukink winkte von einem Tisch auf der Terrasse,

die ansonsten um diese Uhrzeit menschenleer war, während die Tische im Restaurant noch gut besetzt waren.

Breukink stand auf, um sie zu begrüßen, ein älterer Herr blieb am Tisch sitzen, bis Breukink sagte: »Ich darf Ihnen Cornelis Cuijpers vorstellen, ein sehr guter, alter Freund von mir.« Er wandte sich an Piet und fügte hinzu: »Ich habe Meneer Cuijpers überredet, dieses Gespräch mit Ihnen zu führen, ich muss Sie bitten, die Angelegenheit mit der notwendigen Diskretion zu behandeln.«

Schweigen ist auch eine Option. Piet überließ das Gespräch seiner Assistentin.

»Schönen guten Abend, Meneer Cuijpers. Wir sind Ihnen dankbar, dass Sie mit uns sprechen. Papa, was hast du Meneer Cuijpers erzählt?«

Geert Breukink war ein erfolgreicher Geschäftsmann, das sah man an jeder Naht seines maßgeschneiderten Anzugs. Sein Lächeln hatte sich in die Gesichtshaut gegerbt, er war ein Regattasegler, ein fairer Sportsmann, und wenn ein Geschäftspartner das eingesehen hatte, hatte der schon verloren. Oder er war tatsächlich fair. Sei's drum. Piet wusste sofort, worauf sich sein Erfolg gründete.

»Ich habe meinem Freund Cornelis erzählt, dass ihr einen neuen Fall habt, eine schöne Frau mit tizianrotem Haar, die tot auf einem Hausboot in Middelburg aufgefunden wurde, nackt!«

Na ja, alles andere hätte Piet auch überrascht.

Annemieke fragte zu schnell nach: »Und es ist möglich, dass Sie diese Frau kannten?«

Cuijpers war ein altersloser Mann, vielleicht knapp unter siebzig, vielleicht darüber. Er trug das schüttere Haar kurz geschnitten, über der Stirn war die Kopfhaut nicht nur zu erahnen. Der Flanellanzug war mausgrau wie das Gesicht, wache hellblaue Augen musterten flink die Gesprächspartner.

»Ich kenne eine Frau, auf die diese Beschreibung zutrifft. Was heißt, ich kenne sie. Ich hatte einen Termin hier auf Walcheren, und ich suchte Gesellschaft.«

»Sie waren allein hier.« Annemiekes Blick war mitfühlend.

»Ich habe meine Frau vor sechs Jahren verloren, und der Termin mit dem Notar war am Nachmittag, ich glaube um vier. Und da habe ich mir eine, ja, wie sagt man da? Ich habe mir eine Dame bestellt. Wir haben hier gegessen, es war ein wunderschöner Abend!«

»Haben Sie sie nur an diesem Abend gesehen?«

Cornelis Cuijpers schaute ins Nichts. »Nein, nein! Wissen Sie, das war ja nicht einfach so eine Frau. Als ich mich vorstellte, als ich sagte, ich bin Cornelis, da sagte sie: ›Wie Cornelis van Haarlem, der Maler, der hollandse Michelangelo!‹ Und da war ich … na ja, hin und weg! Wie man so sagt. Wir haben hier Zeeuwse Kreeft gegessen, und sie hat mir erzählt, dass sie in Haarlem die große Ausstellung ›De Hollandse Michelangelo‹ gesehen hat und dass sie glaubt, dass Frans Hals niemals Frans Hals geworden wäre ohne Cornelis van Haarlem! Wir haben über die Spätrenaissance gesprochen, in Italien und in den Niederlanden.«

Annemieke war unglaublich geduldig. Piet wollte mehr über den späteren Verlauf des Abends wissen, aber das würde schon noch kommen. Also: weiterhin schweigen!

»Das war nicht Ihr einziger Abend mit Romy, ääh, mit Marlène.«

Cuijpers grinste. »Das mit den Namen muss Ihnen nicht

peinlich sein. Marlène hatte mir gleich gesagt, dass das nicht ihr richtiger Name sei. Es sei ihr Künstlername, sagte sie, und sie habe das Recht, einen Künstlernamen zu nutzen, weil sie eine Künstlerin sei!«

»Künstlerin?«

»Ja, sie war Künstlerin. Und ja, wir haben uns wiedergesehen. Ich hatte sie nach Amsterdam eingeladen, in De Nationale Opera, sie gaben Verdis ›La Traviata‹, wir saßen nebeneinander im Publikum, und plötzlich fiel mir auf, dass Marlène geweint hatte. Sie war so ergriffen, und ich war so verliebt. So verliebt, wie man es in meinem Alter nicht mehr zu hoffen wagt.«

Es wurde sehr still am Tisch. Piet hatte eine Menge Fragen, aber Annemieke machte es gut. Er hätte die Atmosphäre garantiert »kaputtgepoltert«.

»›Sie war ergriffen‹, sagen Sie. Warum? Hatten Sie den Eindruck, es war das erste Mal, dass sie ein so großes Theater sah?«

»Aber nein, sie hat mir viel über Verdi erzählt, dass er so großes Glück hatte, im Gegensatz zu Mozart, dass seine Oper ›Nabucco‹ ein Riesenerfolg war und dass er trotzdem … Nein, Marlène war in den Künsten sehr bewandert. Sie hat mir erzählt, dass eine Wagner-Oper in Bayreuth über fünf Stunden dauern kann …«

»Sie waren mit ihr in Bayreuth?«

»Nein, das muss ein anderer Glücklicher gewesen sein.«

Das war genau der Moment, an dem Piet nichts mehr über Opern hören wollte.

Annemieke kam ihm zuvor: »Wenn Sie mit ihr in Amsterdam oder Verona oder wo auch immer waren, hatten Sie da ein Doppelzimmer?«

»Geert, ich hatte dir gesagt, dass ich nicht über alles Auskunft geben möchte.«

Geert Breukink legte seinem Geschäftsfreund jovial eine Hand auf die Schulter. »Und jetzt sagst du am besten einfach die Wahrheit!«

»Marlène ist … oder Marlène war natürlich wunderschön. Und sie hat mir auch nie das Gefühl gegeben, dass es sie stört. Sie hat immer, wie soll ich sagen, sie war wunderschön angezogen, auch nachts! Aber ich leide seit einigen Jahren unter einer erektilen Dysfunktion, ich kann keinen Sex mehr haben.«

»Was haben Sie bezahlt?« Piet sprach es aus, und er wusste, was diese Frage bedeutete. So baut man kein Vertrauen auf. Half nichts, er musste es wissen.

Cuijpers wandte sich an Geert Breukink: »Ich hatte dir gesagt, ich werde nicht auf jede Frage antworten.«

»Das musst du auch nicht, du hast ihnen genug gesagt!«

Der Kellner schenkte Wein nach und lächelte Piet ausgesprochen freundlich an. »Inspecteur Van Houvenkamp, ein Grimbergen?«

Er war sicher noch nie in diesem Restaurant gewesen, aber anscheinend kannte man ihn überall auf der Halbinsel Walcheren. »Ja, gern!«

Der Kellner ging zurück zum Tresen.

Cuijpers sagte: »Ich habe ihr monatlich zweitausend überwiesen, aber sie hat nie etwas gefordert.«

17

»Wir fahren in die Disco!«

Tristan und Edda waren so angezogen, wie junge Menschen heute anscheinend angezogen sind, wenn sie ausgehen. Tristan trug ein T-Shirt in Größe S, damit die ortsansässige Ischenwelt die Möglichkeit hatte, den Erfolg der zahllosen Stunden, in denen er sich im Fitnessstudio gestählt hatte, auch gut zu sehen. Edda war angenehm dezent geschminkt, und es war ihr gelungen, das blonde Haar in den letzten anderthalb Stunden genau so zu stylen, dass es aussah, als hätte sie sich nur fünf Minuten dafür genommen. Die Dezenz des Make-ups widersprach der Schuhwahl, sie trug glitzernde High Heels und dazu ein Kleid, was mich doch ein wenig überraschte.

»Ein Blümchenkleid?«

»Papa, es ist Sommer!«

Ach so!

Tristan hielt mir die offene Hand hin. »Kann ich den Wagen haben?«

Ich hatte bei der Geste eigentlich mit der Bitte um finanzielle Unterstützung gerechnet, aber er wollte wohl nur, dass ich ihm den Autoschlüssel reiche!

»Wieso? Hier gibt es doch den Disco-Bus, der fährt euch von der Receptie bis direkt vor die Disco, und der fährt auch jede Stunde zurück!«

Tristan war entsetzt. »Papa, glaubst du denn, wir fahren mit den ganzen Kindern im Bus? Und wenn wir noch woanders hinwollen, meinst du, der Bus zeigt uns noch ein paar andere Clubs?«

Nein, das tat der Bus wohl nicht, trotzdem war mir bei dem Gedanken nicht wohl, dass die beiden nachts mit dem Auto unterwegs waren. Einen Trumpf hatte ich noch: »Und wenn du ein Bier trinken willst?«

»Papa, ich bin BOB!«

»Was bist du?«

»Der Bob hat diesen gelben Schlüsselanhänger«, er zog ein gelbes Gummiding mit den Buchstaben »B-O-B« aus der Hosentasche, nahm den Autoschlüssel vom Tisch und befestigte es am Schlüsselring.

»Ist das eine Abkürzung? Wofür steht das?«

Anne war wieder besser informiert als ich. »Das ist keine Abkürzung. Das ist eine Aktion, die ursprünglich aus Belgien kommt. BOB ist der Name von demjenigen in der Gruppe, der dafür verantwortlich ist, dass alle Mitfahrer sicher nach Hause gebracht werden, und deshalb erklärt sich BOB bereit, an dem Abend keinen Tropfen Alkohol zu trinken. Das zeigt er durch den gelben Schlüsselanhänger!«

Tristan ergänzte: »Und dafür kriegt er in den meisten Kneipen und Diskotheken ein alkoholfreies Getränk gratis. In Belgien ist, seit es diese Aktion gibt, die Zahl der Unfälle massiv zurückgegangen.«

Was willst du als Vater noch argumentieren, wenn dein volljähriger Sohn mit so viel Vernunft um die Ecke kommt?!

»Also gut, aber fahr vorsichtig, und ...«

»Papa, ich bin BOB!«

Anne beendete das Gespräch mit den Worten: »Viel Spaß, ihr beiden!«

»Ihr fünf, Michel, Sabrina und Lara kommen auch mit!«

Es gibt Tage, an denen der Vater denkt, Pubertät ist eine ganz schlimme Zeit, aber ganz ehrlich, danach wird es nicht einfacher. Mir fiel ein, was Lothar vor ein paar Jahren zu mir gesagt hatte: »Jetzt kannst du nichts mehr ändern. Solange die Kinder unter vierzehn sind, kannst du vielleicht noch säen, aber jetzt kannst du nur noch ernten.« Na ja, ich war mit der Ernte ziemlich zufrieden.

Und ich hatte eine »sturmfreie Bude«. Die Kinder aus dem Haus, die Windlichter auf dem Tisch im Vorzelt und auf dem Sideboard brannten. Anne hatte mal gesagt, ich sei ein »Sofakissenmensch«. Ich brauche Sofakissen und Kerzen, um wohnen zu können. Heute Abend hätte ich gerne ein bisschen gewohnt, aber ich hatte ein wichtiges Gespräch zu führen, das war heute Nachmittag von der AFL beschlossen worden.

Es ist jedoch nicht leicht, so ein Gespräch zu beginnen. Womit sollte ich anfangen? Ich wandte mich zunächst dem Weinkeller zu. Die »Flappe« unter dem Wohnwagen, diese Plastikplane, die das Vorzelt vor der kalten Luft unter dem Wohnwagen schützen sollte, hatte ich schon vor Jahren mittels Druckknopfverschlüssen so präpariert, dass man sie öffnen konnte, um an den Weinkeller zu gelangen. Zwei nebeneinanderstehende Plastikstapelweinregale waren mein Weinkeller, der im ewigen Schatten unter dem Wohnwagen ein perfektes Mikroklima bot, um Rotwein optimal zu lagern. Ich holte einen Spätburgunder von der Ahr hervor.

»Magst du ein Glas Rotwein?«

»Ich bin BOB!«

War das schon Taktik? Wollte sie mir einfach überhaupt keinen Ansatz geben, das Gespräch zu beginnen? Sie saß in ihrem Sessel und begann, die Restbestände an Wollvorräten aus dem letzten Jahr mittels Stricknadeln zu irgendwas zu verarbeiten.

Ich schenkte mir ein Glas Wein ein und sagte: »Können wir reden?«

»Schatz, wir sind seit fünfundzwanzig Jahren verheiratet. Wenn wir nicht reden könnten, wären wir das nicht!«

Bämm! Ein Killersatz nach dem nächsten.

Ich versuchte es mit einer Definition: »Weißt du, Urlaub ist immer nur dann Urlaub, wenn man ihn zusammen verlebt. Wenn du schon morgens um sechs zum ersten Workout gehst und am Nachmittag noch ein Bauch, Beine, Po und eine Einheit Stretching nachschiebst, dann hast du vielleicht Urlaub, und die Kinder haben Urlaub, und ich habe Urlaub, aber wir haben keinen Urlaub zusammen!«

Anne nahm einen zweiten Docken Wolle, um ein helleres und ein dunkleres Blau miteinander zu verbinden, und Anne sagte … nichts!

»Könntest du vielleicht mal was sagen?«

Anne legte ihr Strickzeug zur Seite. Ich hatte in diesem Moment mein Weinglas in der Hand, aber ich fühlte mich ein bisschen wie ein Gnu, das ans Wasserloch tritt, wohl wissend, dass wenige Zentimeter unter der Wasseroberfläche ein sechs Meter langes Krokodil lauern könnte, das nur darauf wartet, aus dem Wasser zu schnellen, das gewaltige Maul mit den konischen Zähnen aufzureißen, um die große Antilope in Stücke zu reißen. Warum spürte ich jetzt diese Gefahr? Nun, ich musste nicht lange warten, bis diese Frage beantwortet wurde.

Anne antwortete: »Du hast völlig recht. Urlaub ist, wenn die ganze Familie Urlaub hat, aber wenn der Urlaub aus Grillen, Strand, Bier und fragwürdigen Männercliquen besteht, dann ist es für mich kein Urlaub! Urlaub bedeutet für mich Erholung für den ganzen Organismus, Bewegung, ausgewogene Ernährung und einfach mal zu sich selber finden. So! Du bist dran!«

Ich schenkte mir ein zweites Glas Spätburgunder ein. Anscheinend erschien Anne die Zeitspanne, die ich benötigte, um spontan eine Antwort zu geben, zu lang.

»Ich gehe jetzt ins Bett, werde eine gute Portion erholsamen Schlaf zu mir nehmen, und es wäre eine verdammt gute Idee, wenn du mir jetzt nicht dahin folgen würdest, bevor ich tief und fest schlafe, denn auf diese Art von Diskussion habe ich wirklich keine Lust!«

Hatte sie mir überhaupt eine Chance gelassen? Hatte ich eine Möglichkeit übersehen, wie ich mit Anne in eine sachliche Debatte hätte eintreten können? Nein, ich war von vornherein chancenlos, und darüber war ich mir auch von vornherein im Klaren. Ich hatte den Jungs schon am Nachmittag erklärt, Anne hatte in den »Beratungs-Resistenz-Modus« geschaltet, nur dass sie direkt in den sechsten Gang geschaltet hatte, das hatte ich wirklich nicht erwartet.

Die Wohnwagentür fiel ins Schloss. Ich wagte nicht, sie zu öffnen. Ich hatte noch so viele Argumente, ich hätte von der Frauenclique sprechen können, von …! Vor lauter Aufregung fielen mir all meine Argumente nicht mehr ein. Aber ich war stinksauer! Stinksauer, denn so war ich in fünfundzwanzig Jahren Ehe nicht abgekanzelt worden. Und einfach so ins Bett gehen, ohne mir auch nur die Chance zu geben …

Ich nahm ein weiteres Glas Spätburgunder.

… ohne mir auch nur die Chance zu geben zu erklären, dass ich neulich noch einen Artikel in der Zeitung gelesen hatte über einen Wissenschaftler, der einwandfrei belegt hatte, dass übergewichtige Menschen länger leben, und »Bio« ist halt nichts für mich, in meinem Alter brauche ich alle Konservierungsstoffe, die ich kriegen kann. Apropos Konservierungsstoffe …

Ich nahm ein weiteres Glas Spätburgunder!

Dieser Mensch hatte rein wissenschaftlich belegt, dass es mehr alte Winzer gebe als alte Mediziner und dass …

Die Flasche war urplötzlich leer. Es war still im Wohnwagen. Wenn sie jetzt tief und fest schlief, dann durfte ich ja ins Bett gehen.

18

Zwei Spezialitätenrestaurants an einem Tag. Aber das war nicht der Grund. Piet suchte sein Kleinhirn nach dem Fehler ab. Er hatte etwas falsch gemacht. Er hatte sehr vieles falsch gemacht, aber da war auch ein Fehler, der ihm nicht hätte unterlaufen dürfen, ein entscheidender Fehler, er wusste nur nicht, welcher es war.

Annemieke setzte ihn vor dem »Grijse Dolfijn« ab. Ja, sie hatte recht. Bei diesem Gespräch war weit mehr herausgesprungen, als sie vorher erwartet hatten. Und trotzdem fehlte ihm etwas. Piet nuschelte ein »Tot ziens!« und entstieg mehr oder weniger elegant dem Dienstpeugeot.

Er konnte das typische blaue Licht aus Julianas Fenster sehen. Seine alte Freundin war noch wach. Natürlich war sie wach. Juliana war nie müde, insgeheim bewunderte Piet sie dafür. Er würde es nie aussprechen. Wenn man mit einer Dreiundneunzigjährigen über Müdigkeit sprach, sprach man über den Tod. Piet war manchmal müde. Manchmal gingen die dunklen Wolken vor seinem Fenster einfach nicht weg. Dann ging er irgendwann ins Bett und dachte bei sich, müde sein ist schön. Der Weg vom Wachen zum Schlafen ist schön, und wenn er nicht mehr erwachen würde, wen würde es kümmern? Juliana. Juliana kannte diese Gedanken wohl nicht. Piet ging die steilen Treppen hinauf, klopfte und öffnete ihre Wohnung mit dem Zweitschlüssel.

»Hoi, Piet, mein Glas ist leer!«

Piet ging zum Kühlschrank, nahm die Flasche mit dem feinherben Rheinwein und noch zwei Flaschen Grolsch heraus und ging ins Wohnzimmer. Er küsste Juliana drei Mal auf beide Wangen und wollte ihr das Glas Wein einschenken. Es war noch fast voll!

Oh, Frau Joosses hatte Redebedarf.

Sie schaute ihn fragend an: »Wie war dein Tag?«

Piet ploppte die Bügelflasche des Bieres auf und setzte sich auf seinen Stuhl an dem kleinen Esstisch aus Mahagoni, auf dem seit zweitausend Jahren dieses kleine cremefarbene Häkeldeckchen lag.

»Wir haben heute einen Mann getroffen, der mit der Frau Kontakt hatte. Cornelis Cuijpers heißt er, so um die siebzig. Es ist ein Geschäftsfreund von Annemiekes Vater. Und der kannte eine Marlène, die wahrscheinlich unsere Romy war.«

»Wie seid ihr an den gekommen?«

»Ich war mit Annemieke in einem Restaurant, um diesen widerlichen Ten Dracht zu treffen, das ist unser neuer Patholoog Anathoom, ehemals Professor an der Hochschule in Nijmegen, und jetzt sitzt der hier in Middelburg und lässt den Akademiker raushängen. Und als wir da so sitzen, kriegt Annemieke einen Anruf von ihrem Vater, und der hatte gerade ein Gespräch mit einem Geschäftsfreund, und der kannte diese Frau!«

»Was hat er erzählt?«

»Er hatte sie als Escort-Dame bestellt, das ist so …«

Juliana stellte ihr Weinglas geräuschvoll auf ihren Beistelltisch: »Ich bin jetzt über neunzig, aber wenn du glaubst, ich wüsste nicht, was ein Escort-Girl ist, dann kannst du dein Bier in Zukunft alleine trinken.«

Sie überraschte ihn immer wieder. Jetzt schnell den Ausweg finden. »Nein, ich meinte nur, sie hatten anscheinend nie Sex miteinander. Sie waren essen, sie waren in der Oper. Und sie war sehr gebildet!«

»Na, dann hat Meneer Cuijpers wohl schöne Abende verlebt! Warum hatte er keinen Sex mit dieser schönen Frau?«

»Erektile Dysfunktion. Er … er konnte wohl nicht mehr!«

Juliana lächelte. »Also ein Mann, der sich für schöne Frauen interessiert, ohne sexuelle Hintergedanken. Kannst du mir den jungen Mann einmal vorstellen?«

»Er ist um die siebzig!«

»Wie gesagt, kannst du mir den jungen Mann einmal vorstellen?«

Piet hätte gern ein bisschen gelächelt, aber gerade in diesem Moment durchzuckte ihn wieder dieser höllische Zahnschmerz. Er suchte in den Hosentaschen nach seinen Ibu-Dent 400. Er drückte zwei Tabletten aus dem Alufolie-Rechteck und spülte sie mit dem nächsten Schluck Grolsch hinunter. Piet stellte seine Bierflasche neben Julianas Weinglas.

»Weißt du, irgendwas fehlt. Ich weiß, ich war nicht, wie soll ich sagen, ich war nicht cool. Ich war zu ungeduldig …«

»Und du hattest Zahnschmerzen!«

»Das tut doch nichts zur Sache!«

Und dann sprach sie es aus. Als Piet sich noch um seinen Unterkiefer kümmerte, er hörte eigentlich gar nicht zu, aber irgendwie drang die Frage doch in sein Bewusstsein, diese Frage, die gestellt werden musste und die er Meneer Cuijpers nicht gestellt hatte.

»Wie hat er Kontakt aufgenommen mit dieser Frau, die Marlène oder Romy hieß?«

Piet wusste in diesem Moment, dass ihm dieser Fehler niemals hätte unterlaufen dürfen. Hatte er noch eine Chance, an Cuijpers heranzukommen? Würde er hier übernachten, oder hatte er für halb fünf Uhr einen Flug von Schiphol nach Kapstadt gebucht, oder würde er nach Hause fahren, und wo wohnte er überhaupt? All das ging ihm jetzt durch den Kopf.

Zu Juliana sagte er nur: »Ich habe ihn nicht gefragt.«

Piet hatte keine Lust mehr auf sein zweites Bier, er musste jetzt ins Bett, er brauchte Schlaf, er hatte morgen viel zu tun.

»Du willst schon gehen?«

Er hatte diesen Cornelis verschreckt, der hatte dichtgemacht. Der wollte nichts mehr sagen. Aber morgen musste er irgendwie noch einmal mit ihm reden, er musste herausbekommen, wer ihm den Tipp gegeben hatte. Wo hatte er angerufen, wie war die ganze Kommunikation gelaufen? Piet konnte sich nicht erklären, wie ihm solche Anfängerfehler unterlaufen konnten. Jetzt musste er ins Bett, aber gleich morgen früh galt es das zu klären.

»Ich muss in die Koje, Juliana. Morgen wird ein harter Tag.«

»Du bist ein ganz starker Mann, das weiß ich. Aber wenn du nicht bald zum Zahnarzt gehst, wird die schöne Frau ungesühnt das Zeitliche gesegnet haben!«

»Mach ich ja!«

»Machst du nicht!«

Er stellte die volle Flasche Grolsch wieder in den Kühlschrank und die leere in den Leergutkasten im Abstellraum.

Er stieg die Treppe hinauf in diese wunderbare Wohnung, die er sich nie hätte leisten können, wenn Juliana nicht einen Narren an ihm gefressen hätte.

Juliana tat ihm ein bisschen leid, er hatte sich nicht einmal eine Viertelstunde für sie genommen. Aber er musste jetzt verdammt noch mal den Kopf frei kriegen, und das ging nun mal nicht ohne Schlaf.

Erste Stufe, zweite Stufe, vierte Stufe. Er hatte es sich so angewöhnt, weil die dritte knarzte. Er schloss gerade seine Wohnungstür auf, als die Kachel in seiner Jacke ein »Bling« von sich gab. Sein Kriminalistenhirn schaltete blitzartig, schon nach wenigen Sekunden vermutete er, es könnte sich um eine SMS handeln, um diese Uhrzeit konnte eine SMS nur von Annemieke stammen. Er zog seine Cordjacke aus, zog das Ding umständlich aus der Brusttasche. Nein, es war nicht Annemieke. Die hatte seine Kachel so programmiert, dass ihr Bild und der Name »Annemieke« auf dem Display auftauchen würden. Das Display zeigte aber nur das SMS-Zeichen und eine Mobiltelefonnummer, die ihm nichts sagte. Er konnte sich zwar manchmal Namen nicht merken, aber sein Zahlengedächtnis war weiterhin exzellent. Diese Telefonnummer sagte ihm nichts.

Die SMS bestand nur aus vier Wörtern: »Bist du noch wach?«

Die Kachel informierte ihn natürlich auch über die Uhrzeit, Piet fasste die Informationen kurz zusammen. Es war 23:11 Uhr, und er brauchte Schlaf. Ein Mensch mit einer ihm unbekannten Mobiltelefonnummer wollte wissen, ob er schon schlafe. Das konnte ihm um diese Uhrzeit eigentlich herzlich egal sein. Dumm war nur: Es war ihm nicht egal!

Er wusste sehr genau, dass er einen Fehler machte, als er auf das grüne Telefon tippte, aber er rief die fremde Nummer an.

»Rianne van Wort«, sagte eine ihm bekannte Stimme am anderen Ende der Leitung, die schon seit einigen Jahren keine Leitung mehr war.

»Hoi, Rianne! Du hast mir eine SMS geschrieben?«

Verdammt, er musste es sehen, wenn sie anrief. Er musste schnell entscheiden können, ob er dranging oder nicht. Er nahm sich fest vor, auf seinem Smartphone einen Kontakt zu erstellen, er nahm sich fest vor, auf seinem Smartphone von Annemieke einen Kontakt erstellen zu lassen.

»Ja, ich habe ein bisschen schlechtes Gewissen. Was macht dein Zahn?«

»Er bringt mich gerade um, aber das ist dir ja anscheinend ziemlich egal. Ibu-Dent 400!«

»Ich weiß, dass du damit nicht schmerzfrei wirst, aber ich konnte dir unmöglich ein verschreibungspflichtiges Medikament mitgeben, wenn meine Angestellte im Raum ist, das verstehst du doch. Ich bin im ›Brooklyn‹, und ich habe ein sehr wirksames Medikament dabei.«

Piet überlegte nur sehr kurz, in seiner Ibu-Dent-400-Packung befanden sich nur noch sehr schlappe drei Exemplare dieses nahezu wirkungslosen Pijnstillers. Es war Viertel nach elf, er brauchte dringend Schlaf, er hatte gerade Juliana schnöde sitzen lassen, aber er hatte keine andere Wahl.

»Ich bin in zehn Minuten da!«

Er zog seine Jacke wieder an, achtete sorgsam darauf, die dritte Treppenstufe auszulassen, und verließ den »Grijse Dolfijn«.

Jetzt war es wirklich dunkel geworden, der Binnenhaven lag so friedlich da, dass man glauben konnte, hier könne niemals ein Verbrechen geschehen. Es war eine sternenklare Nacht. Piet liebte den Himmel über Middelburg in solchen Nächten, aber jetzt hatte er keinen Blick für das tiefe Dunkelblau, er eilte die Herenstraat hoch bis zur Lange Delft, die Einkaufsstraße war nun fast menschenleer. Er überquerte den Markt, und er hatte nur achteinhalb Minuten gebraucht, bis er das »Brooklyn« erreichte. Einige Gäste saßen noch draußen, er sah Rianne ganz links unter einem dunkelbraunen Sonnenschirm, der neben dem Wort »Brooklyn« auch mit der Reklame eines obergärigen hellen Starkbiers aus Belgien bedruckt war: Duvel! Keine schlechte Idee.

Rianne hatte ein Plaid über die Knie gelegt. Sie trug einen schwarzen Pagenkopf, das Jäckchen war grau mit dunkel paspelierten Revers, ob es zu einem Kostüm oder einem Hosenanzug gehörte, konnte Piet nur erahnen, wegen des Plaids über ihren Knien. Selbst bei dem schwachen Licht funkelten ihre rehbraunen Augen. Wenn überhaupt, dann war sie nur sehr dezent geschminkt.

Sie lächelte ihn freundlich an. »Schön, dass du noch kommen konntest.«

»Ich wollte gerade ins Bett, war ein harter Tag!«

»Ich habe hier ein Medikament, aber das ist ein Opioid, also das darfst du wirklich nicht lange nehmen. Wenn du Abhängigkeitsprobleme hast, erst recht nicht. Wie viel Ibu-Dent 400 hast du noch?«

Piet suchte nach einer Antwort, die einerseits glaubwürdig erschien, dabei seine Notsituation verdeutlichte, andererseits die Beratungsqualität der Apothekerin hervorhob und die Akzeptanz seinerseits nicht infrage stellte: »Ich glaube, sechs oder sieben!«

»Um Gottes willen!« Rianne sah ihn an wie eine Mutter, deren Halbwüchsiger ihr gerade gestanden hatte, dass er seinen ersten Joint vor dem Frühstück zu sich zu nehmen pflege. Aber sie beruhigte sich schnell. »Ziemlicher Stress im Job, oder?«

»Na ja, wie das Leben so spielt, hier ein Ladendieb, da ein kleiner Verbrecher!«

Jetzt wurde sie ungeduldig. »Hör auf, Piet. Du hast ein verdammt großes Büro in Achter de Houttuinen 10. Und da war allerhand los am Londensekaai!«

Piet war erstaunt. »Kanntest du sie?«

»Inspecteur Van Houvenkamp. Ein Duvel?« Die Kellnerin hatte sich in genau diesem Moment hinter sie geschlichen.

Er grummelte ein »Ja!«, und die Kellnerin verschwand so lautlos, wie sie gekommen war.

Rianne war wieder ganz Apothekerin. »Du solltest mit Alkohol sehr vorsichtig sein, wenn du dieses Medikament nimmst.«

Sie entnahm ihrer Handtasche ein weiß-blaues Päckchen. Und Piet dachte an die alte Johnny-Walker-Reklame: »Der Tag hat sich gelohnt!«

Das Bier kam, die lautlose Kellnerin stellte es lächelnd vor ihm ab.

Der Inspecteur entnahm dem Päckchen eine kleine weiße Tablette und spülte sie mit dem Duvel herunter. Er hoffte, es sähe so aus, als ob er keinen stechenden Schmerz in seinem rechten Unterkiefer verspürte.

»Natürlich kannte ich sie.«

»Wen kanntest du?«

»Jetzt hör aber auf, du hast mich gerade gefragt: ›Kanntest du sie?‹ Also weißt du genau, über wen wir hier reden. Die ganze Stadt redet darüber. Es geht um Romy van Zwamen, die weltberühmte Edelnutte auf dem Hausboot, die Nicole Kidman von Middelburg, und das weißt du viel besser als ich!«

Rianne, die eben noch weich und mitfühlsam war, wirkte plötzlich forsch? Warum? Sie wusste mehr als er. Oder dachte sie, die Polizei wüsste mehr als sie? Erwartete sie eine Information, oder wollte sie ihm eine Information geben. Wenn ja, warum?

»Du klingst, als hättest du sie nicht gemocht!«

»Gemocht? Hm! Sie war eine verdammt gute Kundin! Sie hat Präservative gekauft wie kein Zweiter in der ganzen Stadt, dazu Pheromone, potenzsteigernde Präparate, Vaseline und was weiß ich nicht alles. Und sie fand das völlig okay.«

»Du nicht?«

»Ich fand das … schade! Sie war eine hochgebildete Frau, sie war eloquent, kunstinteressiert. Wir haben uns mal in der Oostkerk getroffen, und ich habe sie angesprochen. Ich wollte mit ihr, na ja, über Gott und die Welt sprechen, aber sie interessierte sich nur für die Orgel, für die Musik. Sie war ein Miststück!«

Na ja, wenn sie so was sagte, da blieb ihm ja keine andere Wahl. Piet musste die Frage stellen: »Wo warst du am Donnerstagabend?«

Empfindsam und fast ein wenig überrascht lächelte Rianne: »Nein, nein, mein Freund! Ich weiß, dass du mich das fragen musst, aber mich kannst du aus der Liste der Verdächtigen streichen. Ich war an diesem Abend auf einem Pharmakologen-Kongress in Bergen op Zoom, und dafür habe ich zweihundertsiebzig Zeugen. Ich will nur wissen, wer sie umgebracht hat.« Nachdem sie diesen Satz ausgesprochen hatte, verschwand die ganze Kampfeslust aus Riannes Blick. Sie sagte: »Es hätte ein schöner Abend werden können, aber ein Polizist ist ja immer im Dienst.«

Sie saß da, als sei sie verletzt. Fast tat sie Piet ein bisschen leid. Diese neue Tablette begann zu wirken. Piet wollte jetzt ins Bett, er wollte nachdenken, über den ganzen Mist, den er heute gesehen und erfahren hatte. Und er wollte schlafen. Er trank sein Bier aus und sagte: »Danke für die Tabletten!«

Sie antwortete: »Denk dran, das ist nur für ein, zwei Tage, für deine Ermittlungen, aber ohne zahnchirurgischen Eingriff kommst du da nicht weiter. Und halt mich auf dem Laufenden. Doei, Piet!«

Er legte drei Euro auf den Tisch, nickte noch einmal in ihre Richtung und sagte: »Es war ein schöner Abend!«

Sonntag

19

Diogenes von Sinope, der sowohl in den Niederlanden als auch in der Bundesrepublik Deutschland hinlänglich bekannt ist, weil in den Ortschaften beider Länder diverse griechische Restaurants nach ihm benannt sind, war ja bekanntlich der erste Caravaner der Weltgeschichte. Gut, es gibt Geschichtswissenschaftler, die halten das nicht für hinreichend historisch belegt. Nun denn, ich werde den wissenschaftlich korrekten Beweis hier darlegen. Wir haben es hier mit drei Voraussetzungen zu tun. Erstens: Diogenes wurde um das Jahr 400 v. Chr. in Sinope am Schwarzen Meer geboren, was durch die Geschichtsschreibung eindeutig belegt ist. Zweitens: Er starb Anfang der 320er-Jahre v. Chr. in Athen oder Korinth, es gilt zumindest als gesichert, dass es einer der beiden Orte war. Drittens: Er lebte in einem Fass. Wenn wir diese Voraussetzungen betrachten, bleibt festzuhalten, dass er die 1783 Kilometer von Sinope nach Athen niemals hätte überwinden können, wenn dieses berühmte Fass nicht Räder gehabt hätte. Wenn er aber in einem Fass mit Rädern unterwegs war, so war er sicher der erste Caravaner. An dieser Stelle mussten wir in der Schule immer »q.e.d.« unter die Aufgabe schreiben, »quod erat demonstrandum«, was so viel hieß wie »..., was zu beweisen war«.

Um die Gegenrede von vornherein zu entkräften: Natürlich hat es damals schon Räder gegeben. Die älteste bekannte Abbildung eines Wagens mit Rädern wurde auf einem Trichterbecher gefunden, dessen Herstellung um das Jahr 3500 v. Chr. datiert. Dieser Trichterbecher wurde in Bronocice, fünfundvierzig Kilometer nordöstlich von Krakau, gefunden. Also wurde der erste Wagen der Welt 3500 v. Chr. in Polen gebaut – oder 3510 v. Chr. in Wolfsburg geklaut.

Diogenes war also mit einem Fass auf Rädern unterwegs, für mich steht das fest, und wenn Sie sich mal in Ruhe einen Eriba Touring anschauen, werden auch Sie mir zustimmen, dass die Geschichtsschreibung um einiges ergänzt werden muss.

Sei's drum, sowohl Cicero als auch Plutarch übermittelten der Nachwelt, dass unser erster Camper im Angesicht Alexanders des Großen auf die Frage, womit er ihm denn dienen könne, lediglich antwortete: »Geh mir nur ein bisschen aus der Sonne!«

Das ist eines wahren Campers würdig: keinerlei Duckertum vor der Obrigkeit, egal, ob es nun der Platzwart oder der Kaiser oder der Pharao ist.

Dieser Diogenes, dem ein bisschen Sonne heiliger war als der heiligste Heilige, der seine Tonne auf Rädern vom Schwarzen Meer nach Korinth zog, den verbindet man ja auch mit dem berühmtesten Satz des Campers: »Der frühe Vogel kann mich mal!«

20

Bumm, bumm, bumm!

Bumm, bumm, bumm!

Ich wollte gerade Anne fragen, was da um Gottes willen unseren Wohnwagen zertrümmert, als ich feststellte, dass Anne nicht da war. Die linke Hälfte unseres französischen Bettes an der Kopfseite des Dethleffs 560 TK war verwaist. Ich schaute auf die Uhr: 6:17 Uhr! Morgengruß!

Sie hatte den Wohnwagen geräuschlos verlassen, oder zumindest so geräuscharm, dass der durch drei Grimbergen und eine Flasche Spätburgunder von der Ahr narkotisierte Ehemann von ihrem Auszug nichts mitbekam.

Bumm, bumm, bumm!

Verschlafen wühlte ich mich aus dem Bett, vergewisserte mich noch kurz, dass irgendeine Art von Kleidung wichtige Teile meines voluminösen Körpers bedeckte, und stolperte ins Vorzelt.

»Lothar, kannst du mir mal sagen, warum du in aller Herrgottsfrühe hier aufkreuzt?! Waren wir uns nicht immer darüber einig: ›Der frühe Vogel kann mich mal!‹«

Lothar war aufgelöst wie eine Tüte Ahoj-Brause in einem Glas Gerolsteiner. »Was sagst du zu dieser Botox-Geschichte?«

»Ich kenne keine Botox-Geschichte, es ist Viertel nach sechs, und ich sage gar nichts!«

»Weil alles, was du sagst, gegen dich verwendet werden kann. Ich weiß. Aber das können wir doch nicht durchgehen lassen!«

Mein Schädel brummte. »Lothar!!! Ich weiß überhaupt nicht, wovon du sprichst!«

»Du weißt gar nichts???«

»Neeeeieeen!«

Lothar kam mir beängstigend nah, seine Augen waren nur Zentimeter von meinen entfernt, und dann raunzte er mich an: »Du weißt nichts?! Du wolltest doch gestern Abend mit Anne reden. Worüber habt ihr denn geredet? Habt ihr Kochrezepte ausgetauscht? Natürlich hast du dann gut geschlafen, wenn du nichts weißt!« Nun wurde er wieder ruhiger. Er atmete tief durch und sagte: »Dann setz dich lieber und hör mir gut zu!«

Ich ging zur Arbeitsplatte und fragte: »Einen Kaffee?«

Aber Lothar antwortete: »Glaub mir, du brauchst jetzt kein Koffein. Das, was ich dir jetzt erzählen werde, bringt deinen Blutdruck auch so auf hundertachtzig.«

Ich setzte mich, und er sagte sehr leise: »Diese Fleur hat den Mädels erklärt, dass sie es natürlich nicht in zwei Wochen erreichen könnte, dass das Bauchfett verschwindet, die Titten nach oben gucken und die Gesichtsfalten verschwinden, aber es gebe am nächsten Donnerstag in Vlissingen eine Botox-Party. Fleur könnte dafür sorgen, dass sie alle eingeladen werden, und danach gehören das Erdbeerkinn, die Krähenfüße und die Runzelfalten aber mal so was von der Vergangenheit an.«

Pause.

Lothar hatte alles gesagt, und mich hinderte ein fußballgroßer Kloß im Hals ganz erheblich an der Artikulation.

»Äähempf! Das ist nicht dein Ernst!« Plötzlich war ich hellwach!

»Und wie das mein Ernst ist.«

Da macht Anne nicht mit. Ich war mir sicher. Oder doch nicht?

Und Lothar hatte doch gestern Nachmittag noch vor der AFL versichert, dass er der Gaby dieses Fleur-Zeug ganz schnell ausreden könnte.

»Ja, aber … du hast doch auch gestern mit Gaby gesprochen?«

»Gesprochen? Sie hat mich gar nicht zu Wort kommen lassen. Wir wären in ihren Augen eine Sippe von grillenden, Bier trinkenden, vor sich hin dösenden Ferienzeitverschwendern, hat sie gesagt. Und ich habe gesagt: ›Jetzt beruhige dich erst mal!‹ Aber der Satz ›Jetzt beruhige dich erst mal!‹ hatte auf Gaby die gleiche Wirkung wie ein Mentos in der Cola. Und wie hat Anne reagiert?«

Mir blieb keine andere Antwort übrig als: »Die Wortwahl war eine andere, der Inhalt identisch!«

»Ich hätte nie gedacht, dass meine Frau so komplett am Rad dreht …«

»Apropos, am Rad dreht. Wann ist heute Nachmittag Spinning?«

»Um vierzehn Uhr! Wieso? Willst du jetzt auch was gegen deine Pfunde unternehmen?«

»Ja, genau, wir müssen etwas unternehmen. Aber nicht gegen die Pfunde, sondern gegen dieses agitatorische Miststück. Sag den anderen Bescheid: Vierzehn Uhr ist Sitzung der AFL!«

21

Piet van Houvenkamp schläft gerne. Ohne zu zögern, würde er Schlafen als persönliches Interesse in seinem Lebenslauf angeben. Schlafen und Fälle lösen. Piet liebt den Moment, wenn er früh am Morgen wach wird. Für einen kurzen Moment ist dann der Kopf schon bereit, aber der Körper liegt noch zugedeckt da, wie ein Hefeteig, der noch ruht, bis er zu einem Frühstücksbolus weiterverarbeitet wird. In diesem morgendlichen Stadium fragt Piet sein Gehirn: »Ist was?«, und das Hirn signalisiert: »Nein, Inspecteur, alle Fälle sind gelöst, kein Mörder läuft frei herum, und wir beide können noch eine halbe Stunde ruhen.« Erst dann gibt es einen Bolus.

Heute war es anders. Das Gehirn befahl: »Aufstehen, Inspecteur, du hast eine Tote, du weißt, dass es ein Mord ist, aber das musst du noch beweisen, und dann auch noch den Mörder finden, und jetzt schwingst du dich behände aus den Federn!«

Piet arbeitete daran, seine Organe auf stumm zu schalten – bei seiner Leber klappte das seit Jahrzehnten –, aber seit seine Assistentin Annemieke in sein Leben getreten war, unterstützte sie sein Gehirn mit der Tüchtigkeit eines Generals.

Vom Display der vibrierenden Kachel lächelte sie ihm entgegen. Absurderweise gab es noch eine Parallele zwischen seinem Gehirn und seiner Assistentin. Er konnte nicht ohne. Ohne Annemieke war er nur halb so gut. Er nahm das Gespräch an und sagte so freundlich, wie es ihm beim Aufstehen nur möglich war: »Morgen, du Quälgeist, ich brauche eine Viertelstunde.«

Sie antwortete: »Nimm dir zwanzig Minuten, ich warte gleich unten im ›Sint John‹!«

Er duschte schnell, aber das Zähne-um-den-Zahn-herum-Putzen war eine langwierige und ziemlich schmerzhafte Angelegenheit. Er trat noch an das Bücherregal, da standen sie sauber aufgereiht und alphabetisch geordnet: die sechsundsechzig Romane der Dame Agatha Mary Clarissa Christie. Dazu hatte er auch noch ein paar alte Gedichtbände auf dem Rommelmarkt gefunden, er besaß die Autobiografie »Meine gute alte Zeit« und ein paar Bühnenstücke. Er nahm »Das Böse unter der Sonne« aus dem zweiten Regalfach und legte es auf sein Kopfkissen. Er grinste. Der Tag konnte beginnen.

Manchmal war er gerne Arbeitstier. Ob sich das einfach ergeben hatte, weil er keine Familie hatte, weil er deshalb überhaupt keine Chance hatte, Familienmensch zu werden, oder vielleicht, weil er keine Hobbys hatte? Nein, Hobbys hatte er nicht, aber Azaleen züchten oder Samba tanzen hatte ihn nie interessiert. Da war wohl immer nur Agatha Christie. Er hatte noch nie darüber nachgedacht. Nun, heute Morgen würde er das sicher auch nicht tun.

Es war, wie es war. Morgens stand er auf, um zu arbeiten, Verbrecher zu jagen, und abends schlief er ein, weil er hoffte, im Schlaf würde ihm einfallen, wie er den Kerl zur Strecke bringen könnte.

Jetzt war Morgen. Er nahm seine Jacke von der Sessellehne und ging ins ›Sint John‹.

»Wow, handgestoppte siebenundzwanzig Minuten, aber immerhin frisch geduscht. Inklusive Rasieren hätte ich dir auch eine halbe Stunde durchgehen lassen.«

Bei Annemieke gab es keine tagesformabhängigen Aussehensschwankungen. Sie trug eine weiße Jeans, eine hellblaue Bluse und farblich zur Bluse passende Sneaker. Der kurze Haarschnitt gab ihr etwas Energisches, sie war nur ein ganz kleines bisschen um die wachen rehbraunen Augen geschminkt. Und das war's schon, perfekt, wie immer. Sie sah jeden Morgen aus wie, ja, wie der junge Morgen halt. Na ja, sie musste sich auch nicht rasieren.

Mit einem unrasierten Lächeln strahlte er Lotte an, denn die brachte ihm einen Kaffee und einen Bolus. Er musste ihn nicht bestellen. Die Service-Fachkraft im ›Sint John‹ kannte seine Frühstücksvorlieben seit Jahren. Piet trank den Kaffee betont vorsichtig und im Stehen. Es war ihm egal, dass der frühe Vogel einen Wurm fängt, er brauchte morgens Kaffee.

»Ist dieser Cornelis Cuijpers noch in der Stadt?«

Annemieke holte ihr Handy aus der Louis-Vuitton-Handtasche, machte mit Daumen und kleinem Finger das Telefonzeichen und ging vor die Tür.

Der Bolus konnte heute ein Problem darstellen, Zucker hatte auf diesen miesen Gesellen von Backenzahn eine noch schlimmere Wirkung als kühles Bier. So verzichtete er heute auf sein Lieblingsgebäck. Sollte Lotte doch denken, er sei auf Diät.

»Los!« Annemieke war wieder an seinen Tisch getreten, schwang sich die Tasche um die Schulter und verließ das Café ein zweites Mal.

Piet verstand wieder einmal, warum sie im Dienst keine

Pumps trug. Sie rannte zum Wagen, der Peugeot parkte zwar nur hundert Meter entfernt am Binnenhaven, aber Piet konnte ihr nur mit Mühe folgen. Auch er trug, wie immer, seine Laufschuhe. Das waren sehr schnelle Laufschuhe, wenn sie von leptosomen kenianischen Marathonläufern getragen wurden und nicht von einem achtundfünfzigjährigen niederländischen Inspecteur mit dezentem Übergewicht. Als er schwer atmend die Beifahrertür aufriss, saß sie zwar schon im Wagen und hatte den Motor gestartet, war aber immerhin noch nicht losgefahren.

»Willst du mich nicht fragen, wohin wir fahren?«

»Im Moment regeneriere ich mich noch von einem frühmorgendlichen Hundertmeterlauf.«

»Und genau in diesem Moment steht Cuijpers noch im Van der Valk Hotel am Frühstücksbuffet, aber mein Vater bringt ihn in vierzig Minuten zum Bahnhof. Was willst du denn noch von ihm?«

»Ich muss wissen, wie er mit Romy in Kontakt getreten ist.«

Annemieke schnalzte mit der Zunge und stöhnte. »Richtig, das haben wir ihn nicht gefragt.«

Die Ampel vor der Zugbrücke schaltete auf Rot. Annemieke schaltete in den dritten Gang.

»Wir werden ihn gar nichts fragen können, wenn wir im Kanal schwimmen.«

Annemieke antwortete nicht, nahm auch die nächste Ampel bei sehr dunklem Gelb. Am folgenden Kreisverkehr gab der Dienstpeugeot der Politie von Middelburg den anderen Verkehrsteilnehmern keine Chance, sich flüssig in den Kreisel einzufädeln, was eigentlich der Sinn von Kreisverkehren ist, aber dafür stand der alte Franzose schon wenige Minuten später nach einem kurzen, heftigen Bremsmanöver vor dem Portal des Hotels im absoluten Halteverbot.

Im Speisesaal saßen die beiden Herren noch bei Rührei und Toast, als Piet und Annemieke an ihren Tisch traten.

»Meneer Cuijpers, guten Morgen. Es tut mir leid, dass wir Sie noch einmal behelligen müssen, aber gestern Abend blieb noch eine Frage unbeantwortet.«

Der mausgraue, alterslose Mann tupfte sich mit der Serviette nicht vorhandene Rühreireste aus dem Mundwinkel und fragte aufgeräumt: »Und welche Frage war das?«

Piet versuchte so ruhig wie möglich zu werden: »Wir müssen noch wissen, wie Ihr Kontakt zu Romy van Zwamen zustande kam. Wer hat Ihnen diese Dame … empfohlen?«

»Ach so! Ja, da kann ich Ihnen sagen, warum ich diese Frage nicht beantwortet habe. Sie haben sie nicht gestellt!«

Heute Morgen war Cuijpers noch verschlossener als am gestrigen Abend.

»Dann stelle ich diese Frage jetzt!«

»Und jetzt werde ich sie nicht beantworten. Ich stehe hier nicht vor Gericht, ich stehe nicht einmal unter Anklage, und ich werde hier nicht den Namen eines guten Freundes nennen, der durch Ihre Ermittlungen desavouiert werden könnte.«

Der Tag war noch so jung, und Piet hatte schon so was von keinen Bock mehr auf wohlformulierte Sätze von wohlsituierten Herren, die nur ein einziges Ziel hatten: ihn in seinen Ermittlungen zu behindern. Und wenn Piet früh am Morgen das Gefühl hatte, dass er in seinen Ermittlungen behindert wurde, dann hatte der Inspecteur gemeinhin den

Kaffee auf. Exakt diese Situation war jetzt im Frühstücksraum des Van der Valk Hotels in Middelburg eingetreten.

»So, dann hören Sie mir mal ganz genau zu, Meneer Cornelis Cuijpers, eine schöne Frau namens Romy oder Marlène, oder wie auch immer sie geheißen haben mag, ist tot. Und es ist sehr unwahrscheinlich, dass wir es hier mit einem natürlichen Tod zu tun haben. Ich versuche herauszufinden, wer die Schuld an ihrem Ableben trägt, und Sie versuchen das zu verhindern. Da drängt sich mir der Gedanke auf, dass es nur einen Grund dafür geben kann, nämlich, dass Sie selber knietief mit drinstecken. Und weil, wie ich hörte, bei Ihnen akute Fluchtgefahr besteht, nehme ich Sie hiermit fest, Brigadier Breukink, die Handschellen, bitte!«

Genau das sind die Momente, in denen ihn niemand im Präsidium »Piet« nennen würde oder »Chef« oder »der Alte«. Es sind die Momente, in denen sich bei seinen Mitarbeitern ungläubiges Staunen über so viel Chuzpe mit einer gehörigen Portion Respekt mischt. Im Präsidium wird dann plötzlich leiser gesprochen, ja, es wird getuschelt. Das ist der richtige Begriff. Und auf den Fluren von Achter de Houttuinen 10 spricht man dann von PvH.

Annemieke verschluckte sich gerade an einem Frühstück, das sie gar nicht zu sich genommen hatte, und an PvH, der wohl gerade unter Drogen stand, anders könnte sie sich seine letzten Sätze nicht erklären.

»Moment!« Geert Breukink versuchte, seinem Freund zur Seite zu stehen. Seine Tochter hätte gewusst, dass es sich um ein sinnloses Unterfangen handelte. »Sie können doch nicht Cornelis festnehmen, er ist überhaupt nicht verdächtig, und was faseln Sie da von Fluchtgefahr?«

»Der Zug steht schon im Bahnhof!«

Cuijpers lenkte ein: »Mein Notar hatte mir gesagt, dass es da eine Dame gibt, die hier in Middelburg auf einem Hausboot lebt, das mit einem Hausboot, wie man es so kennt, nicht viel zu tun hat. Und das sei eine, wie er sagte, ›First-Class-Frau‹, und das nicht nur im Bett …«

»Hat er Ihnen eine Mobilfunknummer gegeben?«

»Bitte unterbrechen Sie mich nicht! Ich habe ihn gefragt, ob man mit der ›Dame‹ auch einfach nur essen gehen könnte, und er antwortete: ›Mit ihr kannst du alles machen. Essen gehen, Sex haben, über Bücher diskutieren, Musik hören!‹ Und dann gab er mir die Karte von diesem Ausländer, den ich anrufen müsste, und dann bin ich gegangen.«

»Wie ist der Name des Notars?«

Es war kein Vergnügen für Piet zu sehen, wie Cornelis Cuijpers brach, aber er hatte keine andere Wahl.

»Mein Notar heißt Marinus Verbeek, aber glauben Sie mir, der hat bestimmt nichts mit der Sache zu tun.«

»Das glaube ich Ihnen, aber es ist meine Aufgabe, dieses Puzzle zusammenzusetzen, und Sie wissen bestimmt, wenn das entscheidende Teil fehlt, wird aus einem Puzzle kein Bild. Ich danke Ihnen, Meneer Cuijpers! Und gute Reise!«

Piet stand auf, schob seinen Stuhl wieder unter den Tisch, und Annemieke war wohl gerade verdammt froh, dass sie nicht erklären musste, warum sie in ihrer Handtasche alles Mögliche, aber keine Handschellen dabeihatte. Sie verabschiedete sich von ihrem Vater mit drei Küsschen auf die Wange, und sie war sehr überrascht, als sie noch einmal die Stimme ihres Chefs vernahm.

»Dieser Ausländer, den Sie anrufen sollten. Wie hieß der?«

»Tut mir leid, Inspecteur, daran kann ich mich nun wirklich nicht erinnern!«

Manchmal konnte man dem Erinnerungsvermögen älterer Herren ja auch auf die Sprünge helfen. »Hieß er vielleicht Contento, Fabio Contento?«

Cuijpers blickte ihn überrascht an. Manchmal ist es sehr wohltuend für einen Kriminalisten zuzusehen, wie im Gesprächspartner gerade die Einsicht Oberhand gewinnt, dass auch bei der Polizei nicht nur Idioten arbeiten.

»Contento, ja genau, so hieß er!«

»Vielen Dank, die Herren! Jetzt lassen wir Sie in Ruhe weiter frühstücken. Sie haben uns sehr geholfen.«

Piet verließ den Frühstücksraum des Van der Valk Hotels und schmunzelte. Logik und Intuition. Es gab keine über das Mietverhältnis hinausgehende Beziehung. Na warte, Signore Contento. Er fühlte sich ein kleines bisschen wie Hercule Poirot. Ob ihm wohl ein kleiner gezwirbelter Schnauzbart stehen würde?

Annemieke unterbrach seine Gedanken: »Wie bist du auf diesen Contento gekommen?«

»Na ja, er ist ein eingebildeter Schnösel, und sein Anzug war zu hell!«

Annemieke war sich schon darüber im Klaren, dass ihr Chef manchmal genau dieses Quantum Intuition an den Tag legen konnte, das den Detektiv vom Polizisten unterschied, aber jetzt war ihr gerade mal gar nichts klar.

»Ach so, ja nee, ääh, natürlich! Und da sagt mir jetzt meine weibliche Intuition, dass du dem Herrn gern einen weiteren Besuch abstatten möchtest?«

»Brillant, Mevrouw Breukink, brillant. Und weil ich mir nicht einmal sicher bin, dass der Signore jetzt schon im

Büro ist, kannst du dich ausnahmsweise mal an alle Verkehrsregeln halten.«

Sie erreichten das Bürogebäude am Park Veldzigt nach sechs Minuten, auch wenn sich Annemieke tatsächlich fast an die Verkehrsregeln hielt.

Auf ihr Klingeln meldete sich die liebliche Stimme Claires aus der Lautsprecheranlage: »Sie wünschen?«

Piet bellte nur: »Polizei!«, und der Türöffner verrichtete summend seinen Dienst.

Das kleine Wörtchen »Polizei« wirkte oft besser als irgendwelche Erklärungen, und wenn man erst mal im Büro stand, stand man schon mal im Büro, oder genauer, man stand am Empfangscounter, an dem Claire ihrer Lieblingsbeschäftigung nachging, sie saß, dieses Mal in einem mauvefarbenen Kostüm. Ob der Rock wieder geschlitzt war, war noch nicht zu erkennen, weil Claire ja saß.

»Oh, Inspecteur Van Houvenkamp, Sie waren gar nicht angemeldet.«

Und während Claire noch in ihrem Archiv von jemals gesehenen amerikanischen Krimis kramte, um irgendeine Möglichkeit zu finden, wie sie ihren Chef schützen konnte, war das auch schon wieder überflüssig, weil just in diesem Moment ein Mann mit zu langem, zurückgegeltem Haar und wieder zu hellem Anzug dem Aufzug entstieg.

Jetzt stand Claire tatsächlich auf. »Fab..., ääh, Meneer Contento, hier ist Inspecteur Van Houvenkamp für Sie, mit ...«

»Brigadier Annemieke Breukink, meine Mitarbeiterin.«

Claire versuchte zu retten, was zu retten war. »Der Inspecteur war gar nicht angemeldet.«

Annemieke suchte die Mädels, mit denen sie Umgang

128

pflegte, sehr genau aus. Dieses mauvebefrackte Frettchen gehörte sicher nicht dazu, und das machte sie nun kurz und knapp deutlich.

»Wir ermitteln in einem Todesfall, und Inspecteur Van Houvenkamp meldet sich manchmal an und manchmal nicht. Ihr Problem ist, dass Sie sich das nicht aussuchen können!«

Fabio Contento war sich seiner italienischen Abstammung durchaus bewusst. Nonchalant wie Marcello Mastroianni legte er Piet die manikürte Hand auf die Cordjacke und sagte: »Na, dann kommen Sie doch in mein Büro. Warum sollten wir uns in der Lobby unterhalten?«

Contentos Flur war also eine Lobby. Er öffnete die Tür zu seinem Reich, Annemieke und Piet traten ein, Claire saß wieder.

Contento schloß die Tür, und auf dem Weg zu seinem Chefsessel sagte er: »Nun, wie kann ich Ihnen dienen? Ich denke, ich habe Ihnen schon alles gesagt, was ich weiß.«

Piet holte seinen Notizblock hervor, aus dem er sicher nichts ablesen würde. »Richtig, Sie sagten, Sie hatten zu Romy van Zwamen keine über das Mietverhältnis hinausgehende Verbindung. Das ist richtig?«

Contentos Stirn zeigte nun eine in Längsrichtung verlaufende Falte, die darauf hindeutete, dass er sich gerade intensiv fragte, was dieser Inspecteur eigentlich von ihm wollte.

»Und Sie hatten gesagt, dass Sie Ihre Sicherheitstechnologie sehr erfolgreich vermarkten. Unter den Kunden, oder sagt man Klienten?, seien zum Beispiel ...«

Nun blätterte Piet in seinem Notizblock, und Contento ergänzte jovial: »Na ja, da sind einige Bürohäuser, es gibt Banken und Galerien ...«

Piet klappte den Notizblock zu. »Richtig, das wollte ich Ihnen noch eben sagen. Also, ich wäre gerne bereit, in diesen Bürohäusern, Banken und Galerien kurz vorbeizuschneien, um den Herrschaften mitzuteilen, dass der werte Herr Contento am Ende des Tages nichts anderes ist als ein ordinärer Zuhälter. Und glauben Sie mir eins, ich werde genau das tun, wenn Sie nicht augenblicklich damit beginnen, die Wahrheit zu sagen! In welchem Verhältnis standen Sie zu Romy van Zwamen?«

Contento drückte auf einen Knopf an seinem Telefon: »Claire, bringst du uns bitte zwei Espressi? Mevrouw Breukink?«

Annemieke winkte ab.

Contento schwieg zunächst einmal. Er schwieg, wie jemand schweigt, wenn er gleich etwas sagen will. Contento schwieg, und Piet hatte Zeit. Contento schwieg, Piet wartete, Annemieke sortierte die Blätter ihres Notizblocks.

»Manchmal hatte Romy Angst. Ich denke nicht, dass es einen bestimmten Grund dafür gab, es war eine diffuse Angst. Sie bat mich, das Hausboot optimal abzusichern. Wir haben Sicherheitsglas eingebaut, wir haben sämtliche Fenster und Türen abgesichert, wir haben Bewegungsmelder installiert und eine Funkmeldeanlage zu unseren Streifen. Sie hatte Alarmknöpfe an vier Stellen im Hausboot.«

Annemieke schrieb all das mit.

»Aber Sie hatten noch eine Idee mehr!«

»Ja, aber das geschah nur wegen der Sicherheitsbedenken. Sie hatte einen Termin bei einem Notar in Hilversum, und ich fuhr sie hin.«

»Warum fuhren Sie sie?«

»Sie hat kein Auto, sie mietet sich manchmal eins, denn

sie fährt hervorragend, aber ich habe sie gern gefahren, das bot die Möglichkeit für ein intensives Gespräch, wir hatten uns ja gerade erst kennengelernt.«

»Ihren Beruf hatten sie doch schon aus dem Mietvertrag erfahren?«

Contento lachte leise. »Nein, da hat sie tatsächlich Guest Relation Manager angegeben, ich hatte sie also im Hotelfach angesiedelt, aber die Bankauskunft, die sie uns präsentierte, war weit mehr als zufriedenstellend, sodass wir da nicht weiter recherchiert haben. Erst später hat sie mir dann eröffnet, in welcher Relation sie zu ihren ›Gästen‹ stand.«

Claire brachte wieder die kupferfarbenen Espressobecher. Den guten Kaffee konnte Piet jetzt gebrauchen, aber er verzichtete auf den Zucker.

Wieder versuchte er, eine Flüssigkeit am schmerzenden Zahn vorbeifließen zu lassen, und wieder gelang es nicht. Er war froh, dass Annemieke die nächste Frage stellte, sodass er sich einige Sekunden mit seinem rechten Unterkiefer beschäftigen konnte.

»Und dann haben Sie begonnen, die Freier zu überprüfen?«

Contento wirkte fast überrascht. »Romy hatte keine Freier. Sie nannte sie tatsächlich ›guests‹. Es waren ihre ›Gäste‹. Wir haben drei Männer für sie überprüft, finanzielle Verhältnisse, Familienstand, Vorstrafen, wir haben sie ein paar Tage observiert …«

Piet stellte den Espressobecher auf Contentos weißen Lackschreibtisch genau neben die Untertasse. Auch das Büro war zu hell.

»›secure.lab‹ ist also eine Detektei!«

»›secure.lab‹ ist eine Firma für Sicherheitstechnik und

für Sicherheitsdienstleistungen. Wir haben Mitarbeiter, die auf Observation spezialisiert sind, und wir arbeiten übrigens wunderbar mit der Polizei zusammen, das wird Ihnen Hoofdinspecteur Waatering sicher gern bestätigen. Was meinen Sie denn, wer Ten Dracht unsere Firma empfohlen hat? Wir haben die drei Männer überprüft, und dann bat mich Romy, dass neue ›guests‹ nur noch über ›secure. lab‹ mit ihr in Kontakt treten sollten und dass der Kontakt zu ihr erst zustande kommen sollte, nachdem wir unsere Überprüfung abgeschlossen hatten.«

»Und Sie haben dann eine Provision kassiert.«

Die empörte Reaktion kam prompt. »Inspecteur Van Houvenkamp, ich bitte Sie zu akzeptieren, dass ich eben *kein* Zuhälter bin. Wir hatten eine monatliche Zahlung vereinbart, und ich habe diesen Job gerne gemacht, weil ich Romy sehr gemocht habe. Auch mir lag ihre Sicherheit am Herzen.«

Annemieke blickte von ihrem Notizblock auf: »Dann übergeben Sie uns sicher gerne die ›Gästeliste‹.«

Contento entgegnete resigniert. »Alle unsere Recherchen verliefen ausgesprochen diskret. Ich kann mit Sicherheit behaupten, keiner ihrer Klienten wird bemerkt haben, dass er überprüft worden ist. Also übergebe ich die ›Gästeliste‹ sehr ungern, aber natürlich sollen Sie die Liste bekommen, obwohl ich Ihnen versichern kann, Sie werden auf der Liste keinen Mörder finden. Wie gesagt, wir haben sie überprüft, und glauben Sie mir, wir sind gut.«

Er drückte auf die Sprechanlage. »Claire, bereiten Sie bitte die Liste der neun Namen für Inspecteur Van Houvenkamp vor? Danke!«

»Neun?« Piet war überrascht. »Sie hatte nur neun Freier

oder Gäste oder Patienten oder wie auch immer Sie sie nennen wollen?«

»Ja, sie wollte Zeit haben, sie wollte sich kümmern können. Und es waren neun sehr solvente Menschen. Ja, Frau Van Zwamen war eine ziemlich wohlhabende Frau.«

22

Es gibt Abende im Leben eines Mannes, die darf man nicht in den eigenen vier Wänden verbringen. Der Mann ist doch eigentlich immer das bestimmende Wesen gewesen. Und dass er sich wirklich nur um eine einzige Frau kümmert, das wurde doch eher in den letzten zwei Prozent der Evolutionsgeschichte eingeführt. Zunächst gab es die Promiskuität, das hieß, Sex mit wem man will und wann man will, und daraus entwickelte sich dann im Laufe der Epochen, im Laufe der Jahrtausende, über viele Zwischenstufen, über die Viel-Ehe, die Gruppen-Ehe, die Mehr-Ehe, schließlich die Ein-Ehe. Man kann auch sagen, das Leben wurde immer langweiliger, aber die Kirche wollte es halt so. Der Mann war immer als Jäger unterwegs, um Frau und Kinder zu ernähren, und allein das war ihm schon hoch anzurechnen. Der Mann ist auch nur ein Mensch, und der Mensch ist ein Säugetier, und Säugetiere sind im Allgemeinen nicht monogam. Es gibt nur ganz wenige monogame Säugetiere. Da gibt es einige Fledermausarten, einige Mäuse und Ratten, den kanadischen Biber, den Riesenotter und einige Neuweltaffen, das war's, ja gut, und dann gab es noch die fünf Affen, die sich im »Rooie Oortjes« auf Barhockern um einen runden Tisch versammelt hatten, die sich allesamt mit Vehemenz gegen die Promiskuität gestemmt hatten und die diesen Entschluss gerade jetzt bereuten. Vor allem immer dann, wenn Tooske wieder an ihren Tisch trat, um fünf neue Biere zu bringen, und das war am heutigen Abend schon einige Male geschehen.

Das »Rooie Oortjes«, das war diese Kneipe, die dieser bekloppte Inspecteur damals erwähnt hatte, der ihnen allen in der Kantine von »De Grevelinge« ganz schön zugesetzt hatte. Aber das war schon ein Ding, wie der diesen Gerichtsmediziner an die Theke genagelt hatte. Mannomann!

Dieser Inspecteur hatte ihnen damals gesagt, das »Rooie Oortjes« macht um Mitternacht auf, aber die Gäste trudeln erst so gegen eins ein, und es macht erst zu, wenn der letzte Gast geht.

Okay, kurz vor Mitternacht losfahren, das ging nicht. Die fünf Männer hatten im »Café Bommel« schon ein Stündchen vorgeglüht, aber jetzt saßen sie in dem Backsteinhaus, das übersetzt »Rote Öhrchen« heißt und bei dem an der Seite des Backsteingiebels tatsächlich zwei rote Ohren angebracht waren. Dieser Van Houvenkamp hatte ihnen damals gesagt, diese Kneipe sei eine »Deutschenfreie Zone«, und genau das brauchten sie heute Nacht. Ein Refugium, in dem die AFL die entscheidenden Pläne schmieden konnte und in dem die einzigen aufgesperrten Ohren draußen am Giebel angebracht waren.

Nun saßen sie auf fünf Barhockern an einem Kneipentisch, und dieser Kneipentisch wollte einfach nicht plan auf dem Fußboden stehen. Beim ersten Versuch hatte Lothar nur einen Bierdeckel in der Mitte gefaltet und hinten links unter das Tischbein geklemmt, dann zwei Bierdeckel vorne rechts, dann einen an der Seite. Und dann hatte er es aufgegeben, weil Gerd sonst nicht mehr über die Tischplatte schauen könnte. Noch konnte er es.

Gerd erhob sein Grolsch-Glas und sprach: »Wer Bier trinkt, hilft der Landwirtschaft!« Er trank, stellte es geräuschvoll auf den wackligen Tisch, wischte sich bedeutungsschwanger den Mund ab und fuhr dann fort: »Liebe Freunde, liebe Mitglieder der Anti-Fleur-Lobby, ich muss heute Abend feststellen, wir haben ab jetzt eine völlig neue Situation. Ich habe ja bis gestern geglaubt, diese Fleur vermasselt uns nur ein bisschen den Urlaub, aber heute weiß ich, es wird gefährlich!«

»Jawohl«, sagte Detlef. »Ein Kaktus ist nichts anderes als eine schwer bewaffnete Gurke!«

Vier Männer sahen ihn fragend an.

Lothar ergriff das Wort: »Was Detlef sagen will, ist, wir können ja über ein bisschen mehr Sport reden, aber diese Fleur hat Gaby zu einer veganen Lebensweise geraten!«

Adi haute mit der Faust auf den Tisch. »Das ist gut. Vegan macht Babette garantiert nicht mit. Babette ohne halbes Hähnchen geht gar nicht.«

»Weißt du, warum Veganer keine Hühner essen?«

Gerd war jetzt schon wieder ein bisschen genervt. »Nein, weiß ich nicht!«

»Weil da Ei drin ist.«

Brüllendes Gelächter, fünf hochgereckte Finger und eine Tooske, die mit den Jahren gelernt hatte, betrunkene Männer zu verstehen.

Gerd hatte einige Mühe, sich gegen die angeschickerte Bande durchzusetzen. Doch es gelang ihm. »Wir haben hier aber noch größere Probleme als die vegane Lebensweise!«

»Tofu?«

»Nein, Botox! Wenn die Mädels da hingehen, dann reden wir nicht über eine Tupper-Party. Dieses Botulinumtoxin, das von manchen auch Botox genannt wird, das spritzt sich zwar heute Gott und die Welt in die Stirn, in die Wangen und sonst wohin, aber es ist das potenteste Nervengift, das die Menschheit kennt. So was wie Curare kannst du dagegen glatt vergessen.«

* * *

Was für ein Tag! Cuijpers, Contento, Ten Dracht und Juliana! Bei Piet war das Denkbesteck komplett in der Schublade verrutscht. Kurz vor Mitternacht, die eben noch hochfrequentierten Straßen von Middelburg waren menschenleer. Und Piet ging am Rathaus vorbei Richtung Vlasmarkt. Hier hinter dem Stadhuis lag der Teil von Middelburg, in dem die Touristenmetropole nicht stattfand. Sobald man die Rückseite des alten Rathauses passiert hatte, kam man in das Middelburg, in dem man ohne großes Federlesen einen Film über die Vereenigde Oostindische Compagnie drehen könnte. Man müsste nur ein paar parkende Autos an der Gracht abschleppen lassen und durch Pferdefuhrwerke ersetzen, fertig!

Der Film würde wohl kurz nach 1600 spielen, denn da hatten sich einige niederländische Kaufmannskompanien zusammengeschlossen, und das war ein großer Erfolg. Im 17. und 18. Jahrhundert war die Ostindien-Kompanie eine der größten Handelsunternehmungen der ganzen Welt, und der Hauptsitz befand sich in zwei Städten: in Amsterdam, normal! Und in Middelburg, aha!

Selbst wenn man heute in Middelburg am Stadhuis vorbeigeht, ist man plötzlich wieder im 17. Jahrhundert. Da sind diese kleinen Backsteinhäuser, die Straße ist kopfsteingepflastert, sodass die Pferdekutsche vor vierhundert Jahren in Probleme hätten kommen können.

Piet brauchte jetzt noch einen alten Kumpel, ein schönes Gesicht und ein gutes Bier.

Der alte Kumpel war Ruud, der im »Rooie Oortjes« schon seit über zehn Jahren der Ansicht war, dass man nicht vor Mitternacht öffnen müsse. Ruud war ungefähr so alt wie Piet, er trug das Haar wie Vitas Gerulaitis in den späten 1970er-Jahren, als er die Australian Open gewann, aber die späten 1970er-Jahre waren nun mal ziemlich lange vorbei. Ruud war jetzt knapp unter sechzig, und die Frisur passte gar nicht.

Das schöne Gesicht gehörte Tooske, die seit vier Jahren einer der Gründe war, warum Piet ins »Rooie Oortjes« ging. An Ruud konnte es schließlich nicht liegen. Tooskes Vater war damals aus Surinam in die Niederlande gekommen, hatte sich ein prächtiges blondes Meisje genommen, das ihn um anderthalb Köpfe überragte, und aus diesem Pärchen, über das damals in Middelburg hinter so mancher hohlen Hand getuschelt worden war, war dieses zauberhafte Geschöpf entstanden. Tooske, die irgendein großes Tattoo auf dem Rücken hatte, von dem Piet immer nur kleine Teile sehen konnte, es war blau und weiß und rot, was für den stolzen Niederländer Piet van Houvenkamp per se eine gute Farbwahl darstellte. Aber Piet hätte doch gern gewusst, ob das nun ein Fisch oder ein Drache oder was auch immer war. Nun, in die Situation, dass sich Tooskes nackter Rücken in seinem Blickfeld befand, würde er in diesem Leben nicht mehr kommen, und an weitere Leben glaubte er eher nicht.

Es ist mal ein Experiment durchgeführt worden, bei

dem die Testpersonen mit verbundenen Augen heißes Wasser trinken sollten, während gleichzeitig Kaffeeduft durch das Labor geleitet wurde. Alle Probanden waren überzeugt, dass sie Kaffee tranken. Das könnte Piet nie passieren. Selbst wenn er mal ganz kurz mit geschlossenen Augen von Tooskes Tattoo träumte, hätte er trotzdem ein Hoegaarden mit traumwandlerischer Sicherheit von jedem anderen Bier unterscheiden können, und von Wasser sowieso, denn Wasser hat keinen Schaum drauf. Die Rezeptoren in den Geschmacksknospen auf Piets Zunge meldeten das Hoegaarden schon an Thalamus und Großhirnrinde, als Piet gerade erst das Nachtcafé mit den Segelohren betrat.

Er war angekommen. Alter Kumpel, schönes Gesicht, gutes Bier. So darf ein Tag enden.

Er setzte sich an den Tresen, und Ruud stellte das Bier vor ihn hin. Beide Männer sprachen nicht. Sie hatten noch diesen Rest von Ehrfurcht vor dem Moment.

Piet nahm das Glas und führte es an den linken Mundrand, legte den Kopf zur Seite und versuchte nun wieder vergeblich, die kalte Flüssigkeit nicht mit dem entzündeten Zahn in Berührung kommen zu lassen.

Das war zu viel. Der eben noch empfundene letzte Rest von Ehrfurcht war verflogen. Ruud kicherte so lautstark über dieses vergebliche Unterfangen, dass wirklich jeder der noch nicht so zahlreichen Gäste zum Tresen schaute. Ruud amüsierte sich also prächtig, aber Tooskes Lächeln voller Mitleid entschädigte Piet für vieles.

»Mensch, du musst zum Zahnarzt!«

»Ich kenne keinen Zahnarzt!«

»Ja, ich weiß, du hast Rutger aus deinem Kontakte-Ordner gelöscht, aber so geht es doch nicht weiter. Sieh es doch einfach mal so: Jeder Zahnarzt ist ein mieser sadistischer Troll, der es zwar nie zugeben würde, aber klammheimlich freut er sich doch, dass er dir Schmerzen zufügen kann. Trotzdem …!« Ruud hob bedeutungsschwer die Stimme und unterbrach seinen Monolog durch eine wohlgesetzte Pause.

Piet konnte jetzt keine Pause gebrauchen. »Jetzt quatsch keine Oper, was ist mit ›trotzdem‹?«

»… trotzdem verfügt er über Heilkräfte! Und wenn du diese Heilkräfte verweigerst, wirst du dich nie wieder am Gottestrank laben, du wirst darüber schwermütig werden, verhärmen und ohne Freude sterben. Also, wenn du mich fragst, ich würde das kleinere Übel wählen. Geh zum Zahnarzt!«

»Mach ich ja, aber im Moment habe ich wirklich einen üblen Fall, und da müssen die Zahnschmerzen halt mal hintenanstehen. Ich war bei Rianne …«

Ruud blickte überrascht auf. »Bei der frommen Apothekerin?«

»Ja, sie hat mir ein sehr wirksames Medikament gegeben …«

»Oh ja, sehr wirksam, das sehe ich!« Tooske legte ihm schwesterlich eine Hand auf die Schulter.

»Ja, das ist ein ganz schön hartes Zeug, das darf man nur ein paar Tage nehmen, und wenn man Abhängigkeitsprobleme hat, überhaupt nicht. Ich hab ja zum Glück keine Abhängigkeitsprobleme. Machst du mir noch ein Hoegaarden?«

»Blau-weiße Packung?« Am Tisch hinter Piet fragte ihn ein blonder Kerl mit eindeutig deutschem Akzent nach seinen Medikamenten.

Was sollte das denn? Das »Rooie Oortjes« wird normalerweise von den ganzen deutschen Touristen nicht besucht ... Als er genauer hinsah, fiel es ihm auf. Diesen blonden Mann, den kannte er. Das war doch der Typ, der ihn bei diesem Fall auf »De Grevelinge« den Tipp mit dem Brillenhämatom gegeben hatte, dieser Anästhesist aus Duisburg. Wer weiß, vielleicht hätte er den Fall sonst nie gelöst. Wenn Annemieke jetzt hier wäre, die wüsste sogar seinen Namen. Aber so einen Namen kann man ja rauskriegen.

Piet sagte mit fragendem Tonfall: »Meneer ...?«

Und Gerd beeilte sich, »Balkenhol« anzufügen.

»Ja, blau-weiße Packung, wieso?«

»Na ja, ich tippe auf Volaron, und glauben Sie mir, das ist ein übles Zeug. Lieber ein Besuch beim Zahnarzt, und das Problem ist erledigt.«

Gerd kann wirklich phänomenal wie ein besorgter Arzt gucken, vor allem, wenn er gerade ein besorgter Arzt ist.

Piet nahm sein Bier und seinen Barhocker und setzte sich neben Gerd. Ach, du liebe Güte. Da saß die ganze Bande, dieser Typ mit dem Bart und den Armen wie ein Gorilla, das dicke Milchgesicht, das Sonnenbrandopfer aus Bocholt und dieser Mercedes-Mechaniker. Erstaunlich, woran sich sein altes Gehirn alles erinnerte. Jede Menge Details und kein einziger Name.

»*Ein* Besuch beim Zahnarzt? Der hat mir gesagt, er müsste den Zahn vierteilen.«

Gerd versuchte, ihn zu beruhigen. »Er will den Zahn zerteilen, aber nicht Sie!«

Da war einfach zu viel Leid und Schmerz in der Diskussion.

Lothar erhellte die Stimmung ausgesprochen effizient

mit dem Satz: »Wenn ich zum Zahnarzt geh, und der greift zum Bohrer, dann greife ich immer in seinen Schritt, und dann sage ich nur noch: ›Wir wollen uns doch nicht gegenseitig weh tun.‹ Ihr glaubt ja gar nicht, wie vorsichtig der dann ist.«

Sechs Männer, sechs Bier, zwei Länder, ein Alter. Da fehlt einfach nichts mehr. Vor einem knappen Jahr hätten diese sechs Typen bestimmt nicht um einen wackligen Kneipentisch gepasst. Heute Nacht war das überhaupt kein Problem.

»Und was macht ihr mitten in der Nacht in einer Kneipe in Middelburg? Ich denke, um elf Uhr geht die Schranke zu?«

Detlefs Artikulation ließ schon erste Defizite erkennen, als er einwarf: »Glauben Sie mir, Commissario Montalbano, von uns fährt heute Nacht niemand mehr, und auf allen vieren ist so eine Schranke überhaupt kein Problem.«

Ja, er ist ein belesenes Kerlchen, unser Detlef, und hätte er den Polizisten aus einem Agatha-Christie-Roman genannt, hätte Piet ihn auch verstanden. Italien, und vor allem Sizilien, hatte Piet nie interessiert. Zu viel Mafia, zu viel Korruption und viel zu heiß!

Aber Piet war auch mitten in der Nacht noch Ermittler, und der Ermittler sprach nun: »Okay, also ich kenne nur Camper, die alles daransetzen, um 22:59 Uhr die Schranke passiert zu haben, damit die Karre bloß nicht draußen auf dem Parkplatz übernachten muss. Aber hier sitzen fünf deutsche Männer mitten in der Nacht in einer verruchten zeeländischen Kneipe, anstatt neben der lieben Ehefrau im Wohnwagen das Bettchen zu bevölkern. Also, ›cherchez la femme‹, was machen eure Meisjes für Probleme?«

Wie sagte das Sprichwort? »Wo das Herz von voll ist, läuft der Mund von über.«

Ich erzählte dem Inspecteur von unseren Frauen, von dieser Fleur, und davon, dass der ganze Urlaub gerade den Bach runtergeht.

»Also, ich glaube ja, wenn man nachts um eins mit ein paar Freunden im ›Rooie Oortjes‹ sitzt und Bier trinkt, dann ist nicht alles schiefgegangen.« Und dann legte Piet seinen Kopf wieder schief und ließ das Hoegaarden links hinten über den Unterkiefer laufen. Piet lachte nun selber, und beim Trinken und Lachen konnte er beim besten Willen nicht mehr verhindern, dass das eiskalte belgische Weißbier massiv auf den vermaledeiten Zahn schwappte.

Wie lang genau die Phase war, in der Piet überhaupt nicht mehr mitkriegte, was an diesem wackligen Kneipentisch besprochen wurde, hätte er im Nachhinein nicht mehr sagen können. Vielleicht vierzig Sekunden, vielleicht fünf. Er hätte allerdings sehr genau diesen Satz rezitieren können, der danach gesprochen wurde. Wahrscheinlich war es so, dass einige Worte an sein Trommelfell drangen, die wurden dann über Hammer, Amboss und Steigbügel ins Innenohr geleitet, damit der Hörnerv sie zum Gehirn weiterleiten konnte. Und das Hirn entschied dann: »Achtung, jetzt wird es wichtig!«, reduzierte den Zahnschmerz und schaltete den Gehörgang wieder frei.

»... kann diese Fleur ihnen allen Eintritt zu dieser Botox-Party besorgen.«

Piet war um ein Uhr nachts hellwach, stocknüchtern und komplett schmerzfrei.

»Ja, meinen Sie denn, ich will eine Frau zu Hause haben, die mit so einem Maskengesicht wie eine Nachrichtensprecherin rumläuft? Haben Sie sich mal angeguckt, wie Nicole Kidman heute aussieht, oder Meg Ryan?«

Ich schaute wahrscheinlich ein bisschen verträumt ins Nichts. Ich schaue immer verträumt ins Nichts, wenn ich an Meg Ryan denke. Genau diese Meg Ryan hat sich in den letzten fünf Jahren allerdings so kaputtspritzen lassen, dass du beim Anblick ihrer Bilder nicht mehr an Sex denkst, sondern an den Joker von Batman. Mit der ersten Frau, in die ich mich in diesem Leben verliebt hatte, hatte es so geendet. Bei der letzten Frau, in die ich mich verliebt hatte, sollte es eben nicht so ausgehen.

Adi ging es wohl ähnlich. »Oh ja, Meg Ryan! Ich weiß noch, wir haben damals im Autokino ›Schlaflos in Seattle‹ geguckt, und ich musste mich schon verdammt konzentrieren, damit Babette nicht mitkriegt, dass ich noch ein bisschen mehr in Meg Ryan verliebt war als in sie!«

»Und heute? Die kann lachen oder weinen, im Gesicht siehst du nichts!«

Piet stand auf, er taumelte. Es war jedoch nicht der Alkohol, der ihn schwanken ließ. Er sah das Gesicht von Romy van Zwamen, die Augen waren nicht schreckvoll aufgerissen. Sie waren sanft geschlossen. Er sah die ganze Fotomontage vor sich. Sie lag da völlig entspannt. Das linke Bein war über dem rechten angewinkelt. Die Szene wirkte so, als würde sie gleich blinzeln, sich strecken und aufstehen, um sich einen Tee zu kochen. Sie war nackt. Es schien fast, als lächelte sie. Sie war schön, sie hatte nur einen Fehler, sie war tot.

»Botox!«, sagte Piet. »Botox!« Er trank sein Bier aus. »Ja, Männer, dann wünsche ich noch einen schönen Abend!« Er ging einfach.

Der Mann mit den Gorillaarmen, das dicke Milchgesicht, das Sonnenbrandopfer und die anderen beiden schauten ihm fragend hinterher.

Er sagte nichts mehr, er erklärte nichts mehr, er ging einfach.

»Tot ziens, Commissario Montalbano!«

Detlef lachte ziemlich laut in die Stille, doch nach ein paar Sekunden lachten alle mit. Sie saßen wieder zu fünft an diesem wackligen Kneipentisch.

»Was war denn mit dem los?«

»Vielleicht hat der auch eine Frau, die auf 'ne Botox-Party eingeladen ist!«

Und wieder prusteten rund um den wackligen Kneipentisch vier Männer los, nur der fünfte blieb ganz ruhig.

Gerd sagte: »Zurück zur Tagesordnung. Wo waren wir stehen geblieben? Richtig! Wir müssen etwas unternehmen!«

Montag

23

Als Piet das »Sint John« betrat, fragte Lotte ihn spitz: »Heute mit oder ohne Bolus?«

Das hätte er sich eigentlich denken können: Als er gestern diese zeeländische Gebäckspezialität verschmähte, war das in Lottes Augen schon ein Affront. In Zeeland liebt man den Bolus, und im »Sint John« ist man sich sicher, man hat den besten.

Einen Bolus backen ist ja eigentlich nicht schwer, er wird aus Weißbrotteig gemacht, den formt man zu einer langen Rolle, und diese wälzt man dann in braunem Zucker. Dann wird die lange Rolle zu einer Schnecke aufgerollt, und der Zucker zwischen dem Teig schmilzt beim Backen, das ist eine wunderbar saftige Angelegenheit. Ein richtig guter Bolus muss kleben. Wenn man einmal einen richtig guten Bolus gegessen hat, und im »Sint John« gibt es ausschließlich richtig gute Bolussen, dann versteht man, wie es zu der Redewendung »sich die Finger lecken« gekommen ist.

Also alles kein Problem. Die Kunst besteht aber darin, den Bolus im exakt richtigen Moment aus dem Ofen zu nehmen, und dieser Moment ist von Ofen zu Ofen verschieden. War das Ding nicht lang genug im Ofen, ist er einfach noch nicht gar, aber schon ein paar Minuten später ist er hart wie Stein. In einem guten Bolus müssen die Zähne »versinken«, und genau das war Piets Problem.

»Nein, Lotte, heute nur den Kaffee, weißt du, ich muss ein bisschen was abnehmen, aber sag's nicht weiter!«

Ein schnippisches »Pfhhh!« war die Antwort, und schon schob sie ihr wohlgerundetes Hinterteil in Richtung Kaffeemaschine. Vielleicht war der Hinweis auf überflüssige Pfunde bei Lotte auch schon wieder falsch gewesen.

Annemieke hatte ihr iPhone in der Hand, als sie das Café betrat. Sie wollte gerade ihren Chef aus der Koje klingeln, als sie ihn schon vor sich am Tisch sitzen sah, mit frischem Hemd, geduscht *und* rasiert.

Piet genoss ihr verdutztes Gesicht.

»Sag es mir sofort! Was ist passiert? Welcher Geist hat dich mitten in der Nacht aus dem Bett gepoltert?«

Piet gab sich völlig ahnungslos. »Wieso mitten in der Nacht? Es ist Montag, es ist zwei Minuten nach sieben, vor uns liegt ein großer Haufen Arbeit. Und ich denke, der Herr Professor erwartet uns.«

»Kannst du mir vielleicht erklären, warum du ihn nicht magst?«

Piet nahm die Cordjacke von der Stuhllehne und log: »Wie kommst du denn darauf? Ich mag ihn doch!«

Ein paar Minuten später parkte Annemieke den Peugeot vor dem Haus Vlissingsestraat No. 14.

Obwohl die Fenster in diesem alten Haus gar nicht so groß waren, war das gesamte Innenleben hell und freundlich, und ebenfalls hell und freundlich saß ein elfengleiches Wesen am Empfang. Diesen Arbeitsplatz hatte es vor einem Jahr, als Arie Tromp hier noch das Sagen hatte, auch noch nicht gegeben. Vielleicht war ja Contento nicht nur bei Ten Dracht gewesen, sondern Ten Dracht auch bei Contento, und da war dem Patholoog Anatoom möglicherweise die Idee gekommen, so eine Claire, die bräuchte er auch.

Nun, diese Claire hier hieß Anna Visser, wie das Namensschildchen auf ihrem Counter verriet, und sie saß nicht, sie stand direkt auf, als Annemieke und Piet das Gebäude betraten, und begrüßte sie freundlich: »Goedemorgen, Annemieke, goedemorgen, Inspecteur van Houvenkamp, Meneer Ten Dracht erwartet Sie schon.«

Sprach's, lächelte, ging den Weg weisend den Flur entlang, klopfte, gewährte den beiden Einlass, lächelte schon wieder und schloss die Tür hinter ihnen.

»Guten Morgen, nehmen Sie doch Platz! Kaffee?«

Jetzt fragte sich Piet allerdings, ob es auch der Kaffee mit der Qualität des Contento'schen Espresso aufnehmen konnte. Nun, das würde nur ein Feldversuch klären können. Piet nickte, Annemieke zu seiner Überraschung auch, und dann saßen sie sich in Ten Drachts modernem, hellem, aber gar nicht so ungemütlichem Kontor gegenüber.

Henk ten Dracht faltete die Hände, was aber nicht sehr religiös wirkte, weil er sich dabei mit dem rechten Zeigefinger an der Nase kratzte. »Wir haben alle Untersuchungen durchgeführt, Gewebeproben analysiert und die toxikologischen Tests durchgeführt. Ich denke, wir können den Todeszeitpunkt zwischen zwanzig und zweiundzwanzig Uhr am Donnerstagabend taxieren, und ich bin nach meiner Auswertung zu neunundneunzig, Quatsch, ich bin mir absolut sicher, wir haben es bei Frau Van Zwamen mit …!«

Tja, diese wunderbar gesetzte rhetorische Pause hätte er sich sparen müssen, denn Piet ergänzte sofort: »… mit einer Botoxvergiftung zu tun!«

Völlig verblüfft starrte Ten Dracht ihn an: »Ja, richtig! Wie kommen Sie darauf?«

Piet spürte nicht den Hauch einer Müdigkeit, die sicher das Recht gehabt hätte, sich zu melden, nachdem er in dieser Nacht eigentlich gar nicht geschlafen, sondern stundenlang am Laptop gesessen hatte. Die Botox-Geschichte von diesen deutschen Campern hatte ihn nicht in Ruhe gelassen. Er hatte gelesen, er hatte aufgesogen, und er war sich am Ende sicher.

Nun antwortete er: »Na ja, haben wir damals nicht alle ›Schlaflos in Seattle‹ mit Meg Ryan geliebt? Die kann heute auch keine Miene mehr verziehen. Wir hatten keinen Schreckensschrei im Gesicht der Toten, keinerlei Mimik, also könnte des Rätsels Lösung nur lauten: Botulinumtoxin!«

»Es macht echt keinen Spaß!« Es war nicht sofort zu erkennen, ob Ten Dracht verärgert oder belustigt oder belustigt und verärgert war.

»Was macht keinen Spaß?« Es war sofort zu erkennen, dass Annemieke besorgt war.

»Na ja, du verlässt einen wohldotierten Posten an der Hochschule, weil du das wahre Leben spüren willst, du hast deine Pathologie eingerichtet, und wenn sie fertig ist, kommt die große Langeweile. Nichts zu tun. Und dann kommt er tatsächlich, der erste Fall, Wissenschaftler versus Praxis, und du siehst sofort, da könnte eine Vergiftung vorliegen. Und es gibt so spannende Vergiftungen. Denken Sie nur an die Aga-Kröte, das ist dieser Zwanzig-Zentimeter-Froschlurch, den man schon 1935 auf den Zuckerrohrplantagen in Australien ausgesetzt hatte, um die Rattenplage zu bekämpfen. Die Aga-Kröten haben die Ratten schön in Ruhe gelassen, und deshalb hatte man bald eine Ratten-

und eine Aga-Kröten-Plage, aber die miese Kröte, Rhinella marina, wie sie in der Fachwelt genannt wird, hat noch eine ganz andere Besonderheit. Sie hat Giftdrüsen am Kopf, und diesem Gift sagt man eine euphorisierende Wirkung nach. Es gibt tatsächlich Krötenjunkies, die zwanzig Zentimeter lange Amphibien abschlecken, um high zu werden. So was hätte ich spannend gefunden. Oder die Phoneutria nigriventer, das ist die giftigste Spinne der Welt, beim Menschen kann ein Biss einen Priapismus verursachen, der zur Impotenz führen kann.«

Piet kannte sich in der Biologie nicht so sehr gut aus, wenn eine Pflanze oder ein Tier jedoch im umfangreichen Schaffen von Agatha Christie eine Rolle spielte, dann verfügte er über exquisite Kenntnisse. »In ›Tod in den Wolken‹ von Agatha Christie wurde Marie Morisot durch das Gift der südafrikanischen Baumschlange getötet.«

Ten Dracht nahm den Faden fast begeistert auf: »Ja, genau, Dispholidus typus, das ist schon eine widerliche Natter, die kann man schon als gerissen bezeichnen, denn das Gift wirkt erstens hämorrhagisch, es zerstört also die Blutgefäße, außerdem wirkt es gerinnungshemmend und dazu auch noch direkt nierentoxisch, aber die gute Frau Christie hat da schon ein kleines bisschen gepfuscht, denn es dauert mindestens vierundzwanzig Stunden, bis ernsthafte Symptome auftauchen. Das klappt sicher nicht auf einem Flug von Paris nach London. Aber Sie haben recht, Piet. Mein Fachgebiet bietet so viele spannende Möglichkeiten, und was finde ich in der Blutbahn der schönen Romy van Zwamen? Schlichtes, langweiliges Botox! Da hatte ich mir für meinen ersten Fall schon etwas Unterhaltsameres gewünscht!«

Und dann grätschte ihm dieser Inspecteur auch noch in seine schöne rhetorische Pause, da musste er sich doch vorkommen wie jemand, der gerade geräuschvoll die Tür ins Schloss werfen will, und die Tür klemmt. Tja, dachte sich Piet, wer an Agatha Christie herumkrittelt, hat auch nichts Besseres verdient.

Annemieke war immer noch ziemlich verwundert, dass es tatsächlich Botox gewesen sein soll, das Romy van Zwamen aus dem Leben gerissen hat. »Ist Frau Van Zwamen also, wie soll ich sagen, ihrem eigenen Schönheitswahn zum Opfer gefallen?«

Henk ten Dracht stand auf und ging zum Bücherregal. Er nahm einen weißen Ordner aus dem weißen Regal und sagte: »Nein, das denke ich nicht. Einen Moment bitte, ich habe es gleich.« Er fuhr mit dem Finger über eine Seite, die offenbar mit Tabellen bedruckt war. »Hier ist es. In der Schönheitsindustrie wird das Botulinumtoxin natürlich stark verdünnt, die verabreichte Dosis beträgt ein bis drei Milliardstel Gramm. Das führt dann vielleicht bei den Damen zur gewünschten ›Entfaltung‹, aber davon stirbt man nicht, es sei denn, man ist eine Labormaus. Nein, das Opfer hatte eine weit höhere Dosis gespritzt bekommen. Heutzutage kann sich, und diese Zahl ist verifiziert, jede dritte Frau in den Niederlanden vorstellen, ihre Falten mit Botox zu behandeln. Es ist ›normal‹ geworden. Aber vergessen Sie nicht, Botulinumtoxin ist eines der potentesten Nervengifte, das die Menschheit kennt. Botox fällt als Bio-Waffe unter das Kriegswaffenkontrollgesetz.«

»Haben Sie Einstichwunden entdeckt, in der Stirn oder wo auch immer?«

Ten Dracht stimmte zu. »Ja, das ist ein schwieriges Prozedere, Botox wird minimal-invasiv angewendet, bei den extrem geringen Dosen kann der Arzt mit feinsten Kanülen arbeiten. Sie suchen praktisch die Injektionsnadel im Heuhaufen. Ich habe die Einstichstelle einer sehr feinen Kanüle am Hals gefunden. Ich gehe davon aus, es ist die einzige.«

Annemieke sah ihn verwundert an. »Im Hals? Ich dachte, man benutzt es in erster Linie auf der Stirn und für die Mundfalten ...«

Der Pathologe lächelte sie an. »Mit Botox werden Wangen konturiert, Kaumuskeln verkleinert, Zahnfleischlächeln korrigiert, und gerade die Falten am Hals verraten ja gern mal das wahre Alter, ein bisschen Botox, und schon ist man wieder ein paar Jahre jünger. Es ist nicht mehr wie vor zehn Jahren, als die Horrorbilder von Botox-Fratzen durchs Netz geisterten. Heute findest du Botox in jeder Gesellschaftsschicht. Die Lehrerin, die Managerin, im Notfall die Pastorin. Und du kriegst es nicht mit. ›Wenn man es sieht, ist es schlecht gemacht!‹ Das ist heute das Motto der Dermatologen.«

Zu viel Hintergrund, zu wenig, was Piet jetzt weiterbrachte. Gut, er hätte bei Romy van Zwamen erst mal gar nicht an Botox gedacht, sie sah so »natürlich schön« aus, okay, das hatte er jetzt erfahren.

»Wenn man es sieht, ist es schlecht gemacht!«, auch gut, aber: »Sie haben gesagt, der Arzt kann mit feinsten Kanülen arbeiten. Muss man also Arzt sein, um mit dem Zeug zu arbeiten, vielleicht sogar Hautarzt?«

»Leider nein, jeder Mediziner kann sich in Abendkursen zum Botox-Arzt ausbilden lassen. Aber Botox wird eben nicht nur im Kampf gegen Falten verwendet, im Moment sind siebenundzwanzig medizinische Indikationen zugelassen, da geht es zum Beispiel um Akne, schweres Schwitzen, chronische Migräne oder Blasenschwächen. Also, da können wir nicht viel ausschließen, jeder Mediziner kommt da ran.«

»Aber man müsste schon Mediziner sein, um so eine minimal-invasive Spritze zu setzen.«

Henk zögerte, dann sagte er: »Na, da lege ich meine Stirn doch mal in Falten.« Er schien sich sehr gut über den selbst gemachten Witz zu amüsieren. »Nicht-Mediziner sind eigentlich für den Gebrauch von Botox nicht zugelassen, aber Bankräuber auch nicht unbedingt für den Gebrauch von Maschinenpistolen. Die Technik der subkutanen Verabreichung ist wesentlich einfacher als die intravenöse oder intramuskuläre Applikationsform, will sagen, jeder Krankenpfleger, jede Sprechstundenhilfe, jeder Hinz und Kunz kann das! Ich fürchte, da kann ich Ihnen nicht so sehr weiterhelfen.«

»Gut, oder nicht gut! Es bleibt also erst mal bei der Nadel im Heuhaufen. Danke, Professor!« Piet stand auf und wandte sich zum Gehen, als Anna Visser das Tablett mit dem Kaffee brachte.

Es duftete verführerisch, andererseits war Piet ganz froh, dass er nicht wieder vor Ten Dracht eine Diskussion über das weitere Vorgehen mit diesem widerlichen »Vier-Sechser« würde führen müssen. Er warf Mevrouw Visser einen entschuldigenden Blick zu.

Annemieke lächelte, zuckte kurz mit den Schultern und wollte ihrem Chef gerade folgen, als der sich umdrehte und fragte: »Äähm, noch eine Frage: Welche Farbe haben die Augen von Romy van Zwamen?«

Ten Dracht zeigte sich überrascht. »Das wissen Sie nicht?«

»Woher? Als sie auf dem Seidentuch im Hausboot lag, hatte sie die Augen geschlossen, und seitdem hatte ich eigentlich nicht den Wunsch, sie mir noch einmal anzusehen.«

»Tja, was meinen Sie denn?«

Henk ten Dracht faltete wieder die Hände, anscheinend war das bei ihm eine Geste, die er gern praktizierte, wenn er sich auf sicherem Terrain glaubte, wenn er davon ausging, dass er gerade die Nase vorn hatte.

Piet ging auf das Spiel ein.

Annemieke war ein bisschen überrascht.

»Ich glaube grün, ziemlich grün bis sehr grün!«

Der Pathologe klatschte dreimal Beifall und sagte: »Exakt, sehr gut, Herr Inspecteur, sehr grün ist exakt die Farbe ihrer Kontaktlinsen, die Augen allerdings sind so wenig grün, wie das Haar tizianrot ist. Sie sind blau-grau.«

24

Die Stimmung auf »Camping de Grevelinge« hatte sich seit gestern Abend eher verschlechtert. Vier der fünf tapferen Recken, die gestern Abend oder, besser gesagt, gestern Nacht, nach dem Zusammentreffen mit Inspecteur Van Houvenkamp im »Rooie Oortjes«, noch so guten Mutes waren, ein guter Mut, der sich auf dem Nachhauseweg in eine kleine Euphorie steigerte, saßen nun zusammengesunken und mit von der Schwere des Kopfes gesenkten Schultern vor Lothars Vorzelt. Sie hatten sich nicht nur von den Ehefrauen noch einige Informationen zum Thema »Nachts um vier lautstark nach Hause kommen« abgeholt. Sie litten auch unter einer alkoholbedingten Schädel-Hirn-Angina.

»Meine Güte, war ich beschnattert. Wie sind wir denn nach Hause gekommen? Ich kann mich an nichts mehr erinnern. Irgendwer muss mir was ins Glas getan haben.«

Gerd antwortete: »Ja, der Barkeeper, circa dreißig Mal!«

Detlefs Mitleid für den armen Lothar hielt sich in Grenzen. »Filmriss? Bei mir ist die komplette Videothek abgebrannt. Ich hatte heute Morgen zwischendurch sogar den Eindruck, wir hätten mit diesem komischen holländischen Kommissar gesoffen!«

Jetzt musste ich zustimmen: »Du hast recht, Detlef. Bei dir ist tatsächlich die Videothek abgebrannt. Natürlich haben wir gestern den Polizisten getroffen. Und als wir ihm erzählt haben, dass unsere Frauen auf eine Botox-Party eingeladen sind, da hat der ganz komisch reagiert und ist einfach so gegangen, obwohl die Stimmung doch wirklich gut war, oder, Jungs?«

Es wurde allgemein Zustimmung gemurmelt, man gab sich dabei Mühe, nicht zu laut zu murmeln. Nun kroch mit Adi auch der Letzte der Fünferbande aus dem Wohnwagen.

»Kollegen und Freunde von der AFL. Ich hab's. Ich hab die Lösung!«

So viel Energie, gepaart mit einer Entschlossenheit im Blick, die an Tatkraft erinnerte, musste den anderen vier suspekt vorkommen: »Was hast du?!«

»Ich habe, als wir das Schreiben von ›De Grevelinge‹ bekommen haben, dass Holzkohlegrills nicht mehr zugelassen sind, bei Lidl im Online-Angebot den El Fuego Gasgrill ›Rochester‹ gekauft, reduziert auf zweihundertneun Euro, aus Edelstahl mit drei Brennern, ein Knaller, und dazu, quasi als Sahnehäubchen, das Buch: ›Meine besten Grillrezepte‹ von Johann Lafer! Was sagt ihr nun?«

»Ich sage, dass ich im Moment an Essen nicht einmal denken könnte, ohne direkt in Richtung des privé sanitair zu sprinten.«

Diese eigene Nasszelle, bestehend aus Dusche, Waschbecken und Toilette, sodass man nicht, wie sonst beim Camping üblich, mit der Toilettenrolle unter dem Arm quer über den ganzen Platz zum Waschhaus gehen musste, war einer der Hauptgründe, warum unser Dethleffs 560 TK hier auf »De Grevelinge« sein Gnadenbrot bekommen sollte.

»Ich will ja auch nicht jetzt grillen, sondern heute Abend, mit den Frauen, ganz gemütlich, damit wir uns mal wieder in Ruhe unterhalten können, nicht in dieser aufgeheizten Atmosphäre.«

Dieser Adi kapierte entweder nichts, oder er hatte mit Babette ein Exemplar der Gattung Ehefrau an Land gezogen, das im Moment nicht so auf Krawall gebürstet war wie Anne und Gaby.

Selbst Gerd stimmte mir zu: »Wenn ich gegenüber Uschi das Wort ›Grill‹ auch nur im Flüsterton erwähne, dann läuft sie so rot an wie ein zeeländischer Hummer beim letzten Vollbad!«

Adi seufzte übertrieben laut. »Was wären wir schon weit, wenn ihr mich einmal ausreden lassen würdet. Johann Lafer hat anscheinend auch öfter mal Probleme beim Camping, denn in seinem Standardwerk des Gartengrills finden sich Rezepte wie ›Asiatischer Chinakohlsalat mit Pflaumen und Cashewkernen‹, ›Chicoréeschiffchen vom Grill mit Ziegenkäsecreme‹ oder hier ›Gemüseratatouille vom Spieß an Rucola-Vinaigrette‹ …«

»Ja, genau, und weißt du, wie man Tofu perfekt zubereitet? Erstens, man wirft ihn in den Müll, und zweitens, man kauft sich ein saftiges Steak. Wie wär's mit gegrilltem T-Bone-Steak an saftigem Kotelett?«

»Ich weiß nicht, Witze über Tofu finde ich geschmacklos!«

Und schon war die ganze Runde wieder bester Stimmung, es wurde gelacht, aber eben noch nicht laut.

»Weißt du, was bei Rucola fehlt?«

»Nee!«

»Das ›m‹!«

Gerd schien an Adis Plan Gefallen zu finden. »Mensch, Lothar, jetzt hört doch mal auf mit dem Blödsinn. Im Moment müssen wir doch erst mal eine Atmosphäre schaffen, in der wir mit den Frauen überhaupt wieder reden können. Vielleicht wären wir gestern Abend besser doch nicht … Ach komm, ist egal. Die Idee mit dem Grünzeug-Grillen ist gut. Schreib auf, was der Johann Lafer alles einkaufen muss, und dann am besten sofort in den Supermarkt, bevor die Mädels wieder da sind.«

Ja, da war was dran, wenn ich mit zwei Tüten voll Chinakohl, Kürbis, Paprika, Zucchini und Auberginen zurückkommen würde, wäre Anne bestimmt wieder ziemlich einverstanden mit mir.

25

Im Besprechungsraum des Polizeipräsidiums Middelburg, Achter de Houttuinen 10, 1. Stock, saßen Piet van Houvenkamp und seine Assistentin Brigadier Annemieke Breukink mit dem Dienststellenleiter, Hoofdinspecteur Meinert Waatering, zusammen, um ihn auf den neuesten Stand zu bringen.

Ebenfalls anwesend waren die Leiterin der Spurensicherung, Bernadien d'Hondt, der Polizeifotograf Thijs Joziasse sowie die beiden Agenten Remco Jonker und Jannis Munniks, der Kitesurfer.

»Ja, Meinert, wir kommen gerade von der Vlissingsestraat 14. Unser neuer Patholoog Anatoom, Henk ten Dracht, ist hundert Prozent sicher, die Todesursache ist eine Botoxvergiftung.«

Waatering pfiff leicht durch die Zähne: »Ja, es gibt wohl nichts, was es nicht gibt. Hm, Botox ... in Middelburg. Weiter!«

»Ja, leider sehr wenig ›weiter‹. Er sagt, jeder Arzt kann sich in Abendkursen zum Botoxspezialisten ausbilden lassen, und damit ist der dann befugt, dieses Botulinumtoxin, wie es richtig heißt, zu beziehen. Allerdings ist es normalerweise eine extrem verdünnte Dosis. Bei Frau Van Zwamen war die Konzentration erheblich höher. Noch eben zur Verabreichung: Das kann, wie Ten Dracht sagte, jede Sprechstundenhilfe und jeder Pfleger, also Hinz und Kunz. Ob sie das dürfen, ist eine andere Frage.«

Der Hoofdinspecteur wandte sich an Bernadien d'Hondt von der Spurensicherung. »Habt ihr was Interessantes für uns?«

Bernadien klappte ein schwarzes Moleskine-Heft auf. »Ja, durchaus. Also zunächst mal, die schöne rothaarige Frau Van Zwamen war nicht rothaarig, zumindest nicht so rothaarig, wie sie da im Hausboot lag. Wir haben im Bad einige Haare aus der Bürste entnommen, es waren eindeutig ihre Haare, aber der Farbintensität wurde nachgeholfen. Auch an der Zahnbürste konnten wir keine fremde DNA entdecken. Dann gab es noch etwas sehr Überraschendes bezüglich der Halskette, die das Opfer offenbar trug. Der Verschluss war aus einer mandelgroßen, fast schwarzen Tahiti-Perle und fünf unterschiedlich großen Diamanten gefertigt!«

»Ist das so etwas Besonderes?«, fragte Annemieke. »Tahiti-Perlen sind immer dunkel.«

»Das schon«, antwortete Bernadien, »aber diese spezielle Schließe kam mir bekannt vor, und ich habe auch herausgefunden, warum. Seht euch diese beiden Bilder an. Links, das ist die Schließe der Kette, die Romy van Zwamen bei ihrem Tode trug, und rechts, das ist eine Kette, die vor zwei Monaten bei den Kollegen in Rotterdam gestohlen gemeldet wurde.«

Meinert Waatering betrachtete die Bilder. »Also, für mich sieht das nicht nach Zufall aus. Lasst bitte überprüfen, ob es sich hier um einen, wie soll ich sagen, industriell hergestellten Verschluss handelt, der also häufiger …«

Annemieke unterbrach ihn. »Das kann ich dir auch so

sagen, das ist eine handwerklich sehr gut gemachte Arbeit mit einer in dieser Größe nicht so häufig vorkommenden Perle. Ich glaube nicht, dass es da zwei Exemplare gibt, die sich so ähneln. Aber ich werde das überprüfen.«

»Danke, Annemieke. Sonst noch was? Jannis, Remco, Thijs?«

Agent Remco Jonker und Thijs Joziasse schüttelten den Kopf.

Jannis Munniks, der Hochleistungskitesurfer unter den Agenten, sagte: »Da ist noch diese Kiste mit den persönlichen Habseligkeiten von Frau Van Zwamen. Was sollen wir damit machen?«

Es gibt Mitarbeiter, die sind schlimmer als Zahnschmerzen. Piet gab sich viel Mühe, jetzt nicht aufzustöhnen.

Stattdessen antwortete er: »Auf!«

»Wie auf?«

»Mach die Kiste einfach auf, und dann schaust du mal, was drin ist. Nur so als Tipp!«

Jannis maulte. »Natürlich haben wir sie aufgemacht, wir haben alles katalogisiert, aber es war nichts Interessantes dabei, also so was wie ein Kalender ...«

»... in dem unter dem Datum vom letzten Freitag der Mörder verzeichnet war. Schade aber auch!«

Waatering schaute noch einmal in die Runde: »Annemieke, begleitest du mich um sechzehn Uhr auf die Pressekonferenz? Der Tod der schönen Frau hat sich in Middelburg wie ein Lauffeuer herumgesprochen. Du kennst das Spiel, wir müssen der Presse irgendetwas anbieten, womit sie sich erst mal beschäftigen kann, damit wir in Ruhe weiterarbeiten können. Ich denke, da kommt uns Botox fast ein bisschen entgegen. Wir können uns eine Viertelstunde vorher in meinem Büro treffen, um uns abzustimmen. Piet? Ich gehe davon aus, du möchtest nicht vor der Presse sprechen?«

Piet zeigte nun ein erstaunliches Gesicht, sowohl die Größe der Augen in Relation zum übrigen Gesicht als auch der gesamte Ausdruck erinnerten stark an ein Erdmännchen, dem soeben ein Skorpion hinterrücks in den Schwanz gebissen hatte. Es bedurfte keiner weiteren Worte.

Piet war durchaus stolz, dass er seinem Chef klargemacht hatte, dass Ermittlungs- und Öffentlichkeitsarbeit zwei grundverschiedene Seiten des gleichen Falles sein können und dass ein Polizist sehr talentiert mit der einen und komplett stümperhaft mit der anderen Seite umgehen konnte. Für diese Einsicht seines Chefs musste er einige Pressekonferenzen dilettantisch verhunzen. Das war nicht einfach, aber es war ihm gelungen, und heute zeigte sich, es hatte sich gelohnt.

Waatering lächelte ihm aufmunternd zu, er klopfte Jannis jovial auf die Schulter und verließ grinsend den Besprechungsraum.

Annemieke nahm von Bernadien einen Datenstick mit den hochauflösenden Fotos der Perlenketten entgegen. Sie würde sie noch heute an Pieter Sluis weiterleiten. Pieter war erstens zertifizierter Experte für Diamanten und Perlen, zweitens führte er das altehrwürdige Juweliergeschäft im Antwerpener Diamantenviertel schon in der fünften Generation, und drittens war er ein Freund ihres Vaters. Sicher würde sie die Antwort von Pieter schon heute Abend auf dem Rechner haben.

Piet kam auf sie zu und drückte ihr sein Smartphone in die Hand. »Gestern Abend nach dreiundzwanzig Uhr hatte ich einen Anruf von einer anonymen Nummer, es war ein

Mobiltelefonanschluss. Kannst du mir da bitte einen Kontakt erstellen. Ich möchte sofort mitkriegen, wenn sie noch mal anruft …«

»Eine ›sie‹? Nach dreiundzwanzig Uhr? Na, sieh mal einer an! Okay, mache ich sofort.« Ein kleines bisschen Süffisanz lag in ihrer Stimme, als sie nachfragte: »Wie war doch gleich der Name der Dame?«

»Der Anrufer war Rianne van Wort, meine Apothekerin, du weißt, wegen der Schmerztabletten …«

Annemieke beendete seinen Satz lächelnd mit: »… die man gewöhnlich um dreiundzwanzig Uhr geliefert bekommt!«

Nun hatte sich der Besprechungsraum geleert, Annemieke war mit Piet allein.

Sie fragte: »Es gab da sicherlich Gründe, warum du Contento und die ›Gästeliste‹ nicht erwähnt hast?«

»Na ja, ich hatte darüber nachgedacht, aber die Perlenkette hätten wir heute eh nicht toppen können, also schauen wir am besten erst mal nach, ob auf der Liste der eine oder andere Mediziner steht, dann haben wir morgen was zu berichten.«

Annemieke wusste eigentlich nicht, ob sie ihn wirklich fragen wollte, sie fand schon, er war gegenüber Ten Dracht unfair gewesen, und jetzt sollte er sich nicht auch noch darin sonnen, aber schließlich siegte die Neugier: »Sag mal, wie bist du eigentlich wirklich auf Botox gekommen? Du hast Ten Dracht gesagt, du wärst ein Fan von Meg Ryan. Mein lieber Piet, Meg Ryan hat meines Wissens niemals in einem Agatha-Christie-Krimi mitgespielt, also bist du kein Meg-Ryan-Fan.«

Piet erzählte, dass er gestern Nacht noch auf ein Bierchen im »Rooie Oortjes« war und dass einer der bekloppten Duitsers von dem »De-Grevelinge-Fall« die Meg-Ryan-Geschichte erzählt hatte.

Sie zog überrascht eine Augenbraue hoch. »Die deutschen Camper waren nachts im ›Rooie Oortjes‹?«

Piet wollte grinsen, aber es wurde ein sehr verunglücktes schiefes Lächeln. Er hatte den ganzen Morgen alle ihm mittlerweile bekannten Bewegungen der Kauwerkzeuge, die zwangsläufig zu Schmerzen führten, vermieden. Dass ein schlichtes Grinsen auch zu diesen Bewegungen zählte, erfuhr er jetzt schmerzhaft. »Autsch, verdammt!«

Jetzt grinste Annemieke, verdient ist verdient, aber sie hoffte, ihr Chef würde es nicht sehen.

»Diese deutschen Camper hatten wohl einen über den Durst getrunken, weil so eine Animateurin auf ›Camping de Grevelinge‹ ihren Frauen eine Einladung zu einer Botox-Party besorgen will.«

Annemieke stutzte. »In Middelburg? Findet so was in Middelburg statt?«

Piet zuckte mit den Schultern. »Tot ziens!«

Annemieke erinnerte ihn: »Moment, dein Handy!« Sie tippte noch ein, zwei Mal auf das Display, dann sagte sie »Fertig!«, lächelte und gab ihm die Kachel.

Piet murmelte irgendwas und verschwand einfach in die Flure von Achter de Houttuinen 10.

Annemieke war es recht. Sie verstaute ihre Unterlagen in der geräumigen Handtasche und ging in ihr Büro. Sie fuhr den Computer hoch und googelte »Camping de Grevelinge«.

Sekunden später öffnete sich die Website. Die Menüleiste verzeichnete Stichpunkte wie »Urlaub«, »Übernachten«, »Schwimmbad«, »Kinder«, »Hunde« und, das hatte sie gesucht, »Animation«. Einen Klick später musste sie sich noch zwischen »Kinder« und »Erwachsene« entscheiden, und einen weiteren Klick später lächelte sie eine sehr gut aussehende Frau in einem schwarzen Jumpsuit und einem weiten rosafarbenen Sweat-Top von einem Foto an. Auf dem Foto war eine Art Autogramm zu sehen: »Fleur«!

Unter dem Foto fand sich der Text: »Komm zur Ruhe, nimm Dir Zeit und lass Deine Gedanken fließen. Fühle Deinen Körper und gib Deiner Seele Nahrung. Bei mir bringst Du Body und Mind in Einklang. Kurse in Pilates, Yoga und Stretching sind reine Entspannung, trotzdem trainierst Du Deinen Körper. Vergiss nie, er hat schon so viel für Dich getan, er hat es verdient. Dein Körper wird geschmeidig, Deine Haut fühlt sich jünger an, und Du spürst Entspannung pur. Komm einfach vorbei!«

Darunter war noch ein roter Stern zu sehen, in dem stand: »Neu! Yoga am Strand! Jetzt jeden Dienstag um fünfzehn Uhr!«

26

»Wie bist du auf die Idee mit dem Botox gekommen?«, hatte Annemieke ihn gefragt.

Ja, das war eine gute Frage, die Piet eigentlich nicht beantworten konnte. Er hatte ihr die Geschichte mit den deutschen Campern erzählt, aber das war nur der Anstoß für die Idee, der Grund, warum er sie hatte, war ein anderer. Und von dem hatte Piet, der Praktiker, keine Ahnung.

Dazu hätte er ja wissen müssen, dass der Mensch nur dann eine wirklich gute Idee hat, wenn der präfrontale Cortex, ein Teil des Frontallappens der Großhirnrinde und sozusagen das Kontrollzentrum im Hirn, ganz ruhig ist. Der Mensch ist also entspannt, oder, anders ausgedrückt, Piet van Houvenkamp sitzt im »Rooie Oortjes«. Nur in einer solchen Situation sind wir in der Lage, unseren Gedächtnisspeicher anzuzapfen. In unserem normalen Alltag ist dieses Kontrollzentrum viel zu stark beschäftigt mit den ganz normalen Problemen des Lebens wie Ampeln, Handys, Schnürsenkel binden und Autoschlüssel suchen, sodass neue, ungewöhnliche Kombinationen bereits gespeicherter Informationen einfach nicht möglich sind. Der präfrontale Cortex führt uns und leitet unsere Aufmerksamkeit. Solange er mit Kontrollprozessen ausgelastet ist, damit wir unser Leben meistern, können wir nicht auf die im Langzeitgedächtnis gespeicherten Wissensinformationen zurückgreifen, um diese dann so frei und auf ungewöhnliche Art zu entfalten, dass der Geist blitzt.

Also, wie Piet auf Botox gekommen ist, hätte er nicht beschreiben können. Er hatte noch nie etwas von präfrontalem Cortex gehört, aber er wusste aus seiner jahrelangen Arbeit als Polizeidetektiv sehr genau, wie er dieses Kontrollzentrum in seinem Gehirn so weit herunterfahren konnte, dass das Puzzlespiel im Gedächtnis beginnen konnte.

Und so saß er an diesem Vormittag ganz vorn auf dem Pier in Westkapelle, hier saß er auch gern mal mit der Angelrute, wenn die Hornhechte Saison hatten. Er wäre gern mit dem Fiets, mit seiner alten Gazelle, hierhergefahren, denn es gab noch etwas, das ihm beim Nachdenken half, und das war Fahrtwind. Aber es waren schon gute fünfzehn Kilometer, und die Zeiten, in denen er die Strecke in einer guten halben Stunde zurückgelegt hatte, waren schon länger vorbei.

Er hatte den alten Land Rover im Achterweg geparkt und war die paar Meter zum Pier zu Fuß gelaufen. Er musste Puzzleteile zusammenlegen. Was hatten sie? Wo standen sie?

Das Problem war, immer wenn er dachte, er hatte da was, womit er den Personenkreis einschränken konnte, war dieser Personenkreis eine halbe Stunde später noch größer. Als er gestern Nacht am Laptop alles über Botox las, was Google hergab, da stand zwanzig Zentimeter vor seinen Augen in Leuchtschrift »Hautärzte«. Nun, davon gab es nicht so viele in Middelburg, selbst in der ganzen Umgebung wäre die Gruppe überschaubar. Dann hieß es, jeder Mediziner kann es, dann, jeder Pfleger und jede Sprechstundenhilfe.

Es gibt ja die berühmten Coffee-Shops, es werden zwar immer weniger, aber ein paar gibt es noch, wo man Cannabis straffrei erwerben kann. Vielleicht eröffnen demnächst die ersten Tee-Shops, mit »Botox to Go«.

Er musste sich von dieser Substanz lösen, die Chemikalie brachte ihn nicht weiter. Sie mussten wieder zurück an den Tatort, das Umfeld abstecken. Diese neun Männer auf der Liste, Cuijpers war einer von ihnen, Contento …

Moment, Romy van Zwamen war eine schöne Frau von siebenunddreißig Jahren, eine reiche Frau. Die Schönheit war ihr Kapital. Da war es doch eigentlich eher wahrscheinlich, dass auch sie der Natur ein bisschen auf die Sprünge half.

Aber sie hatte Geld, und sie war vorsichtig, sie hatte ein Sicherheitsunternehmen engagiert, das ihre Kunden überwachte. Sie würde sich ein Nervengift sicher nicht von irgendeinem Pfleger oder einer Sprechstundenhilfe spritzen lassen. Nein, sie würde nicht einmal zu irgendeinem Dermatologen gehen. Sie würde den besten wählen. Und plötzlich war die Zielgruppe doch wieder um einiges kleiner geworden.

Piet stand auf und schritt zügig den Pier entlang und dann Richtung Polderhuis und in den Achterweg, wo sein Defender parkte. Das Fahrrad wäre ihm trotzdem lieber gewesen.

27

Wim Verheijden saß auf einem zu kleinen Schreibtischstuhl an der Rezeption seines »Camping de Grevelinge«. Normalerweise hatte er dafür junge weibliche Mitarbeiterinnen in dunkelblauen Polo-Shirts mit Aufdruck »Camping de Grevelinge« vorn und »Crew« hinten. Heute Vormittag war die Crew wohl anderweitig beschäftigt oder hatte gerade Frühstückspause, sodass der Chef höchstselbst hinterm Tresen saß.

Er war fast genauso alt wie Piet. Sie hatten dieselbe Klasse besucht, Piet war zur Polizei gegangen, Wim hatte den Campingplatz seiner Eltern übernommen. Im Gegensatz zum Inspecteur trug er das blonde Haar extrem kurz, der Unterschied zur Glatze war marginal, vielleicht drei Millimeter.

Nun stand er auf und lächelte strahlend, als er Annemieke mit drei Küsschen auf die Wange begrüßte: »Annemieke, schön, dass du mal vorbeischaust. Ich hoffe, es ist nicht wieder dienstlich. Weißt du, von der Geschichte im letzten Jahr haben wir uns wirtschaftlich immer noch nicht ganz erholt. Aber setz dich doch. Magst du einen Kaffee?«

»Ja, gerne, mit ein bisschen Sahne bitte. Und, nein, es ist nichts Dienstliches.«

Eigentlich war es das schon, aber nachdem Wim sie an den letzten Sommer und die wirtschaftlichen Auswirkungen erinnert hatte, wollte sie ihn nicht weiter beunruhigen.

Wim brachte den Kaffee, und Annemieke sagte mit freudiger Stimme: »Ich habe gehört, ihr habt hier eine Animateurin?«

Wim wurde ganz stolzer Campingplatzchef: »Wir haben drei Animateurinnen und einen jungen Mann!«

»Sie macht Yoga am Strand …«

Jetzt war Wim sofort im Bilde. »Das ist Fleur, die anderen beiden kümmern sich mehr um die Kinder, weißt du, aber Fleur, das war mal ein Glücksgriff. Ich muss zugeben, wir mussten ganz schön tief in die Tasche greifen. Aber was hilft's, sie hatte noch weitere Angebote, nicht nur von Campingplätzen, auch von Hotels, und jetzt bin ich froh, dass sie bei uns ist. Ganz ehrlich, die Frauen sind völlig begeistert, und sie hat einen Riesenzulauf.«

Danke, Wim. Die Information hatte sie gebraucht.

Jetzt konnte sie antworten: »Ja, das habe ich gehört. Deswegen bin ich ja bei dir. Meinst du, es wäre möglich, dass ich bei einem solchen Kurs mitmache? Yoga am Strand würde mich interessieren. Weißt du, wenn man mit Piet zusammenarbeitet, rostet man ganz langsam ein.«

Wim lachte laut. »Ja, das kann ich mir vorstellen. Natürlich geht das. Hier liegen die Listen aus, Yoga am Strand, siehst du, nur noch zwei freie Plätze, das ist in Noordkapelle, Richtung Vrouwenpolder, zweihundert Meter nach dem Schild »FKK-Strand«, da seid ihr ganz sicher völlig ungestört. Hier, trag dich einfach ein. Der Fleur ist es bestimmt völlig egal, ob du im Wohnwagen wohnst oder in einer Dreizimmerwohnung in Middelburg.«

»Danke, Wim!« Sie zögerte einen Moment. Sie dachte noch einmal an die Geschehnisse im letzten Sommer, sie dachte an Wims Schwester. »Wim? Wie geht es Isabelle?«

Wim wurde nachdenklich: »Ich denke, es geht ihr ganz gut. Sie wohnt ja jetzt in Breskens und arbeitet in einem Restaurant, das hat sie schließlich gelernt, und sie liebt ihren Beruf. Wenn sie will, dann ist sie in einer knappen Stunde hier, und wenn sie nicht will, dann liegt zwischen ihr und Noordkapelle die Westerschelde. Wirklich drüber hinwegkommen wird sie nie!«

Annemieke war ein bisschen enttäuscht von sich selbst, sie hätte Isabelle in den letzten Monaten wenigstens einmal anrufen können. Einfach mal fragen, ob man sich zum Essen trifft. Aber sie war den leichten Weg gegangen. Die Frage »Warum er?« war nicht zu beantworten. Die Frage erst gar nicht zu stellen war feige.

»Ich weiß«, sagte sie.

28

Es war kurz vor Mittag, als Piet an den Kloveniersdoelen vorbeischlenderte. Welch ein Gegensatz zum Polizeipräsidium.

Der Prachtbau aus dem 17. Jahrhundert lag auch an der Straße Achter de Houttuinen, hatte aber die Hausnummer 30.

Das Haus trägt seinen Namen, weil es nach der Fertigstellung 1611 von der Schützengilde Van de Bus genutzt wurde. Middelburg zählte damals drei Schützengilden, die Van de Bus wurden aufgrund ihres Wappens Kloveniere – Schützen – genannt. 1787 fiel das Gebäude an die Vereenigde Oostindische Compagnie. Damals war Middelburg die fünftgrößte Stadt der Niederlande, eine regelrechte Großstadt mit sage und schreibe dreißigtausend Einwohnern. Von Middelburg aus wurden die Schiffe der Ostindien-Kompanie und der Westindien-Kompanie entsandt.

Wie reich Middelburg damals war, kann man erahnen, wenn man die Kloveniersdoelen sieht. Wie arm Middelburg in den 1970er-Jahren war, kann man erahnen, wenn man eine Ecke weitergeht bis zum Präsidium der Politie Middelburg.

Vor dem Eingang des Polizeipräsidiums traf Piet auf Annemieke, die gerade vom Seisdam aus auf das Präsidium zustrebte.

Sie sah ihren Chef und fragte: »Hoi, Piet! Wo warst du denn heute Vormittag?«

»Och, nirgends, und du?«

»Ich auch.«

Ohne dieses gewinnbringende Gespräch weiter zu vertiefen und ohne sich über ihren weiteren Weg abzusprechen, gingen sie in Annemiekes Büro. Es bot einfach mehrere Vorteile. Es war zumeist aufgeräumt, Unterlagen fanden sich eh nur hier, weil Annemieke dem Aktenstudium einiges abgewinnen konnte, was man von Piet nun wirklich nicht behaupten konnte. Aber der Hauptgrund war die Kaffeemaschine.

Es war ein Schweizer Modell, das sich nach Piets Meinung hinter keiner dieser dampfenden und zischenden italienischen Espressomaschinen verstecken musste. Sie war natürlich ein Geschenk ihres Vaters zum Dienstbeginn bei der Polizei Middelburg gewesen, wahrscheinlich wollte er mit dieser Maschine dezent darauf hinweisen, dass für seine Tochter auch eine andere Karriere möglich gewesen wäre. Es war ein professionelles Modell der Marke Jura!

Annemieke bereitete die Kaffees zu, und Piet setzte sich wie immer auf ihren Schreibtisch. »Also, wo stehen wir?«

Sie ahnte, dass er irgendetwas Neues hatte, eine Information, eine Idee, aber er fragte *sie*. Okay, Meneer Van Houvenkamp, das Spiel beherrsche ich auch.

Sie stellte die Tasse vor ihm ab und sagte: »Wir haben in erster Linie die Liste mit den Kunden von Romy.«

»Du kannst mit dem Wort ›Gästen‹ auch nichts anfangen, oder?«

»Nein, vielleicht soll das ausdrücken, dass sie nicht mit allen Sex hatte, aber davon war ich bei einer Escort-Dame auch nicht ausgegangen. Sie sah sich wahrscheinlich überhaupt nicht als Escort, und schon mal überhaupt nicht als Prostituierte.«

Piets Kachel vibrierte. Er zog sie aus der Cordjacke und sah gleich, dass Annemieke ganze Arbeit geleistet hatte. Das lächelnde Gesicht einer Apothekerin im weißen Kittel lächelte ihn vom Display an. Das Gespräch konnte er jetzt nicht annehmen.

Er steckte das Ding wieder weg und sagte: »Dann hat die Liste jetzt Priorität. Wir brauchen die Berufe, aber ich denke, dass Contento da ganz sicher sehr akribisch war. Wir werden bestimmt nicht groß recherchieren müssen, um zu erfahren, ob unter den Freiern ein Mediziner war.«

»Im Gegenteil, darum müssen wir uns gar nicht kümmern, Remco hat …«

Es klopfte kurz an der Tür, und Agent Remco Jonker betrat das Büro. »Goedemiddag!«, schallte es ihnen entgegen, und schon bot Annemieke ihm einen Sitzplatz an, aber er ging direkt zur Stellwand und heftete stolz die Fotos von sieben Männern an die Wand.

Piet war irritiert. »Nur sieben? Ich denke, es waren neun ›Gäste‹?!«

Remco triumphierte. »Allerdings!« Und nun zog er Karteikarten mit Namen aus der Tasche und heftete sie unter die Bilder: »And here is the result of The Middelburg Jury: ›Die üblichen Verdächtigen!‹ Wir haben heute auf Platz 1: Cornelis Cuijpers, Privatier aus Hilversum, 71, seit sechs Jahren verwitwet!« Er heftete das Namensschildchen unter das erste Foto des distinguierten Herrn, den Piet und Annemieke bereits kennengelernt hatten, und fuhr fort: »Dicht gefolgt von Doctor Krijn Kesselaar, siebenundvierzig, Internist aus Bergen op Zoom, verheiratet, vier Kinder; Doctor Marinus Verbeek, Notar aus Middelburg, achtundsechzig, seit drei Jahren geschieden; Joris van 't Veer, dreiundsechzig, verheiratet in dritter Ehe mit Geneviève van 't Veer, fünfunddreißig, seit elf Jahren Abgeordneter im Staten-Generaal für den Wahlkreis Rotterdam II; Dick Nieuwenkerk, neununddreißig, ledig, Bauunternehmer aus Roosendaal.« Remco Jonker stockte, stammelte etwas wie: »Moment, kurz Luft holen!«, dann setzte er die Aufzählung fort: »Rudolf Minnebo, Hotelier aus Renesse, sechsundsechzig, zum zweiten Mal verheiratet, keine Kinder; Baudouin Rosenzweig, Juwelier aus Antwerpen, ebenfalls sechsundsechzig, ebenfalls zum zweiten Mal verheiratet, neun Kinder. So, und nun habe ich leider keine Bilder mehr für sie. Die nächsten beiden Herrschaften waren schon ›Stammgäste‹ der Frau Van Zwamen, bevor die Zusammenarbeit mit Contento begann. Sie wurden nicht überprüft. Die Altlasten sind: Professor Johan Wijbrand Rijkshoek, Chefarzt in der Chirurgie an der Universitätsklinik in Amsterdam, zweiundsechzig, verheiratet; und Jeanne bij de Waate ...«

Piet unterbrach Remcos Redefluss nur sehr ungern: »Du meinst Jan?!«

»Nein, Jeanne bij de Waate, es scheint wohl eine Frau zu sein, unverheiratet, vierundfünfzig Jahre alt, und hier steht: Hoteldirektorin.«

»Welches Hotel?«

»Das steht hier nicht, wie gesagt, ›secure.lab‹ hat sie nicht überprüft.«

Piet erhob sich von seinem angestammten Sitzplatz auf Annemiekes Schreibtisch. »Okay, neun Namen, sieben Fotos, zwei Doktoren, von denen einer allerdings Jurist ist, ein

Professor, der dafür wieder Mediziner ist. Remco, du bist doch Googles kleiner Bruder, du hast auch keine Fotos von den beiden anderen gefunden?«

»Nein, nicht auf Anhieb. Der eine ist Chefarzt, Google vermerkt über 70 000 Treffer, aber kein Bild. Er ist emeritiert, deshalb findet man auf der Seite der Uni-Klinik nichts, aber ich finde schon noch was. Bei Frau Jeanne bij de Waate verhält es sich anders. Dieser Name ist eine Sackgasse, in jeder Beziehung. Das Netz kennt jeden, aber das Netz kennt keine Jeanne bij de Waate. Ich will jetzt hier nicht zu weit gehen, aber so was ist mir noch nicht untergekommen. Wenn du mich fragst, die existiert nicht!«

Es kehrte Ruhe ein in Annemiekes Büro, die Schweizer Kaffeemaschine versah erneut ihren Dienst.

Annemieke meinte: »Aber Contento will die vollkommene Kontrolle. Ob Romy ihm sagt, er müsse zwei Personen nicht überprüfen, und ob Contento sie dann wirklich nicht überprüft, das sind zwei ganz verschiedene paar Schuhe.«

Piet nickte. »Wenn in seiner Liste jemand drinsteht, dann existiert der, und wenn der im Netz nicht auftaucht, dann gebraucht er ein Pseudonym, und das wäre unserem guten hellbefrackten Pizza-Holländer sofort aufgefallen. Er weiß das, aber er hat es uns wieder nicht mitgeteilt.« Er trank wider besseres Wissen einen Schluck Kaffee.

Beide anwesenden Mitarbeiter gaben ihr Bestes, sich nicht anmerken zu lassen, dass sie genau wussten, was nun folgen würde. Piet wurde natürlich wieder von einem heftigen Schmerz gepackt, den er natürlich wieder nicht zeigen wollte, was ihm natürlich wieder misslang.

Was ist das schön, wenn der Schmerz nachlässt.

Zwanzig Sekunden später sah sich Piet schon wieder befähigt, ganze Sätze zu sprechen, er ging an die Tafel und teilte seine Leute ein: »Wir machen es so: Cornelis Cuijpers hatten wir schon, das heißt, Remco, du übernimmst die beiden Doctores, Krijn Kesselaar und den Notar Verbeek aus Middelburg mit der neuen jungen Frau. Warum braucht er noch ein Escort? Das wirst du rauskriegen. Kommt einer von den beiden an Botox? Wie lange verkehren sie schon mit Romy van Zwamen? Hat einer von den beiden ein Problem mit der Dame?«

»Munniks übernimmt Joris van 't Veer, nee, das geht nicht, nicht der Kitesurfer auf den Parlamentsabgeordneten. Annemieke, dein Job! Dann nimmt Munniks den Bauunternehmer und den Hotelier aus Renesse! Das könnte er schaffen.« Er lächelte Annemieke verschmitzt an. »Genau dein Ding, oder? Den Abgeordneten, und in Antwerpen kennst du dich doch aus? Baudouin Rosenzweig, Juwelier, zwei Mal geschieden, neun Kinder!« Nun legte sich ein Grinsen auf seine Lippen, und es war ihm scheißegal, ob das jetzt weh tat oder nicht. »Ich werde mich unterdessen mal um Herrn Johan Wijbrand Rijkshoek kümmern, unseren Chefarzt, und um die Dame, die nicht existiert. Ich bin mir sicher, Signore Contento kennt den echten Namen sehr genau, und die haben die tagelang observiert, also hat der nicht nur ein Foto, der kann uns das Büro hier tapezieren. Ich glaube, es wird höchste Zeit, dem Herrn mal einen seiner exquisiten Espressi über den Leinenanzug zu kippen.« Annemieke wollte gerade aufstehen, aber Piet hielt sie zurück: »Es ist noch zu früh! Mittags stört ihn ein Gespräch nicht. Diese Claire hat doch gesagt, ich hätte mich letztes Mal nicht angemeldet, dann tun wir ihr heute mal den Gefallen. Ruf die Schnepfe an, und mach mir einen Termin für fünf, nein, halb sechs, mach mir einen Termin für sechs Uhr Nachmittag, das wird ihn freuen. Was meint ihr, wann wissen wir alle Genaueres? Morgen Abend?«

Annemieke meinte: »Dir gefällt ja der Termin sechs Uhr nachmittags. Heute Contento, morgen hier, okay?«

Piet stand auf und stolperte beim Verlassen von Annemiekes Büro fast über Jannis Munniks, der einen großen Umzugskarton vor dem Bauch trug. »Annemieke, du solltest doch noch mal mit mir durch diese Kiste schauen, passt es dir jetzt?«

Piet schüttelte den Kopf, der arme Herr Bauunternehmer.

Annemieke meinte: »Oh Jannis, heute Abend ist es schwierig, aber morgen Nachmittag, da machen wir das!«

Und Jannis trug die Kiste zurück in sein Büro.

Piet fragte: »Remco, Jannis hatte doch gesagt, er hätte Glas splittern hören und Schreie einer Frau!«

Der Agent zierte sich ein wenig. Er sah aus, als wollte er jetzt lieber gar nichts über seinen Kollegen sagen, aber Piet meinte nur: »Na los!«

»Gut. Also, ich habe ja gestern Nachmittag die Nachbarn befragt, und am Londensekaai 18 wohnt im ersten Stock Mevrouw Geertruida Gasseling mit ihrem russischen Langhaarkater Igor …«

»Remco!«

»Moment, es wird noch besser! Der russische Langhaarkater Igor sonnte sich gerade auf der Fensterbank, auf der Mevrouw Geertruida den frisch gekochten Pudding zum Abkühlen hinstellen wollte. Sie näherte sich mit der heißen Schüssel, Igor wollte sich aber nicht vertreiben lassen.

Also haute er seinem Frauchen die Krallen in den Arm, die schrie auf und ließ den Pudding mitsamt Glasschüssel fallen.«

Piet grinste. »Nun, ich denke, dann können wir Jannis' akustische Beobachtungen erst mal außen vor lassen!«

29

Kurz vor fünfzehn Uhr, ein friedlicher Montagnachmittag mitten in den Sommerferien nahm seinen Lauf. Es war ruhiger als sonst auf »Camping de Grevelinge«, denn die Sonne hatte sich mächtig ins Zeug gelegt, um all die vielen Touristen zu überzeugen, dass die Mär vom unsicheren Wetter in den Niederlanden doch nur eine Mär ist. Der Himmel über Walcheren war fast makellos, ganz wenige dünne Schleierwölkchen sorgten nur dafür, dass das Himmelsblau noch intensiver wirkte. Das Quecksilber hatte die Fünfundzwanzig-Grad-Marke fast erreicht, und die Masse der deutschen Touristen war an den Strand geradelt, der nun schon zwei Mal zum »saubersten Strand der Niederlande« gewählt worden war. Dort lagen sie nun dicht an dicht rund um den Strandpaviljoen »De Zeerover«. Natürlich sank der Touristen-pro-Quadratmeter-Sand-Koeffizient schon fünfhundert Meter weiter ganz rapide, aber der deutsche Tourist legt sich nun mal gern möglichst eng zwischen deutsche Touristen, außerdem war es von großem Vorteil, in Katzensprungentfernung eine Zapfanlage, eine Fritteuse und ein Klo zu haben.

Irgendwo in diesem Areal aalte sich folglich mindestens die Hälfte der Campingplatzbewohner, sodass es ruhig war auf »De Grevelinge«.

Um fünfzehn Uhr ist die Mittagsruhe beendet, an die

sich sowieso keiner hält, dann wird sicher der eine oder andere Rasenmäher wieder für dieses liebliche Geräusch sorgen, das jeder deutsche Tourist nach einem dreiwöchigen Campingurlaub in Noordkapelle fürderhin mit »Camping de Grevelinge« assoziiert.

Die Hälfte der Bewohner von »Camping de Grevelinge« war also am Strand, aber es gab doch das Häuflein Aufrechter, das sich mit Handtüchern und Isomatten auf den Weg zur Liegewiese am Pool gemacht hatte, um bei der neuen Animateurin Fleur und ihrem Kurs Zumba den persönlichen Fitnessgrad zu erhöhen.

Anne, Gaby, Uschi, Jutta und Babette gehörten zu diesen Aufrechten, und sie waren auch ein kleines bisschen stolz, dass sie in diesem Urlaub endlich mal aktiv und engagiert waren.

»Aber es ist ja nicht nur, dass ich mich wirklich schon ein bisschen besser fühle, seitdem ich hier jeden Tag mein Bewegungsprogramm durchziehe. Hättet ihr gedacht, dass die Männer gerade vor dem Vorzelt hocken und Gemüse schneiden, weil sie heute Abend gesund grillen wollen? Mal ganz ehrlich, nicht nur, dass das bei meinem Mann vor sechs Wochen unmöglich gewesen wäre, ich hätte noch gestern Abend ein kleines Vermögen dagegen gewettet.« Gaby grinste, und Babette sagte: »Adi hat dieses Grillbuch von Johann Lafer mitgenommen, sie waren schon auf dem Markt, und wir sollen uns einfach überraschen lassen.«

»Und mal ganz ehrlich, hinter der langen Schürze und über den kurzen Shorts wirkt so ein Bauch plötzlich fast sexy.«

Alles gackerte, alles plapperte, nur Uschi wurde plötzlich ganz nachdenklich: »Glaubt mir, da stimmt was nicht.

Da haben doch nicht fünf Männer quasi über Nacht ihre Meinung geändert. Da ist doch irgendwas im Busch.«

Anne meinte: »Das kann ja sein, aber hinter dem Busch da vorn, da wartet Fleur, und da werden wir uns zumbatechnisch einen ordentlichen Muskelkater holen.«

Fröhlich lachend strebten die Mädels zur Liegewiese, während sich dreihundert Meter in südwestlicher Richtung ein völlig anderes Bild bot.

Da saßen vier grimmig dreinschauende Männer vor dem Vorzelt auf Platz 439 und mühten sich, mehr oder minder vergeblich, Kürbisse, Paprika, Auberginen und Zucchini zu waschen und grillgerecht zu zerteilen.

Ich war für den asiatischen Chinakohlsalat zuständig, während Adi mit Herrn Lafers Grillkompendium vor mir stand und Anweisungen erteilte: »Den restlichen Kohl vierteln und entstrunken. – Was ist entstrunken?«

Ich klärte die Herren kurz auf. »Na, so ein Kohlkopf besteht ja im Endeffekt aus vielen einzelnen Blättern, und diese Blätter müssen ja irgendwo befestigt sein, also angewachsen, sonst würden die Blätter ja nicht die Form von einem Kohlkopf haben können, und das Ding, wo die Blätter befestigt sind, das nennt man Strunk. Den Vorgang der Abmontierung des Strunks nennt man entstrunken.«

Vier Augenpaare sahen mich an. Ich war mir nicht sicher, ob sie mich jetzt alle für komplett bekloppt hielten oder ob nicht vielleicht doch ein bisschen Stolz in ihren Blicken lag, weil sie einen Kumpanen hatten, der sich so gut mit Kohl auskannte.

Ich viertelte also diesen zeppelinförmigen Kappes und schnitt zunächst in der Mitte das jeweilige Strunkviertel raus und mich dabei in den rechten Zeigefinger, das Rot des

Blutes ergab mit dem Weiß und dem zarten Grün des Chinakohls sicher eine interessante Farbkombination, die ich aber nicht wahrnehmen konnte, weil ich sofort die Augen schloss. Ich kann kein Blut sehen.

Gerd rannte – so etwas wie »Warum bin ich hier der einzige Arzt?« murmelnd – zu seinem Caravan und kam blitzschnell mit seinem Verbandszeug wieder.

Adi schlug vor: »Vielleicht sollten wir etwas grillen, was man nicht schneiden muss.«

Lothar hatte die Lösung: »Steaks, Koteletts, Spieße …!«

Adi beharrte: »Quatsch, denk an das Gespräch, das wir heute Abend führen wollen. Das ist wichtig, das ist wichtiger als ein blödes Steak. Aber der Johann sagt …«

»Welcher Johann?«, fragte Lothar.

»Na, der Lafer!«

»Ach, ihr duzt euch schon?! Respekt!«

»Mensch, jetzt halt doch mal die Klappe. Ganz ehrlich, hier, der Johann Lafer sagt: ›Sie können Natur-Tofu nach Herzenslust marinieren und im Folienpäckchen oder Bananenblatt auf dem Grillrost garen. Wichtig: Vorher gut abtropfen lassen und kräftig würzen.‹«

Jetzt fühlte sich Lothar natürlich bestätigt: »Da siehst du's: ›Kräftig würzen‹! Tofu, sieht aus wie Marshmellows und schmeckt nach nichts. Das hat selbst der Johann erkannt.«

30

Piets Büro im Polizeipräsidium war viel geräumiger als der kleine Schuhkarton von Annemieke, trotzdem hielt er sich hier sehr ungern und sehr selten auf. Das hatte seine Gründe.

Zunächst einmal verfügte sein Büro, das Büro eines Inspecteurs der Politie von Middelburg, was allen Dienstvorschriften für sämtliche Büros im öffentlichen Dienst des Königreichs der Niederlande widersprach und was er schon hundertmal bemängelt hatte, über einen Bürostuhl mit nur vier Rollen. Er hatte vor acht Jahren während einer Fortbildung zum Sicherheitsbeauftragten eigentlich zwei Tage lang ordentlich das Hirn durchgelüftet, wie er das bei solchen Seminaren stets zu tun pflegte, und doch hatte er mitbekommen, dass ein Bürostuhl unbedingt fünf Rollen haben muss. Wenn er nicht fünf Rollen hat, kippt man zu leicht damit um, fällt unglücklich und ist vielleicht für den Rest seines Lebens gelähmt. All das hatte der Referent ausführlich erläutert, und Piet hatte bald danach ausführlich begründet, warum er dringend einen neuen Bürostuhl benötigte. Es wurde von der Buchhaltung abgelehnt. Hinter vorgehaltener Hand hatte er auch die Begründung erfahren: Nur die Chefsessel hätten fünf Rollen, und er sei halt kein Chef. Aha, aber Annemieke ist Chef, und selbst der Kitesurfer ist Chef!

Nicht nur der Stuhl vergällte ihm seine eigenen vier Wände im Präsidium. Da war noch der arme Ficus benjamini, von der Gestalt eines Weihnachtsbaumes, den man plötzlich im Juli hinter der Zimmertür wiedergefunden hatte. Und es war die Kaffeemaschine, ein Gerät aus den 1980er-Jahren, weiß mit braunem Plastikfilter, Glaskanne mit braunem Boden, weil man die eingebrannten Reste des elenden Kaffeeersatzes, den diese Gerätschaft zu brauen imstande war, selbst mit einem Metallschwamm nicht mehr rausgekratzt bekam. Es handelte sich um eine Maschine der Baureihe Kaffeeboy AKA K 500, die tatsächlich in der DDR hergestellt worden war. Wie der Apparat damals den Weg über den Eisernen Vorhang in sein Büro bei der Polizei Middelburg finden konnte, war ihm stets ein Rätsel geblieben.

Piet saß also lieber bei Annemieke auf dem Schreibtisch als bei sich auf seinem lebensgefährlichen Vier-Rollen-Stuhl. Es sei denn, er musste dringend mal ein paar Minuten allein sein, so wie jetzt.

Rianne hatte versucht, ihn zu erreichen, und nun musste er dringend Rianne erreichen. Sie hatte ihm nur zehn Tabletten gegeben.

Wenn ihn jemand auf seinem Nokia 6110 versucht hätte zu erreichen, dann wären es genau drei Tastendrücke gewesen, und er hätte denjenigen in der Leitung. Aber man hatte ihm ja dieses iPhone als Diensttelefon zur Verfügung gestellt, keinen neuen Stuhl, keinen neuen Ficus, aber diese Kachel.

Also: Die Kontakte-App war die mit dem Kopfumriss und dem bunten Register an der Seite. Öffnen, Suchfunktion.

»R-i-a-n-n-…, na bitte, da ist sie ja schon. Anrufen.«

Es klopfte an der Tür.

»Moment!« Rote Taste, Anruf beenden. »Ja?«

Annemieke öffnete die Tür. »Piet, wir müssen noch mal zu Henk ten Dracht, Bernadien hat einen Fingernagel gefunden, er ist schon in der Pathologie. Henk sagt, wir können direkt vorbeikommen. Was ist?«

»Ääh, das schaffst du bestimmt gut alleine. Ich will mich um die nicht existente Dame kümmern und diesen Chefarzt anrufen. Und apropos Arzt. Kannst du mal recherchieren, wer hier in der Gegend der beste plastische Chirurg ist oder der beste Botox-Arzt oder so. Ist aber nicht dringend, wenn du zwischendurch mal ein paar Minuten Zeit hast. Der Termin mit Contento …«

Annemieke ergänzte: »… ist für achtzehn Uhr ordnungsgemäß bei Claire angemeldet. Was hantierst du denn da an deinem Smartphone rum?«

»Das kann ich dir sagen, früher mit meinem schönen blauen Nokia, wenn mich da einer versucht hatte zu erreichen, dann waren das genau drei Tastendrücke …«

Annemieke hielt die Hand auf. »Zeig mal her! Also: Telefon, Anrufliste, aha, ganz oben steht Rianne van Wort. Die möchtest du also anrufen. Anklicken, siehst du: Verbindung wird aufgebaut. Wenn ich mich nicht komplett verzählt habe, dann war das drei Mal Touchpad drücken. Tot ziens.« So sprach sie, lächelte und schloss die Tür hinter sich.

Eine leise Stimme rief: »Piet? Piet, bist du dran?«

Immer noch verblüfft, nahm er die Kachel ans Ohr: »Ääh … ja, Rianne, du hattest versucht, mich zu erreichen?«

»Ja, ich wollte wissen, wie's dir geht. Was macht der Zahn und so? Wollen wir heute Abend was essen gehen?«

Gute Idee, vielleicht hatte sie noch so eine kleine weiß-blaue Packung in der Handtasche: »Ja, gern!«

»›Scherp‹?«

Piet versuchte, sein Seufzen geräuschlos zu gestalten. Er hätte jetzt gerne im »Babbelaar« in Noordkapelle die besten Frietjes der nördlichen Halbkugel genossen oder im »Verdi« in Domburg eine gute Pizza, aber er wollte was von ihr, nicht umgedreht, also: »›Scherp‹! Sehr gerne, reservierst du uns einen Tisch?«

»Hab ich schon!«

Sie hatte aufgelegt. »Hab ich schon!« Na ja.

Er drückte eine Kurzwahltaste auf der Festnetztelefonanlage, und schon hörte er Remcos Stimme. »Ja, Piet!«

»Hoi, Remco, hast du die Telefonnummer von diesem Professor Johan Wijbrand Rijkshoek, privat oder sein Dienstanschluss in der Universitätsklinik in Amsterdam, und bist du schon weiter bei dieser Jeanne?«

»Zweite Frage negativ. Die Dame bleibt erst mal ein Rätsel. Die Telefonnummern bringe ich dir sofort.«

Piet nahm sein Notizbuch zur Hand, blätterte es durch, er hatte ungefähr ein Fünftel der Notizen, die Annemieke sich gemacht hatte.

Er ging zum Waschbecken, goss sich ein Glas Wasser ein und nahm die Tabletten aus der Jackentasche, er schüttete das Fläschchen aus ... oh, auf seiner Handfläche lagen noch drei Stück. Also ließ er die Pillen wieder in das Fläschchen fallen und trank das Glas Wasser, ohne damit etwas hinunterzuspülen, vor allem nicht den Schmerz.

Es klopfte wieder.

Jonker legte ihm ein weiteres Exemplar der »Gästeliste« vor, dieses Mal mit allen verfügbaren Telefonnummern und E-Mail-Adressen. »Piet, Bernadien hat mit ihrem Trupp das ganze Hausboot auf den Kopf gestellt, und da haben sie einen Fingernagel gefunden.«

»Ich weiß, Annemieke ist auf dem Weg zu Henk ten Dracht, um zu sehen, ob er schon nähere Informationen hat.«

»Ja, Bernadien hatte uns angerufen, damit wir das Ding gleich in die Pathologie bringen. Jannis und ich sind also sofort los, und als wir am Hausboot ankommen, da steht da am Kai so ein Mann mit einer Arbeitshose. Du kennst die Dinger, die die Handwerker jetzt immer tragen, beige-farbene Hose und schwarzen Verstärkungen an den Knien und am Hintern ...«

»Ja, kenn ich. Was war mit dem Mann?«

Jetzt brachte sich Remco ein bisschen in Positur, an-scheinend war er schon stolz auf das, was er jetzt vorzutra-gen hatte. Er lehnte sich an den Schrank, steckte die Dau-men in die Hosentasche und sagte: »Ich hab ihn natürlich gefragt, was er da will. Tja, und da sagt mir dieser Mann, er ist der Hausmeister!«

Piet wollte es nicht glauben. Die »Lieveling« hatte ei-nen Hausmeister, und der Vermieter hatte es ihm nicht ge-sagt. Piet revidierte innerlich die Aussage, die er vor einer knappen Stunde in Annemiekes Büro getätigt hatte. Man müsste diesem Contento nicht einen seiner exquisiten Es-pressi über den Leinenanzug kippen. Man müsste ihm ei-nen seiner exquisiten Espressi ins Ohr kippen und ihn dann so zusammenbrüllen, dass er mit dem Trommel-fell gurgeln kann. Vielleicht wäre sein Gehörgang danach bereit aufzunehmen, was Piet unter »die Wahrheit sagen« verstand.

Piet musste sich jetzt schnell beruhigen, er hatte das Treffen mit Contento erst um sechs.

»Ääh, Remco, wie heißt der Hausmeister?«

»Moment!« Remco fischte einen Notizblock aus der Tasche der Uniformjacke und las: »Arjan Roos, wohnt in Vlissingen, in so einem Reihenhaus in der Nähe vom Bossenburghweg, Adresse und Telefonnummer habe ich dir aufgeschrieben. Willst du ihn sprechen?«

»Ja, später bestimmt, aber fahr du ruhig erst mal hin, quetsch ihn aus. Was wusste er über Romy, über ihren Beruf, über männliche Gäste? Also wie immer, einfach alles. Und Remco?«

»Ja, Chef?«

»Gute Arbeit!« Piet setzte sich wieder auf den lebensgefährlichen Bürostuhl und wollte gerade die Nummer der Universitätsklinik wählen, als Jonker noch fragte: »Soll ich das Jannis auch ausrichten?«

Piet grummelte: »Auf keinen Fall!«

31

Die Schroebrug, die Zugbrücke, die jeder Besucher von Walcheren schon einmal überquert hat, um den Kanaal door Walcheren zu überwinden, ist ein intelligentes Wesen.

Gemeinhin geht man davon aus, dass ab einer bestimmten Menge an Segelbooten, die darauf warten, auf dem Kanal weiterschippern zu können, ein Schleusenwärter die Ampel auf Rot stellt, die Schranken schließt, um dann die Brücke hochzuziehen, sodass die Boote mit ihren hohen Masten ihren Weg fortsetzen können. Das stimmt aber nicht.

Die Brücke ist eine miese kleine Zicke, die nur darauf wartet, dass Piet van Houvenkamp hinter dem Präsidium seine Gazelle erklimmt. Genau in dem Moment setzt sie sich von selbst in Bewegung und unterbindet für quälend lange Minuten den Verkehrsfluss im Süden Middelburgs, und das nur, um Piet van Houvenkamp zu ärgern.

Wieder stand Piet mit einigen anderen Fietsern vor der Brücke. Wie sollte der Fahrtwind ihm gute Ideen schicken, wenn er nicht fuhr, weil diese blöde alte Brücke ihn schon wieder daran hinderte. Das einzig Positive an der Wartezeit war, dass auch Fabio Contento noch ein paar Minuten länger auf ihn warten musste.

Dieser Johan Wijbrand Rijkshoek, Professor am Universitätsklinikum in Amsterdam, hatte ihm am Telefon erzählt, dass er vor wenigen Wochen emeritiert worden war, was ja bei Professoren wohl im Allgemeinen bedeutete, dass sie etwas weniger zu arbeiten haben. Das »Sich-auf-weniger-Arbeit-Vorbereiten« nahm den Herrn Professor allerdings so weit in Beschlag, dass selbst ein Telefongespräch von fünf Minuten, das er Piet zugestanden hatte, nach exakt drei Minuten und dreiundvierzig Sekunden endete, wie die Kachel nach dem Telefonat zweifelsfrei anzeigte.

Eine Romy van Zwamen kannte er gar nicht, sein letzter Kontakt zu Marlène datierte vom Dezember des letzten Jahres, in den letzten acht Monaten sei er arbeitsmäßig derart überlastet gewesen, dass er sich in der Pflicht sah, und bei dem folgenden Satz musste Piet aufpassen, dass er nicht laut auflachte, das früher so geliebte leichte Lotterleben zugunsten der akademischen Passion aufzugeben. Und nein, das Vertragsverhältnis sei von seiner Abstinenz natürlich nicht tangiert worden. Schließlich beabsichtige er, sich nach der Emeritierung wieder intensiver seinen Hobbys zu widmen, als da wären die Malerei, Acryl auf Leinwand, das Golfspiel, Rotwein und, ja, natürlich auch Frau Van Zwamen.

Am letzten Freitag hatte er ein Abendessen mit zwei weiteren Medizinern und dem Verwaltungschef der Klinik im »Ciel Bleu«. Der Name des Restaurants passte gut, denn es befand sich in der dreiundzwanzigsten Etage des Okura-Hotels. Direktor Blaauw hatte bezahlt, und Rijskhoek werde in dieser delikaten Angelegenheit natürlich persönlich die Quittung anfordern, mit den Namen der Speisenden und der Unterschrift des Verwaltungschefs, und dafür Sorge tragen, dass der Herr Inspecteur sie spätestens übermorgen auf dem Schreibtisch habe.

Piet grinste noch bei dem Gedanken an den schrulligen Herrn. War es jetzt schade oder nicht? Es stand ein Mediziner weniger auf der Liste, einer weniger, der ohne Probleme an Botulinumtoxin kommen konnte.

Es kam Bewegung in die Schroebrug, und so kam auch Bewegung in die Radfahrerkolonie, in der Piet sich befand, die während der Wartezeit auf stattliche siebzehn Fietsers angewachsen war, und Piet bemerkte vielleicht zum ersten Male, dass neun davon, also die Mehrheit, Fahrradhelme trugen. Piet war als Polizist natürlich ein absoluter Verfechter dieser Helme. Sie konnten tatsächlich Leben retten, sie wogen gerade mal zweihundert Gramm, und mittlerweile sahen sie auch sehr schön aus. Ja, er war sehr zufrieden damit, dass sich diese unverzichtbaren Kopfbedeckungen jetzt endlich auch in Middelburg durchsetzten. Er selbst trug natürlich keinen Helm.

Es war 18:17 Uhr, als Piet im Aufzug des Hauses Park Veldzigt stand. Eigentlich war zwischen dem Gespräch mit Remco Jonkers und dieser Aufzugfahrt genug Zeit vergangen, in der er sich hätte beruhigen können, damit die erste Wut verrauchte. Aber wofür gibt es Zugbrücken? Und Piet wollte sich auch nicht beruhigen, er freute sich auf sein Gespräch. Er freute sich auf Fabio Contento.

Der stand eine Minute vorher noch am Fenster und amüsierte sich prächtig darüber, dass der Herr Inspecteur mit einem alten Fahrrad kam. Er hatte Claire gefragt, wo er wohl das Blaulicht anbringen könnte, und beide hatten sehr gelacht.

Claire betätigte den Türöffner erst nach dem dritten Klingeln. Wer sie warten ließ, durfte auch selber warten.

Das war keine gute Idee.

Piet malte sich gerade aus, was er antworten würde, wenn Contento ihn wieder jovial fragen würde, ob er einen Espresso wolle. Er würde sagen: »Nein, wissen Sie, verehrter Meneer Contento, ich habe den Kaffee aber mal so was von auf …«, und da öffnete sich die Tür.

Contento stand schon im Türrahmen seines Büros und rief: »Inspecteur, schön, dass Sie da sind! Wenn Sie sich nicht angemeldet hätten, hätte ich Sie angerufen. Ich glaube, ich habe eine wichtige Aussage zu machen. Aber, vorher, möchten Sie einen Espresso?«

»Ja, gern!«

Jeder Niederländer, der an der Küste wohnt, kennt das Gefühl, wenn du plötzlich keinen Wind mehr in den Segeln hast.

»Setzen Sie sich doch. Wissen Sie, Herr Inspecteur, wir haben für die Hausboote einen Facility Manager engagiert.«

»Einen was?«

»Einen Facility Manager!« Contento wirkte ein wenig enttäuscht, dass der Inspecteur ihn anscheinend nicht verstand.

»So was wie ein Hausmeister?«

»Na ja, Hausmeister wäre bei einem Boot ja wohl eine unpassende Berufsbezeichnung …«

»Einem Hausboot!«

»Sei's drum. Diesen Facility Manager hatte ich in unserem ersten Gespräch nicht erwähnt, weil er … na ja, weil er ein sehr gewöhnlicher Mensch ist.«

Sprache dient dazu, sich zu verstehen, Piet hatte noch nie Spaß an einer Sprache, die er nicht verstand. Ein Facility Manager, der ein gewöhnlicher Mensch ist!

»Meneer Contento, wir bekommen gerade ein grundsätzliches Problem. Sie sind mir gegenüber nicht ehrlich, Sie wollen mir ständig etwas verheimlichen, sagen Sie mir gegenüber doch einfach die Wahrheit, und das mit Worten, die keine Zweifel lassen. Ich sage Ihnen doch auch klipp und klar, dass ich Sie für einen verlogenen Klootzak halte!«

So, jetzt lief er rot an, jetzt flackerte sein linkes Auge, und sein linker Mundwinkel zuckte, na bitte, endlich eine Reaktion!

»Aber Inspecteur, nichts liegt mir ferner, als Sie zu belügen, und ich muss schon sagen, Ihre Ausdrucksweise gefällt mir gar nicht!«

»Na, das beruht ja dann auf Gegenseitigkeit, also los!«

»Der … Hausmeister heißt Arjan Roos, und der hat für mich öfter mal kleinere Dienstbotengänge und andere Arbeiten erledigt, für die man nicht unbedingt einen Messdiener schicken konnte …«

Piet grinste. »Abteilung Attacke?«

»Wenn Sie so wollen, ja! Und eigentlich wollte ich nicht, dass die Polizei weiß, dass ich so einen Menschen auf der Payroll habe. Aber er hatte mir mal irgendwann gesagt, dass er die Romy schon von früher kannte, und deshalb dachte ich, das müssen Sie wissen, auch wenn das vielleicht kein so gutes Licht auf mich wirft.«

»Sehen Sie, lieber Herr Contento, jetzt wäre ich ja fast geneigt, Ihnen zu glauben, aber da haben wir noch eine Jeanne bij de Waate, und jetzt fangen Sie bitte gar nicht erst an, mir zu erzählen, dass Sie die nicht kennen und dass Romy gesagt hat, die müssten Sie nicht überprüfen.«

»Ich habe alles überprüft. Es gibt keine Jeanne bij de Waate. Ich weiß nicht, warum sie mir diesen Namen genannt hat. Es gab insgesamt vier Frauen, die mehr als zwei

Mal auf dem Hausboot waren, das war unser Kriterium, und dabei ist keine Jeanne bij de Waate, dabei ist überhaupt keine Frau, die als ›Gast‹ infrage kommt. Der Mann auf der Liste, den wir nicht überprüfen sollten, ist Johann Wijbrand Rijkshoek. Er geht im nächsten Monat in Rente, er war Chefarzt der Universitätsklinik in Amsterdam, wird von seinen Assistenten liebevoll ›Studentenopfer‹ genannt, ist verheiratet mit seiner Frau Edith, der er sich jeden Tag zwischen siebzehn und achtzehn Uhr widmet, das steht genau so in seinem Kalender.«

»Ich weiß. Ich hatte bereits das Vergnügen. Aber ich habe noch eine Frage!«

Contento schaute ihn irritiert an. »Aber bitte!«

»War's das?«

»Entschuldigen Sie, Herr Inspecteur, jetzt verstehe ich *Sie* nicht.«

Piet stand auf, ging zur Tür und sagte: »War's das mit den Lügen? Wenn ich mich noch einmal aufs Fahrrad schwingen muss, weil Sie mir irgendetwas verschwiegen oder mir wieder eine kleine Schummelei über den Tisch geschoben haben, dann, um es klar und deutlich auszudrücken, dann reiße ich Ihnen den Arsch auf! Tot ziens!«

Er öffnete die Tür, und über Claires diesmal petrolfarbenes Kostüm ergossen sich zwei nicht mehr ganz so heiße Espressi, denn sie hatte bestimmt schon einige Minuten an der Tür gelauscht. Den Kaffee wollte er Contento ja eigentlich wer weiß wohin gießen, aber wer weiß, vielleicht war dieses Gespräch doch nicht so schlecht gelaufen, wie es im ersten Moment aussah.

Auf jeden Fall musste er Annemieke noch über die Geschichte mit dem Hausmeister, dem Facility Manager, informieren. Vor dem Bürogebäude kramte er die Kachel aus der Jacke, und er erreichte Annemiekes Mailbox. Das war ihm in den letzten anderthalb Jahren nicht passiert. Annemieke war immer erreichbar, aber jetzt nicht!

Egal, er schwang sich auf die Gazelle und radelte zum »Grijse Dolfijn«.

In Gedanken ging er seinen Kleiderschrank durch. Er hatte noch den Anzug für Beerdigungen, da kam man als Polizist nicht dran vorbei, und man konnte ihn auch mal bei Weihnachtsfeiern tragen, aber ob der noch passte? Er besaß drei Hemden, eins davon in Weiß, und eine graue Stoffhose, dazu sechs Jeans, zehn T-Shirts und drei Cordjacken. Er war also eigentlich gut ausgerüstet, nur welche dieser Kleidungsstücke er für einen Abend mit Rianne im »Scherp« kombinieren sollte, das würde ihm noch einiges Kopfzerbrechen bereiten.

32

Der Gasgrill »Rochester« nahm auf Parzelle 440 des Vier-Sterne-Campingplatzes »De Grevelinge« klag- und nahezu geräuschlos seine Arbeit auf.

Natürlich war die Truppe mit einer soliden Mehrheit von achtzig Prozent, also alle außer Adi, der Ansicht, dass nichts, aber auch rein gar nichts über den guten alten Holzkohlegrill geht.

Diese Holzkohle entstand, weil ein Köhler im Schweiße seines Angesichtes das Holz auf einen Wassergehalt von unter achtzehn Prozent trocknete, woraufhin er es unter Luftabschluss und ohne Sauerstoffzufuhr auf fast dreihundert Grad erhitzte. Diesen Prozess nennt der Fachmann, also außer Adi alle, Pyrolyse, und das Endprodukt, diese Holzkohle, ist unvergleichlich. Sie brennt ohne Flammen und wird dabei heißer als Holz.

Lothar brachte es auf den Punkt: »Ja, Holzkohle, das ist ein Männerprodukt. Da kann der Mann kämpfen. Allein bis das Mistzeug brennt, muss man jede Menge Chemie draufkippen, das stinkt und verpestet die Luft, aber es ist halt doch romantischer.«

Vier Männer, also alle außer Adi, standen mit melancholischem Blick neben dem Edelstahlgrill und nickten zustimmend.

Adi hatte soeben die Gasflasche angeschlossen, den

Hahn geöffnet, den Regler für den linken Brenner ein Viertel gedreht und den Piezzo-Zünder betätigt. Fertig! Brennt! ... Langweilig!

Das Grimbergen war kalt gestellt. Die Männer hatten sich fest vorgenommen, sich mit dem Konsum gerade an diesem Abend weitestgehend zurückzuhalten, aber sie hatten schon auf Fleisch verzichtet. Und sollten sie den »Asiatischen Chinakohlsalat mit Pflaumen und Cashewkernen«, die »Chicoréeschiffchen vom Grill mit Ziegenkäsecreme« und das »Gemüseratatouille vom Spieß an Rucola-Vinaigrette« trocken runterwürgen? Nein!

Die Tafel war gedeckt. Vier große Tische wurden hintereinander in die Mitte des Platzes gestellt, und das Barbecue konnte beginnen. Es war immer wieder ein lustiger Anblick. Alle Tische waren unterschiedlich hoch und unterschiedlich breit, drum herum gruppierten sich Campingstühle in allen Farben und Abmessungen.

Und es war ... lecker!

Gut, Fleisch wäre auch lecker gewesen, aber es war lecker. Selbst Tristan, der noch ein bisschen mehr gemault hatte als sein Vater, hatte seine Portion nicht nur komplett vernichtet, nein, er hatte Nachschlag gewollt.

Über dem Platz lag nun endlich eine Stimmung von gesättigter Ruhe, von genudelter Harmonie, wie es für diesen schönsten Urlaubsort auf Gottes schöner Erde in all den anderen Jahren eigentlich üblich war.

Nur in diesem Jahr war halt alles anders. Bis jetzt.

Jetzt saßen wir zufrieden auf unseren gemütlichen Stühlen, die Tische waren abgeräumt, ich trank einen Schluck Grimbergen, und unter dem Tisch trat Lothar mir gegen das Schienbein. Er versuchte mir so zu bedeuten, dass ich jetzt vielleicht mal das Thema des Abends ansprechen könnte. Ich trank noch einen Schluck Grimbergen und trat Gerd gegen das Schienbein.

Eigentlich hatte ich damit gerechnet, dass Adi und Detlef auch noch blaue Flecke abkriegten, aber Gerd ergriff das Wort: »Das war ja mal lecker!«

Alter Feigling!

Anne meinte: »Ich bin ja ehrlich überrascht, dass gerade ihr euch für vegetarische Gerichte entschieden habt. Fleur hat übrigens gesagt, dass sich das auf den ganzen Organismus sehr positiv auswirkt, wenn man viel weniger Fleisch isst.«

Detlef meinte: »Wenn Gott gewollt hätte, dass wir keine Tiere essen, warum hat er sie dann aus Fleisch gemacht?«

Adi trat ihm gegen das Schienbein.

Detlef protestierte: »Manno! Ich bin halt in einer Zeit groß geworden, als ein Smoothie noch Appelkompott hieß!«

Gerd räusperte sich. Er schien jetzt wohl etwas Bedeutendes sagen zu wollen. »Ich als Arzt kann dazu nur sagen, dass Vegetarier natürlich mehr sekundäre Pflanzenstoffe zu sich nehmen, dass sie seltener an Bluthochdruck leiden und dass das Risiko zu Herzerkrankungen tendenziell abnimmt, und das gilt zunächst mal unabhängig vom Körpergewicht. Wenn man dann nicht völlig fleischlos lebt, fällt die mangelnde Versorgung mit Vitamin B12, Vitamin D und Calcium auch nicht ins Gewicht, also hat diese Fleur da schon recht ...«

Anne lächelte mich triumphierend an. »Siehste?«

Aber Gerd fuhr fort: »Und aus medizinischer Sicht ist Botulinumtoxin eines der potentesten Nervengifte, das die

Menschheit kennt. Es sollte also nur unter perfekten klinischen Bedingungen und von geschulten Ärzten angewendet werden. Beides ist bei einer Botox-Party nicht gegeben.«

Ich lächelte Anne triumphierend an. »Siehste?«

Detlef stimmte zu: »Und deshalb grillen wir gerne für euch, von mir aus auch vegetarisch, von mir aus könnt ihr morgens um sechs schon dem Sportwahn verfallen, aber wir alle fünf wollen nicht, egal, was diese Fleur sagt, dass ihr zu dieser Botox-Party geht.«

Für einen Moment zog Stille ein in dieser gesprächigen Runde. Aber die währte nicht allzu lang.

»Ja, seht ihr denn überhaupt nicht ein, dass das spannend ist? Guck mal hier, diese Tränensäcke, die kriege ich seit Jahren nicht mehr weg. Und ich habe alle Cremes und Tinkturen versucht, und mit solchen Tränensäcken siehst du nun mal fünf Jahre älter aus. Fleur sagt, das regelt ihr Botox-Mann in fünf Minuten.« Jutta hatte sich fast ein bisschen in Rage geredet.

»Diese beiden senkrechten Falten auf der Stirn, die lassen dich immer so ein bisschen verhärmt aussehen, und schau mal an den Mundwinkeln. Bevor ich aussehe wie Frau Merkel nach einem Gespräch mit der Queen, kann der doch lieber mit einer kleinen Spritze nachhelfen. Das ist nicht mehr wie bei Donatella Versace. Heute sagt man, wenn es unnatürlich wirkt, ist es schlecht gemacht.«

Ich wartete auf Gerds Entgegnung. Ich wartete darauf, dass Adi irgendwas Schlaues sagte. Mir fiel auch nichts ein. Wenn Wim Verheijden jetzt an unseren Parzellen vorbeigegangen wäre, hätte er nichts bemängeln können. Es war zwar nach elf, aber es war völlig still. Die Argumente waren ausgetauscht, eine Entscheidung war nicht gefallen.

Weil Wim Verheijden gerade nicht an der Parzelle vorbeiging, holte ich aus dem Caravan die Gitarre, die Fender Paramount PM-3 DLX, die diesen wunderbar natürlichen Sound hatte.

Ich setzte mich wieder in meinen Sessel und spielte C, A-Moll6, und wieder C, das bekannte Vorspiel. Und ich sang dieses wunderbare Lied von Billy Joel:

»Don't go changing to try and please me.

You never let me down before.

Don't imagine you're too familiar

And I don't see you anymore.

I would not leave you in times of trouble,

we never could have come this far.

I took the good times, I'll take the bad times.

I'll take you just the way you are!«

Und es blieb still auf Platz 440 des Vier-Sterne-Campingplatzes »De Grevelinge« in Noordkapelle. Die anwesenden Urlauber waren in Gedanken versunken, und diese Gedanken waren durchaus unterschiedlicher Natur.

Ich legte die Gitarre in das feuchte Gras, schon daran konnte man erkennen, dass ich immer noch ein bisschen neben mir stand oder saß. Eine Gitarre legt man nun mal nicht in feuchtes Gras.

Aber Anne beugte sich gerade über mich und küsste mich sehr sanft auf die Lippen, und wenn mich Anne sanft auf die Lippen küsst, ist mir eine Fender Paramount PM-3 DLX nun mal scheißegal.

In diesem Moment öffnete der Himmel nach einem wunderbaren Sonnentag seine Schleusen. Wir hatten noch keine Probleme gelöst, aber wir hatten wenigstens wieder miteinander gesprochen. Der erste Tropfen, der zweite

Tropfen, dreißig Tropfen, immerhin, ein guter Anfang. Ein Steak wäre mir trotzdem lieber gewesen. Hundert Tropfen, Regenschauer, Weltuntergang.

Ich dankte Gott für dieses Timing. Er wusste halt ganz genau, wann es über Noordkapelle regnen musste, und er kam seiner Aufgabe pflichtschuldig nach. Jeder rettete seine Campingstuhlauflagen ins Trockene, halbvolle Biergläser wurden vor der Verdünnung geschützt. Ich beschützte die Gitarre, Frauen in Sportkleidung trugen einen Wet-T-Shirt-Contest aus, und nach nicht einmal zweieinhalb Minuten zeugte fast nichts mehr von einer Campingplatzparty auf der Wiese zwischen Platz 437 und 444. Noch vor einem Jahr hätte ein leises bald ersterbendes Zischen von der Löschung der Glut gezeugt. Jetzt hatte Adi einfach das Gas abgedreht. Wie unromantisch!

33

Die Anzughose kriegte er noch zu, gut! Beim schwarzen Gürtel musste er ein Loch wählen, das er bei diesem Gürtel vorher nicht gebraucht hatte, doch einmal ist immer das erste Mal. Das weiße Hemd passte hervorragend. Das Sakko ging gar nicht mehr; der Knopf ging natürlich nicht zu, und es klemmte auch noch ein bisschen in den Achseln. Aber wofür brauchte man an diesem Montagabend Anfang August in Middelburg ein Jackett? Das Thermometer stand immer noch bei dreiundzwanzig Grad. Er hatte noch kurz die Schuhe geputzt, nachdem er eine Viertelstunde lang das Schuhputzzeug gesucht hatte, und schon war er auf dem Weg ins »Scherp«.

Auf der Straße zog er die Kachel aus der Hosentasche und wählte Annemiekes Nummer. Wieder die Mailbox.

Das »Scherp« lag in der Wijngaardstraat, und es schien wirklich gut zu laufen. Vor ein paar Monaten war es ein kleines Restaurant in einem sehr kleinen Haus. Inzwischen hatten sie das Nebenhaus dazugenommen, es gab Übernachtungsmöglichkeiten, das »Scherp« schien zu prosperieren.

Piet betrat das Restaurant, und er sah sofort, dass die Kleidung der Chefin perfekt auf das Ambiente abgestimmt war. Die Chefin hieß Dhani, und sie führte ihn sofort zu Riannes Tisch.

Rianne erkannte er natürlich sofort, aber er erkannte sie auch wieder nicht. Sie stand auf und küsste ihn drei Mal auf die Wange, aber dieses Mal waren die Wangenküsse näher am Mund. Möglicherweise hatte er sich das aber auch nur eingebildet.

Sie setzten sich, und Dhani trat an den Tisch. »Für Sie auch ein Glas Champagner, Meneer Van Houvenkamp?«

»Haben Sie ein Bier?«

»Natürlich! Pils, Heineken, Abteibier? Blond oder Dubbel?«

Piet wollte auf Nummer sicher gehen. »Ein Glas Heineken, bitte!«

»Alstublieft!«

Was hatte sich verändert? Piet sah Rianne sehr bewusst, sehr genau an. Sie trug ein geblümtes Sommerkleid, eine feine goldene Kette, er kontrollierte die Augen, die heute – wenn auch nur ganz leicht – geschminkt waren. Er sah nicht die Rianne, die er kannte, aber ihm gefiel, was er sah. Er betrachtete ein Dekolleté, das gestern noch verborgen war. Er wartete auf eine gewisse Unsicherheit in ihrem Blick. War nicht da! Die Lippen waren heute Abend rot geschminkt, die Farbe der Fingernägel harmonierte perfekt mit dem Rot der Lippen, die sich nun öffneten.

Worte drangen an Piets Gehörgang: »Was macht dein Zahn?«

Es gab kein anderes Thema, das ihn schneller in die Realität zurückholen konnte. »Ich fürchte, wenn ich dir jetzt sage, wie viele Tabletten ich noch habe, bist du nicht sehr einverstanden mit mir.«

»Wie viele?«

»Drei!«

»Ich hatte auf vier gehofft! Bei der Tablettendosis solltest du eigentlich dringend auf Alkohol verzichten, aber ich habe eine Flasche Bordeaux bestellt, einen Ducru-Beaucaillou, zweites Cru. Möchtest du auch ein Glas?«

Piet leerte sein Bierglas sehr vorsichtig. Der Schmerz war da, aber er hatte sich an ihn gewöhnt. Wenn das kalte Bier in seinen Mund floss, dann wusste er, dass nun der Schmerz kommen würde, und er konnte ihn ertragen. Er hoffte aber, dass der Rotwein, weil er eben nicht so kalt sein musste, ihn nicht direkt an den Rand des Wahnsinns treiben würde, und er hatte die Hoffnung, dass die Frau ihm gegenüber in ihrer Handtasche ein weiteres weiß-blaues Päckchen spazieren führte, also sagte er: »Gern!«

Dhani brachte ihm ein neues Rotweinglas, ein sehr großes dünnwandiges Glas, sie schaute ihn fragend an, und Piet nickte kurz, woraufhin Dhani das Bierglas, in dem sich noch der rudimentäre Rest einer Neige befand, abräumte. Die Karaffe stand auf einem kleinen Beistelltisch. Eigentlich wollte Piet nicht, dass ihm der Wein schmeckte, weil er ahnte, was er kostete, aber es gelang ihm nicht, dem Zauber des Bordeaux zu widerstehen. Er wollte gar nicht wissen, welche Geschmacksnuancen sich da in seinem Glas vereinten, aber er musste sich schon eingestehen, es war ein Genuss.

Vor sich sah er das freundliche Gesicht von Rianne und die Speisekarte. Er hoffte, er würde sich an diese Art des Abendessens nicht gewöhnen. Auf der Karte waren eigentlich keine Gerichte verzeichnet, es wurden Rätsel aufgegeben, und der Gast konnte versuchen, sich vorzustellen, was ihn auf dem Teller erwartete. Er wählte als Vorspeise »Rindertartar, Trüffel, alter Käse« und als Hauptspeise »Seebarsch, Muscheln, Zeekraal«!

Rianne erhob ihr Glas. Sie stießen an.

»Was macht dein Fall?«

»Probleme! Ja, dieser Fall macht Probleme. Wenn ich ganz ehrlich sein soll, wir haben ein paar neue Voraussetzungen, wir haben ein paar neue Schlussfolgerungen, aber eigentlich haben wir keine neuen Ideen.«

Er trank einen Schluck von diesem Bordeaux-Wein. Meine Güte, war der gut.

»Macht ihr denn irgendwelche Fortschritte?«

Piet konnte nicht nachdenken, weil ein kleiner Teller mit einer noch viel kleineren Portion Irgendwas aufgetragen wurde.

Eine junge hübsche Kellnerin, die ebenfalls farblich perfekt zum Ambiente passte, erklärte Piet und Rianne: »Das ist ein Gruß aus der Küche, ein Carpaccio von der Jacobsmuschel auf Mango-Chutney.«

Ja, davon hätte er durchaus ein halbes Pfund nehmen können, aber es waren halt zwei extrem dünne Scheiben von der Muschel, deren Schale seinerzeit das Logo der Erdölfirma Shell begründete. Diese beiden Scheiben lagen auf fein geschnittenen Mango-Würfeln, die wie auch immer gewürzt oder eingelegt waren, in Kombination mit dem Inhalt der Shell-Muschel war es jedenfalls eine Offenbarung.

Piet hätte gern das Gegenteil behauptet, aber ein Polizist schwindelt nicht. Er wollte und durfte jetzt nicht mit Rianne über den Fall reden, denn ein Polizist schwatzt nicht. Der Hausmeister, über den Hausmeister wusste er nur, dass er existierte. Den konnte er Rianne gegenüber erwähnen, ohne auch nur in den Ruch zu geraten, irgendwelche Ermittlungsergebnisse zu verraten.

»Ich bin ein bisschen verärgert, weil ich erst heute erfahren habe, dass es auf den Booten einen ›Facility Manager‹ gab, der mir vorher verschwiegen worden war.«

»Ein Facility Manager, so ein Mann für alle Fälle, Installateur, Elektriker, Fliesenleger?«

Piet umspülte den Zahnstumpf mit knapp unter zwanzig Grad temperiertem französischen Rotwein, und die Kauleiste rebellierte ausnahmsweise wenig bis gar nicht.

Rianne ergriff die Karaffe und schenkte den Ducru-Beaucaillou sofort nach.

»Ein Hausmeister in Middelburg? Darf ich den Namen erfahren?«

Na ja, eigentlich durfte sie den Namen vielleicht nicht erfahren, aber er hatte ja nicht gesagt, dass es sich möglicherweise um einen Verdächtigen handeln konnte, also: »Er heißt Arjan Roos. Ich werde ihn morgen wohl mal befragen. Weißt du, das ist natürlich ärgerlich, wenn du ein solches Detail zu spät erfährst. Und wie war dein Tag?«

Piet versuchte zur Attacke überzugehen, aber Rianne parierte sofort, die Riposte folgte auf dem Fuße: »Der langweilige Alltag einer Apothekerin ist mit dem eines Inspecteurs, der gerade einen Mordfall bearbeitet, natürlich nicht zu vergleichen, aber sag mal, kennst du diesen Arjan Roos nicht?«

Piet zögerte, er dachte nach, nein, dieser Name war ihm noch nicht über den Weg gelaufen. Also antwortete er: »Nein. Ich habe noch kein Bild gesehen, aber der Name sagt mir nichts.«

Anscheinend kannte sich Rianne da genauer aus: »Also dieser Arjan ist wirklich ein unangenehmer Zeitgenosse!«

Dhani und ihre Kollegin brachten die Vorspeise: »Rindertartar, Trüffel, alter Käse« stand auf der Speisekarte, diese Worte beschrieben das Bild, das Piet vor sich sah, überhaupt nicht. Da war das tiefe dunkle Rot des Rinderfilets, gepaart mit den millimeterdicken Scheiben des dunklen Sommertrüffels und den Raspeln von sehr altem Käse, die einzelnen Ingredenzien gingen ineinander über, und der Teller war umkränzt mit Tropfen und Strichen von dunkler und heller Sauce. Das war schon beim Gucken lecker.

»Wieso unangenehmer Zeitgenosse?«

»Na ja, ich glaube, das ist ein Schläger! Ich hatte mal eine Kundin, die mit ihm zusammen war. Und dass unerfahrene junge Mädchen auf so einen reinfallen, ist ja durchaus verständlich, der Body von diesem Arjan ... wie soll ich sagen, also, der hat keinen Sixpack, der hat einen Eightpack, der wohnt sozusagen im Fitnessstudio.«

Piet amüsierte sich gerade über diese interessante Mischung aus Prüderie und Weiblichkeit. »Das ist ja spannend. Und woher kennst du seinen Body?«

»Lieber Piet, du weißt, dass ich sehr calvinistisch erzogen wurde. Bei uns zu Hause gab es nicht eine einzige Gardine, wir hatten nichts zu verbergen. Unser rechtschaffenes Leben ohne Luxus und ohne Ausschweifungen konnte jeder sehen. Aber das war immer das Leben meiner Eltern, ich bin eine moderne Frau. Und wenn es was zum Ausschweifen gibt, bin ich zu Ausschweifungen auch gern bereit.«

So! Da blieb nichts mehr wegzudiskutieren. Sie machte ihn gerade an! Und jetzt musste Piet mal ganz ernsthaft überlegen, wie er darauf reagieren konnte. Er war sehr froh, dass die beiden türkis gekleideten Damen die Vorspeise abräumten. Vielleicht könnte es jetzt hilfreich sein, auf den Hausmeister zurückzukommen. »Und diese Dame, die mit Arjan Roos zusammen war ...«

Rianne lächelte abfällig. »Das war keine Dame. Das war

ein junges Mädchen oder eine junge Frau. Sie kam zu uns in die Apotheke, weil sie Desinfektionsmittel wollte und etwas gegen Schwellungen. Und ich sah die Schwellung unter dem linken Auge, und ich fragte sie, ob sie nicht lieber in die Ambulanz des Krankenhauses in Vlissingen wollte, aber da kam dieser Arjan schon ins Geschäft, und sie sagte, sie sei nur gestürzt!«

»Und du hast ihr nicht geglaubt.«

Rianne ergriff ihr Rotweinglas. »Nicht ein einziges Wort. Der Typ hatte sie verdroschen, hundertprozentig!«

34

Es war ganz ruhig geworden auf »Camping De Grevelinge«, und auch ich war jetzt endlich mal ganz ruhig. Ich hielt Anne im Arm, und sie kuschelte ihren Kopf an meine Armbeuge wie früher. Nein, nicht ganz wie früher. Früher hätten wir peinlichst genau darauf geachtet, dass keine einzige Lichtquelle im Caravan noch seine Arbeit verrichtete, damit die Kinder bloß nicht wach werden. Heute warf die Nachttischlampe, die im Dethleffs 560 TK unter den Hängeschränken an der Wohnwagendecke angebracht war, noch ein charmantes Licht auf unsere Liegestatt.

Die Kinder konnten heute nicht wach werden, denn sie waren wohl hellwach. Ganz sicher konnte ich das nicht behaupten, weil sie nach dem Grillen in den »Hooizolder« aufgebrochen waren. Der Club lag einige Kilometer entfernt in Westkapelle, und heute Abend stand »Mega Schuim Party« auf dem Programm. Und dieser ganze Schaum, der wohl jetzt gerade tanzflächendeckend dafür sorgte, dass die ganze Disco ein einziger Wet-T-Shirt-Contest war, dieser Schaum würde morgen früh in getrocknetem Zustand in den Klamotten unserer Kinder dafür sorgen, dass unser Vorzelt stank wie der Wickelraum der Autobahnraststätte Tessenderloo nach einem ganz normalen Samstag zu Beginn der Sommerferien in Nordrhein-Westfalen.

All das würde morgen passieren, aber nicht heute. Heute

lag Anne in meinen Armen, das Lämpchen beleuchtete ihre Züge, und ich sah erfreut, dass sie lächelte.

»Na, wie hat dir mein Lied gefallen?«

Sie lächelte immer noch, aber jetzt mit dreißig Prozent Nachdenklichkeit.

Ich war gespannt.

»Ich fand es beinahe sehr schön!«

Da wollte ich mehr wissen. »Also ›beinahe schön‹ hätte ich verstanden, ›sehr schön‹ hätte ich noch lieber verstanden, aber ›beinahe sehr schön‹ verstehe ich nicht.«

Jetzt giggelte oder grummelte sie irgendetwas in sich hinein.

»Na los, raus mit der Sprache!«

Sie stützte sich auf dem rechten Ellenbogen auf, sah mich an und sagte: »Weißt du noch, als wir das erste Mal mit den Kindern bei Luciano waren und als er alles rauf und runter gebetet hatte, was der Küchenchef zaubern konnte: ›Unte habben wir noch ganze frische Seewolfe mitte die Artischocke unte die Saltimbocca alla Romana, heißte auffe Deutsche ›Spring in die Mund‹.‹ Kannst du dich daran noch erinnern?«

»Ääh, nein?!«

»Als Luciano dann fragte: ›Unte wass sollesse sein?‹ Da hast du geantwortet: ›Ooh lala, willes du eine Pizza, ooh lala, Pizza wundaba!‹«

»Ja, da kann ich mich gut daran erinnern. Das war lustig!«

Anne lächelte wieder, dieses Mal ohne Mund, nur mit den Augen. »Und was hat Edda da gesagt?«

Ja, was weiß denn ich, was meine Tochter vor fünfzehn Jahren sagte, aber eine leise Ahnung beschlich mich denn doch: »Vielleicht: ›Papa, du bist so was von peinlich!‹?« Jetzt war ich enttäuscht. »Du willst jetzt nicht sagen, mein Lied war peinlich? Der Text ist zwar nicht von mir, aber ich kann jede Zeile unterschreiben: ›Don't go changing to try and please me. You never let me down before …‹«

»Ich habe ja auch gesagt, ich fand es sehr schön!«

Jetzt durfte ich keine Tricksereien zulassen. »Du hast gesagt, du fandest es ›beinahe sehr schön‹!«

»Das Lied fand ich sehr schön, nur mitten auf dem Campingplatz, vor unseren ganzen Freunden … Du hättest ruhig noch ein bisschen warten können.«

»Wenn ich es jetzt hier im Wohnwagen singen würde, mit diesen dünnen Wänden, dann würde es doch auch jeder hören.«

»Nein, die schlafen doch jetzt auch, da hört keiner mehr was.«

»Die Kinder sind im ›Hooizoolder‹, auf dem Campingplatz hört uns niemand. Kommst du mal gerade zu mir?«

»Komm du doch zu mir!«

Das ließ ich mir nicht zwei Mal sagen!

Dienstag

35

Piet liebte den Augenblick, wenn er früh am Morgen wach wurde. Für einen kurzen Moment lag der Körper dann noch zugedeckt da, aber der Kopf war schon bereit, und durch diesen Kopf gingen ihm gerade einige überraschende Dinge. Seine Geruchsrezeptoren nahmen ungewöhnliche Nuancen von Bergamottöl, Rosenblättern und Orangenschalen wahr, als Folge darauf zogen sich seine Mundwinkel nach oben.

Das Kissen neben ihm war leer, aber das Geräusch der laufenden Dusche drang an sein Ohr.

Piet ließ die Augen geschlossen und dachte über den gestrigen Abend nach. Wäre das alles auch ohne diesen Rotwein aus Bordeaux passiert? Ja, sicher. Die Frage »Warum?« stand gar nicht im Raum. Da war kurz ein »Warum nicht?«, aber für »nicht« war ihm keine Begründung eingefallen, warum auch?

Jetzt öffnete er die Augen. Er seufzte, er grinste und schloss sie wieder. Ohne Rotwein hätte er sie allerdings nicht mit zu sich genommen. Seine Höhle war nicht unbedingt dazu geeignet, Frauenbesuch zu empfangen, zumindest nicht, ohne vorher ein oder zwei Stunden aufzuräumen und Staub zu wischen.

Er schwang behände die Beine aus dem Bett und trat gegen eine leere Flasche, die nun munter durch das Schlafzimmer unter das Bett rollte. Ihm fiel das Lied von Guus Meeuwis ein:

»Op de vloer ligt een lege fles wijn
en kledingsstukken die van jou of mij kunnen zijn.«
»Auf dem Boden liegt eine leere Flasche Wein,
und Kleidungsstücke, die entweder von dir oder mir sein können.«

Der Radiowecker sprang an, heute war Piet ihm ein Stück weit voraus. Er zog die Boxershorts an, ging in die Küche und schaltete die Kaffeemaschine ein.

Rianne kam aus dem Bad, das Haar noch nass, sie trug das weiße Hemd, das er gestern im »Scherp« getragen hatte. Es war wieder trocken, dabei waren sie gestern Abend noch in einen Regenschauer geraten.

»Een schemering, de radio zacht,
en deze nacht heeft alles
wat ik van een nacht verwacht!«
»Es dämmert, das Radio spielt leis,
und diese Nacht hat alles,
was ich von einer Nacht erwarte.«
»Machst du mir auch einen Kaffee?«

Sie ging zurück ins Bad, und er hörte, wie der Fön seine Arbeit verrichtete. Er ging noch einmal zurück und zog sich ein T-Shirt über. Vielleicht unnötig, aber morgens sollte man die Form wahren.

Er nahm die Kaffeetasse in die Hand und dachte an den kleinen pausbäckigen Amor, der seinen Bogen spannt. Sollte der Pfeil tatsächlich noch einmal …?

Oh ja, der Pfeil traf ihn, und zwar genau ins Zahnfleisch über der Wurzel von »Vier-Sechs«. Er spürte es so plötzlich und so intensiv, wie ein Erdmännchen, das morgens um halb sieben auf einem wunderschönen halben Quadratmeter Sand in der Wüste Namibias steht und fröhlich in die Sonne blinzelt, nicht ahnend, dass eine drei Tonnen schwere Elefantendame just in diesem Moment ihren rechten Vorderfuß auf es draufstellt.

Piet sprang auf einem Bein durch die Küche. Rianne kam zurück und verabreichte ihm eine Tablette, sie gab ihm ein Glas Wasser und verschloss seinen Mund mit einem Kuss.

Sie trug ihr geblümtes Sommerkleid, nun wieder bereit für die Apotheke. Piet trug Boxershorts und T-Shirt, und während er noch intensiv mit seinen Zahnschmerzen und deren Beseitigung beschäftigt war, kam Rianne mit der Weinflasche und den beiden Gläsern aus dem Schlafzimmer. Sie stellte die beiden Gläser auf die Spüle und machte Anstalten, nun das gestrige Chaos zu beseitigen, aber selbst Piet hatte noch rudimentäre Reste eines Gentleman in sich, von dem er wohl nur in Agatha-Christie-Krimis gelesen hatte.

»Lass nur, ich mach das gleich.« Er hatte noch eine ziemlich charmante Idee: »Eine Nacht wie diese sollte nicht mit Spülen enden!«

Sie lächelte sehr bezaubernd. Das hatte ihr gefallen. Er freute sich.

Sie kam auf ihn zu, küsste ihn auf den Mund und sagte: »Piet, versprich mir, du gehst zum Zahnarzt. Ich kann vielleicht für eine Stunde oder zwei dafür sorgen, dass du nicht mehr an deine Schmerzen denkst, aber Vorsicht: Ich bin nicht die Zahnfee!«

Nein, sie war keine Fee. Sie war verdammt lebendig, und genauso fühlte sich Piet, als sie die Wohnung verließ. Zum Duschen war jetzt keine Zeit mehr, Annemieke wartete im

»St. John« auf ihn, an diesem Dienstag, an diesem schönen Dienstag. Er sprang in die Jeans und die Laufschuhe, er warf die Cordjacke über und sah auf dem Küchentisch eine kleine blau-weiße Packung.

Wenige Minuten später war er auf dem Weg zum Vismarkt. Es ging ihm verdammt gut, er pfiff die schöne Melodie von Guus Meeuwis: »Het is een nacht, die je normaal alleen in films ziet ...!«

36

Es war ein wunderschöner Morgen auf »Camping de Grevelinge«. Schöner konnte ein Morgen eigentlich nicht sein. Eine herrliche Nacht lag hinter mir, eine Nacht, wie ich sie lange nicht mehr erlebt hatte. Okay, sie war kurz. Sie war kurz, weil sie sehr spät begann, Anne und ich schliefen erst am frühen Morgen ein, weil wir vorher noch Wichtiges zu erledigen hatten. Und sie war kurz, weil sie sehr früh endete, denn um sechs Uhr morgens findet auf der Liegewiese am Pool von »Camping de Grevelinge« der Morgengruß statt.

Heute Morgen lächelte ich bei dem Gedanken in mich hinein. Ich hatte nun erfahren, dass Annes neues »Körperbewusstsein« sehr viel Positives hatte. Ich hatte bei Johnny die Brötchen geholt, dazu Diätmargarine und eine Flasche Saft für die Vitaminzufuhr. Ich wollte schließlich auch was für meinen Körper tun, ich wollte mich dafür bloß nicht übermäßig bewegen.

Tristan und Edda hatten heute Nacht Jeans und T-Shirts vor dem privé sanitair in einen Wassereimer gestopft, sodass die Geruchsbelästigung, die wir letztes Jahr am Morgen nach der Schaumparty erlebt hatten, dieses Mal ausblieb, eine Fürsorge, mit der ich nicht gerechnet hatte.

Anne stand noch unter der Dusche, und ich beschäftigte mich mit meinem neuen Hobby, dem Erlernen der niederländischen Sprache. Fast jeder Niederländer spricht sehr gut Deutsch, aber ich machte seit zwanzig Jahren Urlaub bei unseren Nachbarn, und das Einzige, was ich auf Niederländisch sagen konnte, war: »Frikandel speciaal, Frietjes Mayo, alsjeblieft, en twee Grimbergen! Bedankt en tot ziens!« Das sollte sich jetzt ändern. Das ganze letzte Jahr über hatte ich mit meiner Holländisch-App auf dem Smartphone fleißig Vokabeln und Grammatik gelernt. Jetzt ging es darum, meine neu erworbenen Sprachkenntnisse auch anzuwenden, aber das gestaltete sich schwieriger als erwartet. Wenn ich im Restaurant den Kellner auf Niederländisch ansprach: »Goedendag meneer, mogen we hier zitten? We hebben zin in twee biertje«, dann antwortete der Kellner: »Ja klar, setzen Sie sich, ich bring die beiden Biere sofort.« Wie willst du Niederländisch lernen, wenn jeder Niederländer mit dir Deutsch spricht? Antwort: mit der Zeitung.

Ich brachte mir jeden Morgen mit den Brötchen auch die Zeitung mit. Johnny hatte natürlich auch »BILD«, »Express«, »WAZ« und »Kölner Stadt-Anzeiger« im Angebot, aber ich kaufte in diesem Urlaub tapfer »De Telegraaf« oder »PZC«, den »Provinciale Zeeuwse Courant«.

Der »Telegraaf« ist die größte niederländische Tageszeitung, und der »PZC« ist die Regionalzeitung, für die lokalen Themen besonders geeignet, schon weil sie ihren Sitz in Goes hat. Man will ja schließlich wissen, was an seinem Urlaubsort so passiert.

In unserem privé sanitair, unserem ganz privaten kleinen »Wellnessbereich«, nahm nun der Fön seine Arbeit auf. Jetzt würde es nicht mehr lange dauern, bis Anne mit mir am Frühstückstisch saß. Auf Tristan und Edda würden wir heute wohl noch einige Zeit verzichten.

Ich war in meinem »PZC« beim Lokalteil Walcheren angelangt, und die Schlagzeile sprang mir entgegen: »Es war wohl Botox!« Ich las aufgeregt den Artikel, so schnell, wie es meine Niederländisch-Kenntnisse zuließen.

»Wie die Polizei Middelburg gestern auf einer Pressekonferenz mitteilte, ist eine Frau am Wochenende tot auf einem Hausboot im Binnenhaven aufgefunden worden. Der Leiter des Präsidiums, Hoofdinspecteur Meinert Waatering, sagte, dass man eine natürliche Todesursache wohl ausschließen könne. Der Gerichtsmediziner Henk ten Dracht hätte eine hohe Konzentration des Nervengiftes Botulinumtoxin, besser bekannt als Botox, im Blut der Toten nachweisen können, also müsse man von einem Gewaltverbrechen ausgehen, das werde aber derzeit untersucht. Bei der Frau handele es sich um eine siebenunddreißigjährige Guest Relation Managerin, die seit einigen Jahren auf dem Hausboot am Londensekaai ihren Wohnsitz hatte.«

Das Hausboot war auch auf dem Foto zu sehen, das unter der Schlagzeile abgebildet war. Ich kannte es natürlich. Wir waren öfter am Binnenhaven spazieren gegangen, wir hatten die Hafenrundfahrt mit diesem niedrigen Boot gemacht, wo man immer den Kopf einziehen musste, wenn wieder eine Brücke im Weg war. Auch damit waren wir an diesem Hausboot vorbeigefahren. Und jetzt hatte man auf diesem friedlich dahindümpelnden Häuschen eine tote Frau gefunden. Und dann Botox.

Sollte ich mit Anne darüber reden? Vielleicht später. Jetzt musste ich mich beeilen. Ich nahm mein Smartphone und schickte eine Message an die WhatsApp-Gruppe der Anti-Fleur-Lobby: »Neue Entwicklung, AFL-Treffen um elf Uhr am Rasenmäher-Verleih. Es geht um Leben und Tod!« Ich hatte gerade auf »Senden« gedrückt und die Zeitung wieder zugeschlagen, als Anne auch schon an meinem Frühstückstisch Platz nahm.

Sie trug einen frischen sommerlichen Duft, sie lächelte mich an, und ich war an diesem Morgen mal wieder so was von verliebt.

Wenn dieses Lächeln Falten machte, dann waren das schöne Falten. Die Frau, die mir gegenübersaß, war meine Frau, genau so, wie sie war. Ich war verliebt und stolz, und wenn irgendeiner sie überreden wollte, sich irgendetwas zu spritzen, was so gefährlich war, dann kriegte er es mit mir zu tun. Da konnte er Gift drauf nehmen.

37

»Wie ... geht es dir?« Annemieke schaute ihn fragend an.

»Prima, wieso?«, war Piets knappe Antwort.

»Weil man dir das ansieht! Du bist so überhaupt nicht ... unrasiert. Du bist so ... anders.«

Piet hatte sicher nicht vor, Annemieke etwas von der Nacht mit Rianne zu erzählen. »Na ja, vielleicht weil ich denke, wir haben eine neue Spur. Remco hatte uns doch von diesem Hausmeister erzählt. Und da wollte ich mir den Herrn Contento gestern mal ordentlich zur Brust nehmen, stattdessen empfängt der mich freudestrahlend und erzählt mir, er hätte da einen Fehler gemacht, er wollte halt nicht im falschen Licht dastehen. Aber jetzt hätte er sich überlegt, dass die Polizei da noch eine Sache wissen müsste. Und dann erzählte er mir vom Facility Manager Arjan Roos.«

»Ach, ein Facility Manager ist das!«

»Ja, aber Contento hat selbst gesagt, dass der auch für ein paar Botengänge zuständig war, bei denen – wie der feine Herr Mafioso es ausdrückte – man keinen Messdiener schicken konnte. Also, ich denke, da müssen wir hin. Das wollte ich dir eigentlich gestern Abend schon sagen, aber dein Handy war aus.«

Mit unbewegter Miene antwortete Annemieke: »Also zunächst mal ist nicht jeder italienischstämmige Niederländer ein Mafioso, nur weil wir es gerade mit einem Mord zu tun haben, und wann hast du angerufen?«

»So gegen halb sieben. Moment, das müsste die Kachel doch irgendwo anzeigen ...«

Annemieke winkte ab. »Ist nicht nötig, da war ich wohl in der Wanne. Henk hatte mich gestern Abend nach Domburg in den ›Badpaviljoen‹ zum Essen eingeladen, und da muss man sich ja mal ein bisschen hübsch machen.«

Bämm! Zahnschmerz an »Vier-Sechs«, plötzliche Leerung des Arbeitsspeichers im präfrontalen Cortex, spontan einsetzender Hexenschuss, und dann spürte er auch noch seinen Tennisarm, obwohl er seit fünfunddreißig Jahren keinen Schläger mehr in der Hand gehabt hatte, alles gleichzeitig. Was hatte sie gesagt? Sie war mit Henk ten Dracht im »Badpaviljoen« gewesen? Und sie hatte sich auch noch schön gemacht? Wegen dieses miesen Agatha-Christie-Bekrittelers?

Er musste jetzt noch irgendwie antworten, am besten mit: »Ja klar!«

Und dann musste er sich sammeln, sich nichts anmerken lassen, ganz sicher nichts von Rianne erzählen, sich erst einmal beruhigen. Dieser Ten Dracht hatte ja auch ihn schon mal zum Essen eingeladen. Gut, da war Annemieke dabei, aber zum Essen einladen ist doch was ganz Normales. Vielleicht hat er sie nach dem Dessert nach Hause gefahren, nee, hat er nicht, er wohnt doch in Domburg. Sie ist vielleicht einfach in ihr Auto gestiegen, vielleicht vorher noch drei Küsschen auf die Wange und mehr nicht. Vielleicht. Ganz vielleicht.

Aber sie hatte diese rosafarbenen Wangen, und die Augen haben so geleuchtet, als sie sagte: »Da muss man sich ja mal ein bisschen hübsch machen ...« Wahrscheinlich ist sie noch auf einen Kaffee mit in seine Villa, und dann hat er noch ein Fläschchen Schampus aufgemacht, der hat sie einfach überfahren, und dann lagen sie in der Kiste, und dann hatten sie Sex, vielleicht sogar zweimal oder dreimal. Henk ten Dracht war noch keine achtundfünfzig ...

»Worüber denkst du nach?«

Alltag! Irgendein alltäglicher Satz, irgendetwas Unverräterisches musste her: »Ich überlege, ob heute ein Bolus geht oder ob ich doch lieber meinen Zahn schone.«

Ja, das schien sie ihm zu glauben.

Also, Meneer Inspecteur, jetzt mach mal halblang. Annemieke ist eine erwachsene Frau, die machen kann, was sie will, und er könnte schließlich beinahe ihr Vater sein. Aber ist es nicht normal, dass Väter eifersüchtig auf den Freund der Tochter sind?! Nein!!! Das ist nicht normal. Reiß dich am Riemen, Inspecteur!

Er sagte: »Was haben wir heute noch vor? Wir haben um achtzehn Uhr das Meeting wegen der ›Gästeliste‹. Ich möchte mich unbedingt noch mit diesem Arjan unterhalten, und ich muss mit dieser Jeanne bij de Waate weiterkommen. Wie sieht's bei dir aus?«

Annemieke schlug ihre kleine schwarze Moleskine-Kladde auf: »Ich versuche, den Herrn Abgeordneten zu erreichen. Und um zehn bin ich am Telefon mit Pieter Sluis verabredet. Das ist der Juwelier in Antwerpen, ein Freund von meinem Vater, der kann mir vielleicht etwas zu Romys Perlenkette sagen. Außerdem kennt er wahrscheinlich unseren neunfachen Vater, den Herrn Baudouin Rosenzweig.« Sie klappte die Kladde zu: »Ach ja, und um sechzehn Uhr habe ich einen Yoga-Termin am Strand, mit den Damen von ›Camping de Grevelinge‹. Mal sehen, ob an der Botox-Party-Geschichte von deinen deutschen Saufkumpanen was dran ist!«

Aha, dann hatte sie um die Mittagszeit mindestens zwei Stunden Zeit, um ... Verdammt, Inspecteur, jetzt hör auf, hier den Gekränkten zu geben! Sie ist nur deine Mitarbeiterin, sie ist alt genug, und sie kann machen, was sie will.

38

Auf »Camping de Grevelinge« befand sich direkt gegenüber der Rezeption, neben dem Fahrradverleih, der Parkplatz der drei grauen Honda-Rasenmäher, die auf das Ausleihen durch die Ganzjahrescamper warteten. Die Leute, die hier nur für zwei Wochen ihren Sommerurlaub verlebten, die brauchten keinen Rasenmäher. Wenn sie ankamen, war ihre Parzelle gemäht, und dann kam ja auch noch regelmäßig Mario mit dem Aufsitzmäher vorbei.

Mario war der gute Geist des Campingplatzes, und er war der Hüter des Dreikantschlüssels, den man brauchte, um die Poller aus dem Boden zu ziehen, damit man in Ausnahmefällen mit dem Auto bis an den Caravan fahren konnte. Mario war auch dafür zuständig, die Sicherung wieder reinzudrücken, wenn gerade mal wieder Heizlüfter, Fön und Wasserkocher gleichzeitig liefen oder, besser gesagt, wenn sie eben nicht mehr liefen.

Mit Mario musste man sich gut verstehen. Für einige Damen auf dem Campingplatz war das mal gar kein Problem, denn wenn Mario im Hochsommer mit schweißgebadetem Oberkörper sein Tagwerk verrichtete, dann ähnelte er durchaus den eingeölten antiken Olympioniken, die man auf alten Vasen oder als Statue in Schlossparks besichtigen konnte.

Einige Minuten vor elf hatten an diesem Dienstagvormittag fünf Männer ihren Frauen glaubhaft versichert, dass der vorgestern gemähte Rasen heute den Qualitätsmaßstäben des Tennisturniers in Wimbledon nicht mehr standhielt und dass sie daher jetzt einen Mäher ausleihen mussten.

Um Punkt elf eröffnete Gerd die Sitzung im Stehen, er stellte die vollzählige Anwesenheit und die dadurch gegebene Beschlussfähigkeit der AFL fest und fragte: »Also, was ist heute Morgen passiert? Was ist so dringend, und warum geht es um Leben und Tod?«

»Das ist heute Morgen passiert!«, sagte ich und zog die Seite der »PZC« aus der Hosentasche. Ich faltete sie auseinander, und da stand es: »Es war wohl Botox!«

Lothar riss mir die Seite aus der Hand. »Wahnsinn! Los, übersetz das!«

»Dazu müsstest du mir die Zeitung erst wiedergeben.«

Er gab mir das Blatt zurück, und ich übersetzte den anwesenden Männern von der AFL den Artikel.

Als ich geendet hatte, pfiff Lothar durch die Zähne. »Mannomann, das wirft ja mal ein ganz anderes Licht auf unsere hübsche Blume!«

Detlef versuchte, ihn zu beruhigen. »Nur weil in Middelburg jemand …«

»Eine Frau!«, warf Lothar ein.

»Nur weil in Middelburg eine Frau mit Botox vergiftet worden ist und weil Fleur unsere Frauen zu einer Botox-Party eingeladen hat, heißt das ja nun nicht, dass sie eine Mörderin ist!«

»Kann aber sein! Meinst du, in dieser kleinen Stadt Middelburg laufen viele mit 'ner Ampulle Gift rum?«

Gerd überflog noch einmal den Artikel. »Hier steht, es

war eine hohe Konzentration des Nervengiftes Botulinumtoxin. Bei einer Botox-Behandlung wird eine extrem niedrige Dosierung benutzt, da geht es um Nanogramm, und ein Nanogramm ist ein Milliardstel Gramm. Das ist für den Menschen ungefährlich. Im Gegenteil, es wird ja auch als Medikament genutzt. Also, wenn diese Fleur mit einem Arzt zusammenarbeitet, der für die Botox-Verabreichung zugelassen ist, dann ist das natürlich alles völlig legal.«

Jetzt wurde es mir zu viel mit »völlig legal« und »nicht schuld«. »Moment mal, Gerd! Verstehe ich hier gerade irgendetwas falsch? Du sagst, wir haben es hier mit einem Nervengift zu tun. Und hier in der Gegend ist jemand unterwegs, der mit genau diesem Zeug eine Frau umgebracht hat. *Und* unsere Frauen wollen zu einer Party, wo mit genau dem Zeug, in welcher Konzentration auch immer, rumgepanscht wird.«

Lothar stimmte mir zu, obwohl ich noch gar nicht fertig war: »Genauso ist es. Wir müssen verhindern, dass unsere Mädels auf diese Party gehen!«

Adi schaute skeptisch auf seine Turnschuhe. »Super Idee, und wie willst du das anstellen? Du hast doch gehört, was sie gesagt haben. ›Alles völlig ungefährlich‹, ›macht heute jeder‹, ›wenn man es sieht, ist es schlecht gemacht‹. Was hast du vor: Willst du es mit fesseln versuchen?«

Detlef stimmte ihm zu. »Und die vergöttern doch diese Fleur. In die haben die doch absolutes Vertrauen. Fleur ist die Frau, die ihrem Urlaub einen Sinn gibt, und wir? Wir sind grillende, Bier trinkende Bewegungsmuffel. Und liegen sie damit so falsch? Ich meine, was haben wir früher mit den Kindern Federball gespielt, oder Fußball. Und heute? Weiß einer von euch, wann dieses Jahr das Volleyballturnier ist? Heute treffen wir uns nur noch Samstagnachmittag drüben bei Willi im Wohnmobil, weil der Sky hat. Und gerade wir wollen unseren Frauen jetzt sagen, ihr geht nicht zu dieser Botox-Party?!«

Eine gefährliche Ruhe entstand bei der zweiten ordentlichen Open-Air-Mitgliederversammlung der Anti-Fleur-Lobby. Die Ruhe zeugte von vehementer Ideenlosigkeit. Dann wurde diese Ruhe unterbrochen durch ein Räuspern von Lothar. Vier andere Köpfe drehten sich hoffnungsvoll in seine Richtung. Hatte er die Idee? Er hatte.

»Okay, wenn wir es nicht verhindern können, dann gehen sie halt in Gottes Namen zu dieser Botox-Party.«

In meinem Gesicht stand wohl pures Entsetzen. »Was hast du da gesagt?«

»Ich sagte: Wenn wir es nicht verhindern können, dann gehen sie halt in Gottes Namen zu dieser Botox-Party. Und WIR GEHEN MIT!«

39

Annemieke fand einen der seltenen freien Parkplätze in der Straße Achter de Houttuinen. Der Parkplatz des Präsidiums der Politie Middelburg war eigentlich hinter dem Haus, aber wenn man den Dienstparkplatz benutzte, bedeutete das einen Mehraufwand von exakt vierunddreißig Schritten und vier Stufen, und Piet war heute so anders, so abwesend, dass Annemieke sich entschied, ihren Chef mit keinerlei Mehraufwand zu belasten.

Sie amüsierte sich gerade über die Frage, ob ihm wohl eine Laus oder ein Grimbergen zu viel über die Leber gelaufen war, als er auch schon aus dem Wagen sprang.

Piet hatte Remco gesehen, der gerade das Präsidium betrat, und eilte ihm hinterher. So dringend war das Gespräch, das er mit ihm führen wollte, eigentlich nicht, aber er musste jetzt erst einmal ein paar Meter, wenn möglich ein paar Wände zwischen sich und Annemieke bringen, und da kam ihm Remco gerade recht.

»Remco!«, rief er.

Der Agent drehte sich in der Eingangstür zu ihm um. »Ja, Chef?«

»Kommst du bitte mal mit in mein Büro?«

»Ja, gern!«

Piet wollte im Moment nicht wissen, was Remco gerade durch den Kopf ging. Es war ihm auch egal. Nur, als die Bürotür hinter ihnen ins Schloss gefallen war, mussten sie ja über irgendetwas sprechen. Ja klar, der Hausmeister.

»Remco, es war ja gestern schon ziemlich spät, aber hast du noch Kontakt zu diesem Hausmeister, zu diesem …«

»Arjan Roos«, ergänzte Jonker und fuhr fort: »Ja, ich habe ihn gestern Abend noch getroffen. Ich hatte am späten Nachmittag noch angerufen und um ein Gespräch heute Morgen gebeten, aber für heute hat er jede Menge Termine, und dann schlug er selber vor, sich direkt zu treffen, also bin ich noch eben nach Vlissingen gefahren, in eine Kneipe … Moment!« Er sah in seine Notizen. »Hier: ›De Concurrent‹. So hieß der Laden. Lustiges Ding, nicht so ein Touristen-schuppen, die haben da wohl viel Live-Musik, und als ich gegen sechs ankam, saßen da schon einige Leute am Tresen, die den Abend mit einem Bier begrüßen wollten.«

»Und Arjan Roos war da!«

»Pünktlich, wie die Maurer früher waren. Aber ich glaube, der war schon in der Kneipe, als ich ihn angerufen habe. Auf jeden Fall hatte er den Abend schon mehrfach be-grüßt, als ich kam.«

Piet schob den lebensgefährlichen Vier-Rollen-Schreib-tischstuhl neben die Leiche des Ficus benjamini und setzte sich auf den Schreibtisch. »Sehr gut, alter Grundsatz von der Polizeischule: ›Menschen mit Bier erzählen es dir!‹ Was hat er denn alles erzählt?«

»Im Fernsehen gibt's ja diese Serie, wo einer immer in ir-gendwelche Bruchbuden gerufen wird, in denen die letzten Messies wohnen, wo der Garten zugemüllt ist und wo die Tapete von den Wänden fault. Dann wird die ganze Chaos-familie für eine Woche in ein Hotel gepackt, und dieser Typ vom Fernsehen, das ist so eine Mischung aus ›Handwerker des Jahres‹ und MacGyver, der renoviert in sieben Tagen ganz alleine das ganze Haus, bringt den Garten wieder zum Blühen und dressiert den verwahrlosten Hund. Hast du das schon mal gesehen?«

Piet musste schmunzeln, endlich. »Ja, ich glaube, da habe ich schon mal reingezappt!«

»Siehst du, und dieser Typ, das ist ein Stümper gegen Arjan Roos!«

Piet versuchte, mit der Zunge vorsichtig den »Vier-Sechser« anzustupsen. Er spürte ihn seit einer Viertelstunde nicht, und diese trügerische Schmerzlosigkeit machte ihn nervös.

»Unser Herr Facility Manager ist also ein kleiner Angeber?«

»Kleiner Angeber? Nein, das würde ich nicht sagen. Er ist einfach ein Klugscheißer, Ego und Klappe riesengroß!«

»Ach so, na, dann geht's ja!«

Die Idee mit dem »Vier-Sechser« anstupsen war nicht so gut.

»Und was hat er erzählt, der Herr Klugscheißer?«

Piet nahm die blau-weiße Verpackung aus der Tasche, schüttelte sich eine Tablette – nur eine, ein Fortschritt – in die rechte Handfläche, ging zum Waschtisch und drehte mit der Linken den Wasserhahn auf, nahm die Tablette, hielt seitlich den Mund unter den Wasserstrahl und bereute es sofort. Egal, die Tablette war eingenommen. Er hätte doch zwei nehmen sollen, jetzt tauchte das Wasserproblem in einer halben Stunde schon wieder auf.

»Ach, unser Herr Klugscheißer hätte auch Romanautor werden können. Der hat Geschichten erzählt, du glaubst es nicht.«

»Du hast es ihm nicht geglaubt?«

»Nein. Stell dir vor. Dieser Roos hat mir erzählt, er wäre früher mal mit Frau Van Zwamen zusammen gewesen, klar! Aber sie wollte dann was werden, sie wollte ans große Geld, und damals hatte er noch keins. Dann zog sie weg, und er … Moment!« Remco blätterte in seinem Notizblock. »Richtig, er wohnte damals in Goes. Und jetzt, wo er bei ›secure. lab‹ die rechte Hand vom Chef ist, da zieht die feine Dame plötzlich in Middelburg auf ein Hausboot, das der Firma gehört, wo er Manager ist. Aber jetzt will er natürlich nichts mehr mit ihr zu tun haben. Okay, ein bisschen Sex …« ʹ

Piet schaute auf seine alte Timex, ein Überbleibsel aus den 1970er-Jahren, das Zifferblatt nach heutigen Maßstäben viel zu klein, aber sie lief, und die Tablette würde ungefähr eine Viertelstunde brauchen, um seinen Schmerz zwei Gänge zurückzuschalten.

Moment … Er musste noch einmal kurz zurückspulen. Wie war das? Er will nichts mehr mit ihr zu tun haben, okay, ein bisschen Sex …?

»Er sagt, er hatte ein intimes Verhältnis mit Romy van Zwamen, in den letzten Monaten und Wochen?«

Remco nickte eifrig. »Das musst du dir vorstellen, diese Wahnsinnsfrau und unser kleiner Klugscheißer, ich habe ihm kein Wort geglaubt.«

»Natürlich nicht!«

Natürlich nicht, Romy van Zwamen war eine gebildete, kultivierte, wohlhabende Frau, und Arjan Roos war ein eingebildeter, selbstherrlicher Fatzke mit zweifarbiger Handwerkerhose. Natürlich nicht! Warum war Piet sich da jetzt gar nicht mehr so sicher?

»Danke, Remco!«

Remco war ein oder zwei Zentimeter gewachsen, sichtlich zufrieden mit sich selbst machte er mit dem Zeigefinger an der Schläfe eine »Melde-mich-ab«-Geste, und schon zog er die Tür von Piets Büro hinter sich zu.

Es klopfte, und seine Assistentin wartete keine Reaktion ab, schon stand sie vor ihm.

»Ja, Annemieke?«

Sie wedelte mit einigen Blättern Papier. »Ich habe Nachrichten aus Antwerpen.« Sie legte zwei Fotos vor ihm auf den Tisch, Motiv Perlenkette. »Laut Expertise von Pieter Sluis, und Pieter Sluis ist zertifizierter Sachverständiger für Diamanten und Perlen und …«

Piet unterbrach sie: »… und ein Freund deines Vaters, und das macht ihn über jeden Zweifel erhaben. Aber ich habe ja gar keine Zweifel. Also, was sagt die Perlenkoryphäe über die Perlenkette?«

»Sluis hält es für ausgeschlossen, dass zwei Exponate sich so sehr ähneln können. Er ist sich sicher, dass auf beiden Bildern derselbe Halsschmuck abgebildet ist.«

Piet drehte gedankenverloren ein Blatt vom Ficus benjamini, der davon eh nicht mehr allzu viele hatte. »Das bedeutet, dass Romy van Zwamen bei ihrem Tode eine gestohlene Halskette trug und sonst nichts. Will uns das irgendetwas sagen, ist das eine Symbolik? Oder gehört das zu dem Bild, das wir sehen sollen?«

Er durfte seinen Augen nicht trauen, das war ihm schon durch den Kopf gegangen, als er zum ersten Mal den Tatort gesehen hatte.

Annemieke war noch nicht fertig. »Ich habe mit den Kollegen in Rotterdam gesprochen, die schicken mir den ganzen Vorgang nach der Mittagspause rüber. Ich müsste also nachher zur Sitzung schon genauere Informationen haben. Pieter Sluis hat mir übrigens gesagt, dass sein Kollege Baudouin Rosenzweig, ebenfalls Juwelier in Antwerpen und auf der ›Gästeliste‹ von Romy van Zwamen, seit einigen Wochen das Haus nicht mehr verlassen dürfe …«

»Polizei?«

»Nein, Ehefrau!«

Annemieke sammelte grinsend ihre Unterlagen ein, ihr Blick fiel auf den verstaubten Kaffeeboy AKA K 500, und sie sagte:

»Falls du zum Nachdenken einen guten Kaffee brauchst, weißt du, wo es einen gibt.«

Die Tür war zu.

Und zwischen ihnen hatte alles funktioniert. Sie hatten sich ganz normal unterhalten. Es war eigentlich genau wie vorgestern oder wie vorige Woche, also vor der Zeit, als sie mit diesem räudigen Pathologen-Casanova ganze Nächte verbrachte. Das musste sein Rezept sein. Arbeiten. Einfach normal arbeiten. Es ging ihm doch gut. Arbeiten.

Zuerst nach Vlissingen, zu diesem »Facility Manager«. Er betätigte die Lautsprechertaste des Festnetztelefons und drückte die Kurzwahl für Remco Jonker.

Es klingelte nur einmal, und der eifrige Agent war am Telefon: »Chef?«

»Rufst du mal eben diesen Arjan Roos an, diesen Hausmeister? Ich möchte ihn sprechen.«

»Okay, wann?«

»Jetzt, also im Laufe des Vormittags. Er soll einfach sagen, wo er ist, und da bleiben, ich komme hin!«

»Wird gemacht!«

40

Ich spazierte neben Lothar auf unser Feld, das acht schönen großen Wohnwagen Platz bot, und in der Mitte, zwischen all den Sitzgruppen, Windschutzen und Sonnenschirmen, blieb immer noch ein großes Areal, das alle zusammen nutzen konnten. Gestern hatten wir da unser Barbecue veranstaltet, aber Detlef hatte recht. Früher wurde hier Federball gespielt, hier hatte Adi gelbe Folie ausgerollt und den Schlauch angeschlossen, die Folie wurde spiegelglatt, und wir waren mit Anlauf bäuchlings daraufgesprungen und zehn Meter gerutscht. Was war das für ein Spaß. Wir hatten Volleyball gespielt. Wir waren alle zusammen zum Mosselenplukken am Strand. Von alldem war nicht mehr viel geblieben.

Ich habe neulich mal gelesen, dass auch Männer in die Wechseljahre kommen. Der Mann verliert zwischen dem vierzigsten und dem sechzigsten Lebensjahr die Hälfte seiner Testosteronproduktion, und das bedeutet, der Mann kann plötzlich mit dem Kopf denken, und das kennt der nicht.

Das mag schon sein, aber deswegen darf man doch nicht nur mit dem Bauch denken. Bei uns war das aber so. Wenn ich morgens vor dem Spiegel stand, stellte ich öfter fest, dass sich um die Hüfte herum einiger externer Speicherplatz für mehr Bauchgefühl angesiedelt hatte.

Ich spazierte auf das Feld, Lothar schob den grau-roten Rasenmäher, zwanzig Sekunden nach uns bogen Detlef und Gerd in unser Areal ein, Detlef schob die ruhige Kugel, Gerd den grau-roten Rasenmäher. Das musste für Aufsehen sorgen, aber wir hatten beschlossen, dass wir genau dieses Aufsehen gut brauchen konnten. Jetzt mussten die Tickets gebucht werden.

Vor unserem Vorzelt saßen Anne, Gaby und Uschi und folgten unserer Rasenmäher-Prozession mit einiger Verwunderung.

Lothar gab ihnen gar nicht erst die Chance auf den ersten Satz: »Sag mal, Gaby! Diese Fleur hatte doch gesagt, sie kann jedem eine Einladung zu dieser Botox-Party besorgen, oder?«

Gaby kramte einige Sekunden lang in ihrem Kurzzeitgedächtnis und sagte dann: »Ja, genau, das hat sie gesagt!«

Lothar stellte seine Killer-Plauze in Positur, nahm einen bedeutsamen Gesichtsausdruck an und proklamierte: »Okay, dann geht in Gottes Namen zu dieser Botox-Party!« Und nach einer kurzen rhetorischen Pause: »WIR KOMMEN MIT!«

41

Piet trug seit Urzeiten eine Armbanduhr der Marke Timex. Die Uhr hatte ihm sein Vater irgendwann in den 1970er-Jahren geschenkt. Andere erbten eine goldene Uhr, er bekam eine Timex, dafür aber noch zu Vaters Lebzeiten, er konnte sich noch bedanken. Diese alte Uhr war ihm wichtig. Neulich hatte ihm ein junger Agent freudetrunken seine neue Apple-Watch gezeigt. Der Idiot trug also eine zweite Kachel am Handgelenk. Piet wurde übel bei dem Gedanken. Der junge Agent hatte ihn gefragt: »Warum soll ich eine Uhr tragen, die mir nur die Zeit anzeigt! Die iWatch zeigt mir das Wetter, die Nachrichten, Facebook, Twitter, und ich kann im Notfall geortet werden.« Piet hatte ihm gar nicht mehr geantwortet. Wenn er auf die Uhr schaute, dann wollte er wissen, wie spät es ist. Mehr nicht!

Auch sein Land Rover Defender war ein Fossil, ein Relikt aus einer anderen Zeit. Wenn Piet irgendwann einmal im »PZC« eine Gebrauchtwagenverkaufsanzeige aufgeben würde, um seinen Defender zu verkaufen, könnte er auf all die lustigen kleinen Abkürzungen mit drei Buchstaben verzichten, mit denen heute Autos beschrieben werden. Er bräuchte kein ABS, ESP, SSD, eZV, denn sein Auto verfügte weder über ein Antiblockiersystem noch über ein elektronisches Stabilitätsprogramm, Stahlschiebedach oder elektronische Zentralverriegelung. Der Defender hatte eine Bremse, ein Lenkrad, ein Dach und einen Schlüssel. Piet bräuchte auch keine VHS, denn der Preis war nicht Verhandlungssache, das hellblau, oder das was nach vierunddreißig Jahren vom Hellblau noch übrig war, lackierte Vehikel war unverkäuflich.

In diesem Land Rover Defender war er jetzt auf dem Weg nach Vrouwenpolder, wo Arjan Roos seine Runde durch eine Villa drehte, die am Mittwoch neu vermietet werden sollte.

Es war ein weißes Haus mit einer asymmetrischen Dachkonstruktion. Piet gefiel es überhaupt nicht. Vielleicht oder wahrscheinlich war es ein tolles Haus. Der Architekt würde ein Vermögen verdient haben, aber es passte mit seiner modernen Architektur nicht in die zeeländische Landschaft, und was nicht in die zeeländische Landschaft passte, das mochte Piet eben nicht!

Der Land Rover ist ein englisches Fahrzeug, es war in einigen Agatha-Christie-Filmen über die Kiesauffahrt ehrwürdiger Herrenhäuser gefahren, aber Piets Defender fuhr meist auf der Halbinsel Walcheren, da gab es wenige ehrwürdige Herrenhäuser, aber diese Villa hatte eine Kieseinfahrt, das war immerhin ein Vorteil. Piet hatte das Fenster geöffnet, er genoss das Geräusch.

Piet musste dreimal klingeln, bis Arjan Roos erschien.

Er öffnete die Tür und sagte: »Ach, der Bulle!«

Manche Leute haben einfach dieses unnachahmliche Talent, ihre Mitmenschen in kürzester Zeit für sich einzunehmen.

»Ihnen auch einen schönen Tag, Herr …«

»Arjan Roos, ich bin der Facility Manager bei ›secure. lab‹.«

Piet hatte seinen Notizblock aus der Cordjacke gekramt. »Ja, deswegen bin ich hier. Sie sind ja auch Hausmeister auf zwei Hausbooten am Londensekaai.«

»Facility Manager ...«

»Sie wiederholen sich, Herr ...«

»Roos!«

»Das sagten Sie schon!«

Die Gesichtsfarbe des Facility Managers nahm eine gewisse Rotfärbung an, die Stimmung des Inspecteurs eine gewisse Befriedigung.

Piet ging an Roos vorbei durch die Diele zu einer offenen, hochglänzenden schwarzen Küche und lehnte sich gegen die Arbeitsplatte, dabei blätterte er wie geistesabwesend in seinem Notizblock. Arjan Roos war ihm gefolgt, er wirkte jetzt verblüfft oder verärgert oder beides.

Piet schaute wieder von seinem Block auf und fragte: »Sie wollen Mevrouw Romy van Zwamen also schon länger gekannt haben, wie mir Agent Jonker mitteilte.«

»Ich will gekannt haben, was bist du denn für ein Arschloch?! Wenn ich gesagt habe, ich habe sie schon vorher gekannt, dann habe ich sie schon vorher gekannt, ist das klar, Mann?«

»Das habe ich so weit verstanden, wie alt waren Sie da?«

»Wie alt war ich da?« Arjan Roos schien zu rechnen. »Ich hatte mir gerade das Motorrad gekauft, also war ich so zweiundzwanzig.«

»Wie lange waren Sie zusammen?«

»Na ja, vielleicht ein Jahr oder fünfzehn Monate.«

»Und dann setzte Romy sie wegen Erfolglosigkeit vor die Tür!«

Roos hatte jetzt die Gesichtsfarbe von Tasty Tom, der

schmackhaften, vollreifen niederländischen Strauchtomate, er atmete schwer und verlor dann vollends die Kontrolle: »Die Nutte war doch nur auf Geld aus! Wenn da einer mit einem schweren Wagen kam, dann war sie hin und weg. Und der Typ war zehn Jahre älter als sie. Und mit dem ging sie dann ins Theater oder zu Schickeria-Partys! Weißt du, das war nie mein Ding, und ich war richtig glücklich, als sie weg war, ich war befreit, genau, befreit war ich!«

Piet schmunzelte und zeigte seine Zähne, stellte aber sofort fest, dass er frische Luft an »Vier-Sechs« überhaupt nicht gebrauchen konnte, und blickte Roos wieder ernst an. »Und dann zog sie plötzlich in die ›Lieveling‹. Und da sind Sie ja ›Manager‹.«

»Ja genau, Facility Manager, und – ha! – da konnte sie meine Dienste wieder sehr gut gebrauchen, und ich meine nicht das Hausboot.«

»Was meinen Sie denn?«

»Ich meine, wenn du mit so vielen alten Knackern zu tun hast, dann willst du ab und zu auch mal so richtig rangenommen werden. Und dann ist sie sozusagen auf ihrer Vergangenheit rumgeritten. Boh, hab ich's der besorgt, das kannste mir glauben, Bulle!«

Piet steckte seinen Notizblock weg, stieß sich von der Arbeitsplatte aus weißem Granit ab und stand nun ganz dicht vor ihm. »Ich glaube, dass Romy van Zwamen Sie in der letzten Woche ein zweites Mal wegen Erfolglosigkeit vor die Tür gesetzt hat. Das glaube ich, Sie Arschloch!«

Piet wartete eigentlich noch auf eine Entgegnung, aber die kam nicht, schön! Touché! Also ging er schnurstracks aus dem Haus. Erst als er die Kieseinfahrt unter seinen Füßen spürte, konnte er sich ein zufriedenes Grinsen nicht mehr verkneifen. So, Herr Arjan Roos würde jetzt Fehler machen, das war sicher!

Er fuhr die Einfahrt entlang, wieder mit offenem Fenster, jetzt hatte er noch mehr Freude am Geräusch der Kieseinfahrt unter den Defender-Reifen. Er müsste jetzt links in Richtung Veersedam abbiegen, um dann am Kreisverkehr die neue Schnellstraße über Serooskerke nach Middelburg zu nehmen.

Aber er blieb stehen. Sie hatte ihn angerufen, sie hatte eine SMS geschickt. Jetzt war er an der Reihe. Er hielt am Straßenrand neben der »Bakkerij Jan Schrieks«. Er erinnerte sich an Annemiekes Anweisung, also: Telefon, Anrufliste, ganz oben steht Rianne van Wort. Anklicken, Verbindung wird aufgebaut. Tatsächlich, dreimal Touchpad drücken!

»Piet? Schön, dass du anrufst!«

Piet hatte lange nicht mehr so in sich hineingelächelt. »Hallo, Rianne, ich hatte mich gerade gefragt, ob die schöne, hart arbeitende Apothekerin eigentlich Mittagspause macht. Wenn ja, dann könnte ich mich jetzt ins Auto setzen, und ich wäre in achteinhalb Minuten in Middelburg.«

»In achteinhalb Minuten, wo bist du denn jetzt?«

Neugieriges Mädchen, diese Rianne.

»Ich stehe in Vrouwenpolder, direkt vor der Bäckerei!«

»Dann bin ich lieber in achteinhalb Minuten bei dir, wir fahren nach ›Oranjezon‹ und gehen am Strand spazieren, barfuß durchs Wasser.«

Piet war in den letzten Jahren ein ziemlich zufriedener Kerl gewesen. Das Leben hatte es gar nicht schlecht mit ihm gemeint. Nee, tatsächlich, er war die ganze Zeit ziemlich zufrieden. Aber jetzt, an diesem Dienstagmittag im August, um 13:38 Uhr, in seinem alten Defender auf einem Parkstreifen in Vrouwenpolder, an diesem Dienstagmittag war er nicht nur ziemlich zufrieden. Der alte Piet war glücklich!

42

Annemieke füllte gerade neue Kaffeebohnen in die Kaffeemaschine. Das war der größte und wohl einzige Nachteil dieses Gerätes. Dieser Jura-Kaffee-Vollautomat verwöhnte sie, wann immer sie es wünschte, und sie wünschte es oft, mit wunderbar duftendem Kaffee, mit einer Crema von angenehmer Konsistenz und vor allem mit einem Geschmack, der seinesgleichen suchte. Der Nachteil war, dass das Gerät irgendwann anzeigte: »Wassertank auffüllen«. Wenn man seinen Kaffeewunsch also zurückgestellt hatte, um zunächst diesem Befehl nachzukommen, sich dann aber umso mehr auf das aromatische Getränk freute, erschien auf dem Display: »Satzbehälter leeren«. Unnötig zu erwähnen, dass darauf unmittelbar die nächsten Anweisungen folgten: »Bohnenbehälter füllen« und »Abtropfschale leeren«.

Annemieke hatte nun all das erledigt und war sicher, dass sie in wenigen Sekunden einen frisch gebrühten Kaffee vor sich haben würde, als das Telefon klingelte. Das Telefon stand auf dem Schreibtisch, sie stand davor, aber im Telefonnummern-auf-dem-Kopf-Lesen war sie geübt.

Als sie die Nummer der Pathologie erkannte, beeilte sie sich, die Tischplatte zu umrunden und den Hörer zu ergreifen: »Politie Middelburg, Brigadier Annemieke Breukink, goedenmiddag!«

»Hallo, Annemieke, du, ich habe etwas ganz Interessantes, kommst du mal gerade rüber?«

Annemieke stand schon, hatte den Kaffee wieder vergessen und die Handtasche gegriffen, als sie sich wieder hinsetzte: »Henk, wie soll ich das sagen, das wäre im Moment falsch …«

Am anderen Ende der Leitung herrschte einen Moment Ruhe. Dann: »Was wäre falsch?«

»Was hast du denn so Interessantes?«

»Der Fingernagel, er war unlackiert, aber war abgerissen, wir haben Gewebereste gefunden, und ich konnte die DNA extrahieren.«

Annemieke zögerte, dann sagte sie: »Das ist wirklich spannend. Ruf doch bitte Piet an!«

»Warum Piet?«

Und wieder verstrichen einige Sekunden zu viel, also fragte Ten Dracht nach: »Kann es sein, dass du gerade dabei bist, meine zweite Frage nicht zu beantworten?«

Annemieke litt unter einer besonders gefährlichen Variante der Koffeininsuffizienz, und sie gab es offen zu: »Ich würde gerne, aber ich kenne die Antwort nicht! Ruf bitte Piet an. Nenn es meinetwegen Intuition!«

Es tat ihr gut zu hören, dass Henk ten Dracht lächelte.

»Okay, ich rufe ihn an, obwohl ich nicht weiß, warum, nenne es einfach: ›Ich kann dir keinen Wunsch abschlagen.‹ Bis bald, du Schöne!«

Jetzt war es endlich so weit, sie ging zu ihrer Kaffeemaschine und drückte auf diesen Knopf, der eine wahre Symphonie von Mahl-, Saug-, Spritz- und Brodelgeräuschen auslöste, die die Vorboten des Genusses waren. Und dann lief er in die schöne blau-weiße Tasse, der Kaffee. Sie hatte die Untertasse in der linken Hand und streckte die rechte aus, um … den Telefonhörer schon wieder zu ergreifen.

»Bei Piet ist nur die Mailbox dran!«

»Was? Ich rufe dich gleich zurück!«

Natürlich traute sie Henk zu, eine Nummer auf seinem Smartphone korrekt einzugeben und zu wählen, er war schließlich nicht Piet, aber er war immerhin ein Mann, also probierte sie es doch lieber selbst, sie wählte die Nummer und vernahm ihre eigene Stimme: »Politiebureau Middelburg, Inspecteur Van Houvenkamp ist momentan nicht zu erreichen, nennen Sie nach dem Ton bitte Ihre Rufnummer, er ruft sofort zurück.«

Was war da los?

Sie legte auf und wählte erneut die Nummer von Henk ten Dracht: »Ich komme!«

43

Wenn man den Strand von Vrouwenpolder nach Noordkapelle abmessen würde, was bestimmt schon jede Menge Menschen getan haben, und wenn man dann die Strecke durch zwei teilt, dann landet man irgendwo im Niemandsland, vom »Zeecafé« aus ein paar Hundert Meter östlich an dem Teil der Nordküste Walcherens, wo eigentlich niemand am Strand liegt. Piet ging mit Rianne durch diesen wunderbaren weichen Sand, der vom Salzwasser so weit komprimiert worden war, dass der Boden nur ganz leicht einsank, wenn man einen Fuß daraufstellte. Nur wenn man länger stehen blieb, spürte man unter den Fußsohlen, wie die Wellen, die auf den Strand liefen und ins Meer zurückkehrten, den Sand an den Seiten der Sohlen wegspülten, ein Spiel, das Piet schon hundertmal gespielt hatte.

Heute dachte er nicht daran, er hatte die Jeans hochgekrempelt, die Laufschuhe mit den zusammengeknoteten Schnürsenkeln über die Schulter geworfen, und er hielt Rianne an der Hand wie ein Teenager. Das Lied »Dansen aan Zee« von Bløf kam ihm in den Sinn. Bløf, diese Band aus Vlissingen, die Jungs wussten, wie das ist, wenn man hier allein mit einer Frau am Meer ist.

»Was hast du in Vrouwenpolder gemacht?«

»Ich habe diesen Hausmeister getroffen!«

Rianne horchte auf. »Diesen Arjan Roos? Und? Wie findest du ihn?«

Piet überlegte kurz, was sollte er sagen, was durfte er sagen?

»Unangenehmer Mensch!«

»Ja, nicht wahr? Und kannte er diese Frau?«

»Van Zwamen, Romy van Zwamen!« Piet wusste nicht, warum er es sagte. »Er behauptet, ein Verhältnis mit ihr gehabt zu haben.«

»Hm!«

Sie gingen weiter, sie schlurften mit den Füßen durch die anlandenden Wellen.

Sie ließ seine Hand los, legte den Arm um seine Hüfte: »Heiß heute, oder?«

»Ja!«

»Sollen wir ein bisschen schwimmen?«

44

Der Golfstrom heißt Golfstrom, weil er sich im Golf von Mexiko auf den Weg macht, dann strömt er gen Osten, wo er einige Tausend Kilometer weiter auf den Kontinent Europa trifft, genauer ausgedrückt trifft er den Kontinent vor Zoutelande, ganz genau ausgedrückt vor der Frietjes-Bude auf dem Deich, wenn man vom Ende der Fußgängerzone zum Strand geht, und zwar links davon, da trifft der Golfstrom auf den europäischen Kontinent. Und weil in Mexiko immer die Sonne scheint, fragen Sie Roberto Blanco!, bringt der Golfstrom schöne warme Wassermassen nach Zoutelande, und das ist der Grund, warum die Halbinsel Walcheren der sonnenreichste Fleck der Niederlande ist.

Man fährt von Köln aus gerade mal zweieinhalb Stunden, aber das Klima ist ein völlig anderes. In weiten Teilen Deutschlands sieht der Sommer ja so aus: dreißig Grad am Dienstag, dreißig Liter am Mittwoch, Strandwetter am Donnerstag, Unwetter am Freitag. In den Niederlanden gibt es auch Veränderungen, aber die sind nicht so radikal, und Grund dafür ist der Golfstrom. Da fällt mir ein, »Golf Strom« wäre auch ein schöner Name für einen elektrisch betriebenen Pkw. Aber wir waren ja beim Wetter.

Es war der fünfte sonnige Tag nacheinander, das Quecksilber hatte die zwanzig Grad jedes Mal überschritten, es gab vielleicht mal einen kleinen Schauer, aber das Wetter ließ keinen Zweifel: Sommer auf Walcheren! Dieser Dienstag war der schönste der letzten Tage, der Strand war extrem gut besucht, die Fahrradständer entlang des Fußweges im Naturschutzgebiet »De Manteling« komplett ausgelastet. Der Strand mit all seinen bunten Windschutzen, Strandmuscheln und Badeanzügen zeigte sich in einer überbordenden Farbigkeit. Flirrend im Sonnenlicht ergaben all diese Farben ein Bild, so lebendig, so harmonisch wie die Leinwandkomposition eines französischen Impressionisten.

Anne, Gaby, Uschi, Jutta und Babette waren auf dem Holzweg. Der Holzweg waren hintereinander angeordnete Stege aus vier Holzbohlen, jeweils miteinander verschraubt, die es ermöglichten, längere Strecken am Strand zurückzulegen, ohne jedes Mal im Sand einzusinken.

Fleurs Yoga-Kurs sollte am Strand, in der Nähe des »Zeecafé«, stattfinden, also hatten sie mit dem Badetuch unterm Arm nur noch gut hundert Meter zurückzulegen, und da sahen sie auch schon mitten im Sand eine Fahne von »Camping de Grevelinge«, und Fleur winkte eifrig, damit auch keine ihrer Kundinnen die Stunde verpasste.

Jetzt mussten die fünf den Holzweg verlassen, also sanken sie ziemlich tief im lockeren Sand ein, und das Vorankommen war erheblich beschwerlicher als auf den Holzbohlen.

Als sie ihre Trainerin erreicht hatten, freute diese sich überschwänglich und sagte: »Wenn ihr ab jetzt dranbleibt, werdet ihr im nächsten Jahr über den Sandstrand schweben!«

Anne und Gaby legten ihre Badetücher nebeneinander in den Sand, und plötzlich tuschelte Gaby: »Was will die denn hier?«

Anne schaute von ihrer Badetuch-Strammziehen-Arbeit auf und fragte: »Wer?«

»Na, diese Polizistin vom letzten Jahr, die Assistentin von diesem kauzigen Inspektor, wie hieß die denn noch mal?«

Babette hatte natürlich zugehört, und sie wusste natürlich die Antwort, denn Babette arbeitete nun mal bei der Stadtsparkasse Köln, und wenn man sich da nicht die Namen der Kunden merken konnte, dann kam man in Teufels Küche, und Armin Teufel ist der Personalchef. Babette war trainiert: »Annemieke Breukink heißt die, und was die hier will, weiß ich auch nicht. Die hat doch eine Figur wie ein Mobilfunkmast, und auf dem Campingplatz gibt's jede Menge Frauen, die haben gerade von Winterspeck auf Frühlingsrollen umgeschaltet, und denen nimmt die den Platz weg. Aber macht euch keine Gedanken, ich kriege das raus!«

Fünfundvierzig Minuten später hatten sie die Yoga-Übungen zur Freude oder zum Leidwesen der reichlich herbeigeeilten Gaffer ohne größere Aussetzer absolviert. Niemand hatte sich verknotet, die teilweise stark strapazierten Nähte der Sportkleidung hatten den Härtetest samt und sonders überstanden.

Nach einer abschließenden kurzen Entspannungszeremonie sagte Fleur: »So, Mädels, das war's für heute, wir sehen uns morgen um sechs beim Morgengruß!«

Fleur sprang behände auf, sie sah nun aus wie diese Models in der Fernsehwerbung, wenn sie morgens vom Joggen zurückkommen, also mit einem ganz leichten Schweißfilm, der die Haut so wunderbar glänzen lässt, die Ansätze der Haare an den Schläfen ein ganz kleines bisschen feucht, aber die Frisur sitzt, und die Augen strahlen, jeder Mann am Stand von Noordkapelle würde sich bei diesem Anblick sabbernd vor ihr in den Sand werfen, wenn nicht gerade Frau und Kinder dabei wären.

Anne, Gaby, Uschi, Jutta und Babette ging es auch sehr gut, na ja, fast genauso gut, also sagen wir es mal so: Jeder, der mal eine Yoga-Stunde absolviert hat, weiß, sitzen und liegen kann ganz schön anstrengend sein. Aber sitzen und liegen und bücken und biegen auf beweglichem Untergrund, bei gefühlten dreißig Grad am Strand, das ist eine Tortur.

Anne saß zusammengesunken und zurückgelehnt auf ihre Ellenbogen gestützt apathisch da und atmete schwer. Gaby und Jutta stöhnten gequält vor sich hin, Uschi lag mit geschlossenen Augen auf dem Rücken, und Babette lag flach auf dem Bauch und stöhnte: »Appelbollen! Ich will jetzt sofort Appelbollen, mit ganz viel Zucker, mit Vanillesauce und mit Sahne!«

Annemieke ging hinüber zur Kursleiterin und sagte: »Das war toll! Vielen Dank, weißt du, ich habe einen Bürojob, acht Stunden sitzen, und abends kannst du kaum laufen vor Rückenschmerzen.«

Fleur griff sich ihren Nike-Rucksack, entnahm dem Reißverschlussfach im Deckel eine Visitenkarte und meinte: »Rückenschmerzen sind eine Qual, das weiß ich, aber dagegen kann man ganz viel tun. Ich freue mich sehr auf deinen Anruf!«

Annemieke nahm die Karte, ihr Handtuch und ihre Tasche und ging zur Stranddusche. »Ich freue mich sehr auf deinen Anruf!« Kein Konjunktiv, kein »ich würde mich freuen«, diese Fleur war sich einfach ganz sicher. Annemieke lächelte, sie drückte auf den Knopf und ließ sich das

Wasser der Stranddusche auf den Kopf prasseln. Tat das gut! Am Anfang noch ziemlich warm, schoss das Wasser nach ein paar Sekunden eiskalt aus der Leitung. Die nasse Gänsehaut leuchtete rosafarben im späten Nachmittagslicht. Das Handtuch war natürlich voll Sand. Egal, sie stopfte es in die Strandtasche und machte sich auf den Weg. Bis sie den Parkplatz erreichen würde, wären Haut, Haar und Badeanzug sicher wieder trocken.

* * *

Vielleicht fünfhundert Meter weiter östlich stiegen ein Mann und eine Frau durch die Brandung. Sie hatten das Salzwasser der Nordsee genossen, das ihre erhitzten Körper kühlte. Jetzt betraten ihre Füße wieder trockenen Sand, und es war gut, dass sie nicht wussten, dass Annemieke fast in Sichtweite unter einer Stranddusche stand.

Der Mann und die Frau hielten sich im Arm. Sie küssten sich.

Piet sagte: »Also, Handtücher habe ich nicht dabei.«

Rianne antwortete: »Bis wir am Deich sind, sind wir sicher wieder trocken.«

* * *

Als die fünf Grazien wieder ansprechbar waren, sie ihre Badetücher verstaut hatten und sich von Fleur verabschieden wollten, war sich Gaby doch ziemlich unsicher. Wie würde Fleur reagieren?

»Fleur, du hattest doch gesagt, zu der Party bei deinem Beauty-Doc könnten wir noch Gäste mitbringen?«

Gabys Sorge war wohl unnötig.

Fleur war eher erfreut. »Ja natürlich, an wen habt ihr denn gedacht?«

Gaby sprach es also aus: »Die Männer würden gerne mitkommen!«

Anne sprang ihr nun zu Hilfe. »Meiner könnte es ganz bestimmt gebrauchen. Früher habe ich immer seine süßen Grübchen so geliebt, heute hat er Backen wie eine französische Bulldogge, und die Grübchen hängen zwei Zentimeter unterm Kinn!«

Die Mädels hatten gewaltigen Spaß, jede beschrieb die Gesichtsveränderungen des Ehemannes in den letzten Jahren, und das Gelächter nahm kein Ende.

Fleur beruhigte sie: »Dann bringt diese Musterexemplare der Gattung Mann ruhig mit. Eigentlich wollen die ja nur kontrollieren, wofür ihre Frauen so viel Geld ausgeben, aber wartet mal ab. Wenn die Erste von euch plötzlich faltenfrei vor ihm steht, dann kann der Gatte es gar nicht mehr abwarten, so schnell wie möglich nach Hause zu kommen.«

Babette grummelte: »Schön wär's ja!«, und vier weitere Damen nickten zustimmend.

45

Es war nicht nachzuvollziehen, dass Anne schon morgens vor sechs aus dem Bett krabbelte, um auf der Liegewiese am Pool Bewegungen vorzunehmen, für die der menschliche Körper eigentlich nicht ausgelegt ist. Noch weniger konnte man verstehen, warum statt Tieren nun das Futter derselben auf den Grill kam, und dass Uschi vom Einkauf in Middelburg eine Personenwaage mitgebracht hatte, versetzte die AFL in die höchste Alarmstufe. Jetzt waren die Damen sogar an den Strand aufgebrochen, um dort bei über fünfundzwanzig Grad im Schatten, und am Strand gibt es keinen Schatten, ihre Leiber zu ertüchtigen.

Doch wie so vieles im Leben, hatte auch diese Wirrung der weiblichen Psyche ihr Gutes. Wir hatten »sturmfreien Campingplatz«. Die AFL musste sich nicht verstecken, musste nicht zu Termintricks und absonderlichen Meetinglocations greifen, um unbemerkt von der Damenwelt ihrer friedenstiftenden Arbeit, der man durchaus hohen sozialen Wert attestieren musste, nachgehen zu können.

Wir saßen vor meinem Wohnwagen und diskutierten unsere Taktik. Vor uns auf dem Campingtisch standen fünf Flaschen Bier.

Adi ergriff eine davon und sagte: »Wusstet ihr eigentlich, dass schon siebenunddreißig Bier den Tagesbedarf an Vitamin C decken? Gesunde Ernährung kann so einfach sein.«

Detlef ergänzte: »Und Weizenbier ist sogar isotonisch.«

Gerd widersprach: »Alkoholfreies Weizenbier kann isotonisch sein!«

Lothar schüttelte sich. »Uuh, das böse Wort!«

Adi gab, um sich besser auf die Vitaminversorgung seines Körpers konzentrieren zu können, das Pamphlet an mich weiter, das der eigentliche Grund der erneuten AFL-Zusammenkunft war.

Ich las laut vor: »Unsere loungeartigen Räume sind in hellen Sand- und Wassertönen gehalten. Bei sanften Beats und leichtem Prosecco, bei guten Gesprächen mit aufgeschlossenen, modernen Menschen informiert Sie unser Team über die herausragenden Möglichkeiten der modernen mikroinvasiven Beauty-Behandlung. Die ambulante Therapie ohne bekannte Nebenwirkungen gibt Ihnen nicht nur ein besseres Aussehen, sie lässt Jahre verschwinden. Durch die positive Wirkung auf die Psyche hat diese Behandlung Auswirkungen auf ihr reales Alter. Sie sehen nicht nur jünger aus, Sie werden tatsächlich jünger.«

Gerd grübelte: »Das können die so doch nicht schreiben, und was steht da über den Arzt?«

Die Abbildung zeigte einen blond gewellten Mann in seinen späten Dreißigern, dessen ebenmäßiges Gesicht einen dezenten Haselnussteint aufwies, der in perfektem Kontrast zu seinen strahlend weißen Zähnen stand. Eigentlich hatte ich erwartet, dass unter dem Bild etwas stand wie »typähnliches Foto«. Aber da stand: »Dr. Yves Hendrik Postma hat in Lausanne und Boston studiert und danach in den besten Beauty-Kliniken in Mailand und am Bodensee gearbeitet, bevor er sein revolutionäres Beauty-

Institut in den Niederlanden gründete, das in kürzester Zeit zu einer der führenden Adressen in Westeuropa wurde.«

Irgendetwas gefiel mir an dem Papier nicht. »Ich meine, die können ja nicht schreiben, dass er in Lausanne und Boston studiert hat, wenn das nicht stimmt. Aber so ein junger Mann, wie bringt der denn seinen ganzen Lebenslauf in den wenigen Jahren unter?«

Gerd meinte: »Examen mit fünfundzwanzig, Promotion mit siebenundzwanzig, anderthalb Jahre Mailand, anderthalb Jahre Deutschland, macht dreißig, dann zwei, drei Jahre Niederlande, also möglich wär's schon.«

Lothar zog die eher handfeste Taktik vor: »Also, ich finde, der Typ ist so unglaublich großartig, der hat ein High Five verdient, und zwar mitten ins Gesicht, und zwar mit der Bratpfanne!«

»Ja toll, und die Mädels sagen dann: ›Na gut, wenn der schlechter boxt als du, dann taugt der auch nicht als Arzt!‹«

Ich sah nur eine Chance: »Wir müssen den Inspecteur mit ins Boot nehmen.«

Es war jetzt keine lautstarke Zustimmung, die ich mit diesem Vorschlag erntete, aber es war doch ein dezentes Nicken, und zwar von allen.

»Also, abgemacht, wir fahren nach Middelburg und reden mit dem Polizisten.«

Adi war vorsichtiger: »Einer oder zwei fahren nach Middelburg, in einer halben Stunde kommen die Mädels wieder, und dann darf hier der Platz nicht verwaist sein!«

»Okay, wer fährt?«

Ich hob die Hand, wir brauchten eh neuen Aufschnitt, Schokohagel, und Vla war auch nicht mehr viel da, da konnte man das Notwendige mit der Aufklärungsarbeit verbinden.

Lothar stand auf und sagte: »Mein Bruder!«

Bedenkenträger Gerd war wieder skeptisch: »Und wenn du noch so oft Karl May zitierst …« Er äffte Lothar nach: »Mein Bruder! Ich glaube, dieser Houvenkamp wird euch sicher nicht zum Hilfssheriff machen. Ich kann doch auch hier versuchen, etwas über diesen Postma im Internet rauszukriegen.«

Lothar zeigte sich amüsiert: »Aber ja, der Anästhesist löst den Fall mit Kommissar Google! Mensch, die Bullen haben Datenbanken, die arbeiten mit dem CIA und MI5 zusammen, und Interpol …«

Adi ergänzte: »Und mit dem Mossad und James Bond und Kommissar Rex!«

Man konnte mit diesen Männern einfach nicht ernsthaft diskutieren.

»Ich denke, es ist den Versuch wert, er soll mal versuchen rauszukriegen, ob er was über den Postma hat, und wir halten einfach die Augen offen. Was soll der Inspecteur dagegen haben?«

Gerd zog eine Augenbraue hoch. »Tja, was soll er dagegen haben? Wahrscheinlich ein schlichtes: ›RAUS!!!!‹«

46

Annemieke Breukink war ein Organisationsgenie. Sie hatte ihren Arbeitstag mit To-do-Listen und Time-Management so durchorganisiert, dass sie grundsätzlich zwei Minuten vor einem Termin ihre Akten, Unterlagen und ihr schwarzes Moleskine-Heft vor sich auf dem Tisch ausgebreitet hatte, daneben lag ihr Montblanc-Rollerball, und nun hatte sie immer noch Zeit, die Papiere fein säuberlich auszurichten und den Stuhl gerade zu rücken, bevor in ihrem Smartphone die Glocke ertönte, die sie an den Termin erinnerte, der just in diesem Moment begann.

Achtzehn Uhr. Im ersten Stock des Polizeipräsidiums Middelburg sahen sich Remco Jonker, Jannis Munniks und Piet van Houvenkamp überrascht an, weil sie noch allein waren. Erst um 18:07 Uhr betrat Annemieke Breukink den Besprechungsraum, aber dabei lächelte sie so vielversprechend, dass Piet jede Bemerkung über diese absonderliche Verspätung überflüssig erschien, er stand von seinem Stuhl auf und setzte sich auf den Tisch.

»Also«, begann er, »dann fang ich mal an. Ich habe mit unserem Professor Johan Wijbrand Rijkshoek telefoniert, den können wir mal zwanzig Zentimeter tiefer hängen. Ich denke, der ist so sauber wie sein Chefarztkittel. Er hatte seit Monaten keinen Kontakt mehr zu Frau Van Zwamen, er wurde gerade emeritiert und lebt mit seiner Frau

Edith in Amsterdam. Das Tollste ist, er hat die monatlichen Zahlungen an Mevrouw van Zwamen nicht eingestellt, weil Ruhestand ja vielleicht bedeutet, dass man mehr Ruhe hat, und dann möchte er gerne seine Hobbys wieder aufnehmen, Malerei, Golfspiel, Rotwein und natürlich auch Frau Van Zwamen. Zur Tatzeit war er mit zwei Kollegen und dem Verwaltungschef der Klinik im Restaurant. Die entsprechenden Belege hat er schon geschickt, die Zeugen haben seine Aussage bestätigt. Also, der Mann fällt aus. Spannender ist es da mit der nicht existierenden Jeanne bij de Waate. Ich habe noch einmal mit diesem Fabio Contento gesprochen, und der sagt, er habe alle Frauen überprüft, die öfter als zweimal auf der ›Lieveling‹ waren, von denen käme keine als ›Gast‹ infrage. Wer ist Jeanne bij de Waate, wo ist Jeanne bij de Waate, das ist immer noch ein Rätsel, dafür haben wir aber einen neuen Namen auf der Liste. Arjan Roos ist der Hausmeister der ›Lieveling‹, Remco, du hast ihn ja kennengelernt, ich habe ihm ziemlich auf den Zahn gefühlt.«

Das hätte er nicht sagen dürfen, allein das Wort reichte aus, dass sich der Backenzahn im rechten Unterkiefer wieder eindringlich zu Wort meldete. Tablette, jetzt.

Piet beeilte sich, sein Dossier zu Ende zu bringen: »Dieser Roos ist jetzt ziemlich nervös, da müssen wir dranbleiben. Das ist alles, was ich heute habe, also nicht viel, nicht viel mehr als nix. Wie sieht es bei euch aus?«

Er zog die Medikamenten-Verpackung aus der Cordjacke über der Stuhllehne, ging zum Waschbecken und ließ sich das Wasser in die rechte Hand laufen, sodass er den Kopf nach links neigen konnte, um zwei Tabletten runterzuspülen. Keiner der anwesenden Kollegen kommentierte das. Nicht das dezenteste Kopfschütteln war zu erkennen.

Gut.

Agent Munniks ergriff das Wort: »Ich war zunächst bei diesem Bauunternehmer, Dick Nieuwenkerk, 39, ledig, ...«

Annemieke unterbrach ihn: »Jannis, wir kennen die Liste, was hat er gesagt?«

»Also, zunächst mal hat er gar nichts gesagt, weil er gar nicht da war, da war nur eine Frau an der Haustür ...«

Die Ausführungen von Agent Munniks konnten sich sehr in die Länge ziehen, diese Erfahrung hatte Annemieke schon häufiger gemacht, also drückte sie aufs Tempo: »Also hat *er* nichts gesagt, und was hast *du* gesagt?«

Munniks ließ sich nicht beeindrucken: »Ich habe mich erst mal ordnungsgemäß vorgestellt, habe der Dame meinen Dienstausweis unter die Nase gehalten und habe gesagt, dass ich wegen des Prostituiertenmordes in Middelburg komme, und gefragt, ob Herr Nieuwenkerk im Haus wäre!«

Piet sah ihn mit weit aufgerissenen Augen an, biss sich auf den lädierten Zahn und war froh, dass er es sich zur Angewohnheit gemacht hatte, im Präsidium unbewaffnet zu sein. Dieser Munniks war schlimmer als Zahnschmerzen, er war der Typ Polizist, der im Fernsehkrimi den Tatort betritt und erst mal »Hallo!« ruft. Als würde der Mörder zurückrufen: »Ja, ich bin in der Badewanne, kannst du mir mal ein Handtuch bringen?«

Annemieke war entsetzt. »Was hast du gesagt???«

Munniks verstand die Aufregung anscheinend nicht: »Wieso, auf der Liste steht doch, er war ledig, also konnte es nicht seine Frau sein, für seine Mutter war sie zu jung. Also habe ich wahrheitsgemäß gesagt, dass ich wegen dem Prostituiertenmord komme, und dann hat die geschrien und geschrien, die hat sich überhaupt nicht mehr beruhigt! Also, die hatte einen regelrechten Nervenzusammenbruch.«

Piet vermutete, dass Schreien jetzt aus zahnmedizinischen Gründen nicht angebracht war, also sprach er ganz leise: »Was hast du sonst noch ermittelt? Was ist dieser Nieuwenkerk für ein Mensch?«

Munniks antwortete ebenso leise: »Du ... du wirst ihn ja kennenlernen!«

Piet sah ihn überrascht an. »Warum werde ich ihn kennenlernen?!«

Jannis Munniks rutschte unsicher auf seinem Stuhl hin und her. »Na, der kam doch dann dazu, als die Ambulanz wieder gefahren war. Die Dame war seine Schwester, und ich habe dann dem Nieuwenkerk gesagt, dass es gut sei, dass er jetzt käme, denn ich hätte da mal ein paar Fragen, und er meinte, er werde jetzt kein Wort mehr mit mir reden, und er käme morgen um zehn ins Präsidium, um mit meinem Chef zu sprechen, da hab ich ihm noch gesagt, dass er bloß nicht glauben soll, dass mein Chef netter wär als ich, denn mein Chef, das wär ein harter Knochen ...«

»Und was ist mit Minnebo in Renesse?«

»Der ist im Krankenhaus, hatte einen Herzinfarkt.«

»Wieso, hast du mit dem auch gesprochen?«

»Nein, schon am letzten Mittwoch, aber es geht ihm jetzt besser, er ist seit gestern von der Intensivstation runter, ich könnte heute Nachmittag mit ihm reden!«

»Lass es, wir wollen seine Genesung nicht gefährden, du hast ja noch die Kiste, die du untersuchen musst.«

»Ja, genau, das wollte ich auch noch ansprechen. In der Kiste da ist so eine Art Schuljahrbuch, und da drin ist ein

Foto von der Abschlussklasse von der Romy, und diese Frau van Wort ist auch mit drauf.«

Jetzt wurde es Piet zu bunt. »Jannis, Romy war zum Zeitpunkt ihres Ablebens siebenundreißig Jahre alt. Wenn Rianne mit ihr in einer Klasse gewesen sein sollte, dann müsste sie ungefähr achtzehn Mal sitzen geblieben sein, und das halte ich angesichts ihres abgeschlossenen Hochschulstudiums und eines Doktortitels für ausgesprochen unwahrscheinlich. Ääh, da fällt mir ein, ich habe eine Sonderaufgabe für dich. Du observierst Arjan Roos, und lass ihn bloß keine Sekunde aus dem Auge.«

Munniks guckte zwar schuldbewusst, aber nicht unbedingt so, als ob er wüsste, warum. »Ja, Chef!«

Piet fügte hinzu: »Ach, Jannis?«

»Ja, Chef?«

»Du kannst sofort damit anfangen!«

»Jetzt?«

»Jetzt!«

Jannis Munniks verließ den Raum, er wirkte eher unverstanden als beleidigt.

Selbst Annemieke, die ihm immer zur Seite gesprungen war, konnte nicht anders, sie atmete auf, als sie nur noch zu dritt waren.

»Remco, was hast du?«, fragte Piet.

»Chef, du weißt ja, dass ich mich auch in erster Linie um diesen Hausmeister gekümmert habe, der Notar Marinus Verbeek hatte heute Nachmittag einen Gerichtstermin, aber ich bin morgen Vormittag im Notariat mit ihm verabredet. Dieser Krijn Kesselaar gibt mir Rätsel auf. Ich habe ihn im Clubhaus von ›Voouwse Plantage‹ getroffen, das ist der Golfplatz von Bergen op Zoom. Der Mann hat Rotz und

Wasser geheult. Daraufhin habe ich ihn gefragt, ob er denn nicht schon gehört hatte, dass Frau Van Zwamen tot war. Er sagte, doch, er habe es in der Zeitung gelesen, aber als ich bloß den Namen erwähnte, hat ihn das wieder völlig aus der Bahn geworfen.« Remco war auf so viel Emotion bei einem siebenundvierzigjährigen Chefarzt wohl nicht vorbereitet. »Ich hab gar nichts gesagt, ich habe ihn mal ganz in Ruhe gelassen und gewartet. Und dann sagte er, er wollte sie heiraten! Das muss man sich mal vorstellen. Der Mann ist verheiratet und hat vier Kinder!« Für den Familienmenschen Remco Jonker war das wohl zu viel. »Dieser erfolgreiche Arzt ging nicht nur zu einer Prostituierten. Er war bereit, sein ganzes schönes Spießerleben für diese Frau aufzugeben.«

»Wann hat er Romy das letzte Mal gesehen?«

»Er sagt, seit Wochen nicht mehr. Er war mit ihr auf einer Vernissage, und er hat ihr einen Antrag gemacht.«

Piet ahnte Romys Reaktion. »Und sie hat abgelehnt!«

»Nicht nur das. Sie hat gelacht. Sie hat gesagt, es wäre doch viel schöner so, wie es jetzt sei! Ich glaube, Krijn Kesselaar war sehr gekränkt!«

»Okay!«, schloss Piet. »Das Foto von diesem Krijn Kesselaar können wir also nicht zwanzig Zentimeter tiefer hängen!« Er ging zu der Magnetwand mit den elf Namen, den neun von der »Gästeliste« plus Fabio Contento und Arjan Roos. Er sagte: »Elf Namen und zehn Fotos. Ein Bild von Rijkshoek liegt jetzt vor, aber wer ist Jeanne bij de Waate?«

Annemieke schlug einen Ordner auf und sagte: »Das sollten wir schnellstens herausbekommen. Denn Bernadien hat ja am Tatort einen Fingernagel gefunden. Er war wohl abgerissen, denn Henk hat Gewebespuren daran identifiziert, er hat sie untersucht, und es steht fest, dass es der Fingernagel einer weiblichen Person war, und … die DNA ist nicht identisch mit der des Opfers.«

»Und warum erfahre ich erst jetzt davon?« Piet war laut geworden.

Annemieke antwortete gefährlich leise: »Weil du heute Mittag nicht erreichbar warst. Wenn du die Zeit findest, kannst du ja gern mal deine Mailbox abhören!«

Das Telefon im Besprechungsraum unterbrach die eingetretene Stille.

Annemieke nahm den Hörer ab. Anscheinend kannte sie die Nummer auf dem Display, denn sie sagte: »Was gibt's, Bernadien? … Bitte noch mal! … Dann werden wir wohl mal einen kleinen Ausflug machen müssen. Danke, Bernadien!«

Piet war froh über die Ablenkung. »Was hat sie gesagt?«

Annemieke nahm ihre Moleskine-Kladde und ihren Stift zur Hand. Sie notierte etwas und sagte dabei: »Bernadien hat von den Kollegen in Rotterdam die Anzeige bekommen, in der diese Kette gestohlen gemeldet wurde!«

»Ja und?«

»Sitzt du gut?« Annemieke sah von ihren Notizen auf.

Piet saß nicht auf seinem lebensgefährlichen Vier-Rollen-Stuhl, sondern im Besprechungsraum auf dem Tisch, also kein Problem: »Was hast du denn noch? Raus mit der Sprache!«

»Die Kette wurde am 17. März im Präsidium der Politie von Rotterdam gestohlen gemeldet von Geneviève van 't Veer, fünfunddreißig Jahre alt, wohnhaft in Rotterdam, …«

Piet war aufgesprungen und ging zur Pinnwand mit

den Fotos. Er tippte auf das vierte von links und sagte: »…
und verheiratet mit Joris van 't Veer, unserem Staten-Generaal-Abgeordneten, auf Romys ›Gästeliste‹ vermerkt an
Nummer vier. Annemieke, wir brauchen dringend einen
Termin mit dem sauberen Herrn Van 't Veer, man kann
sich nie genug mit Politikern unterhalten, man lernt so
viel dabei!«

Annemieke räumte ihren Tisch, als würde man einen
Film zurücklaufen lassen. Zunächst hob sie die exakte
Ausrichtung von Block und Stift wieder auf, dann steckte
sie den Montblanc-Rollerball zurück in sein Etui. Sie
spannte das Gummiband um ihre Moleskine-Kladde und
packte sie mitsamt den Aktendeckeln in ihre Tasche. »Tot
ziens, Piet!« Sie verließ das Büro an der Seite von Remco
Jonker.

Piet war nicht unzufrieden. Sie hatten nicht viel, aber sie
hatten was. Er nahm die Cordjacke vom Stuhl und verließ
als Letzter den Raum, das heißt, er versuchte ihn zu verlassen, aber Hoofdinspecteur Meinert Waatering stand ihm
im Weg.

»Sorry, Piet, ich hatte einen Termin bei der Provincie-Regierung in Goes und einen Stau auf der A 58. Was habt ihr
rausbekommen?«

Piet hatte, weiß Gott, Besseres zu tun, als seinem Chef
die letzten vierzig Minuten zu wiederholen, also bemühte
er sich um eine tragfähige Kurzfassung: »Frau Van Zwamen
trug eine Kette, die von der Ehefrau eines Freiers gestohlen
gemeldet wurde, in ihrem Hausboot ist ein Fingernagel gefunden worden, der zu einer Frau, aber nicht zum Opfer
gehört, ein Familienvater mit vier Kindern hat ihr einen
Heiratsantrag gemacht, den sie abgelehnt hatte, und der

Hausmeister ist Angestellter des Vermieters und hat das Opfer gebumst, ansonsten haben wir im Moment noch keine weiteren Informationen.«

Meinert Waatering antwortete: »Ach so!«

47

Mit einer hellblauen Einkaufstüte vom Supermarkt Albert Heijn unter dem Arm fand ich mich nach meinen dringenden Besorgungen wieder unter diesem Baum ein, den Lothar und ich als Beobachtungsposten gegenüber des Polizeipräsidiums Middelburg ausgewählt hatten. Die Straße war einseitig von Bäumen gesäumt. Unter einem dieser Bäume standen wir also, denn diese Stelle war aus zwei Gründen als Beobachtungsposten hervorragend: Erstens hatte man den Haupteingang des Präsidiums perfekt im Visier, und zweitens spendeten Bäume Schutz gegen Regen, Wind und intensive Sonneneinstrahlung. Die Sonne hatte ihren Zenit zwar schon seit ein paar Stunden wieder verlassen, aber man weiß ja nie, wie lange man auf dem Posten ausharren muss.

In Fernsehkrimis stehen die Detektive ja maximal dreißig Sekunden unter dem Baum, weil diese Schauspieler ja auch ein Heidengeld kosten, die kannst du als Regisseur nicht einfach rumstehen lassen.

Wir hatten allerdings keinen Regisseur, der darauf drängte, dass die Handlung keine Längen haben darf. Es zog sich, die Handlung hatte nicht nur Längen, die Handlung handelte überhaupt nicht, wir standen da einfach nur rum.

Lothar ist jetzt seit weit über zehn Jahren mein »Campingnachbar«, da hast du dir schon allerhand erzählt, zumindest so viel, dass uns jetzt nichts Neues mehr einfiel. Wir standen. Und weil die Handlung nicht handelte, überlegte ich mir Sachen. So was wie: Ist eine Allee eigentlich auch eine Allee, wenn die Bäume nur an einer Seite stehen? Oder: Ist das eigentlich eine Linde oder eine Platane, unter der wir hier stehen? Egal, Hauptsache Schatten.

Lothar fragte: »Bist du sicher, dass der überhaupt noch da drin ist? Vielleicht macht der gerade Hausbesuche?«

»Hausbesuche macht ein Hausarzt. Ein Polizist, der hat, ja, was weiß denn ich, wie das heißt.«

Das Gespräch war wieder beendet, und wir standen noch ein Weilchen.

In Deutschland hat man ja immer so gegen siebzehn Uhr Dienstschluss, und dann strömen alle aus dem Haus. Wir hatten unseren Posten pünktlich unter der Linde oder Platane bezogen, aber bisher war noch keine Hektik im Bereich der Eingangstür aufgekommen, da strömte gar nichts. Gut, ich hatte meine Observation zwischendurch unterbrochen, weil ich noch Besorgungen machen musste, Schokohagel, Holzkohle und Vla, aber nun stand ich ja wieder mit der Albert-Heijn-Einkaufstüte in der Hand unter besagtem Baum, und Lothar hatte sich nicht vom Fleck gerührt.

»Und? Du hast ihn nicht vielleicht … übersehen??«

»Kein Stück. Hätte dieser Houvenkamp in der letzten Stunde das Präsidium verlassen, ich hätte ihn gesehen.«

»Hinterausgang?«

Lothar wurde wütend. »Ich kann ja nicht vorne und hinten gucken, jetzt geh mir nicht auf den … Da ist er!«

»Auf den ›was‹?«

»Da ist er!« Lothar eilte schnellen Schrittes über die Straße.

Lothars Schritte sind öfter schneller, als man es ihm beim ersten Hinsehen zutrauen würde. »Kugelbauch« ist zwar durchaus die richtige Bezeichnung für seine vordere Körpermitte, aber Lothar war schon immer Sportler. Handballer, Läufer, Volleyballer, und wie sich das für einen ordentlichen Sportler gehörte, hatte er nun auch mit einigen Wehwehchen seiner Sportlichkeit den Tribut gezollt. Fragen Sie mal Herrn Schweinsteiger, wobei Lothar, wenn das Gespräch in diese Richtung ging, nie müde wurde zu betonen: »Schweinsteiger? Das ist bei uns in der Eifel eine Berufsbezeichnung!« Das hätte er übrigens niemals gesagt, wenn Herr Schweinsteiger jemals für Schalke 04 gespielt hätte.

Wir erreichten den Inspecteur also schon nach wenigen Sekunden, und ich, als Nichtsportler ein wenig atemlos, trug vor, dass wir da eine Gemeinsamkeit sehen, sein Fall, diese Botox-Vergiftung, und unsere Animateurin, diese Botox-Schlange, und dass wir auf diese Botox-Party miteingeladen sind und dass wir glauben, dass diese …

Ja, und dabei unterbrach mich dieser unglaublich unfreundliche niederländische Polizeibeamte schon wieder mit den Worten: »Wenn Sie mal wieder im ›Rooie Oortjes‹ ein paar Biertjes schnasseln wollen, melden Sie sich bitte, ich komme gerne mit, denn das können Sie wirklich: Biertjes schnasseln. Von meinem Beruf aber haben Sie auch nicht den Hauch einer Ahnung, also machen Sie sich hier bei uns in Zeeland einen schönen Urlaub, und lassen Sie mich in Ruhe!«

Bääm! Da standen wir nun eine geschlagene Stunde unter einem Baum, einer Linde oder einer Platane, und warum? Wie konnten wir nur auf die Idee kommen, dass sich dieser arrogante Polizeiaffe im letzten Jahr geändert hatte.

Aber so leicht ließen wir uns nicht abservieren.

»Diese Fleur hat Dreck am Stecken, das sage ich dir, und weißt du, warum Sherlock Holmes so berühmt geworden war?«

Lothar schüttelte den Kopf. »Nee, weiß ich nicht!«

Aber ich wusste es: »Weil er schlauer war als die Polizei!«

Eine Viertelstunde später hatten wir die Schranke von »Camping de Grevelinge« wieder passiert, wir hatten den Wagen auf dem Parkplatz abgestellt, und nun schlurften wir zu unserem Stellplatz. Es würde einiges diplomatisches Geschick erfordern, unseren Fehlschlag den anderen AFL-Leuten als genialen Schachzug zu verkaufen. Detlef spielte mit Tristan Federball. Bei Adi war der Gasgrill schon wieder in Aktion, der Duft deutete nicht auf Gemüse hin. Anne saß hinter unserem Windschutz und las einen Roman. Ich küsste sie, nahm ihr das Buch aus der Hand und las: »Maarten 't Haart: Der Schneeflockenbaum.«

Ich gab ihr das Buch zurück und fragte beiläufig: »Und? Gut?«

Anne antwortete: »Ja, sogar sehr gut. Hier, hör dir diesen Satz an.« Sie blätterte ein paar Seiten zurück, und sie fand sehr schnell die gesuchte Stelle, Anne liest grundsätzlich mit Bleistift: »Gefalle ich Ihnen nicht? Das ist schade, denn man bekommt nie eine zweite Chance für einen ersten Eindruck.«

»Wirklich kluge Worte! Wie war euer Yoga am Strand?«

Anne legte das Buch zur Seite und sagte: »Du, das musst du dir vorstellen, da waren zwanzig Leute, übrigens ausnahmslos Frauen. Die meisten kannte ich vom Camping-platz, aber weißt du, wer auch da war? Diese Frau Breukink, diese Assistentin von dem Kommissar vom letzten Jahr, dieser ungehobelte Bursche, weißt du noch?«

Oh ja, das wusste ich ganz genau!

48

So früh war Piet lange nicht mehr nach Hause gekommen.

Es gab sicher noch jede Menge zu tun, aber er wusste nicht, was. Er hatte noch ein bisschen in Westkapelle auf der Pier gesessen, aber ihm fiel nichts ein. Dem miesen Backenzahn fiel eine Menge ein, aber er wollte nicht noch mehr Tabletten nehmen. Also fuhr er nach Hause. Er schloss die Gazelle wie immer am Brückengeländer vor dem »Grijse Dolfijn« ab, dann ging er noch kurz in seine Wohnung. Er wollte sich »fein machen« für seine Freundin.

Ja, er hatte ein bisschen schlechtes Gewissen. Juliana war jetzt dreiundneunzig und fast blind, und trotzdem hatte er ein schlechtes Gewissen. Irgendwie hatte er sie hintergangen. Blödsinn! Er hatte die letzte Nacht mit Rianne verbracht, und sie waren heute Mittag am Meer gewesen, er war ein erwachsener Mann, und zwar so erwachsen, dass man sich die letzten Chancen nicht entgehen lassen sollte. Und mehr war es doch nicht. Sex halt! Oder doch? Aber er musste sich doch nicht rechtfertigen. Und er tat es doch.

Es war noch früh, er konnte zu Juliana gehen und hinterher vielleicht noch zu Ruud, oder er könnte etwas völlig Verrücktes machen. Schlafen!

Piet trug eine frische Jeans, ein sauberes Polo-Hemd und ein Aftershave, als er mit seinem Zweitschlüssel Julianas Wohnung betrat, nicht ohne vorher brav geklopft zu haben.

Juliana sah ihn irritiert an. Was genau sie irritiert hatte, war nicht klar. Wahrscheinlich war es das Aftershave, denn Juliana konnte besser riechen als sehen.

Piet ging lächelnd auf sie zu, küsste sie drei Mal auf die Wangen und wollte sich gerade in Richtung Kühlschrank verabschieden, um sich seine zwei Grolsch zu holen, als er das Likörgläschen sah, das neben Juliana auf dem Häkeldeckchen-bewehrten Beistelltisch stand.

»Heute keinen Rheinwein?«

»Nein, Piet, heute nicht!«

Der Beginn eines klärenden Gesprächs schien unumgänglich, musste aber noch warten, denn Piet verspürte diesen Grolsch-Durst, der sich immer augenblicklich einstellte, wenn Piet die Schwelle zu Julianas Wohnung übertrat.

»Also heute keinen Rheinwein?«, sagte er noch einmal, als er in die Küche ging.

»Nein, heute keinen Wein. Wie war dein Tag? Seid ihr weitergekommen?«

Piet schob Zeige- und Mittelfinger durch die geöffneten Bügel der Grolsch-Flaschen, sie klirrten gegeneinander, Juliana kannte das Geräusch. Piet setzte sich in den Sessel neben ihr, stellte Flasche zwei auf den Fußboden, nahm einen Schluck aus Flasche eins, stellte sie Häkeldeckchen schonend auf den Rand des Mahagoni-Tischchens und sagte: »Diese verrückten Deutschen!«

»Was ist denn los mit den Touristen?«, fragte sie.

Vielleicht waren beide ein bisschen froh, dass sie den Abend mit Banalitäten beginnen konnten.

»Sie denken, sie haben einen Verdächtigen für den Mord, weil das Opfer ja durch eine Botoxvergiftung starb, und ihre Frauen wollen zu so einer Botox-Party, und da sind sie natürlich sauer …«

»Wieso sind sie natürlich sauer?«

»Na, du kennst doch die Bilder von den Schauspielern. Da gibt es Leute, die haben überhaupt keine Mimik mehr, weil sie ihre Stirn nicht mehr in Falten legen können.«

Juliana ergriff ihr kleines kristallenes Likörglas. »Als ich begann, alt zu werden, gab es so was nicht. Wenn es damals schon Botox-Partys gegeben hätte … Ich bin mir nicht sicher, ob ich nicht vielleicht hingegangen wäre.«

Piet sah sie ungläubig an. Er war entsetzt oder, um es ganz positiv auszudrücken, völlig überrascht. »Das wäre für dich infrage gekommen?«

Juliana zuckte gleichmütig mit den Schultern: »Warum denn nicht? Alt werden ist keine schöne Sache. Es passiert halt.«

»Aber du hast dir doch jede einzelne Falte redlich verdient. Die Falten, die sind das Leben, das in deinem Gesicht steht, und es steht dir gut!«

Juliana lachte ein wenig spöttisch. »Meinst du? Ich hätte lieber keine Falten, ich hätte lieber keine braunen Flecken auf den Händen. Du redest klug daher: ›Es steht dir gut.‹ Die Frau spürt den Zeitpunkt genau, wenn die Männer beginnen, nach den jüngeren Frauen zu gucken. Weißt du, dass wir heute einen besonderen Tag haben?«

»Dienstag!«

»Ja, Dienstag.« Der Spott war aus Julianas Lächeln verschwunden. »Ein ganz wichtiger Mensch in meinem Leben wäre an diesem Dienstag fünfundneunzig geworden.« Sie fuhr sich mit der Hand durch das wenige Haar, versuchte, die Fassung zu bewahren.

»Eine Freundin von dir?« Piet wurde nicht schlau aus ihr.

»Sie war sicher mehr als das. Ich habe sie geliebt und gehasst. Wir hatten so viel gemeinsam und waren uns so fremd. Vielleicht sind Gefühle zwischen Männern eindeutiger, die Bande zwischen Frauen lassen sich manchmal nicht so leicht mit Worten beschreiben, manchmal haben sie eine Tiefe, die man nicht beschreiben muss, weil es keine Beschreibung gibt.«

Piet wollte keine Frage stellen, er wollte sie reden lassen. Es tat ihr gut, und er lernte eine so alte Frau nach so vielen Jahren ganz neu kennen.

»Wir waren damals so herrlich verrückt, wir sind mit dem Schiff über den Atlantik gefahren, wir haben Bonaire besucht und Curacao. Sie starb einen Monat, nachdem wir zurückgekommen waren.«

Piet nahm ihr kristallenes Glas, roch daran und fragte: »Curacao Triple Sec?«

Jetzt grinste sie wieder spöttisch. »Das hätte ich dir gar nicht zugetraut, du Bier-Banause! Die machen da in Curacao einen wunderbaren Likör aus Bitterorangen, den Pomeranzen, und weil sie halt verrückte Menschen aus der Karibik sind, machen sie ihn meistens blau, aber mich hat die Farbe immer gestört.« Er stellte das Glas wieder neben sie auf das Mahagoni-Tischchen, und es dauerte einige Zeit, bis Juliana sagte: »Sie ist nie alt geworden, in meiner Erinnerung ist sie immer jung!«

Mittwoch

49

Am 3. August ist der Sonnenaufgang in Middelburg um 6:13 Uhr. Piets Steuerungssystem meinte, es sei Zeit zum Aufstehen, aber draußen dämmerte es noch. Es war verdammt früh, es war eigentlich zu früh, aber Piet war wach. Er hatte sich noch einmal umgedreht, aber es half nicht. Er kramte unter dem Kopfkissen nach seinem Wecker. Sein Wecker hatte das unverschämte Glück, dass er im Smartphone wohnte, das hatte ihm schon einige Male sein armseliges Leben gerettet. Er schlief noch, der Wecker. 5:58 Uhr zeigte das Display der Kachel an. Um sieben musste er im »St. John« sein. Er schaltete den Wecker aus, starrte an die Decke und überlegte.

Sie hatten einen Fingernagel gefunden, eindeutig der Fingernagel einer Frau, eindeutig nicht der Fingernagel des Opfers: »Cherchez la femme!« Sie mussten diese Jeanne bij de Waate finden.

Piet sah das Hausboot vor sich, das große Bett, das seidene Betttuch. Romy, die völlig friedlich und entspannt auf diesem Bett lag, tot. Das Bild von Anton Corbijn, Mick Jagger als alte Frau. Die Perlenkette, dieser Gedanke, er könnte seinen Augen nicht trauen. Es ergab alles keinen Sinn. Er schloss die Augen.

Es klingelte.

Warum? Warum klingelte es um 5:58 Uhr?

Die Kachel zeigte sieben Uhr. Er musste noch einmal eingenickt sein.

Er ging zur Sprechanlage, er wusste, es war Annemieke. »Bin gleich unten!«

Zähneputzen war immer noch eine schwierige Angelegenheit, aber was sein muss, muss sein. Er führte die Zahnbürste in den Mundraum und hielt sofort wieder inne. Dieser »Vier-Sechs« ließ sich mit dem Herausfaulen verdammt viel Zeit. Kann man sich an solchen Schmerz gewöhnen?

Dieser Bauunternehmer kam wann? Um zehn! Weil Munniks sich mal wieder komplett danebenbenommen hatte.

Er musste Rianne anrufen. Er lächelte. War er verliebt? Nein. Er war … einfach mal wieder Mann, das letzte Mal war ja auch schon einige Zeit her, das war doch völlig okay. Er musste Rianne anrufen. 7:02 Uhr. Perfekt. Drei Tastendrücke, und er hörte das Rufzeichen seiner Kachel.

»Hoi, Piet!«

»Hallo, Rianne, ich hoffe, ich habe dich nicht geweckt?«

Er konnte ihr Lächeln hören. »Nein, ich habe gerade gefrühstückt, und du?«

»Ich bin auf dem Weg zur Arbeit. Sehen wir uns heute Mittag?«

»Gern!«

Er hätte auch gern »gern« gesagt, aber das hatte sie ja schon getan. »Dann bis nachher!« Schlau war das nicht.

»Bis nachher. Ich freu mich!«

»Ich freu mich auch!«

Dieses Gefühl, wie wenn sich der Brustkorb leicht zusammenzieht, dieses Gefühl, das hatte er lange nicht mehr gehabt. Er grinste in den Badezimmerspiegel, sein Spiegelbild grinste beruhigend zurück. So war er lange nicht mehr aufgestanden, so schnell, so zufrieden, so froh, ein ganz kleines bisschen besoffen vor Glück. Er ging kalt duschen.

* * *

Annemieke saß an ihrem angestammten Platz im »Sint John«. Sie hatte »August, mediterran« aus ihrem wohlsortierten Kleiderschrank gezogen. Sie trug eine hellblaue Jeans mit keck zerrissenen Knien zur hellblauen Bluse, darüber eine Jacke, die andeutete, dass sie ihren Aufenthaltsort möglicherweise direkt nach Dienstschluss vom Präsidium auf eine Segeljacht verlegen könnte. Dazu passten auch die blauen Sneaker, die mit ihrer weißen Sohle garantiert keine schwarzen Streifen auf dem Teak-Deck hinterlassen würden. Genau genommen sah sie ein bisschen so aus, als hätte sie gerade vor zehn Minuten diese ominöse Jacht verlassen.

Piet steuerte auf den Tisch zu, und während des Steuerns wurde er sich darüber klar, dass er heute auf keinen Fall auf seinen Bolus verzichten würde, ganz egal, was dieser »Vier-Sechs« davon halten würde.

Er setzte sich zu Annemieke, und Lotte stand augenblicklich neben ihm, nicht unbedingt lächelnd, aber sie stand immerhin da.

»Einen Kaffee und einen Bolus!«

Jetzt lächelte sie und verschwand Richtung brodelnder Kaffeemaschine.

Piet schaute seine Assistentin ungewohnt optimistisch an und fragte: »Erster Termin, wann?«

Annemieke schaute mit großen Augen zurück und sagte:

»Deine Fähigkeit, schon am frühen Morgen in ganzen Sätzen zu sprechen, überrascht mich immer wieder!«

Piet war ein bisschen genervt. Es war früher Morgen, er machte sich fröhlich an sein Tagwerk, und der erste Satz, den er sagte, war schon wieder falsch. »Entschuldige, dass ich schon wach bin!«

Annemieke sagte: »Kein Problem, es ist nur … Du bist in letzter Zeit manchmal so komisch!«

»Ja, dann freu dich doch! Bei der Polizei in Middelburg gibt es nicht viel zu lachen, da ist es ganz besonders toll, wenn wenigstens der Inspecteur komisch ist!«

So! Jetzt hatten sie es geschafft. Keiner sagte mehr etwas. Es schien, als sei der Tag gelaufen, und das um 7:31 Uhr!

Annemieke starrte in ihren Kaffee, und plötzlich prustete sie los. Sie lachte so laut, dass das halbe Lokal zu ihnen herüberschaute, und Piet sah zu Annemieke und lachte auch, vielleicht noch ein bisschen lauter.

Und Annemieke fragte: »Erster Termin, wann?«

Piet konnte sich gar nicht mehr einkriegen vor Lachen, und Lotte schaute schon etwas verwundert, als sie ihm den Kaffee und den Bolus hinstellte.

Annemieke hatte ihre Kladde hervorgezogen und referierte: »Um zehn Uhr kommt dieser Dick Nieuwenkerk ins Präsidium, dieser Bauunternehmer, dem Jannis …«

Bei der Erwähnung dieses Vornamens brach Piet wieder in Lachen aus, fing sich aber bald wieder und fragte: »Zweiter Termin, wann?«

Spätestens jetzt, als die Assistentin des Inspecteurs sich kaum noch auf dem Stuhl halten konnte, ahnte jeder Besucher des »Sint John«, dass die Arbeit im Polizeipräsidium in Middelburg ein ziemlich albernes Unterfangen sein musste.

Annemieke las: »Krijn Kesselaar, Internist in Bergen op Zoom, 47, verheiratet, vier Kinder, sollte der unser Herzblatt sein?«

Weitere drei Minuten waren vergangen, als sich beide Polizisten wieder beruhigt hatten. Sie hatten ihren Kaffee getrunken.

Der Bolus hatte seinen schmerzhaften »Fingerabdruck« an Piets Unterkiefer hinterlassen, aber jetzt war er wieder so weit hergestellt, dass er feststellen konnte: »Okay, erster Termin um zehn. Dann haben wir noch Zeit, um mal ein bisschen was zusammenzufassen. Weißt du, ich war heute schon sehr früh wach, und da ist mir das alles noch mal durch den Kopf gegangen. Was haben wir denn eigentlich. Fingernagel, weiblich, nicht vom Opfer, Contento sagt, es kann keinen weiblichen ›Guest‹ gegeben haben. Auf der ›Guestlist‹ steht eine Jeanne bij de Waate, aber die existiert nicht. Da ist dieses Hausboot, die Bilder, das Bett, und ich hatte sofort das Gefühl, ich darf meinen Augen nicht trauen. Der vierfache Familienvater macht ihr einen Heiratsantrag, die Ehefrau des Abgeordneten erstattet die Diebstahlsanzeige für exakt die Perlenkette, die unser Opfer um den Hals trägt. Habe ich es so weit?«

Annemieke dachte kurz nach und meinte: »Warum wollte Cornelis Cuijpers den Namen seines Notars nicht rausrücken, und warum tat er es dann trotzdem, und was hat es mit diesem widerlichen Arjan Roos auf sich?«

Piet trank seinen Kaffee aus und fragte: »Dritter Termin, wann?«

50

In Johnnys Supermarkt auf »Camping de Grevelinge« gibt es Rushhours. Natürlich gibt es eigentlich keinen Grund, warum die Brötchentheke immer zu fest vorgegebenen Zeitpunkten total belagert ist.

Vielleicht stellt der deutsche Normalcamper seinen Radiowecker gern auf die volle Stunde, damit er sich zum Wachwerden als Allererstes die Nachrichten reinziehen kann, obwohl er eigentlich wissen müsste, auf der Welt ist grad die Hölle los. Menschen bringen Menschen um, weil sie nicht an das Gleiche glauben, Staaten wollen andere Staaten vernichten, weil sie auch da sind, und Staatschefs drangsalieren ihr Volk, weil die Staatschefs Arschlöcher sind. Vielleicht wäre es besser, den Radiowecker auf 7:05 Uhr zu stellen, macht der deutsche Normalcamper aber nicht.

Die Rushhours in Johnnys Supermarkt waren bis zu diesem Jahr immer Viertel nach acht, Viertel nach neun und Viertel nach zehn. In diesem Jahr kam eine neue Rushhour dazu.

Punkt Viertel nach sechs standen Lothar, Adi, Gerd, Detlef und ich im Supermarkt, um Brötchen zu kaufen. Und wir waren nicht allein. Rund zwanzig weitere Morgengruß-Opfer knubbelten sich vor Johnnys Brötchentheke und genossen die gewaltige Auswahl.

Die wunderbare Kabarettistin Gayle Tufts hat mal auf der Bühne erzählt: »Der Deutsche kann Urlaub machen in den USA, in Timbuktu oder in Madagaskar. Er wird hinterher wieder nach Hause kommen und sagen: ›Es war toll, diese Landschaft, die Kultur, aber ... das Brot war nicht gut!‹« Ich saß im Publikum und dachte so bei mir: »Ja, was soll ich denn sonst sagen, wenn es doch stimmt?«

Der hochqualifizierte Holländer baut Dämme wie niemand sonst auf der Welt. Wenn es irgendwo ein Schiffsunglück gibt, und es gilt etwas zu bergen, wer wird gerufen? Der Holländer. Gut, Fußballspielen kann er nicht, das ist klar, aber ein schlichtes Brot oder Brötchen mit Mohn, mit Dinkel, diese Roggenbrötchen von meinem Bäcker zu Hause, die mit den Jod-S-11-Körnchen, das müsste der doch hinkriegen. Nein, er kriegt es nicht gebacken!

Er kennt nur zwei Sorten Brötchen, das sind die Kaiserbroodjes und die Pistoletjes, und die zieht er aus einem Edelstahl-Backofen, den man in Holland auf jedem Campingplatz, in jedem Supermarkt, in jeder Tankstelle findet. Ich bin schon Kilometer gefahren, auf der Suche nach einem guten Bäcker, und dann hat der im Angebot: Kaiserbroodjes und Pistoletjes. Du kannst dir natürlich auch aus dem Regal die Tüte mit den zwei Wochen alten Weichbrötchen nehmen. Anne schwört darauf. Aber mir haben sie schon diverse Füllungen aus diversen Backenzähnen geholt, ich verzichte dankend.

Ich dachte noch wohlwollend über meine Prinzipientreue nach, da war ich plötzlich an der Reihe, und Johnny sah mich fragend an. Ich sagte: »Vier Kaiserbroodjes und vier Pistoletjes!«

Während Johnny mir die Köstlichkeiten der niederländischen Frühstückskultur in eine Papiertüte packte, drehte ich mich um und fragte Lothar: »Hat Gaby dir erzählt, wer noch beim Yoga am Strand war?«

»Nee, irgendwer Besonderes?«

Ich nahm die vollgepackte Brötchentüte entgegen. »Das will ich wohl meinen. Anne hat gesagt, da wären zwanzig Leute gewesen, nur Frauen. Die meisten vom Campingplatz, aber da war noch eine mehr! Und weißt du wer? Diese Assistentin von Kommissar Kackbratze!«

Lothar wollte die Hand zur Faust ballen, dabei entglitt ihm die Brötchentüte, und drei Pistoletjes und fünf Kaiserbroodjes rollten über den frisch gewischten Fußboden von Johnnys Supermarkt. Während er noch über den Boden kroch, um die Brötchen aufzusammeln, grummelte er: »Die Bullen haben Lunte gerochen!«

Ich kniete neben ihm und half beim Sammeln. »Und uns sagt er, wir spinnen!«

»Wie heißt Arschloch auf Niederländisch?«

»Klootzak!«

Nun schien Lothar nachzudenken, aber er dachte nur sehr kurz nach. Denn wenige Sekunden später sagte er schon: »Mein Bruder, wir sind in der Pflicht. Wir ziehen das durch, wir beschützen unsere Frauen, egal, was dieser Klosack von uns denkt. AFL-Treffen um vierzehn Uhr während Bauch, Beine, Po!«

Wir schauten uns um. Hinter uns in der Schlange standen Adi, Detlef und Gerd, und die nickten nur stumm mit dem Kopf.

51

Erster Termin, zehn Uhr. Es war zehn vor zehn. Piet saß in seinem Büro auf dem lebensgefährlichen Stuhl und las die Zusammenfassung der »secure.lab«-Recherchen über »Guest Dick Nieuwenkerk«. Er war neununddreißig Jahre alt, Bauunternehmer, ausgesprochen solvent. Er wohnte in einem ganz feinen Viertel von Roosendaal in einer Villa, die Contentos Leute mit dreieinhalb Millionen bewertet hatten. Er war unverheiratet, nicht geschieden, nicht verwitwet, mit neununddreißig einfach unverheiratet, und hier stand auch nichts von einer Lebensgefährtin.

Piet betrachtete die Fotos, die wohl ebenfalls Ergebnisse der Contento-Recherchen waren. Es waren drei, wahrscheinlich eine Auswahl. Piet sah einen Mann mit einem pausbäckigen Gesicht, die blonden Haare waren strohig und wohl nur schwer zu bändigen. Die zehn Kilo Übergewicht rührten nicht von den Muskeln eines Bauarbeiters, eher vom Bier, was Piet wiederum nicht gänzlich unsympathisch war.

Nun spürte Piet ein gewisses Interesse für diesen Dick Nieuwenkerk, und er ärgerte sich umso mehr über Jannis Munniks, der mit seinem Dilettantismus die Eröffnung des Spiels unnötig erschwert hatte. Vielleicht half Annemiekes Schweizer Kaffeemaschine. Er wählte ihre Nummer.

»Ja, Piet?«

»Gleich kommt doch dieser Nieuwenkerk, bringst du uns dann bitte einen von deinen wunderbaren Kaffees?«

Annemieke ließ eine kleine Pause entstehen. »Ich weiß doch gar nicht, welchen Kaffee er will. Du kennst meine Auswahl, Kaffee americano, Kaffee verkeert, Latte macchiato, Espresso, Espresso macchiato ...«

Piet betrachtete das Porträtfoto und sagte: »Er trinkt Cappuccino, mit viel Zucker!«

»Bringe ich dir, sobald er gekommen ist. Und was trinkst du?«

»Cappuccino, mit viel Zucker!«

Wie gesagt, dieser Mann war ihm nicht komplett unsympathisch. Normalerweise trank Piet einen Americano oder einen Café Crème, aber so ein Cappuccino war auch was Feines.

Er schaute aus dem Fenster, über die Binnengracht auf den Molenberg. Er musste heute unbedingt noch diesen Kesselaar treffen, und er musste noch herausfinden, mit welchem Arzt die van Zwamen zusammengearbeitet hatte. Mist, er hätte Annemieke fragen müssen, ob sie da schon ...

In dem Moment klopfte es an der Tür.

Mit dem unbedarften, uneleganten, aber nicht unfreundlichen Gesicht, das Piet vom Foto her kannte, hatte das, was jetzt auf ihn zukam, nicht viel zu tun. Nieuwenkerks Gesichtsfarbe erinnerte an einen englischen Touristen ohne Sonnenschutz. Er wartete kein »Herein« ab, er stürmte in Piets Büro, baute sich vor dessen Schreibtisch auf und brüllte mit blutunterlaufenen Augen: »Nun passen Sie mal auf, Herr Inspecteur! Ich habe mir in meinem ganzen Leben noch nichts zuschulden kommen lassen, und ich muss es mir überhaupt nicht bieten lassen, dass Angestellte der Polizei von Middelburg mich öffentlich, und dann auch noch vor Verwandten, mit einem Prostituiertenmord in Verbindung bringen. Ich bin ein Geschäftsmann, der wahrscheinlich mit seinen Steuern mehr als nur Ihren Arbeitsplatz finanziert …«

Timing ist eine besondere Wissenschaft, manche Leute lernen es nie. Annemieke hatte es mit Löffeln gefressen. Just in diesem Moment erschien sie mit einem Tablett im Türrahmen, und Piet konnte auf die Tiraden des Bauunternehmers antworten: »Kaffee, Meneer Nieuwenkerk?«

Er war völlig verdutzt, schaute Piet an, der lächelte, und so antwortete Nieuwenkerk: »Ääh ja, gern, wenn's geht einen Cappuccino!« Und er fügte hinzu: »Mit viel Zucker bitte!«

Annemieke stellte die beiden milchschaumgekrönten Wunderwerke der Schweizer Kaffeemaschinentechnik vor ihnen ab, und beide Männer schütteten zwei Papiertütchen Zucker in das Getränk.

Wie war er nur auf die Idee gekommen, auch einen Cappuccino mit viel Zucker zu nehmen? Der Zucker ließ die Wurzel von »Vier-Sechs« von innen bersten. Piet nutzte Nieuwenkerks Genussmoment, um so unauffällig wie möglich zum Waschbecken zu gehen und zwei Tabletten einzuwerfen. Als er sich wieder setzte, stellte Nieuwenkerk gerade seine Tasse ab, sein Teint hatte sich fast wieder normalisiert, und Piet nutzte den Moment.

»Schlimme Geschichte mit Frau Van Zwamen, nicht wahr?«

»Ja, das geht mir sehr nah. Wissen Sie, sie war meine Lehrerin.«

Jetzt reagierte Piet wohl ein bisschen zu impulsiv. Er schaute vielleicht zu überrascht.

Denn Nieuwenkerk lächelte plötzlich entschuldigend: »Nein, nicht so, wie Sie denken, wenn Sie gerade das denken, was ich denke, dass Sie das denken. Also nicht mit Rohrstock oder so!«

Piets Zahnschmerzen hatten gerade ein Ausmaß erreicht, dass es ihm unmöglich machte, um 10:04 Uhr morgens elegant und rhetorisch korrekt auf eine Rohrstock-Geschichte zu antworten.

Deshalb war er froh, als Nieuwenkerk fortfuhr: »Mein Vater war Maurer. Er konnte schon mit fünfundfünfzig nicht mehr arbeiten, weil sein Rücken kaputt war vom vielen Schleppen.«

Nieuwenkerk wartete, Piet musste irgendwie reagieren. »Ja, das ist schlimm!«

Um Gottes willen, was plapperte er da?

»Ja, vor allem für ihn. Er fühlte sich nutzlos, saß nur noch auf dem Sofa, apathisch, ich habe als Kind nicht verstanden, wie sehr er darunter gelitten hatte. Ich war im ersten Lehrjahr als Maurer, als er sich in der Garage aufgehängt hatte.«

Piet hatte nicht mit einem leichten Gespräch gerechnet, aber was jetzt gerade passierte, überstieg seine Erwartungen bei Weitem.

»Wissen Sie, ich hatte mir fest vorgenommen, das passiert mir nicht. Ich habe Tag und Nacht gearbeitet, habe den Betrieb aufgebaut, ich habe fünfundzwanzig Angestellte. Aber ich war auf diese Aufgabe nicht vorbereitet. Sie müssen Strippen ziehen, elegant Konversation treiben, Wünsche schaffen und Wünsche befriedigen. Ich war aber kein erfolgreicher, jovialer, weltgewandter Unternehmer, ich war Maurer. Und was ich jetzt bin, das verdanke ich Romy van

Zwamen. Sie hat mich zu Partys begleitet, sie hat mir beigebracht, wie man im Sterne-Restaurant richtig sitzt, mit ihr habe ich Anzüge gekauft.«

Jetzt könnte die Frage passen. Piet sagte: »Sie sind nicht verheiratet, haben keine Lebensgefährtin?«

Nieuwenkerk schaute auf seine Hände. »Natürlich hatte ich mit Romy auch Sex, wenn Sie darauf hinauswollen. Aber darum ging es nicht, oder doch? Wenn es darum ging, ging es halt um Sex. Aber Romy war meine Lehrerin, sie war nicht meine Frau, nicht Geliebte, nicht Schwester.«

Piet nickte. »Ihre Schwester lebt bei Ihnen im Haus. Ich kann mich nur in aller Form für das Benehmen des Agenten bei Ihnen entschuldigen.«

»Ach, ist schon gut. Er tut ja auch nur seine Pflicht.« Nieuwenkerk grinste. »Wahrscheinlich bräuchte er mal eine gute Lehrerin!«

Piet versuchte wieder, Bilder aus seinem Hirn zu verbannen, die er einfach nicht denken wollte.

»Meneer Nieuwenkerk, da bleiben natürlich noch einige Fragen. Mir ist wirklich klar, dass Sie kein Motiv hatten, Frau Van Zwamen zu töten, aber darf ich Sie fragen, wann Sie das Opfer das letzte Mal gesehen haben?«

Nieuwenkerk duckte sich ein wenig in seinem Stuhl. »Am letzten Donnerstag.«

Piet blickte auf. »Moment, am letzten Donnerstag? Und wann genau?«

Nieuwenkerk überlegte kurz. »So gegen siebzehn Uhr. Ich hatte an einer Ausschreibung teilgenommen, für die Erweiterung der Feuerwache, und da musste ich mein Angebot persönlich im Rathaus abgeben, und dann habe ich noch schnell bei Romy angerufen. Und sie hat sich sehr gefreut, ich sollte sofort vorbeikommen, ich dachte, wir würden noch essen gehen, aber sie sagte mir, sie hätte noch einen Termin, und dann bin ich so gegen, ich denke mal, halb sieben wieder gefahren.«

Piet fragte nach: »Wohin?«

»Nach Roosendaal, nach Hause.«

»Gibt es dafür Zeugen?« Piet machte sich Notizen.

»Nur meine Schwester, das ist nicht viel, oder?« Piet zog die Stirn in Falten, aber da fiel dem Bauunternehmer wohl gerade etwas ein. »Moment, ich glaube, ich bin auf der A 58 geblitzt worden, kurz vor Rilland. Ich war wohl ein bisschen zu schnell unterwegs. Ich hab noch keinen Bescheid bekommen, aber es kann natürlich sein, dass die Polizei ein Foto von mir auf dem Heimweg gemacht hat. Da würde ich mich dann zum ersten Mal nicht über ein Knöllchen ärgern!«

»Danke, Meneer Nieuwenkerk, wir überprüfen das. Wenn Ihnen noch irgendetwas einfällt, rufen Sie mich an.«

»Nur Sie, Ihren Agenten bestimmt nicht!«

»Dann wünsche ich Ihnen einen schönen Tag.«

Der Bauunternehmer war überrascht. »Wie, das war's schon?!«

»Ja! Wenn Sie sich in nächster Zukunft für mehrere Monate im Ausland aufhalten sollten, dann wüsste ich gerne Bescheid!«

Nieuwenkerk schaute ihn irritiert an und sagte: »Ja dann, dag!«

Er verließ das Büro und schloss leise die Tür. Seine Wut war nicht mehr da.

Piet horchte in seinen Mundraum und spürte wohltuend das Abklingen von Schmerz. Was hatte dieser Mann gesagt? Er hatte seinen Arbeitsplatz finanziert? Dann hätte er ihn eigentlich auf diesen miesen vierbeinigen Schreibtischstuhl ansprechen müssen.

Das Festnetztelefon klingelte, und Annemiekes Nummer stand auf dem Display.

Er nahm ab, und sie fragte: »Wie war der Kaffee?«

»Großartig, der Nieuwenkerk ...«

Sie unterbrach ihn: »Das kannst du mir gleich erzählen, du errätst nicht, wen ich für dich in der Leitung habe!«

Piet fragte: »Jeanne bij de Waate?«

»Nein, so toll ist es dann doch nicht. Der Herr Contento muss dich dringend sprechen.«

Er war ein bisschen enttäuscht, versuchte es sich aber nicht anmerken zu lassen. »Na, da bin ich ja mal gespannt, was der von mir will.«

In der Leitung war ein kurzes Piepen und ein Knacken zu hören, und dann sagte die bekannte Stimme mit dem zu hellen Anzug: »Inspecteur Van Houvenkamp, sind Sie es?«

Die Antwort »Nein, hier spricht Silvio Berlusconi, buonasera, was habe ich dir getan, dass du mich so respektlos behandelst!« lag ihm auf den Lippen, aber er antwortete: »Ja natürlich, was kann ich für Sie tun?«

Contento sprach im Flüsterton: »Dieser Arjan Roos, Sie wissen schon, mein Hausmeister, ich habe kein Vertrauen mehr zu ihm.«

Piet wurde hellhörig: »Und warum nicht?«

»Sehen Sie, ich habe alle Mitarbeiter genau durchleuchtet, ich brauche genaue Informationen über jeden einzelnen, und bei mir arbeitet niemand, der Geheimnisse vor mir hat. Und jetzt erfahre ich, dass dieser Roos damit herumprahlt, dass er ein intimes Verhältnis mit Frau Van Zwamen hatte. Wissen Sie, es gab keinen Grund, mir das zu verschweigen, bis letzten Freitag. Sehen Sie, ich habe italienisches Blut ...«

Piet wurde ungeduldig, in seinem Kalender war dieser Mittwoch schwarz vor Terminen, und er wollte auch noch Rianne treffen.

»Kommen Sie zur Sache, Contento, Ihren Stammbaum haben wir schon diskutiert.«

»Sehen Sie, er hätte es mir nicht verschweigen müssen, aber er wusste sehr genau, dass ich Unehrlichkeit oder Geheimnisse in meiner Firma auf keinen Fall dulde. Basta!«

Piet amüsierte sich ein wenig, in welchem Tonfall Contento von seiner Firma sprach.

»Und was schließen Sie daraus?«

»Es ist mir unangenehm, Inspecteur, ich will eigentlich niemanden verdächtigen, schon gar nicht einen meiner Männer, aber für diesen Roos würde ich jetzt nicht mehr die Hand ins Feuer legen. Da gibt es zu viele Fragen. Die müssen Sie stellen, Inspecteur, die müssen Sie stellen. Also: Für mich ist er verdächtig. Das wollte ich Ihnen nur sagen.«

»Arjan Roos, meinen Sie.« Er schaute amüsiert zu Annemieke, die mit einer Tasse Kafffee in der offenen Tür stand. »Hm, auf den wäre ich nie gekommen. Und Sie meinen, der könnte ...?«

»Aber ja!«

»Danke für den Tipp, Signore Contento. Aber sagen Sie ihm noch nichts davon.«

Piet legte auf.

Das wurde ja immer schöner.

Annemieke fragte: »Habe ich das jetzt richtig verstanden?«

»Allerdings, Signore Corleone liefert gerade Luca Brasi

ans Messer! Den Namen Fabio Contento können wir wohl noch etwas höher hängen, vielleicht sollte man ihn sogar unterstreichen. Was gibt's?«

Annemieke schob seine hastige Art auf den vollen Terminkalender und sagte: »Ich habe für vierzehn Uhr einen Termin bei Doktor Krijn Kesselaar in Bergen op Zoom. Er hat vorgeschlagen, sich in seiner Praxis zu treffen. Wir müssten also 13:20 Uhr hier losfahren, wenn wir auf Nummer sicher gehen wollen, um dreizehn Uhr.«

Piet versuchte sein Seufzen zu unterdrücken, oder es zumindest unhörbar zu tun. Das Zeitfenster für ein Treffen mit Rianne schmolz gerade in der zeeländischen Sommersonne.

Er wechselte rasch das Thema: »Sag mal, hattest du schon Zeit gefunden, dich wegen des plastischen Chirurgen zu erkundigen?«

»Ja, natürlich!« Annemieke setzte sich und nahm ihre schwarze Kladde aus der Handtasche. »Genau genommen gibt es da drei Möglichkeiten, da wäre hier in Middelburg das Estetisch Medisch Centrum mit dem Chefarzt Doktor Klemens Kok, in Bergen op Zoom ist es die La Velata Kliniek von Professor Timmermans, und der berühmte Doktor Paul T. Walker sitzt in Terneuzen, der hat schon die bekannte Moderatorin Linda de Jong zehn Jahre zurückgespult, und er soll auch für die wasserstoffperoxidfarbene Haartransplantation bei dem Politiker Geert Wouders verantwortlich sein.«

Piet kratzte sich unauffällig an der rechten Wange. »Okay, die sollten wir überprüfen, denn ...«

Doch Annemieke unterbrach ihn: »Nicht nötig, the winner is: Professor Bram Timmermans aus Bergen op Zoom!«

»Wieso bist du dir da so sicher?«

»Er hat es mir selber gesagt. Moment. Wenn wir um vierzehn Uhr eh einen Termin in der Stadt haben, könnten wir … Ich rufe ihn sofort an. Ich sage dir gleich Bescheid!« Annemieke machte auf dem Absatz kehrt.

Ihr letzter Satz hatte die letzte Möglichkeit in seinem Tagesplan, eine halbe Stunde mit Rianne auf irgendeiner Parkbank oder einem Straßencafé zu verbringen, soeben gemeuchelt.

»Sag mal, hast du irgendeine Idee für so ein kleines Geschenk? Irgend so eine Aufmerksamkeit, die nicht ein doofer Strauß Blumen ist?«

Annemieke schaute ihn unschuldig an und schien zu überlegen. Dann sagte sie: »Ja, die habe ich: das Ministerium für Schokolade!«

Piet war sich nur allzu sehr darüber im Klaren, dass er die Feinheiten des Systems der niederländischen Parlamentarischen Monarchie nicht vollständig internalisiert hatte, aber ein Ministerium für Schokolade, also wenn es das gäbe, das hätte er mitbekommen.

Annemieke sah sein ausdrucksloses Gesicht und lachte: »›Zeeuws Ministerie van Chocolade & Culinaire zaken‹, das ist ein kleines Geschäft in der Lange Noordstraat. Und wenn du da reingehst, passiert etwas mit deiner Nase. Mehr verrate ich dir nicht.«

Piet konnte ihre Sätze nicht so recht einordnen, er überlegte gerade irgendwas, als sie ihn genau darin unterbrach: »Kauf da ein paar selbst gemachte Pralinen!«, und dann kam der entscheidende Satz: »Frau Van Wort wird sich ganz bestimmt darüber freuen!«

Sie lächelte noch einmal, entschwand feenhaft und ließ ihn allein mit seinen Fragen.

Frau Van Wort, Frau Van Wort, wie kam sie denn auf Frau Van Wort? Hatte er Rianne erwähnt? Wieso Frau Van Wort? Er nahm es sich noch einmal vor. Er durfte es nie vergessen: Auch wenn sie niedlich aussehen. Frauen sind Raubtiere!

52

Piet stand in der Lange Noordstraat 8 in Middelburg, an der rechten Seite des alten Stadhuis vor einem Schaufenster, und stand noch immer auch auf der »Borderline«, auf der Grenze zwischen: »Nein, ich bin ein achtundfünfzigjähriger vernünftiger Polizist, und ich werde mir natürlich nichts Zuckerhaltiges in den Hals schieben, nicht solche Pralinés, die mit ihrem Zuckergehalt von 178 Prozent meinen ›Vier-Sechs‹ endgültig dazu bringen werden, mich so wahnsinnig zu machen, dass ich einen Kranfahrer im Hafen von Vlissingen darum bitten werde, die Abrissbirne, die an seinem Ausleger hängt, mit Vehemenz auf meinen rechten Unterkiefer zu schwingen!«, und auf der anderen Seite des Schlagbaumes war da dieser Satz: »Ja, machen Sie mir die Dreihundert-Gramm-Packung. Nein, Sie müssen es nicht einpacken. Ich esse es gleich hier!« Diese Gedanken hatte Piet schon vor dem liebevoll geschmückten Schaufenster.

Aber als er durch die alte Holztür in den kleinen Laden trat, wusste er, was Annemieke meinte, als sie sagte: »Wenn du da reingehst, passiert etwas mit deiner Nase!«

Beschreiben konnte er diesen Duft nicht, aber es stand fest, er hatte Schokolade noch nie intensiver gerochen. Das Angebot war bunt, kreativ, zeeländisch, irgendwie lieb. Er streifte durch die Gänge. Es waren, wohlwollend betrachtet, zwei. In der Mitte des kleinen Ladens stand ein Doppelregal, man konnte darum herumgehen, also zwei Gänge, da gab es Zeeuwse Babbelaars, diese wunderbaren zeeländischen Butterbonbons, die aus ganz viel Butter, Zucker, einem bisschen Essig, Wasser und einem »snufje« Salz gemacht werden und die nach Piets Meinung eindeutig vor Cannabis auf die Liste suchtauslösender Substanzen gehörten. Es gab Lutscher, es gab Bonbons, es gab Zuckerstangen, es gab Schokolade in jeglicher Form und Konsistenz, aber dann kam er an den Glastresen, an dem die selbst gemachten Pralinen so unverschämt appetitlich dargeboten wurden, dass einem das Wasser sturzbachmäßig im Mundraum zusammenlief. Da gab es die wunderbarsten Kreationen: Tonkabohne, Limoncello, sogar karamellisierten zeeländischen Frühstücksspeck.

Der gut gekleidete Mann, der vor Piet an der Reihe war, bestellte bereits seit einiger Zeit: »… dann noch Pistache, und was ist das? Jack Daniels? Na ja, kann auch nicht schaden! Aber das ist mir noch wichtiger: Marcipano Schoonheid! Davon geben Sie mir bitte gleich zwei!«

Diese Stimme kam Piet bekannt vor.

»Dag, Henk!«

»Oh, Piet. Also, ganz ehrlich, dich hätte ich in dieser Boutique nicht erwartet.«

Piet hatte so viel Spaß an diesem wunderbaren Geschäft, aber neunzig Prozent davon waren ihm in den letzten achtzehn Sekunden abhandengekommen.

Die Verkäuferin reichte eine große Papiertüte voller Leckereien über den Tresen, aber Ten Dracht zog nur eine Karte aus seinem Tweed-Jackett: »Würden Sie das bitte nett verpacken und zu Achter de Houttuinen 10 bringen?«

»Zum Polizeipräsidium?«

»Ja, genau, es ist für Brigadier Annemieke Breukink. Hartelijk bedankt!«

Wenn es jemals eines Gesichtsausdruckes bedurft hatte, um das Wort »unverschämt« zu beschreiben, dann war es der, mit dem Henk ten Dracht Piet bedachte, als er die Boutique verließ.

Der Satz »Und wenn sie fett ist, verlässt du sie!« waberte durch Piets Hirn, aber er traute sich nicht, ihn zu denken.

Er machte es einfach besser. Er suchte genau sechs Pralinen heraus: Pistache, Limoncello, Zeeuwse Keukenstroop, Zwarte Bes, Krokantje Koekjes und Erdbeer mit Crème de Menthe.

Und jetzt hätte er gern nonchalant eine Karte aus dem Jackett gezogen, aber dieses Ansinnen scheiterte an zwei Punkten: Erstens trug er kein Jackett, und zweitens lag die Karte irgendwo im »Grijse Dolfijn«. Er zog eine Postkarte aus einem Ständer, auf der stand: »Ich bin konsequent: Wenn ich eine Tafel Schokolade anfange, dann esse ich sie auch zu Ende!« Er bat die Verkäuferin um einen Stift und schrieb auf die Rückseite: »Sorry, ich hätte dich heute so gerne gesehen! P.!«

»Könnten Sie das bitte nebenan in die Zeeuwse Apotheek in der Stadhuisstraat bringen, zu Händen von Mevrouw Rianne van Wort?!«

»Aber gern, Herr Inspecteur!«

Dass man ihn in den Kneipen kannte, war ihm klar. Aber in einem Schokoladenfachgeschäft hatte er tatsächlich nicht damit gerechnet, dass man seinen Dienstgrad kannte.

Beim Verlassen des Hauses nahm er ein letztes Mal diesen wunderbaren Duft wahr. Es war gut. Es war gut, dass er

Zahnschmerzen hatte. Sonst hätte er diese unverschämt gut riechenden kleinen braunen Dinger wahrscheinlich selbst gegessen.

53

»Und wenn wir jetzt tatsächlich mal das Bier weglassen und auch zu Bauch, Beine, Po gehen, vielleicht nehmen wir dann wirklich ein paar Kilo ab, und dann sind wir plötzlich fit, und das würde ja vielleicht auch sexuell …«

Das war schon mutig von Adi, das war ja fast ein Outing, und Lothar streute auch direkt Salz in die Wunde: »Wieso, will der kleine Adi nicht mehr so?«

Adi antwortete entrüstet: »Und ob der will, aber wenn man sich den Liebesakt mal so vorstellt und sich dann dein Vordergewölbe anschaut … Lothar, wie viel Liegestütze schaffst du denn so? Würdest du uns das mal eben vormachen?«

Dicke Luft in der AFL.

Ich wollte überhaupt nicht darüber nachdenken, wie viele Liegestütze ich so schaffte. »Hier geht es doch nicht um sportlich oder nicht. Hier geht es auch nicht um Fitness, es geht um eine Botox-Party und um einen Scharlatan von Beauty-Doc und um eine Animateurin, der ich auch nicht einen halben Meter über den Weg traue. Und es geht darum, dass es auch möglich ist, dass wir völlig falschliegen, und wenn dem so ist, dann werde ich mich im nächsten Jahr sofort bei Fleur zum Morgengruß anmelden, aber in diesem Jahr werden wir erst mal versuchen, diesen Fall aufzuklären. Und wenn die Polizei hier nicht in der Lage ist, die Zusammenhänge zu sehen, dann machen wir das!«

Vier Männer saßen um mich herum und nickten.

Das ist der große Unterschied zwischen Männern und Frauen. Es ist möglich, dass fünf Frauen zusammensitzen und nichts zu quatschen haben, weil halt alle da sind. Aber hier hatte ich gesprochen, und vier andere Männer nickten mit dem Kopf!

Gerd meldete sich zu Wort: »Wir müssen mehr über diese Fleur rauskriegen und über diesen Dr. Yves Hendrik Postma. Der soll in …« Er blätterte in dem Flyer. »… Lausanne und Boston studiert haben und …«, er zitierte aus dem Werbeprospekt, »… hat danach in den besten Beauty-Kliniken in Mailand und am Bodensee gearbeitet, bevor er sein revolutionäres Beauty-Institut in den Niederlanden gründete, das in kürzester Zeit zu einer der führenden Adressen in Westeuropa wurde!«

Detlef grübelte: »Mein Onkel Heinz, der wohnt in Radolfzell, und der war bei der Kripo, in Radolfzell kennt man ihn nur als den Erik Ode vom Bodensee. Den werde ich mal fragen, ob der da was rauskriegen kann.«

»Aber wir müssen auch mehr über diese Fleur in Erfahrung bringen. Was hat sie gelernt, wo hat sie vorher gearbeitet? Irgendwas stimmt da doch nicht! Also, macht euch auf die Suche!«

»Und wenn wir nichts finden?« Adi blieb skeptisch. »Dann knien wir im nächsten Jahr alle um sechs Uhr morgens auf einem Badetuch und begrüßen den jungen Morgen auf der Liegewiese am Pool!«

Adis pessimistische Perspektive weckte meinen Widerstand. »Wollt ihr das?«

Da erklang es fast im Chor: »Natürlich nicht!«

»Also hängt euch rein!«

Wir können festhalten: Optimistisch war die Stimmung nicht bei den fünf Männern gesetzteren Alters. Wir waren *nicht* verzweifelt, keineswegs! Nur eine Besserung der Lage, womöglich noch in diesem Urlaub, erschien uns so wahrscheinlich wie ein fröhlicher Abend mit alkoholfreiem Grimbergen.

Zur Ehrenrettung der Padres der Abtei Grimbergen in der belgischen Provinz Flämisch-Brabant ist es mir ein Bedürfnis, an dieser Stelle anzufügen, dass auf die sinnentleerte Idee der Herstellung eines solchen Produktes bis dato noch niemand gekommen ist.

54

Das Haus am Vijverberg in Bergen op Zoom hatte schon eine ziemlich perfekte Lage. Nah am Zentrum, direkt neben dem Weiher, nur ein paar Minuten Fußweg zur atemberaubenden Gartenanlage Wouwse Plantage, und dann gibt es natürlich noch den Golfplatz gleichen Namens, dessen Fairways und Grüns in Zeeland ihresgleichen suchen. Es war also eine gute Adresse für ein Facharztezentrum, und es hatten sich auch einige Ärzte gefunden, die in dem großzügig geschnittenen vierstöckigen Neubau den idealen Hort für ihre Praxis sahen.

Die gravierten Edelstahlschilder am Eingang wiesen auf einen Urologen, einen Radiologen, einen Endokrinologen, was auch immer das sein mag, einen Kardiologen und auf den Internisten Krijn Kesselaar hin, die übrigen drei Schilder waren für einen Physiotherapeuten, für die Apotheke im Erdgeschoss und für den Finanzberater reserviert, weil die unmittelbare Nachbarschaft von Fachärzten der natürliche Lebensraum von Finanzberatern ist.

Krijn Kesselaar führte seine Praxis im vierten Stock, die großzügig verglasten Räume hatten einen schönen Blick auf den Weiher, und Piet hatte einen ausgezeichneten Blick auf Sanne, die Sprechstundenhilfe oder Personal Assistentin, die ihn strahlend anlächelte, als er mit Annemieke den Empfangsraum betrat.

Die beiden Polizisten waren durchaus auf einige Minuten in einigen Warteräumen vorbereitet. Wie viele Minuten, hing davon ab, als wie wichtig sich der Arzt vor den Polizisten darstellen wollte, und sie waren schon ein wenig überrascht, als sich sofort die Tür zu einem Nebenraum öffnete, in dieser Tür stand ein gut eins neunzig großer, schlanker Mann in einem weißen Kittel über weißen Jeans zu weißen Crocs mit weißem Haar, das man bei einem siebenundvierzigjährigen Mann so nicht erwartet hätte. Niemand würde auf die Idee kommen, ihn auf unter fünfzig zu schätzen. Vielleicht lag es an den tiefen schwarzen Ringen unter seinen Augen. Vielleicht lag es an dem Aschenbecher, den er aus der Schreibtischschublade zauberte, als sie Platz genommen hatten.

»Stört es Sie, wenn ich rauche?«

»Aber nein!«

Und wie es ihn störte, aber Piet war schon so froh, dass es in dem ganzen Ärztehaus keinen Zahnarzt gab, auf mehr Glück durfte er nicht hoffen.

»Doctor Kesselaar, Sie kannten Romy van Zwamen?«

»Lassen wir das Geplänkel weg. Ich habe Herrn Remco Jonker alles erzählt. Ich kannte sie nicht nur, ich war ihr … von mir aus nennen sie es verfallen!«

Annemieke stellte eine Frage, zu deren Beantwortung er eigentlich auch einfach nur mit den Schultern zucken könnte: »Nur, um mir ein Bild machen zu können … Warum?«

Aber er redete: »Weil sie etwas ganz Besonderes war. Sie war kostbar, sie war intelligent, und sie war immer spannend. Ich weiß, es klingt gemein, was ich jetzt sage, aber: Ich habe eine Frau, eine … schöne Frau! Ich habe vier Kinder mit ihr. Aber ich weiß alles über sie, ich bin nie neugierig, nie mehr neugierig.«

Piet war mit der Gesprächsführung ganz zufrieden. Doctor Kesselaar hatte scheinbar große Lust, vor Annemieke sein Inneres nach außen zu kehren, also hielt er sich gepflegt zurück.

Und wieder drang Annemiekes Stimme an sein Ohr: »Bei Romy war das anders?«

»Ja, wissen Sie, ich bin jetzt fast fünfzig, ich glaube, das ist bei jedem Mann der Zeitpunkt, an dem er sich fragt: ›Und das soll es schon gewesen sein?‹ Oder ist es nur bei mir so? Ich habe mich das jedenfalls gefragt. Ich kam nach Hause, ich saß an einem Abendbrottisch, an dem nicht gesprochen wurde, ich sah Fernsehshows, die mich nicht interessierten, und es hat mich überhaupt nicht gestört, dass meine Frau keinen Sex wollte. Sollte das schon alles gewesen sein?«

Kesselaar kämpfte mit den Tränen. Er nahm das Päckchen Lucky Strike vom Schreibtisch, entnahm ihm eine Zigarette, entzündete diese am Rest der letzten Zigarette, drückte den im Aschenbecher aus. Er saß vor zwei Polizisten, eine Situation, in der jeder andere alles unternimmt, seine Gefühle zu verbergen, aber jetzt machte er den Mantel ganz weit auf.

Piet fragte: »Und dann wollten Sie alles ändern, die ganze Lawine ins Tal stürzen lassen, Familie Familie sein lassen, und noch einmal ganz von vorn beginnen?«

Krijn Kesselaar hatte den Kampf gegen seine Tränen verloren. »Aber sie hat gelacht! Sie hat gesagt, Mensch Krijn! Warum willst du Alltag, den hast du doch mit deiner Frau. Mit mir hast du Feiertag, an jedem Tag, an dem du mich siehst, hast du Feiertag. Bleib bei deiner Frau, und wenn du mich brauchst, kommst du zu mir, und dann haben wir Feiertag.« Er machte eine lange Pause. »Wenn ich das heute so erzähle, dann denke ich, sie hatte recht!« Kesselaar stützte den Kopf in seine Hände.

Er war verdammt nah am Wasser gebaut. Aber ist das nicht jeder Niederländer?

»Heute denken Sie, sie hatte recht, aber damals?« Annemieke stellte die richtigen Fragen, er sollte sich weiter zurückhalten.

»Damals war ich gekränkt, sehr gekränkt, und ich war sauer.«

»Waren Sie so sauer, dass Sie sie hätten umbringen können?« Piet stellte diese Frage lächelnd, um die Möglichkeit zu schaffen, dass sie sie beide für absurd hielten.

Kesselaar sah ihn sehr offen an und antwortete: »Ich fand die Idee so gut, und ich konnte mir gar nicht vorstellen, dass sie Nein sagt. Ich dachte, sie fliegt mir in die Arme, aber sie lachte! Ja, ich war so sauer, ich hätte sie umbringen können!«

Annemieke fragte sehr leise: »Haben Sie Romy van Zwamen umgebracht?«

»Nein, natürlich nicht, und das kann ich Ihnen auch beweisen!«

Jetzt war Piet gespannt. »So, das können Sie uns beweisen, na, dann mal los!«

Kesselaar fuhr sich durch sein weißes Haar, und er wirkte unendlich hilflos, als er sagte: »Wenn ich Romy umgebracht hätte, wäre mein Leben völlig sinnlos, ich hätte alles, was ich liebe, zerstört. Wenn ein anderer sie umgebracht hat, habe ich noch eine Frau und vier Kinder, ich habe keine Liebe mehr, aber ich habe eine Aufgabe! Und wenn Sie jetzt mal hier rüberschauen, dann sehen Sie, ich lebe noch! Sehen Sie! … Das ist der Beweis!«

Annemieke und Piet standen auf und gingen. Sie gingen einfach. Sie murmelten irgendwas wie »Auf Wiedersehen!« oder »Tot ziens«, und sie gingen, sie verließen diesen gebrochenen Mann, der mit siebenundvierzig Jahren zumindest im Moment keinen anderen Grund sah weiterzuleben, als dass er noch eine »Aufgabe« hatte.

* * *

Piet lehnte am vorderen rechten Kotflügel des Dienstpeugeots und meinte: »Wenn ich ja jetzt nicht Nichtraucher wäre, könnte ich wirklich eine Zigarette gebrauchen. Entschuldigung, was war das denn?«

Annemieke verharrte vor der Autotür. »Das war ein Mann, der in Selbstmitleid schwelgt, der sich selbst belügt, und wenn der nicht bald die Hilfe eines Kollegen des Fachbereichs Psychotherapie aufsucht, dann springt der in allernächster Zukunft vom Dach des Fachärztezentrums, und eine Ehefrau und vier Kinder können nur hoffen, dass er verdammt gut versichert ist. Und jetzt kommt mein Beweis, dass wir ihn nicht von der Liste streichen können!«

»Na, da bin ich ja mal gespannt!«

»Er belügt seine Frau, und wer seine Frau belügt, der kann lügen! Und wer lügen kann, lügt! Nicht immer, aber es kann immer sein!«

Piet schaute seine Assistentin überrascht an. »Keine Empathie? Kein Mitleid?««

Annemieke meinte entschlossen: »Für diesen Feigling,

der aus Angst vor dem Alter seine Familie verlassen wollte? Nein, ganz sicher nicht!«

Piet hatte schon ein bisschen Mitgefühl empfunden. Vielleicht weil er auch in dem Alter war, in dem man sich fragt: »Soll es das denn schon gewesen sein?«

Annemieke schloss den Wagen auf und meinte: »Wir müssen los, wir haben den Termin bei Timmermans um halb vier, und wir haben schon fünf nach drei.«

Piet hoffte, dass diese Fahrt nicht wieder für einigen Erklärungsbedarf bei den Kollegen der Verkehrspolizei von Bergen op Zoom sorgen würde.

Die Privatklinik von Professor Bram Timmermans lag in der Artilleriestraat im Havenkwartier, eine mindestens ebenso hübsche Lage wie die des Ärztehauses, in dem Krijn Kesselaar seine Praxis führte, aber eben auf der anderen Seite der Stadt.

Das konnte natürlich in Amsterdam oder Den Haag ein Problem darstellen, in Bergen op Zoom fährt man den halben Ring um die Altstadt, Noordsingel und Westersingel, und knapp drei Kilometer später konnte man sich schon wieder mit der Parkplatzsuche beschäftigen, wenn das denn nötig wäre. War es aber nicht, denn die Klinik »Team Beauty en Laser« hat natürlich reservierte Parkplätze für ihre Patienten. Trotz einsetzendem Feierabendverkehr stand der Dienstpeugeot um 15:13 Uhr auf dem Parkplatz und Piet der Schweiß auf der Stirn.

Als sie die hellen Empfangsräume betraten, fragte sich Piet, warum diese Ärzte alle so gut verdienten. Die Empfangsräume dieser Koryphäen waren immer leer. Beim praktischen Arzt in Noordkapelle stapelten sich die alten Mütterchen vormittags meterhoch, und der alte Doktor fuhr einen Opel Astra. Bei Professor Timmermans war der Empfangsraum leer, im verglasten Warteraum saß niemand, und auf dem Klinikparkplatz stand nur das Auto des Professors, wenn man mal davon ausging, dass die Empfangsdame im beigefarbenen figurbetonten Kostüm keinen Tesla S fuhr.

Laut Schildchen am Revers des Kostümjäckchens hörte die Dame auf den Namen Yolanda, über einen Nachnamen verfügte sie nicht.

Sie begrüßte Piet und Annemieke mit überbordender Freundlichkeit, die der Herzlichkeit eines Dackels, der sein Herrchen einen Nachmittag lang nicht gesehen hat, nur wenig nachstand: »Inspecteur Van Houvenkamp, Mevrouw Breukink, schön, Sie zu sehen, der Professor hat extra für Sie den Nachmittag freigemacht!«

Aha, deshalb keine Patienten. So ein Professor hat nichts mit der Polizei zu tun, und wenn doch, dann sieht das sicher kein Patient oder Kunde oder wie auch immer die Menschen heißen, die sich hier Gesicht, Bauch oder Hintern straffziehen ließen, weil der Herr Professor dann mal eben Kalender, Wartezimmer und Parkplatz freiräumt.

Professor Timmermans erschien in der Tür, lächelnd bat er sie in sein Büro. Annemieke und Piet folgten ihm. Sie setzten sich auf bequeme Freischwinger-Stühle im Bauhaus-Stil an einen Tisch, der bewusst kein Konferenztisch sein sollte. Auf dem Tisch stand eine Glaskaraffe mit Wasser, in der Karaffe lagen Steine.

Sie klirrten leicht, als Timmermans das Gefäß in die Hand nahm und fragte: »Mögen Sie ein Glas Wasser?«

Annemieke bejahte. Piet hatte dem Professor gar nicht richtig zugehört, stattdessen starrte er den Mediziner, der vielleicht Mitte fünfzig sein mochte, an.

Der trug keinen Kittel, sondern eine weiße Jeans und ein dunkelblaues Polohemd, auf das sein Name und der Name der Klinik eingestickt waren. Er hatte laut Polohemd nicht nur einen Nachnamen, er war auch noch Professor und Doktor.

Aber das war es nicht, was Piets Blick so anzog. Der Facharzt für ästhetische Chirurgie Professor Dr. Bram Timmermans hatte eine derart krumme Nase, dass der Zinken von Gérard Depardieu im Vergleich dazu einem Stupsnäschen gleichkam.

Dem Professor war Piets Reaktion wohlbekannt, denn als dieser stammeln wollte, »Entschuldigen Sie, Herr Professor, es ist nur ... ähm ...«, sagte er gleich: »Ich weiß, natürlich erwarten die Menschen bei einem Schönheitschirurgen nicht eine solche Nase, aber glauben Sie mir, Herr Inspecteur, es ist meine beste Werbung, und sie kostet nichts!« Annemieke und Piet schauten ihn verwundert an, sodass er fortfuhr: »Ich sage allen meinen Patienten, dass sie einen Körper haben, und ein Gesicht, und dass dieser Körper und das Gesicht funktionieren. Es gibt nur ganz wenige Fälle, in denen ich Korrekturen vornehme, damit Körperteile die ihnen zugedachten Funktionen besser ausführen können. Es wäre etwas anderes, wenn ich durch diese krumme Gurke in der Mitte meines Gesichts nicht richtig atmen könnte, aber ich kann es. Und deshalb geht es hier nur um Ästhetik. Ich mag meine Nase, das ist okay. Wenn Sie Ihre Nase nicht mögen, dann ist das auch okay. Man kann auch mit einem Hängebusen leben, man muss aber nicht.«

Annemieke nickte gedankenverloren.

»Deshalb vertrauen mir meine Patienten. Weil ich ihnen

sage, ich finde ihr Gesicht schön, und es funktioniert. Meiner Ansicht nach müssen sie sich nicht operieren lassen.«

Piet musste diese Frage einfach loswerden. »Sie nennen ihre Kunden ›Patienten‹?«

»Ja, natürlich. Eigentlich kommt das Wort Patient ja aus dem Lateinischen, patiens heißt so viel wie aushaltend, ertragend. In dem Sinne hat es etwas mit Leiden und Krankheit zu tun, aber heute werden unter dem Begriff Patient einfach Menschen subsumiert, die die Dienstleistungen von Ärzten in Anspruch nehmen. Meine Patienten sind nicht krank. Wenn sie leiden, dann nur in ihrem eigenen ästhetischen Empfinden, und genau das machen ich und meine Nase ihnen immer wieder klar. Wenn Sie wollen, bin ich einfach fair!«

»Sie gelten als der Beste im Bereich Botox-Behandlung ...«

»Entschuldigen Sie, wenn ich Sie da unterbreche, aber da muss ich Sie in zwei Punkten korrigieren. Zunächst sind wir auch führend im Bereich der Lasik-Behandlung bei Kurzsichtigkeit, Weitsichtigkeit und Stabsichtigkeit, wenn Sie Ihre braunen Augen nicht mögen, zaubern wir Ihnen blaue. Und zum anderen, nein, ich bin nicht der Beste. In unserem Segment sind die Unterschiede marginal, aber wir gehören sicher zu den besten fünf in unserem Bereich. Und das ist sehr wichtig, denn da ist auch viel Scharlatanerie unterwegs.«

Annemieke wusste, wovon er sprach: »So was wie Botox-Partys zum Beispiel?«

»Oh ja, immerhin hat der Gesetzgeber mittlerweile auch dafür Regeln erlassen. Aber die Regeln besagen bisher nur, dass auch ein Arzt zugegen sein muss. Ein Arzt, stellen Sie sich das vor. Urologe, Psychologe, Anästhesist, die haben alle studiert, die sind alle gut in ihrem Bereich, aber die Ästhetische Dermatologie ist ein sehr schwieriges Fach, ich bin mindestens einmal im Monat bei Fortbildungsveranstaltungen, um permanent auf dem Stand der Entwicklung zu bleiben. Und der Gesetzgeber verlangt, dass ein ›Arzt‹ anwesend sein muss, ein Arzt, ein dreiundachtzigjähriger hochgradig kurzsichtiger Proktologe ist auch ein Arzt. Glauben Sie mir, der Unterschied zwischen einer Botox-Party und einer Tupper-Party kann marginal sein.«

Piet hatte in den letzten vier Tagen mehr Ärzte gesehen als in den letzten zwanzig Jahren zusammen. Auch wenn er sich manchmal Mühe gegeben hatte, sie nicht zu mögen, war es nur selten gelungen. Und so hatte er wieder einiges Vertrauen mehr in die niederländische Ärzteschaft gefunden.

Das galt natürlich nicht für Zahnärzte!

»Eine Ihrer Patientinnen war Romy van Zwamen?«

»Allerdings, und ich war und bin zutiefst betrübt, als ich von ihrem tragischen Tod erfuhr! Auch wenn ich mir nicht recht erklären kann, wie es zu einer Botox-Vergiftung kommen kann. Ich weiß nicht, ob Sie die ganze Geschichte der Botox-Behandlung kennen. Der Beginn geschah eigentlich eher zufällig. In Kanada gab es ein Ärztepaar. Alastair Carruthers war Hautarzt, seine Frau Jean war Augenärztin. Sie versuchte das Lidzucken eines Patienten mit Botox-Spritzen zu behandeln, und die beiden entdeckten eher zufällig, dass danach auch die Stirnfalten des Patienten verschwunden waren. Wir Ärzte bekommen Botulinumtoxin-Dosen, von einem bis drei Milliardstel Gramm pro Spritze, und die sind absolut nicht tödlich. Wir müssen hier unterscheiden. Bei Romy van Zwamen ist keine Botox-Behandlung durchgeführt worden. Sie ist durch das Nervengift Botulinumtoxin ermordet worden. Hier ist jede Art von Zufall komplett auszuschließen.«

Annemieke ergriff das Wort: »Haben Sie Frau Van Zwamen auch mit Botox behandelt? Wenn ja, wie oft?«

Timmermans nickte. »Natürlich, Frau Van Zwamen war alle drei Monate bei mir, für Behandlungen der Stirn, im oberen Wangenbereich und am Hals, aus dem Grund, den ich eben schon erwähnte. Botox-Dosen, die wir spritzen, sind kosmetische Dosen. Sie führen zu einer gewollten Lähmung der Muskeln, aber unser funktionierender Körper baut dieses Gift in dreieinhalb bis sechs Monaten pflichtgemäß wieder ab, dann braucht es Nachschub.«

»Diese Fähigkeit des Körpers und Ihre Nase sind also die Basis Ihres wirtschaftlichen Erfolges!« Piet wusste selbst nicht, warum er das sagte, eigentlich wollte er ihn gar nicht mehr provozieren, aber manchmal sprach er schneller, als er dachte.

Der Professor lachte und sprach: »Da haben Sie recht, so habe ich es noch nicht gesehen, aber Sie haben recht. Haha! Die Fähigkeit zum Giftabbau und meine Nase, haha! Tatsächlich, Sie haben recht!«

Er wollte sich gar nicht mehr einkriegen, bis Annemieke ihn unterbrach: »Wann wären die drei Monate das nächste Mal rum gewesen?«

»Nun, das letzte Mal habe ich sie gesehen ... Ich glaube, Ende April. Auf jeden Fall waren die drei Monate letzte Woche rum. Wir hatten einen Termin, und dann ... Moment, ich frage eben meine Assistentin.« Er stand auf, ging zur Bürotür und sagte freundlich: »Yolanda, schauen Sie bitte nach, wann Frau Van Zwamen den Termin bei uns hatte?«

Die Assistentin musste nicht nachschauen, sie stand sofort auf und kam ins Büro des Professors, der ihr sogleich einen Sitzplatz anbot, sie blieb aber stehen. »Frau Van Zwamen hatte ihren Termin am letzten Donnerstag um elf Uhr. Wissen Sie, ich habe extra vormittags keine weiteren Termine angenommen, weil der Professor sich immer selbst um sie gekümmert hat, und er hat sich auch immer viel Zeit genommen!«

Timmermans unterbrach sie unwirsch: »Ja, natürlich, Yolanda, ich nehme mir bei allen Patienten viel Zeit. Und wann hat sie abgesagt?«

»Sie hat abgesagt?«

Piet fragte sich, warum Annemieke überrascht zu sein schien.

»Ja, sie hat in der Praxis angerufen und gesagt, ihr sei ein wichtiger Termin dazwischengekommen und sie würde die Kosten natürlich tragen. ›Aber ich bitte Sie‹, habe ich gesagt, ›da werde ich erst mal den Professor fragen‹, und dann hat sie gesagt, dass sie sich Anfang der nächsten Woche wieder melden werde, und dann hat sie aufgelegt.«

Der Professor nickte zufrieden und sagte: »Danke, Yolanda, Sie können jetzt gehen!«

Aber Piet hielt sie zurück: »Nein, bleiben Sie bitte noch! Frau Van Zwamen hat angerufen?«

»Aber das sagte ich doch?«

»Sind Sie sicher, dass es Frau Van Zwamen war, oder klang sie nur so? Woran haben Sie sie erkannt?«

Yolanda wurde merklich unsicher. »Na ja, sie hat aus dem Auto angerufen, Sie kennen ja das Problem mit Telefonaten im Auto, aber sie hat gleich am Anfang gesagt: ›Guten Morgen, hier ist Romy van Zwamen‹, und … die hat ja keinen Dialekt oder so was. Wer soll es denn sonst gewesen sein?«

Piet lehnte sich gefährlich nach vorn und fragte sehr leise: »Wenn wir also so sorgfältig sein wollen, wie man das bei Gesprächen mit der Polizei sein muss, dann müsste man jetzt sagen: Bei Ihnen hat eine Frau angerufen, die gesagt hat, sie sei Romy van Zwamen!«

Jetzt strahlte Yolanda: »Ja genau, da hat eine Frau angerufen, die gesagt hat, sie sei Romy van Zwamen.«

»Und es könnte natürlich Romy van Zwamen gewesen sein.«

Yolanda war sich nicht mehr so sicher. »Oder auch nicht?«

Piet lächelte sie freundlich an und sagte: »Danke, Yolanda!«

Er wartete ab, bis die Empfangsdame die Bürotür ihres Chefs schloss, dann sagte er: »Es ist nur eine Routinefrage …«

Timmermans antwortete: »Ich kenne diese Routinefrage aus diversen Fernsehkrimis, wo die Kommissare ähnlich charmant lügen wie Sie, Herr Inspecteur. Also, am fraglichen Tag, Donnerstag letzter Woche, gab es hier in Bergen op Zoom einen Kongress über neue pharmazeutische Produkte, den ich besucht habe, weil Professor Joseph Hopkins von der Harvard University da einen Vortrag hielt, und dieser Hopkins wird seit einigen Jahren ganz heiß für den Nobelpreis gehandelt, den muss man gesehen haben, aber der kam dann nicht, in den USA aufgehalten, deshalb fiel die Abendveranstaltung aus, was mir sehr entgegenkam, weil es eine Komplikation in der Klinik gab, deshalb war ich um zwanzig Uhr dreißig wieder im OP. Die Operation dauerte bis etwa halb elf, und dann habe ich mit den Kollegen noch gegenüber in der Bar einige Gläser Wein getrunken. Wissen Sie, man kann nach so einer OP nicht einfach abschalten. Und für diesen Verlauf des Abends habe ich einen Oberarzt, einen Assistenzarzt, einen Anästhesisten und drei OP-Schwestern als Zeugen.«

Piet stand auf, ging auf Timmermans zu, gab ihm die Hand und sagte: »Herr Professor, es war angenehm, Sie kennenzulernen. Ich weiß nicht, ob ich das jetzt charmant gesagt habe, aber es war auf jeden Fall nicht gelogen!«

»Ich danke Ihnen für das offene Gespräch. Würden Sie mir bitte einen Gefallen tun? Halten Sie mich über den Fortgang der Ermittlungen auf dem Laufenden? Ich habe Frau von Zwamen sehr gemocht!«

Piet versprach es.

Die beiden Polizisten verließen das Büro, betraten den Aufzug und standen bald wieder auf der Straße.

Annemieke sagte: »Ich glaube ihm!«

Piet antwortete: »Moment!«

Er drehte sich um und winkte zum Büro von Yolanda, die sich ertappt wieder umdrehte, als hätte sie nur rein zufällig gerade einen Blick auf das Havenkwartier geworfen.

Annemieke fragte: »Von der Liste streichen?«

Piet stimmte zu. »Von der Liste streichen.«

55

Am 3. August ist der Sonnenuntergang in Noordkapelle um 21:30 Uhr. Auch heute ging wieder ein perfekter Sommertag zu Ende. Bisher hatten wir wirklich Schwein gehabt mit dem Wetter. Auch heute war es nicht zu warm, auch um sieben Uhr abends hatte das Thermometer die Zwanzig-Grad-Marke noch nicht nach unten passiert.

Trotzdem holten Tristan und ich unsere Pullover aus der Satteltasche, als wir die Fahrräder am Naturschutzgebiet »De Manteling« abstellten, um im »Zeerover« den Sundowner zu genießen.

Kein einziges Schäfchenwölkchen zierte den strahlend blauen Himmel, da müsste es doch mit dem Teufel zugehen, wenn wir heute nicht den perfekten Sonnenuntergang hätten. Denn nur wenn er perfekt ist, wenn über dem Meer am Horizont nicht die kleinste Dunstschicht liegt, dann ertönt die Melodie. Man muss genau sehen können, wann der unterste Zipfel der roten Sonne, die in Holland natürlich oranje ist, am Horizont die Wasseroberfläche berührt, nur dann schwellen aus den Lautsprechern zunächst ganz langsam die Violoncelli an, dann die Geigen, die Flügelhörner, erst dann hebt diese schwebende Sopranstimme an, die mir die Gänsehaut auf die Arme zaubert und die Tränen in die Augen. »C'era una volta il West« von Ennio Morricone, aus dem Film, der in Deutschland »Spiel mir das Lied vom Tod« heißt. Diese wunderbare Melodie verklingt genau in dem Moment, wenn der letzte orangefarbene Punkt der Sonne am Horizont verschwindet. Meist weine ich dann ein bisschen, was sicher am Meer liegt und an Ennio Morricone und an diesem wunderbaren Bier, das mich schon mal ein bisschen melancholisch macht.

Tristan hatte vorgeschlagen, heute Abend noch ein Grimbergen im »Zeerover« zu nehmen. Anne hatte Muskelkater und Edda aufwendigen Mailverkehr mit Alex, sodass wir zu einem Männerabend aufgebrochen waren.

Im »Zeerover« saßen also zwei Männer unterschiedlicher Generationen mit einem dunklen Trappistenbier auf Rattanstühlen auf der Terrasse. Es fühlte sich so richtig an, und dennoch fiel es mir gerade in dieser Atmosphäre schwer, es mir als richtig zuzugestehen.

Der junge Mann mir gegenüber hatte mich vor zehn oder fünfzehn Jahren beim Verlassen dieses Lokals jedes Mal überredet, noch eine »Schatzkiste« zu kaufen, ein Eis in einer blöden blauen Plastikkiste, in der unter der Milcheisschicht in einem doppelten Boden eine Überraschung versteckt war. Er besaß damals jedes Piratenutensil, das am Ausgang der Kneipe verkauft wurde, und hier hinter der Terrasse hatte er sich hundert Mal mit Tarzanschrei den Deich hinuntergeworfen. Einmal stand er kackstolz mit einem kleinen rosafarbenen Eimer vor mir, weil er mit bloßen Händen eine kleine Scholle gefangen hatte. Da sind wir zusammen, Hand in Hand, wieder runtergegangen zum Wasser, und wir haben die Scholle gerettet. Vorn im Pril hätte sie vielleicht nicht überlebt, aber wir gingen raus, Sohn mit Eimer auf den Schultern, bis ich bis zur Brust im Wasser stand, erst da ließen wir sie wieder frei.

Heute saß Tristan vor mir und vor einem Glas Grimbergen. Neunzehn, was für ein wunderbares Alter. Ich fand es super, dass er neunzehn war; und trotzdem fand ich es irgendwie völlig falsch, dass er Bier trank.

Er stellte das Glas ab, wischte sich professionell den Schaum von der Oberlippe und sagte: »Ich finde das eigentlich ziemlich gut, dass Edda und Mama keine Lust auf ›Zeerover‹ hatten. Da können wir mal ein Gespräch unter Männern führen!«

Ich schmunzelte nicht. »Ja, gerne, wo drückt der Schuh?«

»Na, bei euch! Mir geht's super! Ich hab den Führerschein, wenn ich nicht Auto fahre, darf ich Bier trinken, es sind spannende Mädels auf dem Platz, also alles bestens, nur ihr, ihr benehmt euch wie Fünfzehnjährige!«

Da brauchte ich genauere Informationen: »So, und wie benehmen sich Fünfzehnjährige?«

»Daran solltest du dich selbst in deinem hohen Alter noch erinnern können. Also, Fünfzehnjährige zicken rum, am liebsten abwechselnd, der eine zickt, der andere ist beleidigt, wenn er fertig ist mit beleidigt sein, zickt er zurück, und der andere ist beleidigt. Das ist natürlich total dämlich, deswegen machen das ja auch nur Fünfzehnjährige.«

So, das musste er wohl loswerden, denn jetzt nahm er wieder sein Glas und daraus einen tiefen Schluck.

»Aber Tristan, da gibt es einen großen Unterschied, die Mama ist gerade dabei, einen großen Blödsinn zu machen, und nicht, weil sie das für sich will, sondern um mir eins auszuwischen ...«

»Fünfzehnjährige!«

»Und weil ich das nicht will, ist sie sauer ...«

»Fünfzehnjährige!!«

»Ach, jetzt hör doch auf, soll ich sie denn einfach so zu so einem Botox-Scharlatan gehen lassen?«

Tristan setzte sich vor, anscheinend wurde es wichtig: »Wieso Botox-Scharlatan? Woher weißt du das? Im Fernsehen ist doch heute jeder Nachrichtensprecher gebotoxt, das gehört zum guten Ton. So wie früher Strähnchen machen oder Haare über die Glatze kämmen.«

»Aber Haare über die Glatze kämmen ist nicht giftig!«

»Sieht aber scheiße aus!«

»Aber sie muss doch verstehen …«

»Fünfzehnjährige!!!«

So hatte ich mir das Gespräch unter Männern nicht vorgestellt. Aus irgendeinem Grund war das dunkle Bier vor mir im Glas verdunstet. Ich nahm das leere Glas und wollte mir eine Auszeit am Tresen nehmen, im letzten Moment fragte ich ihn: »Du auch noch eins?«

»Ja, gerne!«

Ich kam mit dem orangefarbenen Tablett und zwei vollen Gläsern zurück an unseren Tisch, und Tristan sagte: »Und noch was! Fünfzehnjährige lassen sich von ihren Cliquen anstacheln. Das läuft bei euch ganz genauso. Mama geht komplett relaxed mit den anderen Frauen zum Sport, und wenn sie wiederkommt, ist sie auf Krawall gebürstet. Du bist einigermaßen gechillt drauf, dann triffst du deine Homies, und diese Fleur mutiert wieder zum weiblichen Teufel. Ihr spinnt doch!«

»Du weißt, dass in Middelburg jemand mit Botox umgebracht worden ist?«

Jetzt schaute er doch ein bisschen unsicher. »Echt? Nee! Woher hast du das?«

Ich hatte mich ein kleines bisschen freigeschwommen.

»Aus der Zeitung!«

Tristan war nicht mehr ganz so sicher, dass sein Alter einfach nur völlig daneben ist.

»Okay, aber reg dich nicht wegen allem auf. Warum soll denn diese Fleur was damit zu tun haben? Die ist doch cool.«

Na, ob die so cool war.

Aber er hatte sicher recht, dass ich mich von der Clique anstacheln ließ, wenn ich nicht gerade die Clique anstachelte. Einer zickt, und der andere ist beleidigt, wie Fünfzehnjährige. Er war verdammt erwachsen geworden.

»Noch'n Bier, Papa?«

»Eins noch!«

Tristan ging mit dem Tablett zum Tresen, da legten Violoncelli einen sanften Klangteppich über die Terrasse des »Zeerover«. Ich sah hinaus aufs Meer, wo die oranjefarbene Sonne gerade am Horizont das Meer berührte. Schade, dass Anne nicht hier war, ich hätte gern ihre Hand gehalten.

56

Die Gedanken fuhren in Piets Schädel Karussell, er konnte sie nicht ordnen. Was war an diesem Tag alles passiert. Er hatte Nieuwenkerk getroffen, der Romy mehr als Lehrerin sah. Dann dieses Telefongespräch mit seinem Lieblingsitaliener Fabio Contento – warum hatte der ihn angerufen, für wie dumm hielt er ihn? Er hatte Kesselaar und Timmermans getroffen, einfach mehr Ärzte, als ihm guttaten, und er hatte Rianne nicht getroffen. Er war noch am Meer, er hatte in Zoutelande auf dem Deich gestanden, die Sonne hatte riesengroß ausgesehen, als sie ins Meer fiel. Dann sah er im letzten Tageslicht die ersten langen tiefdunklen Federwolken. Nun war der Mond aufgezogen, er hatte einen Hof, und wie sagt die alte zeeländische Bauernweisheit: »Hat der Mond 'nen Hof, wird das Wetter doof!« Morgen würde es regnen, heute Abend noch nicht, aber morgen. Er konnte in Ruhe nach Hause radeln, es war immer noch warm.

Er freute sich auf das Gespräch mit Juliana, er hatte heute eine Frau versetzt, bei der zweiten würde ihm das nicht passieren. Er klopfte wie immer an die hohe Kassettentür, bevor er mit seinem Zweitschlüssel öffnete.

Juliana saß in ihrem Sessel und lächelte ihn an: »Schön, dass du kommst, mein Wein ist zur Neige gegangen, bringst du mir noch ein Glas?«

Er ging zu ihr, küsste sie drei Mal auf die Wangen und sagte: »Aber natürlich, meine Gnädigste!«

»Ich möchte einen Rheinwein, wenn ich einen Gin bestelle, kannst du mich meinetwegen behandeln wie Queen Mum.«

»Die ist mit ›Bombay Sapphire‹ fast hundertzwei geworden.«

Juliana machte eine wegwerfende Handbewegung: »Ich schaffe mit Rheinwein mindestens hundertfünf, da kannst du dich schon mal drauf einstellen!«

»Mit dem größten Vergnügen!«

Piet nahm ihr Glas und ging in die Küche. Er entnahm dem Kühlschrank die Weinflasche, öffnete den Vakuumverschluss, zog den Gummikorken aus dem Flaschenhals und wollte gerade einschenken, als er sich fragte, was er da gerade gesehen hatte.

Es war sicher grün, aber es war anders grün, und der Durchmesser stimmte nicht. Er musste nicht noch einmal in den Kühlschrank schauen, er wusste, die Flasche musste zwei abgeflachte Seiten haben sowie den Schriftzug des Markennamens als vertikales Relief auf der einen und das Motiv aus Gersten- und Hopfenhalm auf der anderen Seite. Diese Kennzeichen fehlten.

Jetzt schaute er doch noch einmal auf die sechs liegenden Flaschen. Tatsächlich, es waren keine 0,45-Liter-Flaschen, es waren 0,4-Liter-Flaschen. Ihn schauderte. Das war kein Grolsch. Das war Heineken.

Nun ist Heineken kein schlechtes Bier, genau genommen ist es sogar etwas niederländischer als Grolsch. Denn der Inhalt der Grolsch-Bügelflaschen wird zwar in Boekelo bei Enschede gebraut, die Brauerei gehört aber seit fast zehn Jahren zum SAB-Miller-Konzern, Sitz in Woking, UK, also demnächst nicht mal mehr EU. Für einen niederländischen Bier-Liebhaber ist das ein gravierender Nachteil. Heineken dagegen wird nicht nur in Amsterdam gebraut, Inhaber ist die Heineken-Holding, die zu mehr als der Hälfte von L'Arche Green N.V. kontrolliert wird, und L'Arche Green N.V. gehört zu fast neunzig Prozent den Nachfahren von Alfred Heineken, dem Urenkel des Firmengründers Gerard Adriaan Heineken, für einen niederländischen Bier-Liebhaber ein gravierender Vorteil.

Piets Problem war nun: Ihm schmeckte Heineken nicht so gut, und die Flaschen hatten keinen Bügelverschluss.

Piet schaute in der Besteckschublade nach, fand aber keinen Flaschenöffner, warum auch, wenn hier im Hause eigentlich nur Grolsch getrunken wurde. Früher, als er noch geraucht hatte, hatte er stets ein Feuerzeug dabei, mit dem sich mühelos der Kronkorken von der Bierflasche entfernen ließ. Noch früher, als er noch nicht geraucht hatte, hatten sie auch jede Bierflasche aufgekriegt.

Sekunden später hörte man zerbrechendes Glas, und ein Schrei hallte durch den »Grijse Dolfijn«, über den Turfkaai hinaus, er war im ganzen Binnenhaven vernehmbar.

Als Juliana auf ihren vom Alter und vom Rheinwein wackeligen Beinen die Küche erreichte, hörte man im Binnenhaven den zweiten Schrei, höher diesmal und von weniger kräftiger Statur.

»Piet, um Gottes willen, was ist passiert?«

»Hhaahhel!«, teilte Piet am Boden liegend mit, was Juliana nicht unmittelbar verstand.

»Hhaahhel! In he Hagge!«

Piet deutete auf die Garderobe neben der Küchentür,

und Juliana verstand. Er brauchte die Kachel aus der Cordjacke! Sie nahm dieses neumodische Telefon aus der Brusttasche seiner Jacke und reichte es ihm.

Piet saß bereits wieder auf den Fliesen neben dem Kühlschrank, und Juliana versuchte mittels eines frischen, weißen Geschirrtuchs das Blut aus seinem rechten Mundwinkel zu tupfen, aber die Quelle schien nicht zu versiegen.

»Ahhemiehe!«, röchtelte Piet, drückte auf der Kachel herum und reichte Juliana das Telefon.

Es piepte nur zwei Mal, und schon war Annemieke in der Leitung.

»Frau Breukink, oh, entschuldigen Sie bitte, dass ich Sie um diese Uhrzeit noch störe, aber wie Sie wahrscheinlich schon an der auf Ihrem Display zu lesenden Telefonnummer erkannt haben ….«

Piet jaulte wie ein Seehundjunges, das von der Mutter verlassen wurde, diese Jungtiere heißen ja nicht umsonst »Heuler«.

»… handelt es sich um das Telefon von Piet van Houvenkamp, …«

»Bitte? Ja, genau, nein, er kann nicht telefonieren. Wissen Sie, ich war natürlich nicht Augenzeuge des Geschehens …«

Piet wechselte die Intensität der Tiergeräusche in Richtung eines kopulierenden Katzenpaares, durchaus zweistimmig.

»… aber die grünen Scherben und die Blutspuren in seinem Mundwinkel deuten für mich darauf hin, dass er versucht hat, mit seinem entzündeten Backenzahn eine Heineken-Flasche zu öffnen. Haben Sie vielleicht noch die Telefonnummer von diesem Zahnarzt? … Oh, das ist aber nett. Ja natürlich bin ich noch wach! Wissen Sie, in meinem Alter, da braucht man ja nicht mehr so viel Schlaf. Manchmal komme ich mit vier Stunden ... Frau Breukink, Frau Breukink? Die wird doch wohl nicht einfach aufgelegt haben? Wahrscheinlich ein Funkloch!«

Piet hatte, wie früher schon oft praktiziert, die Flasche am rechten Mundwinkel angesetzt, er hatte an kühles Bier gedacht, an internationale Konzerne, die den Markt unter sich aufteilen, an eine Speiseröhre, die in wenigen Sekunden von der köstlichen kühlen Flüssigkeit benetzt werden würde, er hatte an Juliana gedacht, an feinherben Rheinwein, aber nicht an diesen miesen »Vier-Sechs«. Der fiel ihm aber sehr bald wieder ein, als er das Knacken und Reißen nicht etwa im Ohr, sondern unter der Schädeldecke hörte.

Juliana tupfte ihm nun mit der anderen Seite des Trockentuchs die Stirn ab, wohl weil sie einsah, dass sie gegen die Sturzbäche von Blut ohnehin chancenlos war.

Als Piet das Geräusch quietschender Reifen auf Asphalt infolge rabiater Bremseinwirkung eindeutig dem Dienstpeugeot zuordnete, als Annemieke in die Küche flog und ihm aufhalf, als Juliana meinte: »Sie kommen doch gleich noch vorbei, die andere Flasche ist doch noch heile!«, und Annemieke antwortete: »Ja später, aber erst mal müssen wir zum Zahnarzt. Rutger wartet in der Praxis auf uns«, fügte Piet sich in sein Schicksal. Er würde gleich mit dem Kopf nach unten im Behandlungsstuhl liegen, während ein Zahnarzt auf seinem Brustkorb kniete, aber es lag nicht an ihm. Seine Assistentin hatte die Kontaktdaten dieses Dentalsadisten nicht gelöscht, eine grobe Befehlsverweigerung, wenn man so will, aber jetzt, in diesem Moment, gepeinigt von Schmerzen, die die Qualen der Vorwoche noch überstiegen, war ihm eigentlich alles recht, Hauptsache, es ging schnell.

* * *

So ein »Vier-Sechs« hängt an drei Wurzeln.

Rutger Ritsma schaute in den Mund des Inspecteurs, pfiff kurz durch die Zähne und sagte: »Ja, das hast du verdient, du Idiot!«

Die Absaugdüse klemmte im Mundwinkel wie ein Angelhaken. Es saugte und röchelte!

Rutger hatte nun die silberne Zange in der Hand, Piet spürte, wie sie zupackte, dann gab es ein kleines Reißen, und Rutger sagte: »Dieses war der erste Streich!«

Und wieder griff die Zange zu. Piet kniff die Augen zu, ein kleines Knacken.

»Und fertig!«

Piet schaute ihn mit großen Augen an. »Und wann ziehst du mir den Zahn?«

Rutger sagte: »Der ist schon draußen!«

»Das war schon alles?«

»Ich hätte dich gerne mehr gequält, verdient hättest du es! Hier!« Er zeigte Piet eine kleine Edelstahlschüssel. »In zwei Teilen, die Wurzeln waren kaum noch vorhanden, und wenn du dir nicht mit dem Kronkorken das Zahnfleisch aufgerissen hättest, hätte es nicht mal groß geblutet. Hatte ich eigentlich schon erwähnt, dass du ein Idiot bist?«

»Ääh, ja!«

Rutger Ritsma legte seine Instrumente in die Desinfektionsschale, er streifte seine Latexhandschuhe ab und fragte:

»Sag mal, wie hast du in der letzten Woche diese Schmerzen eigentlich ausgehalten?«

»Medikamente!«

»Welche?«

Piet griff in seine Jacke und gab ihm die weiß-blaue Schachtel.

Und wieder pfiff Ritsma durch die Zähne: »Wie viele?«

»Na ja, so drei bis …«

»Bis …?«

»So, drei bis acht?«

»Mensch, du musst doch komplett neben dir gestanden haben. Also, ich stecke dir jetzt noch zwei schöne weiße Watteröllchen auf die Wunde. Die sind ganz prima, da siehst du aus wie Marlon Brando in ›Der Pate‹, und du klingst auch so. Und wenn der Spaß verheilt ist, ich würde mal sagen, in einer Woche, dann kommst du, und dann reden wir über eine Brücke über der Lücke, denn auf Lücken kann man schlecht beißen.«

Piet fühlte mit der Zunge nach, wo der Zahnarzt die Watteröllchen platziert hatte, und sagte: »Luischi, gu mascht mian Angebot, dasch isch nisch ablehn kann!«

Er wandte sich zum Gehen, aber Ritsma hielt ihn noch einmal auf. »Piet, ääh, Herr Van Houvenkamp! Hier ist meine Karte, nur für den Fall, dass Ihnen meine Kontaktdaten abhandengekommen sind!«

Donnerstag

57

Wenn ein altes Haus wie der »Grijse Dolfijn« sich eine Adresse aussuchen könnte, hätte es wahrscheinlich jeden Umzug abgelehnt, denn die Lage am Turfkaai in Middelburg war gleich in mehrerer Hinsicht wunderbar. Da war der Blick über den Binnenhaven und die Koningsbrug, und die Häuserfront des Turfkaai lag so perfekt in Südost-Richtung, dass Piet morgens von der Sonne geweckt wurde, und wenn sie im Sommer mittags zu heiß auf sein Fenster brannte, saß er ja schon im Präsidium oder er ließ sich auf der Gazelle frischen Wind um die Nase wehen.

Er blinzelte, denn die Sonne war gerade in sein Zimmer gewandert. Er fingerte die Kachel unter seinem Bett hervor: 06:18 Uhr! Von der Sonne wach geküsst, das war ja wohl die zweitschönste Möglichkeit überhaupt, geweckt zu werden.

Irgendetwas war anders. In den letzten Tagen hatte auch die Sonne geschienen, aber etwas war anders. In den letzten Tagen war er auch so früh wach gewesen, er hatte sich um halb sieben aus dem Bett gequält, er hatte um zwanzig vor sieben versucht, sich die Zähne zu putzen …

Zähne! Er fühlte mit der Zunge in die Gegend, wo dieser miese »Vier-Sechs« rumgelümmelt hatte, wo sich dieser Schmerz versteckt hatte. Weg! Da war nur noch so ein blödes Watteröllchen. Er stand auf, ging ins Bad und pulte das Ding aus seiner Zahnlücke. Er hatte damit gerechnet, dass es wieder bluten würde, tat es aber nicht. Er hatte mit Schmerz gerechnet, aber alles, was da war, war diese Vorsicht. Vorsicht ja, aber kein Schmerz. Er jubelte innerlich. Deshalb hatte er so gut geschlafen! Weil ihn kein Schmerz mitten in der Nacht geweckt hatte, gezwungen hatte, noch irgendeine Tablette einzuwerfen. Kein Schmerz! Genial, dieser Rutger Ritsma. Komisch, jetzt fiel ihm der Name wieder ein. Er musste unbedingt einen neuen Kontakt anlegen. Andererseits, warum? Er kannte die Telefonnummer ja auswendig.

Er nahm eines der drei Hemden, die er besaß, vom Bügel aus dem Kleiderschrank. Er trug Hemden nur an Feiertagen, aber heute war Feiertag. Er drückte noch einmal zaghaft mit der Zunge gegen die Zahnlücke. Nichts, oder fast nichts. Also, er spürte schon was, aber verglichen mit dem, was er in den letzten Tagen erlebt hatte, war das ein Kribbeln, aber kein Schmerz. Er wollte gerade noch einmal mit der Zunge nachfühlen, aber dann dachte er sich, jetzt die Wunde bloß nicht reizen. Zunge weg, kalt weg, heiß weg. Im Moment ging es ihm gerade gut, nach sechs langen Tagen, und das wollte er nicht ändern.

Er ging duschen, er duschte nicht jeden Morgen, aber er duschte immer, bevor er ein Hemd anzog, denn wenn er ein Hemd anzog, war Feiertag, und an Feiertagen wird geduscht.

Als er frisch geduscht vor dem Badezimmerspiegel stand, legte er als Erstes die Timex an, schöner Anblick, nackter Mann mit Armbanduhr! 6:29 Uhr. Ihm kam die Idee, wie er Annemieke komplett überraschen konnte. Es war ein Zwei-Phasen-Plan.

Phase eins: Rasieren! Er drückte sich das Rasiergel auf die Innenfläche der rechten Hand, bediente mit der linken Hand die Armatur, klappte prima, deshalb hieß das Ding ja auch Einhandmischer, er mischte mit der einen Hand kaltes und warmes Wasser und fühlte die Temperatur. Als sie genehm war, mischte er das Rasiergel mit dem lauwarmen Wasser und schäumte sich die zu rasierenden Gesichtspartien ein.

Weil gerade diese zu rasierenden Gesichtsregionen besonders empfindlich waren, setzte er eine neue dieser »Fünf-Klingen-Klingen« ein und rasierte sich so sorgfältig, dass der Po eines Pavian-Männchens gegen sein Kinn ein Wildschweinrücken war.

Wenige Minuten später verließ er den »Grijse Dolfijn«. Er schaute zum Himmel, vor zwanzig Minuten hatte die Sonne es noch geschafft, durch die dichten Wolken zu brechen, aber jetzt war sie verschwunden, von Westen drängten schwere dunkle Wolken heran, Cumulonimbus hießen diese Mistdinger, die nur von unten dunkel scheinen. Sitzt man in einem Flugzeug und fliegt darüber hinweg, sind sie genauso weiß wie alle anderen Wolken auch. Wenn sie von unten dunkel erscheinen, dann transportieren sie halt so viel Wasser, dass die Sonne gar nicht mehr durchkommt, und dieses Wasser will da raus. Die ersten Regentropfen patschten schon auf das Straßenpflaster.

Piet ging in aller Ruhe durch den warmen Regen, reckte ihm sogar das Gesicht entgegen, Regen konnte seine gute Stimmung nicht verderben. Er genoss den Weg zum »Sint John«, setzte sich an den Stammtisch und versteckte sich hinter einer Zeitung. Wenn Annemieke das Café betreten würde, würde sie …

Was ist das denn? Piet hatte den Lokalteil des »PZC«, des »Provinciale Zeeuwse Courant«, aufgeschlagen, und ganz oben auf der Seite lautete die Schlagzeile: »Polizei sucht Frau!« Und darunter der Untertitel: »Hausbootmord ein Lesbendrama?«

Piet schaute entsetzt auf die Zeitung. Instinktiv überprüfte er als Nächstes das Ende des Artikels, und da stand der Name wieder: Maarten t'Huis. Piet würde nie verstehen, warum der »PZC« diesen Mann beschäftigte. Das war kein Journalist, dieser Mann war ein Schmierfink.

Jetzt las er den Artikel. »Wie uns Hoofdinspecteur Meinert Waatering exklusiv mitteilte, ist auf dem Hausboot ein Fingernagel gefunden worden, der sicher zu einer Frau, aber nicht zum Opfer gehörte!«

Piet haute mit der Faust auf den alten Holztisch und murmelte: »Ich könnte ihn umbringen!«

Da vernahm er die ihm wohlbekannte Stimme seiner Assistentin Annemieke Breukink: »Das mit dem Umbringen solltest du im Allgemeinen lassen, und um wen geht es überhaupt?«

Piet schob ihr den »PZC« zu, und sie überflog den Artikel: »Man sollte ihn umbringen!« Sie schaute Piet an und ergänzte: »Du hast dich rasiert! Ist heute Feiertag?«

Piet antwortete: »Ja!«

Irgendetwas ließ Annemieke meinen, man sollte dieses »Ja« nicht hinterfragen. Stattdessen sagte sie: »Wir haben für zehn Uhr den Termin beim Abgeordneten Joris van 't Veer in seinem Wahlkreisbüro in Rotterdam. Google Maps meint, eine Stunde zwanzig ohne Verkehr, und weil man davon nicht ausgehen kann, sollten wir aufbrechen.«

Lotte stand vor ihnen und fragte: »Kaffee? Bolus?«

Piet stand auf, lächelte sie an und sagte: »Das ist heute in dieser Woche mein erster Morgen ohne Zahnschmerzen. Und deswegen habe ich mir für heute vorgenommen: Zunge weg, kalt weg, heiß weg! Aber die Zeitung, die war super!«

Er warf seine Jacke über und verließ mit Annemieke das Café.

Lotte zuckte mit den Schultern und dachte so bei sich: »Männer im Allgemeinen sind schwierig, alte Männer sind echt schwer zu verstehen.«

* * *

Piet schaute genervt aus dem Fenster auf der Beifahrerseite, Annemieke übertrat die Höchstgeschwindigkeit, alles war wie immer.

Dann knurrte er: »Wie kann Meinert sagen, das wär' ein Lesben-Ding?«

Annemieke schaute ihren wutschnaubenden Chef von der Seite her an. Er war manchmal Piet van Houvenkamp und manchmal PvH, manchmal ein großer Detektiv und manchmal ein großer Junge. Aber sie war sich absolut sicher, dass er seinen Rang in der Hierarchie der Politie Middelburg als völlig unwesentliches Detail betrachtete. Es war ihm sehr recht, dass Meinert Waatering der Hoofdinspecteur war, dass er zu den Festen geladen war, dass er die Honneurs überbrachte und die Pressekonferenzen leitete. Es gab nur eine Ausnahme, und die trat ein, wenn Meinert Waatering, der Hoofdinspecteur, der Vorgesetzte, öffentlich, vor allem vor der Presse, irgendetwas von sich gab, das mit Piets Fall zusammenhing. Dann wünschte er dem Chef die Rente an den Hals, und zwar augenblicklich!

»Wie kommt der bloß darauf?«

Annemieke überlegte. »Ich denke mal, du hast ihm eine extrem kurze Zusammenfassung gegeben, dann war da ein Journalist, ein unbequemer Journalist, der fragte ihn nach irgendetwas, was er schreiben kann, und Meinert hat ihm halt irgendein Detail genannt.«

»Aber doch nicht dieses Detail. Und wie kommt der auf das Lesbending?«

»Okay, Meinert hat ihm sicher nur gesagt, wir haben da einen abgebrochenen Fingernagel, der nicht zum Opfer gehört, und wir suchen eine Frau!«

»Wahrscheinlich! Und den Rest saugt sich dieser Maarten t'Huis aus seinen miesen verlogenen Schmutzfinkfingern. Okay, mit Meinert muss ich nachher noch reden, aber jetzt zu unserem Herrn Abgeordneten. Was wissen wir?«

»Joris van 't Veer ist dreiundsechzig und sitzt seit elf Jahren im Parlament, seine junge, dritte Ehefrau heißt Geneviève, ist achtundzwanzig Jahre jünger, also fünfunddreißig, und genau die Person, die die Kette als gestohlen gemeldet hat, die Romy van Zwamen trug, als wir sie tot aufgefunden haben.«

58

Anne war mit den Frauen nach Middelburg gefahren. Heute war Beauty-Tag, da überließen sie nichts dem Zufall, Nagelstudio, Friseurtermin, Käffchen trinken. Das musste alles konsequent gruppentherapeutisch abgearbeitet werden.

Tristan war wieder tanken gefahren. Das gelbe Lämpchen an der Tankanzeige hatte zwar noch nicht aufgeleuchtet, aber mit viel gutem Willen konnte man die Nadel der Tankanzeige so interpretieren, dass sie demnächst in Richtung »Reserve« tendieren würde. Diesen guten Willen war Tristan bereit zu investieren, also hatte ich ihm Geld gegeben, und er war nach Aagtekerke zur Tankstelle gefahren, eine Strecke von 3,9 Kilometern. Er war jetzt seit anderthalb Stunden unterwegs, wahrscheinlich wieder ein immenser Stau zwischen den beiden Dörfern.

Ich saß am Laptop und surfte elegant über die Internetseite von »Camping de Grevelinge«.

»Das gibt's doch nicht!«

Edda legte ihr Buch aus der Hand. »Was gibt es nicht, Papa?«

»Die hat einfach keinen Nachnamen.«

»Wer hat keinen Nachnamen?«

»Na, diese Fleur!«

»Zeig mal her!« Sie zog sich den Laptop über den Tisch. »Tatsächlich! ... Moment!« Sie hackte in atemberaubender Geschwindigkeit etwas in die Tastatur. »Nee, wenn ich ›Fleur‹ in die Suchmaschine eingebe, dann bekomme ich einhundertsiebenundfünfzig Millionen Ergebnisse.« Sie schob mir den Laptop wieder über den Tisch, meinte: »Ich bin gleich wieder da!«, und schon saß ich wieder ganz alleine im Vorzelt.

»Fleur« und »Yoga« eingeben, das wäre eine Möglichkeit! Siebzehn Millionen und neunhunderttausend Ergebnisse. »Fleur« und »Morgengruß«, das könnte helfen. Ha! Nur dreizehntausendvierhundert Ergebnisse, das sieht schon besser aus, unter anderem das Bild »Morgengruß vom Matterhorn, aus dem Bett gesehen«. Bilder, das war die Lösung. »Fleur« und »Morgengruß« eingeben, und dann auf Bilder klicken. Ich schaute mir die Bilder an. Nee, da waren Tassen und Blumen und das Matterhorn, aber von unserer Fleur weit und breit nichts zu sehen.

Eddas Fahrradbremsen quietschten, ich war noch damit beschäftigt, Bilder auf meinem Laptop zu checken, als sie sich wieder in ihren blau-weiß bezogenen Campingstuhl setzte und sagte: »Molenaar!«

»Was, Molenaar?«

»Fleur heißt mit Nachnamen Molenaar, und die Adresse habe ich auch: Torendijk 9, 4484 NT Kortgene!« Sie nahm sich ihr Buch und begann wieder zu lesen.

Moment, so einfach ging es nicht. »Woher hast du die Adresse?«

»Ich bin zur Rezeption gefahren und habe einfach gefragt.«

»Wahnsinn, und da haben die dir den Nachnamen einfach so gegeben?«

Edda lehnte sich sichtlich mit sich selbst zufrieden im

Sessel zurück. »Ich habe gesagt, Fleur hätte uns erzählt, dass sie ein Yoga-Video produziert hat, aber im Internet gibt es siebenundneunzig Fleurs, ob sie vielleicht einen Nachnamen für mich hätten.«

»Und die Adresse?«

Edda amüsierte sich königlich, was auf dem Staatsgebiet einer parlamentarischen Monarchie ja auch durchaus angebracht war. »Ich habe gefragt, wo ich denn wohl die Bestellung hinschicken könnte, wenn ich es im Internet nicht finde. Torendijk 9, 4484 NT Kortgene!«

Tja, der einfache Weg konnte manchmal durchaus der einfachere Weg sein.

Bei Fleur Molenaar wurde Google schon gesprächiger, anscheinend begannen meine Augen zu leuchten, denn Edda zog schon wieder den Laptop zu sich rüber und tackerte wie wild auf den Tasten herum.

»Ach, guck mal, das ist ja spannend. Wenn du Molenaar, Kortgene und Yoga eingibst, dann taucht da eine Floortje Molenaar auf, und da gibt es auch Bilder. Moment!«

Jetzt zog ich den Laptop wieder zu mir. »Ach, gucke mal da! Da war die blonde Dame aber noch ziemlich brünett!«

Edda zog das MacBook zurück über den Tisch auf ihre Seite.

Das Bild stammte von der Homepage eines Fitnessstudios in Kamperland. Da hatte sie als Personal Trainerin gearbeitet.

Ich hatte mich hinter Edda gestellt, um mitzukriegen, was sie da las.

»Moment!« Edda verkleinerte das Fenster und rief noch einmal die Homepage von »Camping de Grevelinge« auf, dann wieder die Homepage Lady-Fitness-Kamperland.nl.

Und wieder »Camping de Grevelinge«, und dann sagte sie: »Das habe ich ja noch nie gesehen!«

Ich war mir durchaus darüber im Klaren, dass meine Kinder mit einem Computer viel selbstverständlicher und vor allem viel schneller umgehen können als ich. Es war mir zwar ein bisschen peinlich, aber ich hatte überhaupt nicht nachvollziehen können, welche überraschende Erkenntnis Edda in den letzten zweiundzwanzig Sekunden erlangt hatte.

»Was hast du noch nie gesehen?«

Edda lächelte ungläubig, amüsiert und stolz: »Laut Homepage von Lady-Fitness-Kamperland.nl ist Fleur siebenundzwanzig Jahre alt. Moment!« Sie tippte wieder wie geistesabwesend auf der Tastatur herum. »Der Eintrag ist zwei Jahre alt, sie ist also neunundzwanzig.«

Das überraschte mich jetzt nicht übermäßig: »Ja toll, und?«

»Und laut Homepage von ›Camping de Grevelinge‹ ist sie fünfunddreißig! Der Eintrag ist von diesem Frühjahr, und das bedeutet, die Animateurin Fleur, oder nennen wir sie Floortje Molenaar, ist die einzige Frau weltweit, die sich in der Öffentlichkeit freiwillig sechs Jahre älter macht, als sie ist. Verrückt!«

Diese Tulpe vom Keukenhof mit der Monsterfigur war also jünger, als sie zugab.

Verrückt? Keineswegs!

59

Sie hatten in diesem Fall mehr Vorzimmerdamen gesehen als in den letzten Jahren zusammen. Da war die hochgeschlitzte Claire im Büro des Signore Contento, da war Sanne, die strahlende Assistentin des kettenrauchenden Kesselaar, und da war Yolanda, die für ihren Chef, Professor Timmermans, Kalender und Wartezimmer freigeräumt hatte, damit kein Patient erfuhr, dass die Polizei zu Besuch kam. Aber der Herr Abgeordnete Joris van 't Veer wusste dann doch noch mit einer Besonderheit aufzuwarten. Er war dreiundsechzig und seine Vorzimmerdame sicher auch.

Sagen wir es so: Sie war nicht Gründungsmitglied des Staten-Generaal, des niederländischen Parlaments, denn »allgemeine Ständeversammlungen«, in denen sich die Geistlichkeit, der Adel und der dritte Stand, also die Vertreter der reichen Provinzen und Städte, trafen, gab es schon im Mittelalter. Im Jahre 1464 fand in Brügge eine gemeinschaftliche Versammlung aller niederländischen Regionen statt, die hieß Staten-Generaal, und so alt war Mevrouw Hulda de Vries aller Wahrscheinlichkeit nach dann doch nicht. Heute ist das Staten-Generaal ein modernes Zweikammernparlament mit Sitz in Den Haag. Die erste Kammer hat eigentlich wenig zu sagen, sie darf Gesetzestexte nicht ändern, sondern ihnen nur zustimmen. Trotzdem ist die erste Kammer wichtig, denn gäbe es sie nicht, wäre das Staten-Generaal ja kein Zweikammernparlament. Die zweite Kammer ist die politisch bedeutende, in ihr sitzen die vom niederländischen Volk gewählten Abgeordneten, unter ihnen seit elf Jahren auch Joris van 't Veer, vielleicht war er der Abgeordnete mit der ältesten Vorzimmerdame. Vielleicht war sie vor fünfzig Jahren seine Schulfreundin gewesen. Auf jeden Fall bot sie einen angenehmen Kontrast zu all den Vorzimmermodels, deren Fähigkeiten sich auf eine süß säuselnde Telefonstimme und die optische Passgenauigkeit zum sonstigen Interieur des Empfangsraumes beschränkten.

Mevrouw Hulda hatte das graue Haar zunächst ein wenig toupiert und dann kunstvoll nach hinten zusammengesteckt. Ihre Augen waren wach und misstrauisch. Tief eingegrabene und auch durch größere Mengen Make-up nicht zu verdeckende senkrechte Falten auf der Stirn und an den Mundwinkeln zeugten von einem Leben, das nicht sorgenfrei an ihr vorübergegangen war, aber sie trug diese Falten mit Stolz. Piet hätte bei diesem Anblick wachsam werden können oder misstrauisch, aber ihm kam nur der Gedanke, dass Mevrouw Hulda de Vries auch in der schwarzen zeeländischen Tracht sehr authentisch ausgesehen hätte, vielleicht neben dem Abgeordneten Joris van 't Veer auf einer festlich geschmückten offenen Kutsche beim Sjezenrijden.

Piet amüsierte sich bei dem Gedanken, die beiden in voller Tracht auf einer Kutsche durch Veere fahren zu sehen. Er die Zügel fest in der Hand und Mevrouw Hulda treffsicher mit der Lanze. Das Chaisen-Reiten ist ein uralter Brauch, bei dem Paare auf Kutschen kleine Ringe mit der Lanze aufspießen müssen, der Wettkampf als solcher ist eigentlich nebensächlich, aber die schönen Kutschen und die traditionellen Trachten sind immer wieder ein wunderbarer Anblick. Natürlich machte man das in erster Linie für die Touristen, aber Piet ertappte sich immer wieder dabei, dass er am Wegesrand stehen blieb und das Treiben verfolgte. Er musste daran denken, diese Gedanken hinterher Annemieke zu erzählen.

Piet stellte seine Assistentin vor, und als er auf ihren Termin mit dem Herrn Abgeordneten verwies, wurden die Gesichtsfalten noch tiefer. Piet fand es wunderbar. Sie gab sich erst gar keine Mühe, so zu tun, als sei ihr die Anwesenheit der Polizei Middelburg in ihrem Sekretariat recht. Sie führte hier das Regiment, und sie war eigentlich nicht gewillt, andere Autoritäten in diesen vier Wänden zu dulden. Nun, für heute blieb ihr nichts anderes übrig, aber das hieß ja nicht, dass sie zu den Polizisten auch noch freundlich sein musste.

Piet drückte noch einmal vorsichtig mit der Zunge gegen den ehemaligen Aufenthaltsort von »Vier-Sechs«, da war ... nichts! Auch das war wunderbar.

Mevrouw Hulda wies Annemieke und Piet zu zwei Sitzgelegenheiten vor dem großen Fenster mit dem üppig gedeihenden Gummibaum. Es war eindeutig, Mevrouw Hulda hatte den grünen Daumen. Ihr Blick sollte wohl bedeuten, dass sie nur noch darauf wartete, dass die beiden Herrschaften sich auch setzten.

Sie taten es, und Mevrouw Hulda klopfte kurz an die Bürotür des Abgeordneten, öffnete die Tür, ohne eine Aufforderung des Politikers abzuwarten, schloss sie wieder und teilte Piet mit: »Der Abgeordnete Van 't Veer ist noch beim Aktenstudium.«

Und so plötzlich, wie am Meer aus einem strahlend

blauen Himmel ein Gewitter hereinbrechen konnte, so plötzlich verfinsterte sich auch die Stimmung des Inspecteurs. Sein eben noch schmunzelnd im Sessel zusammengesunkener Oberkörper straffte sich, sein Blick wandte sich ganz langsam in die Richtung, aus der er den letzten Satz gehörte hatte, und dann zischte er leise: »Bitte, was ist er?«

Annemieke hörte die laut schrillenden Alarmglocken. Hulda de Vries hörte sie nicht.

Piet stand auf und ging mit festen ausladenden Schritten und wehender Cordjacke auf die Tür des Abgeordnetenkontors zu.

»Ich muss Sie dringend bitten, das Büro des Abgeordneten nicht ohne Aufforderung zu betreten!« Mevrouw Hulda wollte gerade erregt aus ihrem Sessel springen, aber Annemieke war schon bei ihr, legte ihr die Hand auf die Schulter und meinte: »Ich möchte Ihnen dringend raten, hier jetzt einfach sitzen zu bleiben und, wenn eben möglich, mucksmäuschenstill zu sein.«

Da drang auch schon die aufgeregte Stimme des Abgeordneten in den Vorraum, diese Stimme, die eigentlich ein Bariton hätte sein sollen, aber vor lauter Aufregung mischten sich auch einige Kastratenkiekser in das Gebrüll des Abgeordneten Joris van 't Veer, was der Bedeutsamkeit seines Auftritts nicht eben förderlich war.

Der kieksende Baritonversuch plärrte: »Was erlauben Sie sich, was glauben Sie, wen Sie hier vor sich haben!«

Und Piet antwortete: »Was erlauben *Sie* sich, was glauben Sie, wen *Sie* hier vor sich haben!«

Annemieke hatte das Abgeordnetenbüro jetzt betreten, und sie sah, dass das Gesicht des Abgeordneten mittlerweile die Farbe des Kammes eines Assendelfter Hahnes angenommen hatte.

Der Kamm war ihm eindeutig geschwollen, als er sagte: »Ich habe hier einen Provinzbullen vor mir, der meint, er könnte durch schlechtes Benehmen einen gewählten Volksvertreter beeindrucken!«

Piet wurde wieder ruhig, ein beunruhigendes Zeichen, wusste Annemieke. Ihr Chef holte ein Zeitungsblatt aus seiner Cordjacke und legte es Van 't Veer auf den Schreibtisch.

Die Schlagzeile lautete: »Polizei sucht Frau!«, und darunter stand »Hausbootmord ein Lesbendrama?«.

»Herr Inspecteur, ich ersuche Sie dringend, mir zu sagen, was Sie wollen, und wenn Sie das nicht können, dann ersuche ich Sie dringend, mich meiner Arbeit nachgehen zu lassen.«

Scharlatan, Gernegroß, Angeber, Heuchler.

Piet hatte die Schnauze voll: »Sehen Sie, mein Chef hat auf einer Pressekonferenz nur gesagt, dass wir einen Fingernagel gefunden haben, die DNA war eindeutig weiblich und nicht identisch mit der des Opfers. Mehr haben wir nicht gesagt! Den Rest hat sich ein mieser kleiner Journalist aus den Fingern gesaugt. Und weil Sie gerade eben gefragt haben, ob ich weiß, wen ich hier vor mir habe. Oh ja, ich weiß, wen ich hier vor mir habe. Joris van 't Veer, den Abgeordneten des Staten-Generaal, der im nächsten Jahr wiedergewählt werden möchte. Wenn ich diesem miesen, kleinen Schmutzfink von Journalist sage, dass der Herr Abgeordnete überhaupt nicht kooperiert, obwohl seine Frau Geneviève eine Diebstahlsanzeige für genau die Kette aufgegeben hat, die das Mordopfer trug, als die Polizei sie fand – es war übrigens das Einzige, was sie trug! –, meinen

Sie, das hätte irgendwelche Auswirkungen auf Ihre Wahl-
chancen?«

Van 't Veer war außer sich. »Wollen Sie mir drohen?«

»Nein!« Piet betrachtete gedankenverloren seine Fingernägel. »Jetzt nicht mehr!«

Es entstand eine Pause, sie wurde immer länger.

Piet war nicht bereit, sie zu unterbrechen.

Van 't Veer rief: »Hulda?«

Mevrouw de Vries stand augenblicklich im Türrahmen:
»Ja, Herr Abgeordneter?«

Van 't Veer schaute sie nicht an, als er sagte: »Schließen
Sie bitte die Tür, Hulda?«

Mevrouw Hulda de Vries trug den Mund kreisrund geöffnet wie ein Karpfen unmittelbar vor der Futteraufnahme:
»Von ... von außen?«

»Von außen!«

Als die Tür geräuschvoll ins Schloss fiel, zog Piet seinen
Notizblock aus der Cordjacke, um so zu tun, als stünde da
drin, was er fragen wollte: »Sie kannten Romy van Zwamen!«

»Ja!«

»Sie waren einer ihrer ... ›Gäste‹?«

»Ja! Wissen Sie, wenn man ein Politiker ist, eine Person des öffentlichen Interesses, dann ist das ganz gut, wenn
man nur ›einer‹ ihrer Gäste ist!«

Annemieke gefiel sich plötzlich in der Rolle der gar
nichts Wissenden. »Da ist man dann so gar nicht eifersüchtig, wenn eine Stunde später ein anderer kommt, obwohl
man da ja eine Menge Geld investiert ...«

»Nein!«

Annemieke war irritiert: »Einfach nein?«

»Einfach nein! Romys Motto war: ›Die Antwort ist ›Ja‹, wie lautet die Frage?‹ Können Sie sich vorstellen, wie wunderbar das war? Ja, ich habe mit ihr geschlafen, und andere haben das auch, aber es war mir völlig egal, wenn ich bei ihr war, gab es für sie nur mich, mehr habe ich nie verlangt.«

»Wie kam Frau Von Zwamen an die Kette Ihrer Frau, da existiert eine Anzeige, die Polizei muss Fälle abschließen …«

Ein jetzt eher nachdenklicher Abgeordneter begann zu sprechen, von seinem ehemals donnernden Bariton war nicht mehr viel geblieben. Ein alter Herr saß an seinem Schreibtisch und erzählte mit ein wenig Melancholie in der Stimme: »Ich wollte eine Romy bei mir zu Hause. Groß, jung, interessiert. Ich heiratete Geneviève, wir hatten Spaß, sie hatte Spaß, am Presseball, am Koningsdag, ein Empfang ›bei Hof‹ verzückte sie.«

Piet fragte: »Also eine Kopie? Warum nicht das Original?«

»Weil ein Vogel, der nur die Freiheit kennt, sich die Federn ausreißt, wenn man ihn in einen Käfig sperrt.«

War dieser Satz von ihm oder von Romy?

»Aber am 17. Mai kam ich nach Hause, es war unser Hochzeitstag, ich hatte Rosen gekauft, dunkelrote Rosen, ich hatte einen Tisch reserviert im ›HanTing Cuisine‹ in Den Haag, das ist das einzige chinesische Restaurant mit Michelin-Stern, und Geneviève liebt ja die asiatische Küche. Ich schloss die Tür auf, da stand sie vor mir in Slip und BH, sie lachte laut, ihr Augen-Make-up war zerlaufen, sie nahm mich kaum wahr, im Wohnzimmer waren noch vier ihrer Freundinnen, sie tanzten zu moderner Musik, tranken Sekt, giggelten wie Hühner und hatten sich augenscheinlich Genevièves Kleiderordnung angeschlossen, an meinem Hochzeitstag.«

Annemieke konnte eine gewisse Form von Mitleid nicht verhehlen. »Und was haben Sie gemacht?«

»Ich habe Romy angerufen. Ich habe sie gefragt, ob sie Lust hätte, mit mir nach Den Haag zu fahren, um bei ›HanTing‹ zu essen. Und Romy war begeistert, sie sagte, das sei ja eine großartige Idee. Aber sie müsste morgen um elf wieder in Middelburg sein. Ich sagte: ›Kein Problem!‹ Ich rief den Fahrdienst vom Staten-Generaal an, um einen Fahrer nach Middelburg zu schicken, der Romy einlud und mich dann in Rotterdam abholte, dann fuhren wir nach Den Haag.«

Annemieke war weiterhin am Schmuck interessiert: »Wann kam Ihnen die Idee mit der Kette?«

»Ich ging zurück in den Salon, wo Geneviève mittlerweile eine Karaoke-Show in Slip und BH ablieferte. Der Sessel war die Bühne.« Van 't Veer machte eine Pause. »Ich war einfach sauer, ich fand es unangemessen, wissen Sie, ich habe mal ein Bild gesehen von Coco Chanel mit einer riesigen Perlenkette. Sie war so schön. Und dann hatte ich diese Kette gekauft, ich hatte sie Geneviève geschenkt. Aber an diesem Abend wusste ich, dass sie sie nicht verdient. Sie hatte die Perlen achtlos neben ihre Schuhe in die Diele geworfen. Ich habe sie genommen. Ich war mit Romy bei ›HanTing‹, und hinterher war ich mit ihr auf ihrem Hausboot, ich nahm die Kette und sagte: ›Du hast sie verdient, niemand sonst!‹ Wissen Sie, jede andere Frau hätte nun gefragt: ›Warum?‹ Romy sagte nur ›Danke!‹, und dann küsste sie mich!«

»Wie haben Sie reagiert, als Sie erfuhren, dass Ihre Frau Anzeige erstattet hatte?«

Van 't Veer schaute Piet überrascht an: »Aber ich habe es nicht gewusst! Ich habe es eben von Ihnen erfahren.«

»Ich muss Ihnen noch eine Frage stellen.«

Van 't Veer unterbrach ihn und sagte: »Ja, natürlich, das Alibi! Und jetzt bin ich ein bisschen stolz. Wissen Sie, ich habe nicht alles in meinem Leben perfekt hingekriegt. Aber das Alibi, das ist wirklich eins a!«

Annemieke und Piet schauten ihn gespannt an.

»Ich war in Berlin bei einem Kongress zum fünfundsechzigsten Jahrestag des Bestehens der Montanunion, dem Vorläufer der EU!«

Piet antwortete fast gelangweilt: »Und dafür gibt es sicher Zeugen?«

»Nee, noch viel besser, schauen Sie mal hier.« Der Herr Abgeordnete zog das Handy aus der Tasche und scrollte ein paar lange Sekunden über das Display. »Sehen Sie, hier haben wir es, mein Selfie mit Angela Merkel, und das Datum stimmt haargenau. Also, mich müssen Sie wohl aus der Verdächtigenliste streichen! Darf ich Sie trotzdem ersuchen, Ihre Ermittlungsergebnisse und meine Ausführungen hier heute Abend nicht der Presse zugänglich zu machen?«

Piet war schon immer ein Philanthrop.

»Ich will sehen, was sich machen lässt, versprechen kann ich Ihnen natürlich nichts.« Die beiden wandten sich bereits zum Gehen, als Piet noch anfügte: »Wir müssen natürlich noch mit Ihrer Frau sprechen.«

Van 't Veer schien völlig überrascht: »Aber warum?«

Piet sah ihn mit hochgezogener rechter Augenbraue an, und der Herr Abgeordnete ahnte, dass er auf diese Frage keine Antwort erhalten würde.

Er ging vor den beiden Polizisten zur Tür und fragte: »Hulda, ist meine Frau im Moment zu Hause!«

Die ältliche Assistentin versteckte indigniert ein kleines weißes Taschentuch. Man sollte nicht sehen, dass sie geweint hatte. Dann sah sie in ihren Kalender und sagte wie beiläufig: »Ja, sie hat um dreizehn Uhr einen Termin bei ihrem Personal Trainer, dann müsste sie jetzt daheim sein, Ihre Frau.«

Es war überflüssig, »Ihre Frau« anzufügen, wahrscheinlich tat sie es nur, um »dieses Miststück« zu ersetzen.

»Geben Sie den Herrschaften bitte meine Privatadresse!«

Aber Annemieke winkte ab. »Danke, nicht nötig! Die haben wir schon.«

Sie verließen das Abgeordnetenbüro, einen Politiker und seine Vorzimmerdame.

Sie hatten in diesem Fall mehr Vorzimmerdamen gesehen als in den letzten Jahren zusammen, sehr unterschiedliche Vorzimmerdamen. Aber eines hatten sie alle gemeinsam. Sie würden für ihren Chef vieles tun, vielleicht alles!

60

Da, wo ganze Vorstadtviertel in wohlsituierter Hand sind, wo man die Grundstückspreise auf ein Niveau gehievt hat, dass kein Vorarbeiter und keine Kindergärtnerin sie jemals bezahlen könnte, da, wo die Rhododendren größer sind und die Hortensienbüsche üppiger blühen, wo der einzige ausländische Mitbürger entweder ein Chefarzt oder ein Belgier ist, da stand die Villa von Joris van 't Veer.

Die Straße führte leicht bergauf, und oben auf der Anhöhe »thronte« das Anwesen des Politikers. Das nur anderthalbgeschossige, dafür sehr breite Domizil aus rotem Klinker war umgeben von einem parkähnlichen Garten, in dem die Anwesenheit zweier Männer in grünen Latzhosen und gleichfarbigen T-Shirts erklärte, warum die Rhododendren größer waren und die Hortensienbüsche üppiger blühten.

Annemieke hatte den Wagen auf der Straße abgestellt, sie schauten sich um und klingelten schließlich. Niemand öffnete. Aus dem Hausinneren war laute Musik zu hören, und Annemieke nutzte die Pause zwischen zwei Liedern, um erneut zu klingeln.

Dieses Mal öffnete eine große junge Frau mit tizianroten Haaren: »Ja, bitte?«

Annemieke zeigte ihren Dienstausweis. »Guten Tag, mein Name ist Annemieke Breukink von der Polizei Middelburg, das ist Inspecteur Piet van Houvenkamp. Dürfen wir bitte hereinkommen?«

Geneviève van 't Veer schaute an sich herunter, wie um zu überprüfen, ob sie für diesen gesellschaftlichen Anlass adäquat gekleidet war, dann machte sie den Weg in den Flur frei und schloss hinter den beiden die Tür. Sie ging vor in einen Salon, dessen Interieur von einer großdimensionierten weißen Ledergarnitur und von zwei großen lackschwarzen chinesischen Hochzeitsschränken dominiert war. Ein ebenso überdimensionierter weißer Flachbildfernseher auf einem polierten Edelstahldrehfuß diente der Unterhaltung, und ein ebenso chinesischer Wandteppich machte endgültig klar, dass hier weder der Geschmack von Joris van 't Veer noch der seiner Frau für die Einrichtung verantwortlich war. Annemieke tippte auf einen teuren Innenarchitekten. Durch eine breite Fensterfront fiel der Blick auf den hinteren Teil des Gartens mit Terrasse und Pool. Dass der Sonnenschirm überdimensioniert war, verstand sich von selbst.

Die Frau, deren tizianrotes Haar, das in perfekter Farbbalance zum opalgrünen Trainingsoutfit stand, den beiden Polizisten sehr bekannt vorkam, setzte sich auf die Ledercouch und sagte: »Nehmen Sie doch bitte Platz, Sie kommen wegen der Kette?«

Piet bemerkte, dass ihre Hände fast unmerklich zitterten, als sie sich eine dünne lange Zigarette aus einer grünen Packung zog und sie anzündete.

Er schien ihre Frage überhaupt nicht gehört zu haben: »Seit wann sind Sie jetzt mit dem Abgeordneten Van 't Veer verheiratet?«

Sie nahm einen tiefen Zug von ihrer Zigarette und sagte: »Das sind jetzt, ääh, sieben Jahre, ja, sieben Jahre!«

Piet schaute hinaus in den Garten: »Würden Sie sagen, Ihre Ehe ist glücklich?«

Nun, die beiden Polizisten wussten anscheinend schon so viel, dass es keinen Sinn mehr machte, ahnungslos scheinen zu wollen: »Das dachte ich, ja!«

»Seit wann wussten Sie von Romy van Zwamen?«

»Ich wusste schon vor unserer Ehe, dass er Kontakt zu dieser Frau hatte, aber ich dachte, das hätte sich mit der Hochzeit erledigt. Es war aber nicht so.«

Sie drückte die Zigarette aus und ging zum Fenster: »Am Anfang war ich fuchsteufelswild. Wofür braucht er diese Frau, wenn er mich hat?«

»Am Anfang ...?«

»Ja, irgendwann habe ich mich in meine Rolle eingefunden. Ich begleite ihn, wo immer er mich braucht, bei Empfängen, bei gesellschaftlichen Anlässen, aber ich habe für mich beschlossen, wenn er das darf, kann auch ich mir meine Freiräume nehmen.«

Piet sah ihr jetzt in die Augen. »Weil ein Vogel, der die Freiheit liebt, sich die Federn ausreißt, wenn man ihn in einen Käfig steckt.«

Sie schaute ihn verblüfft an. »Wenn Sie so wollen, ja!«

Der Satz stammte also von Romy, nicht von van 't Veer.

»Was ist denn nun mit der Kette?«

Piet zog die Stirn in Falten. »Von welcher Kette sprechen Sie?«

»Ich habe eine Perlenkette hier bei der Polizei in Rotterdam als gestohlen gemeldet. Und Romy van Zwamen, die trug doch diese Kette!«

»Ach, und Sie meinen, das könnte Ihre gewesen sein. Wie kommen Sie darauf?«

»Es stand doch in der Zeitung!«

Piet fasste sich an die Schläfe. »Ja, natürlich. Aber dazu kann ich Ihnen nicht mehr sagen!«

Annemieke ergänzte: »Das ist ja die Sache des Diebstahldezernats, wir sind von der Mordkommission! Wir kümmern uns eher um Alibis. Wo waren Sie am Abend des letzten Donnerstags?«

»Na, ich war mit meinen Mädels auf der Rolle. Das war lustig, wir haben am Donnerstag gefeiert, dass morgen Freitag ist. Ich meine, Joris war ja in Berlin, und …«

»Und noch eine Frage: Wann ist Ihr Hochzeitstag?«

Sie zögerte. »Äh, der ist im Mai. Der 17. Mai.«

»Danke, Sie haben uns sehr geholfen!«

Annemieke ging vor zur Haustür, öffnete sie und ließ ihren Chef vorgehen. Dabei dachte sie: »PvH, ohne Zahnschmerzen bist du noch besser!«

61

Anne hatte sich mit den anderen Mädels nach Middelburg abgesetzt. Beauty-Tag.

Sie würde uns gegen siebzehn Uhr ein Abendessen ohne Kohlenhydrate zaubern, hatte sie angekündigt. Kein Brot, keine Kartoffeln, keine Nudeln, kein Reis, dann würden wir nachts schlafend das Bauchfett verbrennen. Das war ihr Plan.

Es kann viel lustiger sein, nachts im wachen Zustand Bauchfett zu verbrennen. Das war meine Idee, aber ich hielt mich mit einer entsprechenden Äußerung zurück.

Es war kurz nach eins, Mittagspause in Johnnys Supermarkt. Die Ehefrau war in Walcherens Metropole unterwegs, Edda mit Sabrina und Lara an den Strand gefahren und Tristan wahrscheinlich wieder tanken. Und ich hatte Hunger.

Früher nannte man den Familienvater noch Ernährer, damals, in meiner Jugend, als ich noch mit Eltern und Schwester Campingurlaub gemacht hatte, ohne Wohnwagen, im Zelt! Wir hatten keine Zentralheizung, wir hatten den Propangaskocher entzündet und Tonblumentöpfe umgekehrt auf die Flammen gestellt. Ich kann mich nicht mehr sehr gut erinnern, ob die wirklich Wärme abgegeben hatten, aber ich weiß noch sehr genau, dass wir in einem Campingurlaub in Carolinensiel wie die Affen an den Zeltstangen hingen, damit unser Zelt im Sturm nicht wegflog. In diesen Zeiten nannte man den Familienvater noch Ernährer!

Natürlich können wir froh sein, dass es diese Rollenverteilung so nicht mehr gibt. Heute sind meistens Mann und Frau berufstätig, und wenn das Kind dann noch Panini-Bilder auf eBay vertickt, dann sorgt die ganze Familie für den Lebensunterhalt. Aber dass man den Familienvater, der dereinst Ernährer genannt wurde, heute verhungern lässt, kann doch auch nicht Sinn der Sache sein.

Ich warf noch einmal einen Blick auf die Armbanduhr, 13:07. Um dreizehn Uhr schloss Johnny seinen Supermarkt, das war ein Nachteil, aber um dreizehn Uhr öffnete auch die »Frituur«, das war ein Vorteil, denn wenn man bedenkt, dass alles, was der Niederländer aus einer Fritteuse ziehen kann, eine ungeahnte Qualität hat, dann wäre ein Besuch der Frittenschmiede keine schlechte Idee. Ich müsste nicht die Speisekarte studieren, ich kannte sie auswendig, und Anne hatte gesagt, dass man nach siebzehn Uhr keine Kohlenhydrate mehr zu sich nehmen durfte, um 13:07 Uhr müssten also Frikandel speciaal, Frietjes, Mayo völlig legitim sein. Dazu könnte ich noch ein schönes Grolsch trinken, denn Grolsch ist ja ein sehr helles, durchscheinendes Bier, und Kohlenhydrate sind, wie der Name schon sagt, schwarz! Also wenn da Kohlenhydrate drin wären, ich müsste sie sehen.

Mein Gewissen war so rein wie der Rhein bei Leverkusen, und da hat sich die Wasserqualität in den letzten Jahren ja enorm verbessert. Ich grübelte noch kurz, ob ich mich für ein Frikandel speciaal entscheiden sollte oder vielleicht für eine Fleischkrokette, eine Gulaschkrokette, eine Satékroket, einen Bamiblok, Bitterballen oder Kaassoufflé.

Schon fand ich mich in der Schlange wieder, sah die knusprig golden frittierten Kartoffelstäbchen in Gedanken vor mir, als ich einen heftigen Schmerz im Bereich der Achillessehne spürte.

Ich schrie auf, und Detlef sagte sofort: »Oh, Entschuldigung, ich hab nur auf die Karte geguckt und dich gar nicht gesehen.«

»Du musst hier auf die Karte gucken? Anfänger!«

»Ich habe gerade überlegt, Frikandel speciaal, Gulaschkrokette, Bamiblok und Kaassoufflé, wofür hast du dich entschieden?«

»Für exakt diese Reihenfolge!«

»Bist du verrückt?«

»War 'n Scherz! Hast du schon was vom ›Erik Ode von Konstanz‹ gehört?«

»Erik Ode von Radolfzell! Mein Onkel wohnt in Radolfzell. Ja, er hat angerufen, und er will sich darum kümmern.«

»›Er will sich darum kümmern‹ ist ein bisschen wenig.« Ich sah auf meine Armbanduhr. »13:23 Uhr. In knapp sieben Stunden beginnt die Botox-Party.«

Detlef antwortete nicht. Eigentlich wollte ich ihm noch von unserer Fleur-Recherche berichten, aber er schaute ins Nichts. Ich wartete, keine Reaktion!

»Hallo! Erde an Detlef! Was ist? Worüber denkst du nach?«

Wie aus einer Fantasiewelt zurückkehrend, sah er mir plötzlich wieder wach in die Augen. Er straffte seinen Körper, als er sagte: »Ich denke, ich nehme ein Kaassoufflé, ein Satékroket und eine doppelte Fritten Mayo!«

62

Piet saß auf seinem lebensgefährlichen Drehstuhl und dachte nach. Annemieke hatte ihn am Präsidium abgesetzt, der Tank vom Dienstpeugeot war fast leer.

Was macht einen guten Detektiv aus? Er darf keine Beweisstücke übersehen, er muss sorgfältig ermitteln, er muss aus Indizien Beweise machen, und die Kette dieser Beweise muss am Ende lückenlos sein. Wenn dem so wäre, dann würde ein guter Computer jeden Polizisten ersetzen. Manche Leute denken ja, Computer sind intelligente Wesen, weil sie sogar einen Großmeister im Schach besiegen können. Aber ein wirklich intelligenter Computer würde irgendwann sagen: »So, jetzt habe ich genug Schach gespielt, jetzt gehe ich in Ruhe in den ›Zeerover‹ und trinke ein Grimbergen.« Solange kein einziger Computer das sagte, wäre Piet nicht bereit, Computer als intelligent zu bezeichnen.

Ein Detektiv braucht nicht nur die perfekte Ausbildung und den messerscharfen Verstand, er braucht Bauch, ohne Bauch kein Gefühl, ohne Gefühl keine Chance, dem Täter auf die Spur zu kommen. Vielleicht brauchte ein Detektiv nicht so viel Bauch wie er, vor fünf Jahren mit weniger Bauch hatte es ja auch geklappt, aber er braucht Bauch!

Und in diesem Bauch braucht er ab und zu einen guten Kaffee. Piet warf einen abschätzigen Blick auf die Kaffeeboy AKA K 500 und entschloss sich, bei Annemieke einen Café

Crema auszuleihen. Er ging in ihr Büro, drückte den roten Hauptschalter der Maschine und wartete, dass ihm das Display mitteilte, man sei nun produktionsbereit.

Sein Blick fiel auf ein Faltblatt, von dem ihm ein gut aussehender blonder Mann entgegenlächelte. »Dr. Yves Hendrik Postma hat in Lausanne und Boston studiert und danach in den besten Beauty-Kliniken in Mailand und am Bodensee gearbeitet, bevor er sein revolutionäres Beauty-Institut in den Niederlanden gründete, das in kürzester Zeit zu einer der führenden Adressen in Westeuropa wurde.« Piet drehte das Blatt um. Da wurde für eine Botox-Party geworben, die heute stattfinden sollte.

Er legte das Pamphlet zurück an seine Stelle, nahm den Kaffee und ging wieder in sein Büro. Er schlürfte genüsslich das großartige Getränk und genoss es, dass er in seinem Unterkiefer auch nicht den Hauch von Protest spürte.

Joris van 't Veer hatte vor ihm gesessen. Ein angesehener Politiker führte ein anderes Leben, als seine Wähler es von ihm erwarteten. Konnte man ihn dafür verurteilen? Piet hatte gesehen, dass hinter der Fassade des Politikers ein älterer Herr steckte, ein Mensch, wie er menschlicher kaum sein könnte. Dürfte man so einen Menschen wählen? Piet hätte kein Problem damit, nur wusste er nichts über dessen politische Ansichten, die waren ihm im Moment auch egal, im Moment war er Detektiv und nicht Wähler.

Hulda de Vries würde für ihren Chef alles tun, wenn ihr Chef das wollte oder wenn er es nicht wollte. Wenn sie das wollte, dann würde er davon gar nichts erfahren. Geneviève van 't Veer hatte sich über die Jahre perfekt arrangiert. Als sie mit Van 't Veer vor den Altar trat, dachte sie vielleicht noch, er heiratete sie, aber er war eigentlich schon längst vergeben. Vergeben an eine intelligente, eloquente, erotische junge Frau mit tizianroten Haaren. Sie war nur die Kopie. Aber in wie vielen Museen hängen Kopien, und die Menschen stehen staunend davor!

Drei Menschen hatten alle irgendwo ein Motiv, der eine mehr, der andere weniger, jeder Einzelne käme als Täter infrage, aber da war sein Bauch, und sein Bauch sagte ihm: Joris van 't Veer fällt aus, allein schon wegen dieses Monumentes von einem Alibi. Und wenn er die Damen auch nicht aus seiner Liste löschen wollte, klarer wurde ihm die Geschichte nicht.

Rianne, er musste Rianne anrufen, er wollte Rianne anrufen. Wann konnte er sie sehen? Ihr Gesicht lächelte ihn auf der Kachel an.

Sie nahm den Anruf sofort entgegen: »Hallo, Piet, schön, dass du anrufst. Was macht der Zahn?«

»Raus! Ich war heute Nacht noch bei Ritsma, weil ich versucht habe, mit den Zähnen eine Flasche Heineken zu öffnen.«

»Um Gottes willen, und?«

»Na ja, ich habe so gut wie nichts gespürt. Das hätte ich schon viel früher machen müssen.«

»Du standest ja auch unter Medikamenten, wahrscheinlich warst du deswegen nicht so schmerzempfindlich.«

»Ja, Ritsma hat auch gesagt, dass das ein fürchterlich starkes Zeug wäre!«

»Mein lieber Piet, ich habe dir von vornherein gesagt, das geht nur ein paar Tage, damit du dich um deinen Fall kümmern kannst.«

Piet wollte keine Diskussion mit Rianne über dieses blöde Thema, sie hatte ihm gesagt, dass die Tabletten nicht gut waren, er hatte sie genommen, und es ging ihm gut, und fertig.

»Ich möchte dich heute sehen!«

»Ja, Schatz, das will ich auch!«

Er schmunzelte, ein »Schatz« hatte er seit Jahren nicht mehr gehört. Es tat gut.

»Ich habe heute Abend einen kleinen ›halb dienstlichen‹ Termin bei einer Botox-Party, vielleicht könntest du mir da mit deinem Sachverstand weiterhelfen, und es wird sicher nicht lange dauern, danach haben wir dann den Abend für uns!«

»Und die Nacht …«

Das bestätigte er sehr gerne. »Und die Nacht, ich hole dich um neunzehn Uhr vor der Apotheke ab.«

»Ich freue mich!«

Piet legte auf. Das tat gut. Es tat ihm jedes Mal sehr gut, wenn er mit Rianne sprach, wenn er sie sah, wenn er sie berühren konnte. Er schüttelte instinktiv den Kopf. Sie kannten sich so lange, sie lebten so lange nebeneinanderher, dabei war viel mehr möglich. Warum hatten sie beide das vorher nie erkannt?

Joris van 't Veer, Johan Wijbrand Rijkshoek, Krijn Kesselaar, und wer zum Teufel ist Jeanne bij de Waate?

Piet musste raus, er musste raus aus seinem Büro, raus aus dem Präsidium, er lief, er wusste nicht, wohin er lief, er lief auf den Marktplatz zu, die Menschenmenge raubte ihm den Atem.

Natürlich, am Donnerstag ist Wochenmarkt in Middelburg, und wir sind mitten in den Sommerferien, sowohl in Zeeland als auch in »Zeeland 2«, also in Nordrhein-Westfalen.

Piet nahm die Umleitung über den Pottenmarkt und die Gortstraat, und ohne dass er wusste, wohin es ihn trieb, stand er plötzlich vor der »Lieveling«. Da war ein rot-wei-ßes Absperrband, er stieg darüber, er nahm seinen Dietrich-bund aus der Tasche der Cordjacke und wollte das Schloss öffnen, doch die zwei Polizeisiegel zwischen Tür und Tür-rahmen waren bereits aufgerissen. Er drückte auf die Klinke, und die Tür öffnete sich.

Ein guter Polizist würde jetzt seine Walther P5 ziehen, die Taschenlampe in die andere Hand nehmen, sich abdu-cken und die sich nach innen öffnende Tür langsam auf-schwingen lassen. Aus dieser gesicherten Position heraus würde er auf Geräusche achten und mit der Waffe im An-schlag rufen: »Polizei, kommen Sie heraus!« Ein brillanter Polizist hätte den Tatort von außen gesichert und Verstär-kung durch einen Diensthundeführer angefordert.

Piet indes war in seinen Möglichkeiten ein wenig ein-geschränkt. Die P5 lag wie immer in der Schublade seines Schreibtisches, die Taschenlampe, die schon seit Monaten keine neue Batterie mehr gesehen hatte, lag im Landrover, und zu allem Überfluss hatte das Hausboot eine Schiebetür. Was soll's? Hercule Poirot war auch nie bewaffnet.

Piet trat unten gegen die Tür, einfach, um etwas Lärm zu verursachen, hustete laut, schob die Tür zur Seite und rief im Vollbesitz seiner Autorität: »Ist da jemand?«

Als Antwort bekam er einen Bodycheck verpasst, der auch einen Robin van Persie aus den Schuhen gekippt hätte. Piet stürzte ins Innere des Lofts, stieß mit der Schulter ge-gen den grauen Lackschreibtisch und sah eine dunkle Ge-stalt durch die Tür verschwinden. Blitzschnell war er wie-der auf den Beinen und nahm die Verfolgung auf. Wenn er den dunklen Gesellen erwischen wollte, musste es schnell gehen. Seine Grundgeschwindigkeit war noch ganz passabel, aber die Kondition ließ eine längere Verfolgung nicht zu. Er sprang vom Hausboot auf den Londensekaai und hetzte nach rechts in Richtung Buitenhaven. Der Vorsprung des Mannes wurde größer, doch plötzlich geriet der Typ ins Straucheln, beide Füße verloren für eine Sekunde den Bodenkontakt, und der schwere muskulöse Körper landete wenig grazil der Länge nach auf dem Pflaster.

Piet traute seinen Augen nicht, als er erkannte, wer da aus dem Türvorsprung eines Hauses trat und dem Kerl Handschellen anlegte.

Völlig außer Atem, musste der Inspecteur erst mal ein paar Sekunden durchschnaufen, bevor er stammeln konnte: »Jannis, was machst du denn hier?«

»Aber Piet, du hast doch gesagt, ich soll ihn beschatten, und als ich sah, dass er offensichtlich vor dir davonläuft, habe ich ihm ein Bein in den Weg gestellt.«

Piet riss dem Mann die Mütze vom Kopf und drehte den aufstöhnenden Kerl auf den Rücken: tatsächlich, Arjan Roos!

»Schaff diesen Kerl aufs Präsidium, ich komme später nach!«

Roos jaulte: »Mann, Sie tun mir weh!«

Das überhörte Piet natürlich und sagte stattdessen: »Wenn du im Präsidium bist, kannst du ihn auch ein bisschen verprügeln, aber nicht auf der Straße, ist das klar?«

»Klar, Chef!«

Jannis Munniks packte Roos grob am Arm und schob ihn davon.

Irgendwie war Piet sich nicht ganz sicher, ob er gerade

alles richtig gemacht hatte. Also rief er noch mal: »Munniks?«

»Ja, Chef?«

»Das mit dem Verprügeln war ein Scherz!«

»Natürlich, Chef!«

Er sah seinem Agenten hinterher, und nun erkannte er auch den dunkelblauen Astra, eines der Zivilfahrzeuge, das am Rouaansekaai parkte.

Was wollte dieser Idiot an einem polizeilich versiegelten Tatort, und das am helllichten Tag? Das Einzige, was er da bekommen konnte, war Ärger. Nun, er würde ihn gleich fragen.

Piet ging zurück zum Hausboot. Er schloss die Schiebetür hinter sich, stellte sich mitten in den Raum und blieb dort einfach stehen. Er sah sich um. Was hatte er gedacht, als er am Freitag hier stand?

Richtig! Er hatte gezwinkert, weil er Nebel im Kopf hatte. Er hatte den Tatort als Bild gesehen, die Farben waren brillant, die Tiefenschärfe war perfekt, die Kontraste hätten klarer nicht sein können, doch es war keine Fotografie, es war eine Collage, mehr noch, es war eine Fotomontage, das Bild, das er sah, war manipuliert. Nebel im Kopf. Er konnte, er durfte seinen Augen nicht trauen. Das waren seine Gedanken.

Ein Fotokünstler kann am Computer eine Fotomontage erstellen, bei der auch das geübte Auge überhaupt nicht erkennen kann, dass es eine Montage ist. Aber ein Mörder unter Adrenalin, der in kurzer Zeit die Polizei hinters Licht führen wollte, der kann das nicht, der musste einen Fehler gemacht haben.

Piet sah ihn jedoch nicht. Er sah die perfekte Montage. Das Bett ohne Buch, der lackgraue Schreibtisch. Der Mick Jagger von Anton Corbijn. Der Mick Jagger, der eine alte Frau war, oder die alte Frau, die eigentlich Mick Jagger war. Unten hing noch ein Bild. Mick Jagger mit venezianischer Maske, wieder Maskerade, wieder ein Trugbild. Die alte Frau Jagger hing jetzt am späten Nachmittag im Schatten. Piet nahm das Bild von der Wand, er wollte es gegen den Schreibtisch lehnen, um es im Licht der tiefer stehenden Sonne besser sehen zu können.

Da plötzlich fiel hinten aus dem Rahmen ein zusammengefaltetes Blatt Papier heraus. Piet nahm es auf. Es war eine Rechnung, die Rechnung von einer Galerie in Maastricht über dieses Bild. Da stand:

»Artist: Anton Corbijn,

Title: Mick Jagger, Glasgow, 1996,

Medium: lithprint

Size: 146 x 146 cm«

Und dann stand da noch ein Preis.

Wow! Dafür hätte Piet einen verdammt guten himmelblauen Land Rover Defender bekommen.

Da war keine Adresse, aber da war eine Unterschrift. Es war die Unterschrift eines Menschen mit einer nach links kippenden Handschrift, die vor Sorgfalt nur so strotzte, es war eigentlich keine Unterschrift, es war kein unlesbares Autogramm, es war die kunstvolle Niederschrift eines Namens, er prangte stolz unter der gewaltigen Summe und neben dem Datum 21. Dezember 2009: »Johan bij de Vaate«.

Johan, und mit »V«!

Piet rannte herunter ins Schlafzimmer, er nahm den anderen Jagger von der Wand. Keine Rechnung! Egal, die eine würde ihm reichen.

Er wählte Annemiekes Nummer: »Hoi, Annemieke!«

»Hoi, Piet, was machst du ganz allein am Tatort? Dieser Roos hätte bewaffnet sein können.«

»Um den kümmere ich mich später. Befrag mal das elektronische Gedächtnis nach einem Johan bij de Vaate, mit ›V‹!« Ich bin gleich im Präsidium.«

63

Johan bij de Vaate! Der Maskerade dritter Akt. Hätte er darauf kommen müssen, auch ohne Galerie-Rechnung? Egal. Wer war dieser Johan bij de Vaate, und warum stand er als Jeanne bij de Waate auf der »Guestlist« der Romy van Zwamen?

Das war jetzt exakt das, wofür sich Piet interessierte, und dieser unglaublich dämliche Arjan Roos war jetzt exakt das, was er erledigen musste. Vielleicht hatte Munniks ihn ja doch ein bisschen verprügelt. Er drückte mit dem Daumen gegen seine schmerzende Schulter, um ein bisschen aggressiver zu werden.

Er öffnete die Tür zum Vernehmungszimmer, da saß Roos am Tisch und rauchte.

Piet ging zu ihm, nahm ihm die Zigarette aus der Hand, drückte sie im Aschenbecher aus und sagte: »Im Präsidium herrscht Rauchverbot!«

»Aber er hat gesagt, ich dürfte …!«

»Ja, der Agent Munniks ist ja auch ein ganz netter Kerl, aber ich bin der Chef, und ich bin ein ganz harter Knochen, und jetzt zu dir, du Facility Manager, du rechte Hand des Chefs, du Stecher vor dem Herrn! Wie bist du denn auf die unglaublich intelligente Idee gekommen, am helllichten Tag in einen von der Polizei versiegelten Tatort einzubrechen? Mensch, da haben wir Hausfriedensbruch, Landfriedensbruch, Widerstand gegen die Staatsgewalt ...« Er fasste sich an die Schulter. »Schwere Körperverletzung, Zerstörung königlicher Siegel! Also, ich bin kein Mathe-Genie, aber ich komme da ganz ohne Mord schon locker auf vier oder fünf Jahre!«

Und jetzt wurde es plötzlich ganz ruhig im Vernehmungsraum. Arjan Roos saß da mit offenem Mund, und er schaute mit weit geöffneten Augen so, als hätte King Kong soeben den Vernehmungsraum betreten.

Es war eine glückliche Fügung, dass Agent Munniks hinter ihm stand. So hatte nur Piet das Vergnügen zu sehen, dass auch dieser gerade mit weit geöffneten Augen so schaute, als hätte King Kong soeben den Vernehmungsraum betreten.

»Verdammt noch mal, Roos! Was haben Sie da gewollt!«

»Äähm, Herr Inspecteur, ich hatte Ihnen ja gesagt, dass ich ein intimes Verhältnis mit Frau Van Zwamen hatte ...«

»Sie hatten es minimal anders ausgedrückt, aber ja, ich erinnere mich.«

»Beim letzten Mal musste ich sehr schnell aufbrechen, weil ein Freier vor der Tür stand, und da habe ich ...«

Piet unterbrach ihn voller Lust: »Frau Van Zwamen hatte keine Freier, sondern Gäste, und Sie mussten früher aufbrechen, weil Sie rausgeworfen wurden?«

»Nein, überhaupt nicht, wir ... Ist ja auch egal, ich habe meine Boxershorts liegen gelassen, und, ja ich hab gedacht, dass mich das verdächtig macht, dass Sie über die DNA vielleicht erkennen könnten ...«

Piet stand auf, nahm das Zigarettenpäckchen vom Tisch, fingerte eine Lucky Strike heraus, steckte ihm die Zigarette in den Mund und gab ihm Feuer: »Nun pass mal auf, du unglaublich dummes Arschloch! Die Spurensicherung in unserem Präsidium wird von Bernadien d'Hondt geleitet, und der entgeht an einem Tatort nichts! Und ein ...« Er entnahm einem beigefarbenen Aktendeckel ein weißes DIN-A4-Blatt und zitierte: »›Boxershort von H&M, Größe L, in Orange mit grünen Heineken-Dosen‹, den findet sie garantiert. Unser Fotograf Thijs Joziasse hat ihn von allen Seiten fotografiert.« Er zog ein Foto aus der Akte und schob es zu Roos herüber. »Wenn mich nicht alles täuscht, hängt noch ein Abzug zur Belustigung der Belegschaft an der Kantinen-Pinnwand. Wenn Sie die Hose zurückhaben wollen, können Sie sich von Agent Munniks ein Formular zum ›Antrag auf Rückgabe eines Beweisgegenstandes an Dritte, zur Vorlage bei der Asservatenkammer‹ aushändigen lassen. Und noch etwas. Ich hätte nie einen DNA-Test durchführen lassen, bei ›orange mit grünen Heineken-Dosen‹ war mir klar, wem das gute Stück gehörte.«

»Und jetzt, Meneer Commissaris?«

Piet brüllte: »Und jetzt raus!«

»Und die vier, fünf Jahre?«

Piet verließ den Vernehmungsraum, bevor er noch mit »Herr Polizeipräsident« angesprochen werden konnte.

64

Wenig später saß Piet wieder auf dem Schreibtisch in Annemiekes Büro. Sie mussten diesen Fall bald lösen, so viel Kaffee war für achtundfünfzigjährige, übergewichtige Männer nicht gut.

»Ich kam einfach nicht weiter. Du kennst doch diese Situation, du weißt, dass du alles gesehen hast, und obwohl du alles gesehen hast, weißt du auch, dass du dabei irgendwas übersehen hast.«

Piet nahm noch einen Schluck von dem unglaublich guten Café Crema aus Annemiekes genialer Kaffeemaschine.

»Tut gut, so ganz ohne Zahnschmerzen, oder?«

»Unbeschreiblich!«

»Ich musste heute Nachmittag an dich denken. Ich hatte mir beim Tanken einen Fingernagel abgebrochen. Und da war ich ganz froh, dass ich dafür nicht zu einem Zahnarzt musste.«

»Zeig mal!« Piet war fast besorgt.

»Mach dir keine Gedanken!« Sie hielt ihm alle zehn Finger vors Gesicht. »Schon fertig, da haben Frauen besondere Möglichkeiten!«

Annemiekes Lächeln verschwand sofort wieder: »Aber du hättest mich mitnehmen sollen, du hättest mich mitnehmen müssen, oder Jonker!«

»Na ja, Munniks hat eine verdammt gute Arbeit gemacht!«

»Ja, irgendwie schon. Aber dass Munniks eine gute Arbeit macht, davon bist du ganz sicher nicht ausgegangen, und deshalb war das extrem leichtsinnig von dir! Und das mit der guten Arbeit von Munniks, das sagst du ihm auch!«

»Nein, sicher nicht!«

»Piet!!!«

Piet stellte die Tasse auf ihrem Schreibtisch ab. »Was ist mit Johan bij de Vaate?«

»Im Umkreis von sechzig Kilometern haben wir zwei Treffer. Der eine hat die Firma ›bij de Vaate 2wielerspecialist‹, er ist ein Fahrradhändler aus Reimerswaal …«

Piet schüttelte den Kopf. »Ich glaube, den können wir ausschließen. Du kennst meine Anerkennung für Fahrradhändler, aber der verschenkt keine Bilder für fünfstellige Summen zu Weihnachten. Wer ist Treffer Nummer zwei?«

»Sitzt du?«

Piet saß wie immer auf ihrem Schreibtisch, schaute sie überrascht an und sagte: »Ja!«

»Na, dann halt dich auch noch fest. Der andere Johan bij de Vaate ist Officier van Justitie in Breda, er ist der leitende Staatsanwalt in Noord-Brabant!«

»Scheiße, an den kommen wir nie dran, vielleicht wird unsere Bitte um einen Besuch in vier Monaten bearbeitet, und dann kriegen wir 2019 einen Termin!«

»Wäre dir in genau einer Stunde lieber? Der Staatsanwalt freut sich, uns zu sehen.«

Piet sah seine Assistentin völlig verblüfft an. Wenn es die Disziplin »Vertrauen schaffen durch Telefonstimme«

gäbe, wäre Annemieke Weltmeister, und sie hätte ihren Titel schon zigmal verteidigt.

»Ääh, kann ich dich irgendwie loben, sodass du dich freust?«

Sie schenkte ihm ihr sittsames Lächeln. Sie hatte noch einige andere im Repertoire.

Piet meinte: »Breda, dann müssen wir aber sofort los!«

Annemieke beruhigte ihn. »Mach dir keine Gedanken, das schaffen wir!«

Exakt siebenundvierzig Minuten später parkte der Peugeot vor dem Amtsgericht in Breda. Weitere sechs Minuten später öffnete die nächste Vorzimmerdame das nächste Büro, und der Officier van Justitie Johan bij de Vaate wies ihnen freudestrahlend zwei Plätze an seinem Konferenztisch zu.

»Ich hatte Sie schon vor zwei Tagen erwartet, und ich bin froh, dass Sie kommen. Die Ungewissheit hätte ich nicht mehr sehr lange ausgehalten.«

Annemieke schaute ihr Gegenüber betont freundlich an und antwortete: »Es geht um die Aufklärung eines Mordfalles in Middelburg. Es geht um Romy van Zwamen, und wir wissen, dass die auf ihrer ›Gästeliste‹ verzeichnete ›Jeanne bij de Waate‹ Sie sind!«

Der Staatsanwalt rückte seinen grauen dreiteiligen Anzug zurecht, obwohl er tadellos saß. »Wissen Sie? Es gibt Momente, in denen fühle ich mich als Mann nicht wohl! Ich trage gern ab und zu Frauenkleider, und das ist eine Passion, die meinem Beruf, ich möchte mal sagen, nicht angemessen ist.«

Annemieke versuchte, die Anwaltssprache aufzubrechen: »Bei Romy hatten Sie die Möglichkeit?«

Bij de Vaate antwortete ungerührt: »Ja, sie nahm mich genau so, wie ich war. Wir hatten viel Spaß beim Umziehen. Sie besorgte wunderbare Kleider, sie hatte Perücken, und dann gingen wir aus! Wir haben es, wenn sie so wollen, krachen lassen! Wir sind tanzen gegangen, wir waren im Theater!«

Piet wollte auf den Fall zurückkommen. »In ihrem Hausboot habe ich eine Quittung gefunden. Eines der Anton-Corbijn-Bilder gehörte Ihnen!«

Bij de Vaate schien beinahe bestürzt. »Aber nein, ich habe es ihr geschenkt, nicht eins, es waren zwei Fotografien von Mick Jagger, wir waren auf einer Vernissage, sie stand vor dem Bild von Jagger als Frau, und sie hat herzzerreißend gelacht. Sie sagte: ›Das ist unser Bild!‹, und ich habe es für sie gekauft. Später fand ich in einer weiteren Galerie ein Bild von Mick Jagger mit einer Maske, und ich dachte, auch das ist unser Bild, und auch das habe ich gekauft.«

Annemieke blickte in ihre Moleskine-Kladde und sagte: »Diese Bilder sind unglaublich teuer!«

Der Staatsanwalt lachte mit sehr weißen Zähnen und antwortete: »Romy war unbezahlbar! Wissen Sie, ich habe vorher nie eine Frau erlebt wie sie, und ich werde jetzt wohl auch keine solche Frau mehr erleben, und ich darf Ihnen versichern, ich bereue nichts von dem, was ich getan habe, aber auch gar nichts. Und ich möchte Ihnen noch einige Dinge sagen. Wenn das, was ich Ihnen gerade erzählt habe, an die Öffentlichkeit kommt, werde ich das Land sehr schnell verlassen, und das wäre schade für das Land, denn ich bin ein sehr guter Staatsanwalt. Ich arbeite für die gleiche Sache wie Sie, aber das kann ich nicht mehr tun, wenn diese Geschichte öffentlich wird. Das müssen Sie sich überlegen. Ich habe einen Plan B. Ich habe ein kleines Haus auf der karibischen Insel Bonaire, die, wie Sie wahrscheinlich wissen, eine besondere Gemeinde der Niederlande ist. Diese Möglichkeit ist mit der Regierung abgestimmt, Sie können mir also nicht drohen. Das nur vorweg!«

Piet sagte: »Ich hatte nie vor, Ihnen zu drohen!« Er stand einfach auf, reichte Johan bij de Vaate die Hand und sagte: »Leben Sie wohl!«

Dieser Satz passte gar nicht ans Ende dieses Gesprächs, aber Annemieke dachte bei sich: »Man muss ja auch nicht alles verstehen, was PvH denkt!«

Als sie ihn vor seinem Haus absetzte, sagte er: »Also schön, dann wollen wir für heute mal Feierabend machen. Hast du heute noch was vor?«

Annemieke meinte: »Nöö, ich hab mir in Vrouwenpolder ein Kilo Mosselen gekauft, die werde ich mir noch in den Topf werfen, und dann ziehe ich mir die Wollsocken an und leg mich auf die Couch! Und du?«

»Ich will noch bei Juliana vorbeischauen, und ich trink noch ein Bier bei Ruud, können auch zwei werden!«

»Also, schlaf schön!«

»Du auch!«

65

»Ich will da gar nicht hin!« Adi war außer sich. »Wir unter-
stützen das doch, wenn wir dem noch ein Publikum bieten.«

»Ja klar, aber wenn wir da nicht hingehen, dann gehen
unsere Frauen da alleine hin, willst du das?«

»Ich bin ganz sicher, dass sich Babette von so einem Typen nicht über den Tisch ziehen lässt oder den Behandlungsstuhl oder wie dieses Möbelstück auch immer heißt!«

Jetzt freute ich mich ein bisschen darüber, dass ich heute
Mittag bei Detlef nicht zu Wort gekommen war: »Ich würde
sagen, wir fahren da jetzt hin, und wir beruhigen uns ein
kleines bisschen, denn ich habe noch eine Überraschung
für euch.«

Lothar schaute mich überrascht an: »Raus mit der Sprache. Was weißt du?«

»Och komm, lass mir einen kleinen Überraschungsmo-
ment!«

»Wo ist Detlef?«

»Na ja, der will nicht mit, der hofft immer noch auf den
Anruf von diesem Onkel vom Bodensee, seinem Erik Ode
von Radolfzell. Ich denke, darauf sollten wir uns nicht verlassen.«

Lothar drückte auf ein Knöpfchen am Schlüssel für seinen Tiguan, und vier Männer versuchten, in diesem lusti-

gen Auto Platz zu finden. Der Tiguan firmiert unter der Bezeichnung SUV, also Sport Utility Vehicle, dieser Begriff war treffend gewählt, denn wir mussten schon einigen Sport ausüben, bis die vier ausgewachsenen Männer in dem Vehicle untergebracht waren. Gut, dass Detlef später nachkommen wollte, sonst hätte es nicht geklappt.

* * *

Vlissingen konnte nie mit den mondänen Badeorten wie Zandvoort oder Domburg konkurrieren, das muss irgendwann irgendwelche Stadtväter so geärgert haben, dass sie alles versuchten, um ein paar Hundert Meter Strand so aussehen zu lassen, als flaniere man gerade über den Miami Beach.

Das Problem ist, es ist ihnen nicht gelungen. Auch wenn man ihnen zugestehen muss, dass das Hochhaus am Strand am Boulevard Bankert durchaus ein architektonisches Meisterwerk sein mochte, wenn es nur in Cannes stehen würde oder in Rimini, im Bankenviertel von Frankfurt oder in Istanbul, überall sonst, aber nicht in Zeeland. Es passt nicht nach Zeeland! Es war, ist und bleibt ein Solitär.

Aber genau in Vlissingen, da, wo es nun einmal nicht hinpasst, da steht es. Ein Hotel ist darin untergebracht, Ferienappartements für ziemlich viel Geld, nur in der obersten Etage, von der aus man einen wunderbaren Blick auf die Westerschelde hat, da gab es keine Hotelzimmer, da war die Kliniek amoenitas untergebracht.

Vier hartgesottene Camper hätten niemals gedacht, dass sie jemals in diesen Aufzug steigen würden, der sie in die sechzehnte Etage emporheben würde. Als die silbern glänzenden Türen aufschwangen, um den Weg in die mit großen Spiegeln ausgekleidete Kabine freizumachen, betraten wir Neuland, Lothar zuerst, dann Gerd, dann ich, und als Adi den Aufzug betrat, ertönte ein quäkendes Geräusch, und eine Leuchtschrift blinkte: »Maximal sechs Personen, Höchstgewicht 400 kg«.

Das quäkende Geräusch erscholl weiter, und Lothar fragte den schmächtigen Adi: »Sag mal, hast du ein Figurproblem?«

Als sich die Edelstahltüren für uns drei wieder öffneten, standen wir vor einer Glaswand, auf die in lindgrüner Schreibschrift der Schriftzug »Kliniek amoenitas« appliziert war. Wir warteten eine Minute, bis Adi mit dem nächsten Aufzug nachkommen würde, aber da trat er auch schon aus dem Treppenhaus.

Ich begrüßte ihn freundlich: »Wenn du so schön weitertrainierst, passen wir demnächst ganz sicher zu viert in den Aufzug!«

Vor uns ragte eine beleuchtete Glassäule aus dem schwarzen Granitboden. Oben war eine Edelstahlplatte im Fünfundvierzig-Grad-Winkel eingelassen, die fast zu schweben schien. In deren Mitte funkelte ein großer Swarovski-Kristall-Glas-Klingelknopf. Kein Kabel, nichts war zu sehen.

Für Lothar, den Messebauer vor dem Herrn, durchaus kein Rätsel: »Das ist einfach nur so eine Fernbedienung, wie sie bei Lampen schon ganz typisch ist. Nimmste 'ne Edelstahlplatte, unten LED rein, oben Klingel, kostet hundert Euro und sieht aus wie im Hauptquartier von einem James-Bond-Bösewicht!«

Nach dem ersten Klingeln erschien »Fleur 2«, auch

blond, auch hübsch, auch schlank, auch gut trainiert, aber eben nicht Fleur: »Guten Abend, bitte kommen Sie doch in die Praxis!«

Die Räumlichkeiten, die wir nun betraten, als Praxis zu bezeichnen, war eine maßlose Untertreibung. Eher war es eine Mischung aus Club Lounge in St. Tropez, einem Küchenstudio und dem Hauptquartier des besagten James-Bond-Bösewichts.

Ich zischte zu Lothar: »Ich bin mir sicher, der Granitfußboden lässt sich absenken, und im darunter liegenden Becken schwimmen Haifische!«

Lothar streichelte eine imaginäre Katze auf seinem Arm und antwortete: »Faltenfreie Haifische, Mr. Bond, faltenfreie! So viel Botox muss sein!«

Fleur 2 unterbrach unser Gespräch mit einem jovialen: »Nehmen Sie doch bitte noch einen Moment in der Lounge Platz, Dr. Yves Hendrik Postma ist in wenigen Minuten für Sie da.«

So betraten wir die »Lounge«. Statt abgeranzten Zeitungen gab es hier Sofas mit Relax-Ecke, ein riesiger Flachbildmonitor an der Wand zeigte faltenfreie Humanoide joggend am Strand, und es roch dezent nach Pinie!

Gerd äffte Fleur 2 nach: »Nehmen Sie doch bitte noch einen Moment in der Lounge Platz! In meiner Praxis heißt das ›Wartezimmer‹!«

Anne und die Mädels waren schon da, drei weitere Damen und ein Mann.

Als ich zu Anne trat, ertönte die Klingel erneut. Den Mann, der nun in Begleitung einer eleganten Frau in die Wartelounge geführt wurde, den kannte ich: Piet van Houvenkamp.

Dieses Musterbeispiel von einem unfreundlichen Polizisten hatte eine Frau dabei, die zu ihm passte wie eine Scheibe Fleischwurst auf ein Nutellabrot. Die hatte Klasse, dunkelbraunes, fast schwarzes Haar, ein bordeauxrotes Kostümchen, das nach »Nicht Kaufhaus« aussah, dezent geschminkt, und ein Gesicht, dass man nur hoffen konnte, sie hätte hier keinen Termin.

Und wieder ging die Klingel, und einige Sekunden später betrat ein Mann, knapp unter fünfzig, die Lounge. Bei ihm wusste ich allerdings sofort, was er bei einem Beauty-Doc wollte. Der Neuankömmling hatte aber so was von einer krummen Nase, so will man sich tatsächlich nicht in der Öffentlichkeit zeigen.

Fleur 2 kam nun mit einem Tablett auf uns zu. »Darf ich Ihnen einen Detox-Weizengras-Drink mit Lime anbieten oder einen spritzigen Secco?«

Anne nahm zwei Detox-Drinks vom Tablett und reichte mir einen, bevor ich zum Sekt greifen konnte.

Sie kniff mich sanft in den Arm und meinte: »Als wir das letzte Mal zusammen auf einen Arzt gewartet haben, da hielten wir Edda noch für einen Mageninfekt.« Sie zeigte auf die Fältchen an ihren Augen und sagte: »An ein paar von denen ist dieses Kind nicht ganz unschuldig!«

»Du bist schön, wenn du lächelst, und ich mag diese kleinen Fältchen!«

Wieder klingelte es, und jetzt betrat die Assistentin von diesem Polizisten die Lounge, und auch die war in Begleitung.

Ich nippte an dem Weizengras-Drink mit Lime. Da, wo ich herkomme, heißt das Zitronensaft. Und als ich vermutete, dass alle ausnahmslos auf das neu ankommende Pärchen achteten, kippte ich meinen Detox-Drink mit Lime möglichst unauffällig in eine Blumenvase.

Anne sagte leise: »Ich bleibe doch dieselbe Person. Es wird sich gar nichts ändern, nur, dass ich mich lieber im Spiegel anschaue.«

In diesem Moment, der nur uns zu gehören schien, schnitt Babette wie mit einem Weichkäsemesser. »Ich will so jung aussehen wie Fleur, kaum zu glauben, dass sie schon fünfunddreißig ist.« Ich war nahe daran, einen Satz dazu zu sagen, aber ich hätte keine Chance gehabt, ich kam schlicht nicht zu Wort, Babette war nicht zu bremsen. »Das will ich auch! Fünf Jahre jünger aussehen! Wir haben noch fast zehn Tage Urlaub, und wisst ihr, was das heißt? Bis wir wieder zu Hause sind, bin ich schon wieder ganz schön abgeschwollen.«

Aus einer Milchglastür am anderen Ende der Lounge trat Fleur 1 in den Raum.

Sie trug einen weißen Kittel, der knapp unterhalb des Schambeins endete, und sagte freundlich: »Meine Damen und Herren, ich darf Ihnen Dr. Yves Hendrik Postma vorstellen.«

Jetzt oder nie. Ich nahm all meinen Mut zusammen und die züchtig zurückweichende Fleur in den Arm: »Und ich darf Ihnen Mevrouw Floortje Molenaar vorstellen, ehemalige Personal Trainerin im ›Lady-Fitness Kamperland‹ und exakt neunundzwanzig Jahre alt.«

Es war raus. Ich fühlte mich wie Ende 2. Akt, Vorhang, Pause. Ich wartete auf die stehenden Ovationen des Publikums.

Babette war entsetzt. »Wieso neunundzwanzig? Ich denke, sie ist fünfunddreißig? Es gibt doch keine Frau auf der ganzen Welt, die sich in der Öffentlichkeit älter macht, als sie ist!«

Professor Doktor Yves Hendrik Postma betrat gewinnend lächelnd den Raum.

Und wieder klingelte es. Detlef trat freudestrahlend und siegesgewiss ein und sagte: »Ich glaube, ich muss hier mal etwas klarstellen.«

Lothar haute mir den Ellenbogen etwas zu stark in die Seite und sagte: »Des Königs reitender Bote, wie in den Filmen!«

Detlef nahm Positur an und sagte: »Dieser feine Herr Doktor«, er deutete auf Postma, »hat auf seinem Werbeprospekt behauptet, er hätte in der berühmten Schönheitsklinik am Bodensee gearbeitet, aber in dieser Klinik kann sich niemand, inklusive der Personalabteilung, niemand daran erinnern, dass da jemals ein Dr. Postma gearbeitet hat!«

Da meldete sich der Begleiter von dieser Assistentin zu Wort, Annemieke Breukink, richtig, so hieß sie, und der sagte: »Das überrascht mich jetzt nicht, denn Yves Hendrik Postma heißt Hans Postma, und er hat mit mir zusammen in dem wunderschönen belgischen Universitätsstädtchen Gent studiert, ich studierte Medizin … und er Tiermedizin!«

Der Mann mit der unglaublich schiefen Nase hustete leicht, bevor er sagte: »Ich darf mich vielleicht kurz vorstellen. Ich bin Professor Doktor Bram Timmermans, Facharzt unter anderem für Plastische Chirurgie. Ich kann Ihnen versichern, als Veterinär darf der Herr diese Veranstaltung hier gar nicht abhalten. Wenn mich nicht alles täuscht, haben wir hier einen Inspecteur der Politie Middelburg anwesend, Herr Inspecteur Van Houvenkamp, würden Sie diesen Scharlatan bitte festnehmen?«

Piet nickte zustimmend!

»Na, dann haben wir den Fall ja wohl geklärt!« Lothar fühlte sich sichtlich wohl.

Piet erklärte: »Den kleinen Fall haben wir geklärt! Nicht weniger, aber auch nicht mehr! Herr Doktor Postma, ich nehme Sie fest und werde Sie den Kollegen vom Betrugsdezernat überstellen. Das hier ist nämlich eigentlich nicht mein Aufgabenbereich, aber ich muss wirklich sagen: Es war mir ein Vergnügen! Frau Molenaar, Sie kommen bitte morgen Vormittag aufs Präsidium. Da werden die Kollegen sicher wissen wollen, wie tief Sie in die Machenschaften des Herrn Postma involviert waren. Wenn Sie sich nur ein paar Jahre älter geschummelt haben, dann ist das zwar sehr dämlich, aber wenn mich nicht alles täuscht, nicht strafbar.«

Vor dem Haus waren Martinshörner zu hören. Annemieke Breukink wusste natürlich von Henk ten Dracht, dass es sich beim Herrn Yves Hendrik um einen Hochstapler handelte, deshalb hatte sie die Kollegen mit einer Verzögerung von fünfzehn Minuten zum Boulevard Bankert bestellt. Wie sich herausstellte, war ihr Gefühl für Timing exzellent.

Vielleicht hatte es einfach zu oft geklingelt. Immer wieder hatte sich an diesem Abend die Tür zur Kliniek amoenitas geöffnet, und eine neue Portion frischer Seeluft war in die Lounge gedrungen, die doch eigens für diese Abende so vortrefflich hergerichtet war. Wenn man seine Gäste mit einem wunderbar luftigen Soufflé beglücken möchte, sollte man jedoch tunlichst darauf achten, nicht zu oft die Backofentür zu öffnen, sonst wird die schöne heiße Luft verwirbelt, und die ganze Pracht fällt in sich zusammen.

Munniks und Jonker brachten Doktor Postma zum Streifenwagen.

Gaby sagte zu Lothar: »Du solltest auch mal Sport machen. Das entspannt total und macht zufrieden.«

Er antwortete natürlich: »Das schaffen drei Glas Wein und eine Pizza auch!«, nahm seine Frau in den Arm und führte sie zum Aufzug.

Die anderen vier stolzen Camper wären durchaus bereit gewesen, den Erfolg der AFL auf »Camping de Grevelinge« noch mit einigen Grimbergen zu begießen, aber vielleicht war es taktisch geschickter, sich heute Abend individuell den doch sehr enttäuschten Ehefrauen zu widmen.

Dieser Doktor Postma ging ihnen wahrscheinlich am wohltrainierten Hinterteil vorbei, aber Fleur, die hatten sie doch ins Herz geschlossen.

Annemieke hielt die Hand von Henk ten Dracht, als sie ging, und Piet sagte noch: »Wie gut, dass du die Wollsocken noch nicht anhattest. Sonst hättest du nicht in die Pumps gepasst!«

Dann griff er nach der Hand von Rianne, und diese sagte: »Oh, du, ich bewundere dich! Du bleibst so cool. Du hast diesen Postma auseinandergenommen und bleibst völlig ruhig. Ich bin total kaputt, das war einfach zu viel Adrenalin. Bist du böse, wenn ich jetzt nach Hause will?«

Nein, böse war er nicht, enttäuscht war er. Er hatte sich auf diesen Abend, auf diese Nacht gefreut. Aber es war ja seine Schuld. Er hatte sie hierhin mitgenommen. Er hatte gesagt, sie könnte ihm helfen, und das stimmte eigentlich nicht. Er hatte gewusst, dass er auf dieser Botox-Party seinen Fall nicht lösen konnte. Die Möglichkeit bestand, aber die Wahrscheinlichkeit war gering. Aber er wollte sie bei sich haben. Es war egoistisch von ihm. Und jetzt waren sie auch noch mit ihrem Auto da. Sie hatte das angeboten, und er hatte gern angenommen, weil er dann etwas trinken könnte. Jetzt konnte er nicht mal mehr sagen: »Komm, Schatz, ich bring dich nach Hause!« Das wäre okay! Aber so ein guter Satz, den er sagen konnte, fiel ihm gerade nicht ein.

Aber dann sagte sie: »Komm, Schatz, ich bring dich nach Hause!«

66

»Enttäuscht?«

»Ja! Nein! Ein bisschen! Weißt du, mir hat diese Fleur gefallen. Die hatte alles, was ich nicht hinkriege. Natürlich könnte ich zwei Mal in der Woche ins Fitnessstudio gehen, aber ich tue es halt nicht. Natürlich wäre ich von zu Hause aus in ein paar Minuten am Rhein, eine wunderbare Jogging-Strecke, die Hunderte von Leuten nutzen, aber ich eben nicht!«

Ich gab mir Mühe, sie nicht direkt anzusehen, weil ich mir nicht sicher war, ob sie nicht vielleicht weinte! Stattdessen schaute ich herunter auf mein Rotweinglas und an dem Rotweinglas vorbei auf die Plauze, die im letzten Jahr bestimmt wieder um zwei Zentimeter angewachsen war. Wie oft hatte ich in den letzten Wochen gedacht, das müssen wir jetzt aber mal in Angriff nehmen. Aber gerade auf »Camping de Grevelinge«? Warum zieht man morgens auf der Waage den Bauch ein? Doch nicht, weil man glaubt, dass dadurch das Gesamtgewicht schmilzt. Nein! Weil man dann die Zahlen lesen kann! Und diese Zahlen waren verheerend.

»Und wenn ich morgen mit dir jogge?«

Anne lachte, dann lächelte sie, dann schaute sie mich fragend an: »Das würdest du tun?«

Ich musste sehr vorsichtig sein. Wie heißt es so schön?

Alles, was ich jetzt sagte, konnte später gegen mich verwendet werden.

Ich sah Anne an, und ich sah ganz viel in ihren Augen: Da war die Hoffnung, dass wir tatsächlich zusammen laufen würden, dass dieser Urlaub anders aussehen konnte als all die anderen zuvor. Da war die Skepsis, dass dieser Vorschlag, den mein Hirn in dieser Stresssituation geboren hatte, nach sieben Stunden erholsamen Schlafs im Bug des Dethleffs 560 TK unauffindbar in den Tiefen meines Unterbewusstseins verschwunden sein konnte.

Und da war diese Liebe, die immer wieder dazu führen würde, dass wir immer wieder Ideen finden würden, die uns immer wieder neugierig machen würden auf den anderen.

»Ja, genau das machen wir. Wir gehen morgen laufen.«

»Dann mache ich jetzt mal den Korken auf die Flasche. Denn morgen würdest du jeden weiteren Schluck bereuen!«

Und der Satz, den ich sagte, wurde gegen mich verwandt.

67

Rianne hatte ihn an der Stationsstraat abgesetzt, sie hatten noch ein Weilchen an der Brücke gestanden. Sie hatten sich geküsst. Und als er am Binnenhaven entlangschlenderte, hin zum »Grijse Dolfijn«, da sah er schon das blaue Licht hinter den Fensterscheiben. Ein kleines Lächeln legte sich auf seine Lippen. Juliana war noch wach. Natürlich! Es war kurz nach zehn!

Sie lächelte fröhlich, als sie ihren Mieter sah: »Hoi, Piet! Schön, dass du kommst! Setz dich noch einen Moment zu mir!«

Sein prüfender Blick offenbarte ihm sofort, dass das Weinglas von Mevrouw Juliana Joosses noch wohl gefüllt war. Also ging er zum Kühlschrank, wo mittlerweile wieder die dunkelgrünen Grolsch-Flaschen lagen. Er nahm sich zwei heraus, wie immer, er öffnete den Bügelverschluss der ersten, hängte sie sich über den Zeigefinger der rechten Hand und setzte sich gegenüber von Juliana in den Sessel. Er nahm einen tiefen Schluck.

Juliana nippte an ihrem Weinglas und sagte: »Hoffnungsfroh siehst du nicht gerade aus.«

Piet nahm einen großen, einen sehr großen Schluck aus der Pulle und genoss die Abwesenheit von Schmerz.

»Froh bin ich schon, ich bin froh, dass ich diese Zahnschmerzen los bin. Aber bei diesem Fall entschwindet mir gerade die Hoffnung. Weißt du, ich war vielleicht sieben oder acht Jahre alt, und wir hatten noch einen schönen Weihnachtsbaum, nicht so ein künstliches Ding, wie es heute überall rumsteht. Und an diesem Baum hingen genau acht wunderschöne silberne Kugeln. Und wir hatten einen Hund. Es war ein Mischling aus was auch immer, aber er war riesengroß, oder er kam mir nur so riesengroß vor, weil ich so klein war. Er hieß Amandus, ein großer schwarzer Hund, und an Silvester hatte irgendjemand, als wir beim Abendessen saßen, ein Feuerwerk abgeschossen, auch das war ja nicht wie heute, ein Feuerwerk war etwas ganz Besonderes. Und Amandus bekam es mit der Angst zu tun. Er suchte Schutz, und er meinte wohl, unter dem Weihnachtsbaum wäre es am sichersten. Der fiel natürlich sofort um, und ich hörte, wie die erste und zweite Weihnachtskugel auf dem Steinfußboden zerbrach, dann die dritte und die vierte. Wir saßen wie erstarrt am Tisch, und ich hoffte, dass nicht alle Kugeln kaputtgehen würden, und fünf und sechs, und dieses Geräusch hatte Amandus nun den Rest gegeben, er kroch jaulend unter dem Baum hervor, und sieben und acht. Nicht eine einzige Kugel am Baum war heil geblieben. Es war das schlimmste Silvester in meinem Leben, meine Mutter weinte den ganzen Abend, und mein Vater schlug den Hund. Und ungefähr so geht es mir heute. Ich hatte jede Menge Kugeln am Baum, und alle sind auf dem Steinfußboden zerschellt. Wir hatten diese ›Gästeliste‹, aber ich konnte bald acht von neun Namen definitiv ausschließen. Neun minus acht ist eins. Der letzte verbliebene auf der Liste war der Frauenname, Jeanne bij de Waate. Das passte gut, denn wir haben einen abgebrochenen Fingernagel gefunden, der sicher von einer Frau, genauso sicher aber nicht vom Opfer stammt. Aber dann fand ich heute hinter einem der Jagger-Bilder eine Quittung, und der Käufer hieß Johan bij de Vaate. Er firmierte auf der Gästeliste als Frau, weil er, wenn er bei ihr war, Frauenkleider und eine Perücke trug. Und nicht nur das. Er ist Officier van Justitie in Breda, und eins minus eins ist null. Alle Weihnachtskugeln liegen zerdeppert auf dem Steinfußboden, es fehlt die Dame im Spiel, und jeder Zweite hat nur ein Ziel: dass die Presse nicht erfährt, dass gegen ihn ermittelt wurde.«

Piet nahm noch einen tiefen Schluck und stellte die Flasche seufzend auf dem Mahagoni-Tischchen ab.

Sie sagte: »Johannes Calvin, oder nennen wir ihn Jean Calvin, weil er ja eigentlich Franzose war, dieser Jean Calvin war in seiner theologischen Auslegung strenger als Martin Luther. Und dieser Jean Calvin taucht mir in deinem Fall zu oft auf.«

»Entschuldige, liebe Juliana, ich verstehe gerade nicht viel mehr als nichts!«

»Weißt du, mein lieber Piet, dieser Jean Calvin ist dafür verantwortlich, dass es in den Niederlanden so viele Häuser ohne Gardinen gibt. Die protestantische Askese ist ja ein Pfeiler des Calvinismus, und wer ein gottgefälliges rechtschaffenes Leben führt, ohne Luxus und Ausschweifungen, tja, der braucht auch keine Gardinen.«

Piet sagte: »Ich kenne den Calvinismus, aber wo taucht er in diesem Fall auf?«

»Der Fotograf Anton Corbijn ist ein bekennender Protestant. Der Autor Maarten 't Haart ist das Gegenteil, er ist ein bekennender Atheist, gerade weil er strenggläubig erzogen wurde. Die Leute auf der Gästeliste wollen nicht, dass etwas an die Öffentlichkeit kommt. Ich bin nicht der Detektiv, aber mir ist das zu viel Moral. Ich hatte mein Leben lang mit diesem Religionszeug nichts am Hut. Auch meine Eltern lebten nur für Gott und die Religion. Sie haben noch nachts im Bett Choräle gesungen.«

Er trank das Bier aus und öffnete die zweite Flasche: »Na ja, einen Fernseher hattet ihr ja noch nicht.«

»Wir hatten keinen Fernseher, aber ich hatte in der Jugend eine gute Freundin, die mehr als eine Freundin war, ich durfte es niemandem sagen, vielleicht habe ich deshalb diese Antennen.«

Piet war ein bisschen sprachlos, also sagte er: »Ääm!«, und wartete auf den nächsten Satz von Juliana: »Es geht um Moral. Ich weiß nicht, warum, aber in deinem Fall geht es um Moral!«

Was sagt man am besten, wenn man keine Ahnung hat, was man sagen soll. Piet sagte: »Kann schon sein!«

Es wurde einen Moment lang still in der gemütlichen Wohnung der Juliana Joosses.

Er trank einen Schluck.

Sie trank einen Schluck, und dann fragte sie: »Und was war hier heute Nachmittag los? Die Nachbarin hat mir gesagt, du wärst wie Usain Bolt über den Londensekaai gerannt!«

»Du kennst Usain Bolt?«

Piet nahm den tadelnden Blick seiner Freundin entgegen: »Mein lieber junger Freund. Wie du weißt, bin ich stolze Besitzerin eines Flatscreen-Smart-TV, und Usain Bolt ist ein sehr gut aussehender, sehr muskulöser junger Mann. Wenn mich das nicht mehr interessiert, bin ich wirklich alt geworden, aber ich bin erst dreiundneunzig!«

Ja, und wenn sie nicht dreiundneunzig wäre, hätte sich Piet schon einige Male unsterblich in sie verliebt.

»Ja, ich musste hinter einem Typen her, der sich widerrechtlich Zugang zu dem Hausboot verschafft hatte, er hat mir einen mitgegeben, und ich habe mich aufgerappelt und bin hinterher, aber ich hätte ihn nie eingeholt, aber dann stand da plötzlich mein Agent Munniks in irgendeinem Hauseingang und hat ihm ein Bein gestellt.«

Juliana sah ihn mit ihren wässrig blauen alten Augen überrascht an und fragte: »Agent Munniks, dieser dumme Polizist?«

»Ja, genau der!«

Es war nicht dieses Tocken in seinem rechten Unterkiefer, aber es war ein Gefühl wie ein Schmerz, das plötzlich durch seinen Schädel zuckte.

»Entschuldige Juliana, ich muss noch mal weg!«

Eigentlich hatte er heute Nachmittag bei seinem Sprint über den Londensekaai eingesehen, dass für Männer in seinem Alter der gemächliche Gang die richtige Fortbewegungsart war, aber er rannte ins Präsidium.

68

Sein Handy klingelte um halb acht, und Piet brauchte einen Moment, um zu realisieren, wo er sich befand. Er saß auf dem lebensgefährlichen Stuhl in seinem Büro. Vor ihm stand eine halb niedergemachte Flasche Cognac aus Meinert Waaterings Geheimreservoir, er war am Schreibtisch eingeschlafen. Aber nach wenigen Sekunden waren seine Gedanken wieder klar. Er wusste, warum er hier war, und er wusste, warum sein Computer noch vor ihm flimmerte.

Annemieke war nölig: »Ich sitze schon seit einer halben Stunde im ›Sint John‹! Wo bleibst du?«

»Ich bin schon im Präsidium!«

Geschätzte vier Minuten später stand sie in der Tür zu seinem Büro, und sie war außer sich: »Du gehst jetzt sofort nach Hause und nimmst eine Dusche!«

»Nee, nehme ich nicht! Ich überlege gerade, ob du dabei sein sollst!«

»Wo soll ich bitte sehr dabei sein?«

Piet fragte: »Kannst du bitte mal nachschauen, wann die ›Zeeuwse Apotheek‹ öffnet?«

Annemieke tippte in atemberaubender Geschwindigkeit irgendwelche Befehle in ihr Telefon und antwortete: »Um zehn.«

Piet schaute auf seine Timex und meinte: »Das ist gut!«

Er wählte eine Kurzwahl auf seiner Kachel, hörte einen

Moment lang zu und sagte dann: »Ja, ein verdammt guter Morgen, kannst du bitte mal ins Präsidium kommen?«

Die Antwort war anscheinend nicht so, wie er sie erwartet hatte, denn er antwortete: »Das ist kein Diskussionsangebot. Du bist in zehn Minuten hier!«

Annemieke nahm die halbleere Cognacflasche von seinem Schreibtisch und fragte: »Was hast du denn die ganze Nacht im Präsidium gemacht? Willst du nicht mal kurz nach Hause und wenigstens duschen?«

Piet strich sich durch das übernächtigte Haar und sagte: »Nein, ich sehe scheiße aus, aber ich fühle mich auch so. Bleibst du bitte im Raum, wenn Rianne kommt?«

69

Rianne raste vor Wut, als sie im Türrahmen zu Piets Büro stand. Sie stammelte: »Was soll das?«

Piet saß völlig ruhig auf seinem lebensgefährlichen vierbeinigen Schreibtischstuhl, und Annemieke wusste, er war gefährlich, wenn er so ruhig saß.

Er antwortete: »Was sollte das? Warum hast du mir erzählt, dass du keinen Kontakt zu ihr hattest, dass sie nur ab und zu Medikamente in der ›Zeeuwse Apotheek‹ gekauft hatte?«

Rianne zuckte mit den Schultern. »Weil es so ist, ich kenne sie eigentlich nicht!«

Piet legte das in ein dunkles Leinen gebundene Buch auf den Schreibtisch. Auf dem Deckel war in goldenen Lettern geprägt: »Stedelijk Gymnasium, Middelburg, Jaarboek 1997«.

Piet schlug die Seite 18 auf, Romys Abschlussklasse lächelte vehement in die Kamera. Man erkannte Romy sofort. Sie trug ein knallrotes Kleid zu rotem Haar, und sie überragte die anderen Abiturientinnen um halbe Haupteslänge, weil sie Stöckelschuhe trug. Der junge Mann hinter ihr wird von dem Bild nicht so begeistert gewesen sein, über Romys Haarschopf waren nur noch seine Augen und der Scheitel zu sehen.

Neben Romy stand Rianne, eindeutig Rianne, Annemieke traute ihren Augen nicht. Rianne hatte zu diesem

Zeitpunkt allerdings längst ihr Medizin- und Pharmazie-studium abgeschlossen.

Rianne stand stockstarr, konnte die Augen nicht von der Fotografie abwenden und sagte: »Das ist Alida, meine Schwester!«

Piet klappte das Buch wieder zu. »Und deine Schwester Alida ist im Jahr 2000, drei Tage nach den Millenniums-Feierlichkeiten, in Amsterdam mit einer Überdosis aufgefunden worden.«

»Ja, das stimmt, und jetzt frage ich noch mal: Warum hast du mich hierhergerufen?«

Piet blieb ruhig.

Annemieke hütete sich, auch nur laut zu atmen.

»Warst du am Donnerstag auf dem Hausboot von Romy van Zwamen?«

»Natürlich nicht, du weißt doch, dass ich auf dem Kongress in Bergen op Zoom war. Tut mir leid, Herr Inspecteur, ich habe ein Alibi!«

Annemieke nahm ihre Moleskine-Kladde und sagte: »Der Kongress über neuartige pharmazeutische Produkte, bei dem Professor Joseph Hopkins aus Harvard sprechen sollte.«

Rianne nickte anerkennend. »Richtig, und wenn Sie das wissen, dann ahnen Sie ja auch, dass ich nicht zeitgleich in Bergen op Zoom und in Middelburg sein konnte.«

Annemieke erklärte: »Nun, Professor Bram Timmermans hat uns von dem Kongress erzählt, und davon, dass der Hauptreferent in den USA aufgehalten wurde, weshalb die Abendveranstaltung ausfiel. Wie war das doch gleich mit dem Alibi?«

»Was soll denn das, ich war noch nie auf diesem Hausboot von Romy van Zwamen, was sollte ich da auch?«

Piet fuhr sich durch das ungeduschte Haar und fragte seine Assistentin: »Annemieke, kannst du bitte mal bei Professor Ten Dracht anrufen, ich glaube, die Nummer hast du …«

Annemieke versuchte, möglichst viel Spott in ihren Blick fließen zu lassen, als sie die Kachel aus ihrer Handtasche nahm, eine Kurzwahltaste drückte, und schon wenige Sekunden später sagte sie: »Hoi, Henk, ich gebe dir mal gerade meinen Chef!«

Piet übernahm ihr Handy und sagte: »Und, Henk, haben Sie schon Ergebnisse?«

Die Sprache eines Gerichtsmediziners ist kompliziert, manchmal ausschweifend, immer lateinisch, also dauerte es einige Zeit, bis Piet antworten konnte: »Ja, das habe ich mir gedacht. Danke, Henk!«

Er reichte das Smartphone an Annemieke zurück und erklärte: »Ja, manchmal ist es auch von Vorteil, wenn man nicht immer alles gleich wegspült.« Er wandte sich wieder Rianne zu: »Dein Rotweinglas stand noch bei mir in der Wohnung, die Gerichtsmedizin hat es untersucht und die DNA festgestellt.«

»Ja, und?«

»Es steht jetzt mit 99,99997-prozentiger Wahrscheinlichkeit fest, dass der abgebrochene Fingernagel in Romys Hausboot von dir stammt.« Plötzlich schrie er: »Jetzt hör auf, mich zu belügen!«

Annemieke war zusammengefahren, jetzt räusperte sie sich und meinte: »Ich denke, spätestens jetzt wäre es, auch für das Strafmaß bei einer Verurteilung, sehr sinnvoll, mit der Polizei zu kooperieren.«

Piet stand auf, ging zum Fenster und schaute hinaus.

Rianne begann: »Unser Elternhaus war stets vom festen Glauben an Gott und das rechtschaffene Leben des Menschen in seinem Angesicht geprägt. Wir waren eine sehr glückliche Familie. Mein Vater war auf die Latijnse School gegangen, später ich, und dann natürlich auch Alida. Und die Lateinische Schule hat immer im besonderen Ruf gestanden, die reine Lehre zu vertreten. Es gab ein Curatoren-Collegium, das dafür verantwortlich war.«

Piet drehte sich um und sagte wütend: »Es geht hier nicht um deine Schule!«

Rianne antwortete: »Oh doch, um genau die geht es. Als im ganzen Land die Moral aus dem öffentlichen Leben verschwand, wurde die Latijnse School umbenannt in Stedelijk Gymnasium, und als Alida dort Schülerin wurde, stand sie nicht mehr unter dem besonderen Schutz der Curatoren, im Gegenteil. Alida war eine gute Schülerin, aber ihre Leistungen ließen immer mehr nach. Von Drogen war die Rede, und davon, wie sie sich kleidete. Sie geriet immer mehr unter den Einfluss dieser Romy van Zwamen. Sie lebte in Sünde ... bis der Herr sie verstieß!«

»Du glaubst, der liebe Gott hat deine Schwester verstoßen?«

»Ja, natürlich!«

Piet setzte sich wieder und rieb sich die Augen: »Wenn ich einen Gott habe, und ich glaube schon, dass ich einen habe, dann ist er gnädig. Wenn ich einen Gott habe, dann kümmert er sich am meisten um die Sünder!«

Er wandte seine Augen ab und schüttelte den Kopf: »Und als Alida an einer Überdosis Heroin verstarb, da lebte sie seit eineinhalb Jahren in Amsterdam. Romy lebte in Antwerpen.«

Rianne schien sich über die Frage zu wundern. Wie selbstverständlich fuhr sie fort: »Sie trägt die Schuld. Alida wird sich die Spritze wohl selber gegeben haben, aber Romy van Zwamen trägt die Schuld. Sie war Alidas Götze, meine kleine Schwester wollte immer alles machen, wie Romy es macht, die Eltern waren plötzlich keine Vorbilder mehr. Ich war kein Vorbild mehr. Romy ist schuldig!«

Piet konnte die wirren Gedanken kaum noch ertragen, aber jetzt mussten sie noch das Rätsel lösen.

Annemieke kam zu Hilfe: »Und deshalb haben Sie sie gerichtet!«

»Sie hat manchmal bei mir die Botox-Ampullen gekauft, das muss ein Apotheker mischen, Ärzten ist es nicht erlaubt. Irgendwann habe ich begonnen, die Abstände zu messen. Es waren immer genau drei Monate.«

»Und Sie wussten, dass die Behandlungen bei Professor Timmermans stattfinden würden?«

»Ja!«

»Also hast du in der Praxis von Timmermans angerufen, hast den Termin gecancelt, und dann?«

»Dann habe ich die Van Zwamen angerufen und erklärt, dass der Professor wegen eines Pharmazeuten-Kongresses verhindert sei.«

»Und ihr erzählt, dass du die Spritzen genauso setzen könntest?!«

»Ja!«

»Und sie vertraute dir ja!«

Das nächste Ja war ein bisschen leiser, aber nicht weniger bestimmt.

»Und die Mischung muss ja der Apotheker vornehmen ...«

»Ja!«

Piet drückte auf die Sprechanlage. »Jannis, könnt ihr bitte in meinem Büro Frau Rianne van Wort abholen, sie ist festgenommen! Sie hat den Mord gestanden.«

Rianne schaute ihn an, ihre Augen hatten den Glanz verloren. »Schade, Piet, in dich hätte ich mich verlieben können!«

Piet schaute hinaus auf den Molenberg. »Ich hätte mich in die Frau verlieben können, mit der ich Montagnacht zusammen war. Aber das bist du ja nicht!«

Jannis Munniks stand nun in der Tür und sagte: »Mevrouw Van Wort, folgen Sie mir bitte?«

Piet stützte den Kopf in die Hände, dann sah er noch einmal auf und murmelte: »Gute Arbeit, Jannis!«

Munniks sah ihn verständnislos an.

70

Babette und Adi erschienen atemlos vor unserem Vorzelt: »Habt ihr eben die Nachrichten gehört? Sie haben den Mörder, oder besser die Mörderin. Stellt euch vor, das war die Apothekerin von der ›Zeeuwse Apotheek‹, und Adi meint, das wäre doch die dunkelhaarige Frau, die gestern Abend bei der Botox-Party war.«

Gerd kam dazu und war derselben Ansicht: »Natürlich, das war Mevrouw Van Wort aus der Apotheke an der Stadhuisstraat. Ich hatte mich gleich gefragt, warum sie mir so bekannt vorkam.«

Lothar trat aus seinem Vorzelt und bemerkte: »Ich muss euch warnen, der Meniskus will nicht mehr so wie früher, und die Adduktoren sind auch ziemlich eingerostet. Alte Handballerkrankheit!«

Jutta war sehr mutig gekleidet, mit pinkfarbenen Laufschuhen zu einem pinkfarbenen Leibchen über grauem Camouflage-Shirt. Vielleicht doch noch der Einfluss von Fleur?

Das interessierte mich jetzt doch zu sehr: »War heute Morgen jemand an der Liegewiese?«

Anne lächelte mich vielsagend an. Sie sagte: »Alle waren da, alle außer Fleur!«

Gaby gab den Plan für heute Nachmittag vor: »Okay, wir laufen vom Campingplatz rechts auf den Landmetersweg, dann wieder rechts auf den Grijpskerkse Weg, rechts in den Hoge Duvekotsweg, Baayenhovenseweg, Aagtekerkseweg, wieder in den Grijpskerkseweg und zurück zum Campingplatz. Das sind dann genau 6,2 Kilometer, also für jeden Anfänger zu schaffen.«

Detlef rannte los und rief noch: »Okay, wer als Erster wieder auf dem Platz ist, muss heute Abend sein Grimbergen nicht bezahlen!«

Lothar drosselte ein wenig die Geschwindigkeit und flüsterte mir zu: »Und wenn man vom Baayenhovenseweg direkt in den Landmetersweg einbiegt, dann ist das die perfekte Abkürzung, wie sind nach 3,8 Kilometern zurück, wir haben uns unser Grimbergen sicher verdient, und wir bezahlen es nicht.«

Im strammen Trab schossen wir mit 5,8 Stundenkilometern davon in Richtung Receptie.

Anne nahm mein Tempo auf, lächelte mich an und sagte: »AFL ist eine Abkürzung? Das steht für ›Auch Fossilien laufen!‹.«

Ich überlegte kurz und antwortete: »Ich glaube, es steht für ›alt, faul, liebesbedürftig‹!«

71

Piet hatte in den letzten sieben Tagen zwei Dinge gelernt: Er wollte nicht mehr allein essen gehen, und er musste bei der Auswahl seiner weiblichen Begleiter vorsichtiger sein.

Sie saßen im Restaurant »Katseveer«, und Hosenträgermann brachte die Speisekarten.

Piet meinte: »Schön, dass du mitgekommen bist, wir waren noch nie richtig groß essen, und ich meine, wenn schon, dann doch wohl in Wilhelminadorp, denn Wilhelmina war Königin der Niederlande bis 1948, und dann kam Juliana, meine Königin.«

Juliana schenkte ihm das zauberhafteste Lächeln, das er in den letzten dreißig Jahren bekommen hatte. Länger wollte er sich nicht zurückerinnern.

»Mein lieber Piet, ich hätte nie erwartet, mal mit dir in einem solchen Restaurant zu speisen. Wenn ich ganz ehrlich sein darf, hatte ich dich, entschuldige bitte, was gehobene Gastronomie anging, ein bisschen für, och, ich möchte es jetzt gar nicht mehr sagen, also ein bisschen für ... ignorant gehalten!« Sie schaute ihn über ihre kleine Lesebrille hinweg an. »Bist du mir jetzt böse?«

Piet lächelte jovial: »Aber Juliana, wo denkst du hin? Als Vorspeise kann ich den auf der Haut gebratenen Kabeljau mit Artischocke und Lamsooren empfehlen, an Chicoréeschaum, großartig! Und dann vielleicht den zeeländischen Lammrücken mit Aubergine, Aprikose, Kümmel und Brennnessel!«

Juliana klappte freudig erregt ihre Karte zu und sagte: »Ja, das nehmen wir alles. Ich werde es niemals schaffen, aber das nehmen wir alles.«

Hosenträgermann kam mit einer braunen Weinflasche an den Tisch: »Ein feinherber Riesling vom Rhein!«

Juliana ließ sich einen Schluck einschenken, probierte, nickte dem Kellner zu, der nachschenkte, und dann sagte sie: »Piet, du alter Charmeur!«

Der Kellner stellte das Bierglas vor Piet auf den Tisch und sagte: »Und der Herr Inspecteur ein kühles Hertog Jan.«

Juliana hatte einen kleinen Schluck von ihrem Lieblingswein genommen. Piet hatte sich vorher vergewissert, dass an diesem Abend eine Flasche feinherber Rheinwein im »Katseveer« zum Ausschank stand.

Nun setzte sie das Glas ab und fragte: »Du bist gestern so überhastet aufgebrochen, und heute Morgen ist der Fall gelöst. Hattest du gestern Abend bei mir die entscheidende Idee?«

»Ja natürlich. Als ich sagte, dass Munniks dem flüchtenden Mann ein Bein gestellt hatte, da fragtest du: ›Dieser dumme Polizist?‹«

»Ja, denn der macht doch sonst nur Unsinn!«

Piet nahm einen Schluck Hertog Jan, wischte sich zufrieden die Lippen und antwortete: »Und genau dieser dumme Polizist hatte mir ein paar Tage vorher eine absolute Torheit erzählt: Rianne, die Apothekerin, hätte er auf einem Schulabschlussfoto von Romy van Zwamen gesehen. Ich hatte ihn zurechtgewiesen, Rianne sei viel älter als Romy, und wenn Rianne mit ihr in einer Klasse gewesen sein sollte, dann müsste sie ungefähr achtzehn Mal sitzen geblieben sein.«

Juliana lächelte amüsiert.

»Munniks macht solche Fehler aber nicht. Er ist manchmal ungehobelt, Fingerspitzengefühl ist für ihn ein Fremdwort, aber wenn er etwas sieht, dann hat er es gesehen. Wenn er auf dem Foto Rianne gesehen hat, dann hat er sie gesehen. Es war nur nicht Rianne, die er erkannt hat, es war ihre Schwester Alida. Und die ist im Jahr 2000 in Amsterdam an einer Überdosis gestorben.«

Juliana Joosses seufzte. »Und die große Schwester hat sie gerächt. Und dann hast du sie überführt.« Sie legte Piet die wunderschöne alte, aderige Hand auf die seine und fragte sehr mitfühlend: »Bist du traurig?«

»Ach, weißt du, ich hatte mich gefragt, warum sie plötzlich in meinem Leben aufgetaucht ist, am Anfang habe ich gedacht, na, wunderbar, Schicksal, jetzt bin ich dran. Aber dann? Warum war sie aufgetaucht? Warum gab sie mir diese verschreibungspflichtigen Medikamente? Aber ich war mir ganz sicher, ich hatte keine Zweifel! Sie hatte ein Alibi, sie hatte alle zehn Fingernägel, sie hatte kein Motiv! Dann wurde Romys Termin beim Arzt abgesagt, aus einem Auto, Romy hatte kein Auto. In Bergen op Zoom gab es einen Kongress, die Abendveranstaltung fand aber nicht statt. Annemieke hatte sich einen Fingernagel abgebrochen, drei Stunden später war er wieder ganz. Da zerbricht ein Fingernagel, dann ein Alibi, ein Motiv, und am Ende zerbricht die Sicherheit, und es bleibt nur der Zweifel. Und dann hatte ich ganz vergessen, die Weingläser zu spülen.«

»Der DNA-Abgleich war eindeutig?«

»99,99997 Prozent.«

Beide sagten nichts mehr. Piet schaute in die Richtung, aus der Hosenträgermann sonst immer kam. Immer, außer wenn man ihn gerade brauchte! Er musste ihre Frage beantworten.

»Ja, ich bin traurig. Aber nicht wegen Rianne. Ich kannte diese Romy van Zwamen nicht. Heute denke ich, sie wohnte in der Nachbarschaft, ich hätte sie kennenlernen sollen. Ich bin traurig, dass ein Mensch wegen solcher überkommener Moralvorstellungen sterben musste.«

Juliana antwortete: »Zwei Menschen!«

Sie schauten beide hinaus auf die Oosterschelde.

»Weißt du, mein lieber Piet, jetzt bin ich dreiundneunzig, aber ich habe immer noch Wünsche.«

Piet lächelte sie an, er war froh über den Themenwechsel: »Aber das ist doch wunderbar, was wünschst du dir?«

»Wenn ich so auf das Meer sehe, dann möchte ich einmal in meinem Leben eine Kreuzfahrt machen, auf einem großen weißen Schiff, mit einem Käpt'n in einer weißen Uniform!«

Piet war begeistert. »Ja, dann mach das doch!«

Juliana sah ihn an: »Ja, nicht wahr. Ich meine, allein schaffe ich das in meinem Alter nicht mehr, aber mit dir? Ich bin ja so froh, dass ich gute Freunde habe!«

Sie hob ihr Glas, stieß es klirrend an Piets Bierglas und trank es aus.

Piet nippte an seinem Hertog Jan, und er war sich völlig darüber im Klaren: Er wollte nicht mehr allein essen gehen, aber er musste bei der Auswahl seiner weiblichen Begleiter verdammt vorsichtig sein.

– het einde –

Danke!

Ich glaube, »Danke sagen« ist sehr wichtig im Leben. Ich liege gerne nachts im Bett, und kurz vorm Einschlafen bedanke ich mich noch mal für die schönen Dinge, die ich heute erlebt habe, und es waren immer ein paar schöne Dinge dabei.

Und heute habe ich gerade »het einde« geschrieben, das war wunderschön, und es war schrecklich. Ich habe auf »Senden« gedrückt und das Manuskript an den Verlag geschickt. Eine Katastrophe! Ich hätte doch noch ein paar Tage, Wochen, Monate daran feilen können. Nein!

Danke! Jetzt hoffe ich nur noch, dass Sie so viel Spaß beim Lesen haben oder gehabt haben wie ich beim Schreiben und beim Schlendern in den Gassen des wunderbaren Städtchens Middelburg. Und ich möchte mich bedanken, bei den Leuten, die mir so sehr geholfen haben bei diesem Buch.

Da waren meine beiden Ärzte, Dr. Luitger Honé und Dr. Rainer Bach, die mich mit dem nötigen Fachwissen über Behandlungsmethoden und Medikamente versorgten.

Meine Nachbarn, Detlef Schürmann, der Polizist, und Klaus Koch, der sich erbarmte, die Modell-Hausboote für mich zusammenzubauen, und seine Frau Gabi. Gabi, du hast recht, das kriegt man mit meinen Wurstfingern nicht hin.

Und da waren die drei großen »A«.

Ganz viel Danke an Anne Niggebaum, die schon bei vielen Fernsehsendungen mit mir gearbeitet hat. Wir haben einige Male ein bisschen Rotwein getrunken, und dann entstand da plötzlich eine Geschichte. Ich danke Dir fürs Rumspinnen!

Anouk Susan, meine holländische Freundin, die auch nachts um halb zwölf noch Sätze übersetzt hat, weil ich ja noch zwei Stunden schreiben musste. Und Danke für den Tipp mit dem »Meliefste«.

Ja, und natürlich ein ganz besonderes Danke an Anke, meine wunderbare Frau, die jede Seite als Erste gelesen hat und die auf Anhieb bemerkt hat, dass die Geschichte mit Meg Ryan zwei Mal vorkam!

Ohne euch wäre das Buch nicht so geworden.

Dann fehlte noch der berühmte »letzte Schliff«, dafür meinen ganz herzlichen Dank an meine Lektorin Daniela Jarzynka.

Jetzt könnt ihr ein bisschen Pause machen, aber im Sommer, da werde ich wieder vor dem Vorzelt sitzen, mit einem Glas Grimbergen, ich werde den Computer aufklappen, und als Erstes werde ich schreiben: »Piet van Houvenkamps dritter Fall«!